전생했더니 검이었습니다 17

"I became the sword by transmigrating" Story by Yuu Tanaka, Illustration by Llo

타나카 유 지음
Llo 일러스트
이소정 옮김

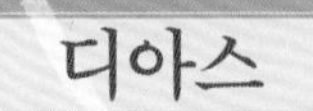
디아스
오오! 이걸로 모든 인물이 모였습니다!
이번 대회 최대의 우승 후보,
천권의 힐트리아가 등장했습니다아아!
힐트리아

시뷸라
자아! 여러분!
마침내 맹자가 그 모습을 드러냈습니다!
최강의 랭크 B 모험가!
흑뢰희 프란!
스승
프란

"오오~."
『초특대 카레다!
오늘은 원하는 만큼
먹어도 돼!』

전생했더니 검이었습니다 17

"I became the sword by transmigrating" Story by Yuu Tanaka, Illustration by Llo

타나카 유 지음

Llo 일러스트

이소정 옮김

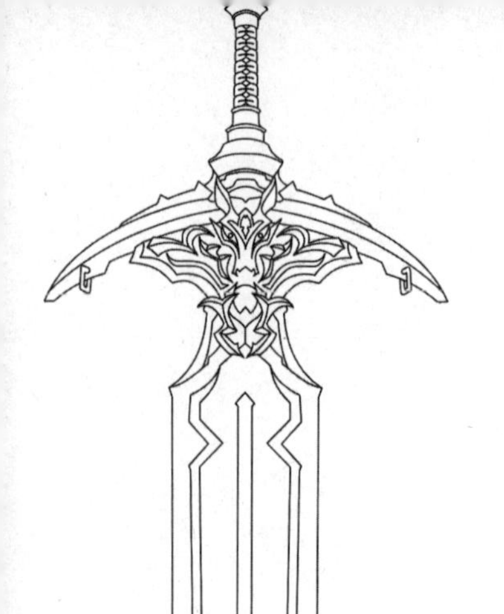

CONTENTS

"I became the sword by transmigrating"
Volume *17*
Story by Yuu Tanaka, Illustration by Llo

프롤로그

울무토에서 무투 대회 예선을 관전한 다음 날.

프란은 투기장 앞에 서 있었다.

본선 출전자에게는 대진표가 전달되는 시스템이었는데, 숙소까지 소식이 도착하는 것을 기다리지 못하고 투기장 앞에 게시된 토너먼트 편성을 확인하러 온 것이다.

『조 편성이 나왔는데, 이건……. 시작부터 아는 사이네.』

'……누구?'

『뭐, 기억 못 할 거라고 생각하긴 했어.』

거대한 나무판자에 붙은 종이에는 본선 진출자 64명의 이름이 적혀 있었다. 32명의 대진표 두 개가 마주 보는 형태로 적힌 타입의 대진표였다.

그리고 앞면 맨 처음에는 프란의 이름이 적혀 있었다.

이는 프란이 A 시드에 들어가 있기 때문이었다. 작년에 3위였던 실적을 반영해 이 장소를 부여받은 모양이었다.

프란의 이름이 맨 위에 적힌 산 형태의 맨 아래. B시드에는 디아스의 이름이 적혀 있었고, 산을 사이에 끼우고 그 맞은편에 있는 C시드에는 힐트리아의 이름이, 대각선에 있는 D시드는 펠무스였다.

이 시드는 단순한 랭크나 명성이 다가 아니라 전년의 순위가 최우선으로 반영된다고 한다. 그런 이유로 랭크 B 모험가인 프란이 랭크 A인 디아스나 힐트보다 더 앞에 와 있는 것이었다.

A시드라고 하니 기분은 좋네.

현시점에서 가장 유력한 우승 후보라는 뜻이니까.

그것은 프란도 마찬가지인지 눈을 반짝이며 대진표를 보고 있다.

'스승, 첫 번째에 이름이 있어!'

『이거 꽤 주목을 받겠어. 꼴사나운 시합은 보여줄 수 없겠네.』

'응! 열심히 할게.'

순서대로 간다면 준결승은 디아스. 결승은 힐트나 펠무스가 될 것이다.

『첫 상대는 듀포다.』

이름만으로는 떠올리기 어려울 것 같아서 듀포의 정보를 간단히 알려주었다. 듀포는 바르보라의 모험가 길드에서 만났던 신출내기 모험가 중 한 명이다. 심지어 함께 모의전도 했었다.

'……누구?'

이런! 여전히 고개를 갸우뚱하고 있네!

『바르보라에서 단련을 시켜줬잖아? 그, 검드에게 받은 의뢰로.』

검드의 부탁으로 기고만장해진 그들의 콧대를 꺾어준 적이 있다.

함께 있던 리딕, 나리아, 미겔 세 사람은 수인국으로 가는 배의 호위 때도 함께 했었고, 선상에서 단련을 시켜주기도 했었다.

단련을 시켜줬던 세 사람에 대해서는 어느 정도 기억하고 있는 듯했지만, 다른 녀석들에 관해서는 '뭔가 있었다' 정도로만 기억하는 것 같았다.

『왜 그때 신출내기들 중에서는 가장 강했던 환검사.』

'……있었던 것, 같기도?'

세세한 특징을 알려줘도 어렴풋하게만 떠오르는 모양이다. 뭐, 좀 강했다고 해도 신출내기 중에서 눈에 띄는 수준이었으니까.

이번에는 기억에 남으면 좋겠네, 듀포 군! 지난번 이후로 얼마나 성장했는지가 관건이겠어!

『그리고 그다음으로 대전 가능성이 높아 보이는 건——.』

'모드레드.'

그 이름을 바라보며 프란이 즐겁게 중얼거렸다.

이쪽은 확실히 기억하고 있는 모양이네. 뭐, 당연하긴 하지만.

수인국으로 향하는 배에서 호위 의뢰로 함께였던 랭크 B 모험가였다.

단순한 전투력뿐만 아니라 모험가로서도 뛰어난 타입이었다. 물론 전투력도 일류였지만, 지휘와 색적에도 능했다. 전투 스타일로는 창과 용철 마술의 달인으로, 그것들을 뛰어나게 잘 활용했다.

그 전투 방식은 프란의 머릿속에 확실하게 새겨져 있는 모양이었다.

『모드레드의 1회전 상대는 나리아인가.』

'나리아!'

나리아는 조금 전 대화에도 나왔지만, 프란이 짧은 시간 가르침을 준 신출내기 모험가다. 궁사라고 알고 있는데, 놀랍게도 예선을 돌파한 모양이다. 그렇게 넓다고 할 수 없는 무대는 원거리 공격을 주로 하는 인간에게 상당히 불리하다. 마술사든 궁사든 공격 한번 쏴보지 못하고 접근을 허락하는 경우도 많으니까. 게다가 예선은 대규모의 배틀로얄이다.

그 안에서 궁사인 나리아가 이겼다는 것은 상당히 성장했다는 뜻이겠지. 프란도 같은 생각을 한 것인지 기뻐 보였다. 짧은 기간이지만 자신이 지도한 상대가 얼마나 강해졌을지 기대하고 있는 눈치였다.

그렇다 해도 단 1년 만에 모드레드를 이길 수 있을 정도로 강해지지는 못했을 것이다. 순조롭게 진행된다면 2회전은 모드레드가 되겠지.

『그래서 3회전은…… 누가 될까?』

"흠."

같은 블록에 아는 이름은 없었다. 아니, 한 명 있다.

『이 비스코트라는 사람, 시뷸라랑 같이 있던 남자 맞지?』

"?"

아아, 프란은 기억하지 못하는 건가. 그보다 자세히 보니까 이 블록에 시뷸라 이름도 있잖아!

설마 레이도스의 스파이(임시)인 시뷸라 일행이 무투 대회에 출전할 줄은 몰랐는데. 스파이가 아닌 건가? 아니면 그냥 아무 생각도 없는 건가?

게다가 시뷸라와 비스코트의 이름이 가깝다. 이거 자칫하면 동료끼리 서로 싸우게 되는 거 아냐?

『시뷸라가 승리해서 올라온다고 생각하면 8강에서 맞붙게 되겠네.』

'응. 기대돼.'

그렇게 대진표를 확인하고 있는데, 주위가 갑자기 소란스러워졌다. 프란이 이 자리에 나타났을 때와 똑같은 반응이었다.

유명한 모험가라도 나타난 건가?

그대로 기다리고 있는데, 한 남자가 토너먼트 표 앞에 나타났다. 그렇군, 이 녀석을 봤다면 놀라는 것도 무리는 아니다.

그 남자는 머리가 완전히 곤충이었다. 사람 머리와 똑같은 크기의 사마귀 머리가 사람 몸통 위에 얹어져 있었다. 한번 보면 쉽게 잊지 못할 모습이었다.

"흠…… 나는——."

좀 더 제대로 된 곤충 느낌의 목소리를 상상했는데, 깜짝 놀랄 정도로 평범한 인간의 목소리였다. 아니, 오히려 근사한 부류에 속했다. 그야말로 감미로운 목소리를 가진 성우와 맞먹는 수준이다. 왕자님이 연상되는 멋진 목소리였다.

게다가 강하다.

발소리를 없애는 방식도 그렇고, 기척을 흩뜨리는 방식도 그렇고, 일류 전사로 보였다. 무기는 안 보이는데, 맨손인가? 아, 팔을 낫으로 변형시켜 싸울 가능성도 있겠구나.

아무튼 프란이 조금 기대감을 느낄 정도의 실력은 있어 보였다.

최소한 코르베르트 수준이다.

"저 녀석 누구야?"

"글쎄? 반충인 모험가는 이 마을에는 없지 않아?"

"그럼, 외지인인가. 강해 보이네."

"그래?"

"어, 움직임이 꽤 좋아."

주위에 있던 울무토의 모험가들도 이 남자를 모르는 기색이었다. 그렇다는 건 다른 도시나 다른 나라에서 왔다는 거겠지.

아직 보지 못한 이런 강자가 있는 걸 보니, 무투 대회는 가볍게 볼 수 없을 것 같았다.

대진표를 확인하고 있는 사마귀남을 흥미로운 얼굴로 보고 있는데, 갑자기 그 얼굴이 이쪽을 향했다.

목이 빙글 돌아가며 얼굴만 이쪽을 향한다. 그대로 고개를 살짝 기울이는 광경은 꽤나 공포스러웠다. '괴기, 사마귀남!'이라는 문구가 어울리는 느낌이랄까? 저런 목소리면서 움직임은 또 사마귀라니!

나는 언제라도 염동을 발동할 수 있도록 자세를 취했다. 하지만 사마귀남에게서 나온 것은 의외의 말이었다.

"혹시 흑천호 프란 공이십니까?"

"응."

"오오! 역시나. 왕도에서는 제 동료들이 신세를 졌다고 들었습니다."

왕도? 왕도에서 만난 반충인이라고 하면――.

『엘리안테의 관계자인가.』

크란젤 왕국 왕도의 길드 마스터 엘리안테는 거미 반충인이었다. 게다가 그녀가 옛날에 몸을 담고 있었다는 용병단 '더듬이와 등딱지' 멤버들과도 만난 적이 있었다.

이 용병단은 반충인으로만 구성된 희귀 용병단이었다.

"……혹시 엘리안테 일행의 지인?"

"그렇습니다!"

정답인가.

엘리안테의 이름을 대자 사마귀 씨가 흐뭇한 어조로 대답한다.

물론 사마귀 얼굴은 표정을 전혀 읽을 수 없었기 때문에 어디까지나 목소리로 추측한 거지만.

"처음 뵙겠습니다. 저는 용병단 '더듬이와 등딱지'의 단장 나이트하르트라고 합니다."

나이트하르트가 오른손을 가볍게 가슴에 얹고는 정중하게 인사한다. 사마귀인데도 우아하다.

"단장이야?"

"네. 뭐, 달리 할 수 있는 멤버가 없어서 강요당한 것뿐이지만요."

말은 그렇게 하지만 나이트하르트에게는 사람들 위에 군림할 만한 존재감 같은 것이 느껴졌다.

본인의 겸손함이나 다른 멤버가 리더 역할에 적합하지 않다는 것도 분명 사실이겠지만, 그것을 제외하고도 나이트하르트가 단장이라는 것은 아주 잘 어울렸다.

"귀여운 아가씨라고 들었는데, 소문 이상으로 귀엽군요."

"?"

"이거 실례. 무례한 말이었군요."

거슬릴 법한 대사임에도 조금도 불쾌한 마음이 들지 않았다. 그 태도가 신사답기 때문이겠지.

"제 친구들을 도와주셔서 감사합니다. 혹시 뭔가 곤란한 일이 생기시면 언제든 말씀해 주세요. 동료는 절대 버리지 않고 은혜는 반드시 보답한다. 그것이 저희의 활동 이념이니까요. 후후, 사랑스러운 아가씨가 위기에 처하면 달려가는 것은 당연한 도리이기도 합니다만."

미남! 성격도 행동도 미남! 사마귀인데, 왜 이렇게 잘생긴 거야,

이 사람!

“나도 여러모로 도움을 받았어. 똑같아.”

“아니요, 생명의 은인이라고 들었는데요? 정말 감사하고 있으니 잊지 마시고 꼭 기억해 주시길.”

“알았어.”

“하지만 그렇다 하더라도 만약 토너먼트에서 맞붙게 된다면 봐주지 않을 겁니다?”

“바라는 바야.”

나이트하르트의 말에 프란이 투지 어린 얼굴로 미소 지었다. 나이트하르트의 강함을 상상하고 즐거워진 모양이었다.

왕도에서 본 바로는 반충인의 용병들은 모두 강했다. 단장이라면 단원보다는 강하겠지. 프란 안의 전투광 본능이 꿈틀거리는 것이 느껴졌다.

다만 나이트하르트와 같은 블록에는 펠무스나 엘자가 있었다. 프란과 대전하기 위해서는 그가 결승까지 올라와야만 했다.

과연 어떻게 될지?

“……다른 애들도 있어?”

“로빈 일행은 아직 왕도에서 엘리안테를 돕고 있습니다. 이제 슬슬 다음 전쟁터로 이동할 시점이겠군요.”

“나이트하르트는 단장이지?”

“아아, 왜 저만 이곳에 있는지 궁금하신 겁니까?”

“응.”

“새로운 단원을 모집하기 위해서입니다. 뭐, 그뿐만은 아니지만요.”

나이트하르트의 목적은 토너먼트에서 활약하여 주목을 받고, 재야의 반충인들이 흥미를 갖도록 유도하는 것이라고 했다.

그들은 반충인들로만 구성된 용병단이다. 이것은 단순히 배타적인 의미가 아니라, 사회에서 기이한 시선을 받는 경우가 많은 반충인끼리 모여 서로 돕자는 것이 목적이었다.

외관적인 특징이 미미하면 사회적인 시선은 그나마 낫다. 하지만 나이트하르트처럼 곤충의 특징이 강하게 나타나는 자들 중에는 박해를 받아 다른 종족에 대한 공포증을 갖게 된 반충인도 많았다.

그런 자들에게 있어 반충인들로만 구성된 용병단은 다른 의미로 안식의 장소이기도 했다.

그렇기 때문에 그들은 인간이나 엘프, 드워프 등 다른 종족을 단원으로 받아들이지 않고 반충인들로만 구성된 집단을 고집했다.

다만 부모에게 특징을 강하게 물려받은 반충인은 그렇게 많지도 않았다. 단원의 수를 늘리려고 해도 그렇게 쉽게 좋은 인재를 찾을 수는 없는 것이다.

"그래서 저는 각지에서 인재 발굴을 하고 있습니다. 이 대회에 나가서 활약을 좀 하면 많은 반충인들의 눈에 띌 테니까요."

나이트하르트의 외형은 분명 큰 화제가 될 것이다. 동시에 용병단 이야기도 함께 퍼진다면 입단 희망자가 나타날 수도 있다.

"그렇구나."

"프란 공도 여행지에서 반충인을 만나신다면 꼭 저희를 홍보해 주세요."

"알았어. 그럼 그쪽도 흑묘족이 있으면, 진화에 대한 이야기를 알려줘."

"알겠습니다. 서로 돕도록 하죠."

나이트하르트는 흑묘족에 관한 이야기를 자세히 알고 있었다. 심지어 진화 조건까지도 꽤나 세세하게 알고 있었다.

그런 정보도 용병단으로서의 무기 중 하나가 될 수 있기 때문이겠지.

"아, 그렇지. 한 가지 충고드릴 게 있습니다."

"?"

"아무래도 당신에 대해 탐색하는 무리들이 있는 것 같습니다. 자세한 정체는 알 수 없지만, 아마 모험가는 아닐 겁니다."

"토너먼트 때문에 정보를 모으는 거야?"

"그럴 수도 있지만, 이 시기에는 여러 이상한 무리들도 이 마을에 흘러드니까요. 유명인이라면 알게 모르게 원한을 샀을 가능성도 있으니 조심하는 편이 좋겠습니다."

"알았어. 알려줘서 고마워."

"아니요. 그럼 또 뵙죠."

"응."

나이트하르트는 인사하고 그 자리를 떠났다.

『프란 근처를 기웃거리는 녀석들이라.』

'적?'

『모르겠어. 단순히 유명한 모험가의 정보를 조사하고 있을 가능성도 있으니까.』

울시는 아직 시뷸라 일행의 감시를 위해 떨어져 있다. 내가 더 신경 쓰자.

제1장 대회 본선 개시

『프란. 컨디션은 어때?』

"응. 최고."

대진표가 발표된 지 며칠. 프란은 어두컴컴한 통로를 걷고 있었다.

『좋아. 울시도 카레를 든든하게 먹었으니 에너지는 충분히 충전했겠지?』

"웡!"

그림자 속에서 생기 있는 목소리가 들려왔다.

울시는 오늘부터 우리 곁으로 돌아왔다. 시뷸라 일행도 토너먼트에 출전하기 때문에 감시가 더욱 수월해진 덕분이었다. 게다가 참가자인 프란에게 파트너인 울시를 돌려주고자 하는 모험가 길드의 배려도 있었다.

프란은 평소와 같은 표정으로 내 말에 고개를 끄덕였다. 약간의 설렘은 있지만 필요 이상으로 흥분하지는 않았다.

이런 상태라면 평소처럼 침착하게, 실력을 충분히 발휘할 수 있을 것이다.

통로를 빠져나와 수많은 관객들에게서 쏟아지는 함성을 들은 뒤에도 그 태도에는 변화가 없었다.

『긴장되지 않아?

'? 안 돼.'

아무래도 작년의 경험 덕분에 환성의 소음에도 익숙해진 모양이다. 대전 상대가 가엾게 느껴질 정도의 평정심이다.

역시 프란이다. 실로 믿음직스럽기 그지없다.

그런 프란과는 대조적으로, 무대 반대편에 선 청년은 어딘가 안절부절못하는 모습이었다.

불안한 움직임으로 가득 찬 관객석을 둘러보며 작은 목소리로 무어라 중얼거리고 있다. 어딜 어떻게 봐도 긴장한 모습이었다.

"큭, 진정하자, 제발……."

프란의 1회전 상대. 환검사 듀포였다.

직업은 여전히 환검사 그대로였지만 예전보다는 레벨업했고, 스테이터스와 스킬이 강화되었다.

그는 많은 관중들이 보는 앞에서 싸우는 것에는 익숙하지 않은 것 같았다. 만 명이 넘는 사람들의 시선을 받아 확실하게 위축된 모습이었다.

그러나 프란이 시야에 들어오자, 바쁘게 두리번거리며 관객들을 둘러보던 청년의 얼굴이 한 명의 전사로 변모했다. 뭐, 그래도 여전히 안색은 안 좋지만.

"와, 왔구나하!"

목소리가 뒤집혔다. 혹시 얼굴이 창백한 건 엄청난 관중 때문이 아니라 프란에 대한 공포 때문인 건가?

잘 생각해 보면 지난번 모의전에서 꽤 험한 꼴을 당하긴 했다. 그때의 일을 떠올린 것일지도 모른다. 심지어 그런 상대와 첫 시합에서 맞붙고 말았다.

두려워하는 것도 무리는 아닐지도 모른다.

덕분에 관객들의 존재는 완전히 잊은 것 같지만, 어느 쪽이 더 좋은 건지는 모르겠다.

"오랜만이구나! 오, 오늘은 저번처럼은 안 당한다!"
『프란, 일단 고개를 끄덕여.』
"응."
듀포가 없는 용기를 쥐어짜 허세를 부리고 있는데 '누구야?'라고 말하는 건 역시 너무 불쌍하다.
두 사람이 다 모인 것을 신호로 회장에 큰 소리가 울려 퍼졌다.
『자아, 자아! 올해도 찾아왔습니다! 울무토 무투 대회! 1회전부터 시드 선수의 등장입니다!』
이 해설도 1년 만이네. 여전히 빠른 속도로 거침없이 출전 선수들을 소개해 나간다.
『작년에 쟁쟁한 강자들을 물리치고 당당히 3위를 차지! 최연소 입상 기록을 세운 놀라운 수인 소녀! 올해에는 다크호스가 아니라 우승 후보로서 1번 시드로 등장! 모험가이자 흑뢰희 프란!』
소개가 끝나자마자 폭발할 정도의 환호성이 프란을 향해 쏟아졌다. 마치 아이돌이라도 등장한 것 같은, 새된 목소리마저 섞인 함성이었다.
상상 이상으로 프란의 지명도와 인기는 높은 듯했다.
프란이 활약했던 지난해 무투 대회 이후 아직 1년. 프란의 존재를 기억하는 사람도 많겠지.
게다가 수인들에게는 진화한 흑묘족이라는 전설적인 존재이기도 하다. 어떻게 보면 아이돌이라는 말도 완전히 틀리지는 않은 셈이다.
대부분은 응원과 기대의 목소리였다.
『올해는 어떤 놀라운 싸움을 보여줄지 벌써부터 기대가 됩니다!』

프란은 익숙한 얼굴로 여유롭게 서 있었지만, 듀포가 눈에 띄게 당황했다. 많은 사람에게 보여지고 있다는 사실을 다시 한번 인식한 모양이다.

『상대는 올해 본선에 처음으로 출전하는 랭크 D 모험가 듀포! 아직 젊은 청년이지만 얕보지 마라! 견고한 검술 실력으로 예선을 거뜬하게 통과한 강자입니다!』

중계자의 설명에 관객석이 술렁였다. 랭크 D임에도 예선을 통과했다는 것은 꽤 드문 일이기 때문이었다. 게다가 상당히 젊다.

하지만 양측의 인기를 여실히 보여주듯 환호성은 프란에 비하면 압도적으로 적었다.

관객들! 너무 노골적이잖아! 양쪽 모두에게 박수를 쳐 주는 게 매너라고!

하긴, 비교되는 대상인 프란 쪽이 더 어리고 모험가 랭크도 높다. 본래라면 유망한 신인으로 주목받을 상황이었을 텐데, 이번만은 상대 운이 나빴다.

하지만 듀포는 그런 사실을 전혀 눈치채지 못할 정도로 긴장감이 극에 달해 있었다. 패닉 직전의 상태에서 조금 어색한 움직임으로 검을 뽑아든다.

첫 본선. 상상 이상으로 많은 관중. 대전 상대는 공포의 흑뢰희. 가혹할 정도의 역경이었다.

그래도 전의를 잃지 않았다는 점만큼은 높게 평가할 만했다. 뭐, 프란은 전혀 눈치채지 못한 것 같지만.

"? 왜 그래?"

"아, 아무것도 아냐!"

"흐음."

긴장이라는 말과는 무관한 프란으로서는 왜 움직임이 부자연스러운지 이해할 수 없을 것이다.

프란도 듀포를 따라 검을 뽑았다. 그것을 본 듀포의 눈이 희미하게 일그러졌다. 확실하게 나를 두려워하고 있었다.

나에게 손이나 다리를 잘렸던 기억이 아직도 생생하게 남아 있는 거겠지. 여기서 울시까지 얼굴을 내밀면 어떻게 될까?

좀 궁금하긴 하지만 너무 불쌍하니까 관두기로 했다.

차분한 얼굴의 프란과 창백한 얼굴의 듀포가 투기장 중앙에서 서로 마주보았다. 그 대비만으로도 어느 쪽이 우세한지는 단번에 드러났다.

『그럼── 시작!』

전투의 막이 올랐다.

"오오오오!"

시합 개시 신호가 떨어진 직후, 듀포가 단숨에 돌진해 왔다. 날린 것은 전력을 담은 가로베기 일격이었다. 물론 자신의 스킬인 환검으로 검을 확실히 숨겨두었다.

환검은 자신이 가진 검에 다양한 환영을 덧씌워 상대를 환혹시킬 수 있는 스킬이었다. 직접적인 공격력은 없지만, 잘만 활용하면 필살의 일격을 상대의 급소에 날리는 것도 가능했다.

내가 생각할 수 있는 방법만 해도 검의 길이를 속이거나, 검을 대검처럼 보이게 하는 등 다양한 사용법이 떠올랐다.

지금의 듀포처럼 아무것도 없는 허공이라는 환영으로 검을 가림으로써 마치 맨손처럼 보이게 하는 것도 가능했다.

"우오오오오!"

아무것도 들고 있지 않은 것처럼 보이는 듀포의 오른손이 옆으로 휘둘러졌다. 조금 전까지 이 손에 검을 들고 있었다. 칼이 보이지 않더라도 관객들이 보기에는 몸통을 가르는 일격처럼 보일 것이다.

그러나 프란은 어딜 어떻게 봐도 가로베기를 피하는 동작을 취하지 않았다. 가볍게 몸을 옆으로 돌려 오히려 찌르기를 회피하는 움직임을 보였다.

이대로는 공격이 직격한다. 누구나 그렇게 생각했지만, 듀포는 분한 얼굴을 하며 신음했다.

"이걸 간파하다니……!"

"나쁘진 않지만, 난 알아."

듀포의 공격은 오른손에 든 투명한 검을 사용한 가로베기가 아니었다. 오른손에는 아무것도 들고 있지 않았고, 몰래 왼쪽으로 바꿔치기했던 것이다. 그리고 그 왼손으로 찌르기를 날려왔다.

상당히 많이 연습했는지 투명화는 완벽했다. 다소의 흔들림은 있지만 처음 보는 사람이라면 간파하기 어려웠을 것이다.

하지만 상대가 너무 안 좋았다. 프란은 소리를 통해 보이지 않는 검의 움직임을 감지하고 찌르기 공격이 온다는 것을 간파하고 있었다.

"말도 안――크헉!"

그대로 파고든 프란의 주먹이 듀포의 배를 가격했다. 그 한방에 듀포의 다리는 버틸 힘을 잃고 그대로 무너져 내렸다.

"전보다는 성장했어. 하지만 아직 나한테는 못 미쳐."

“……젠, 장…….”

“시선도 함께 숨기지 않으면 움직임을 간파당해. 그리고 발의 움직임도.”

“…….”

환검을 보고 나서야 비로소 듀포를 떠올린 모양이었다.

하지만 듀포는 그 말을 듣지 못했다. 이미 완전히 의식을 잃었기 때문이었다.

『그야말로 압도적입니다! 시작한 지 5초 만에 결판이 나버렸습니다! 놓치신 분들도 많을 것 같은데요! 올해도 흑뢰희 프란에게서는 눈을 뗄 수 없을 것 같습니다!』

울려 퍼지는 방송을 뒤로하며 프란은 북쪽 통로로 되돌아갔다.

『이겼네.』

“응!”

순식간에 시합이 끝났지만 프란은 만족스러워 보였다. 작년에도 그랬지만, 역시 시합에서 이기는 것은 기쁜 모양이다.

『1회전 돌파 축하다. 오늘 밤은 성대하게 보내자.』

“카레?”

『물론. 고기 튀김에 특대 계란프라이도 더해 주마.』

“돈가스도!”

『알았어, 알았어. 산더미처럼 담아줄게.』

“오-.”

“웡웡!”

박수 치는 프란의 발아래에서 울시가 그림자 속에서 목만 내밀어 자신도 있다며 어필한다. 프란의 다리 사이에 늑대 목이 끼어 있는 듯한 모습이었다.

프란이 걷기 어려운 듯 순간 주춤했다.

『알았어! 네 몫도 제대로 줄 테니까 고개만 내밀지 마!』

"어후."

그렇게 걸어가고 있는데, 통로 너머에 한 남자가 서 있었다. 40대 정도의 펑퍼짐한 체형을 가진 남자다. 눈은 탁하고 피부는 기름져서 번들거렸다. 겉모습으로 사람을 판단할 생각은 없지만, 그야말로 내면의 더러움이 겉으로 드러난 것처럼 보였다.

누가 봐도 프란을 기다리고 있는 모습이다. 이거 골치 아프게 됐네.

아니나 다를까 남자는 프란의 모습을 보자마자 거만한 태도로 입을 열었다.

"네놈이 흑뢰희냐?"

"응."

"흥. 정말로 어린애로군——."

프란은 남자의 물음에 고개를 끄덕였지만, 발은 전혀 멈추지 않고 그대로 앞을 지나쳤다. 당연히 프란이 멈춰줄 것이라 생각했는지 남자가 당황하며 프란의 뒤에서 말을 걸어왔다.

"기, 기다려!"

"못 기다려. 다음 시합이 시작돼."

모드레드와 나리아의 시합 승자가 다음 대전 상대다. 조금이라도 정보를 얻기 위해 꼭 봐두고 싶었다.

당연하게도 자기소개조차 하지 않는 수상한 이와 대화할 틈 따위 없었다.

만약 실력자였다면 프란의 마음도 흔들렸을 것이다. 하지만 사내는 전투 능력도 낮은 잔챙이였다.

감정도 했지만 그렇게 강하지는 않다. 일단 전투 계열 스킬은 있는 것 같지만 본인의 스테이터스가 너무 낮다.

협박이나 교섭 계열 스킬이 있는 것으로 보아 말로 상대를 위협하는, 협박에 가까운 협상에 능숙한 듯했다. 전형적인 권위주의 귀족이라는 느낌이다.

프란에게는 통하지 않지만.

"기다려! 나는——."

남자가 무슨 말을 하려고 했지만, 프란은 순식간에 남자를 놔두고 가속했다. 벽을 박차는가 싶더니 조금도 감속하지 않고 모퉁이를 돌아, 놀라는 다른 행인들 사이를 빠져나가 특별 관전석까지 순식간에 도달했다. 5초 정도 벽을 달렸나?

『프란, 너무했어.』

"?"

『하아. 그건 그렇고, 아까 그 녀석은 대체 뭐였던 거지?』

일부러 프란을 기다리고 있었다. 어디서 보낸 사자인 건가?

"뭐든 상관없어. 그것보다 지금은 시합."

『뭐, 어쩔 수 없지.』

무시한 걸 없었던 일로 할 수도 없고, 상대의 태도와 타이밍이 좋지 않았다. 이걸로 만약 뭐라고 하는 녀석이 있다면 그때 가서 생각하면 된다. 혹시라도 불평을 한다면 수인국에서 받은 훈장을 사용해 주마! 나나 프란이나 쓸 수 있는 패는 뭐든 사용한다는 주의니까 말이지!

『시합은 이제 막 시작인가 보네.』

"응. 안 늦었어."

프란이 모습을 드러내자 특별 관전석에 있던 사람들이 가볍게 술렁였다. 여기는 관계자석이긴 하지만, 그중에는 프란을 가까이서 보는 것이 처음인 사람들도 많은 듯했다.

그렇다고 해서 무리하게 말을 걸어오는 사람은 없었다. 모두 매너를 잘 알고 있다는 거겠지.

심지어 자리를 양보해 주려는 사람마저 있었다.

"여기 앉아. 대전 상대를 보고 싶은 거지?"

"괜찮아?"

"그래, 내 딸이 네 팬이거든. 내가 자리를 양보했다고 하면 분명 부러워할 거다."

"고마워."

음유시인의 영향이 이런 곳까지 미치다니.

호의를 받아들여 자리에 앉으니 마침 딱 좋은 타이밍이었다. 눈 아래 경기장에서는 마침 모드레드가 공격을 시작하려 하고 있었다.

이전과 변함없는 푸른 갑옷에 검은 외투. 햇볕에 그을린 갈색 피부에 적색의 머리카락을 상투처럼 뒤통수에 묶은 댄디한 모험가다. 남자가 동경할 만한 남자 같은 느낌이다. 거칠어 보이는 느낌도 매력적이다.

대전 상대는 궁사 소녀 나리아였다. 프란이 지도하던 시절과 모습은 전혀 달라지지 않았지만 존재감이 더 강해졌다. 수행을 열심히 한 거겠지.

고속으로 다가오는 모드레드에게 나리아는 후퇴하며 화살을 연속으로 날렸다.

이전에는 가지고 있지 않았던 속사(速射)라는 스킬을 얻은 것으로 보아 활 솜씨가 상당히 향상되었음을 알 수 있었다.

고블린 정도는 즉사시킬 수 있는 위력을 가진 활이 모드레드의 안면을 향해 정확하게 날아갔다.

활을 당기는 손에는 이미 여러 개의 화살이 쥐어져 있었고, 그것을 고속으로 장전해 발사하고 있다. 게다가 궁기에 의해 만들어진 화살 오라가 본체의 화살과 약간 어긋나는 궤도로 동시에 덮쳐든다.

이 속사와 궁기로 예선인 배틀로얄을 돌파한 거겠지. 본래도 아군의 옆이나 얼굴 옆을 통해 적을 공격하는 기술은 가지고 있었다. 거기서 속도와 위력과 수가 늘었다면 상당히 강해졌을 것이다.

프란은 짧은 기간 자신의 학생이었던 나리아의 성장을 보고 감탄한 얼굴로 고개를 끄덕였다.

"나리아, 많이 노력했네."

『그러게.』

수인국으로 넘어간 뒤에도 피가 나도록 힘든 수행을 계속했을 것이다. 그 성과는 틀림없이 나타나고 있었다.

하지만, 그래도 모드레드에게는 미치지 못했다.

"창기 스파이럴 가드."

"뭐야! 그런 게 가능해?"

모드레드는 손에서 창을 회전시키더니 모든 화살을 안전하게 튕겨내 버렸다. 심지어 돌진력이 전혀 줄어들지 않은 채로 순식간에 나리아에게 접근했다. 이미 모드레드의 공격 범위 안이다.

나리아는 모드레드를 알고 있을 것이다. 수인국으로 가는 배에서 함께 있었고, 원래부터 유명한 랭크 B 모험가니까.

접근전으로는 상대가 되지 않는다는 것도 알고 있겠지.

하지만 나리아는 그 자리에서 발을 내디뎠다. 후퇴하는 척하다가 앞으로 몸을 기울이며 모드레드를 향해 돌진한 것이다.

"하아아앗!"

"호오?"

힘차게 던져진 활과 화살에 의해 창의 움직임이 멈췄다.

모드레드도 순간 허를 찔린 모습이었다. 나리아는 일반적으로 창의 공격 거리라고 생각되는 지점을 넘어서 그의 지척까지 파고들었다.

밀착하게 되면 창은 다루기 어려워진다. 나리아의 판단은 나쁘지 않았다. 그 손에는 단검 하나가 쥐어져 있었다. 프란이 선상에서 지도했던 대로, 단검도 계속 단련하고 있던 모양이었다.

"하아앗!"

나리아의 단검이 모드레드의 배에 꽂혔다. 칼날이 뿌리까지 깊숙이 모드레드에게 박힌 것처럼 보였다.

하지만 나리아는 분한 표정을 지었다.

"용철 마술……."

칼끝이 박히기 직전, 모드레드가 용철 마술을 사용해 나리아의 단검의 칼날을 녹여버린 것이다. 나리아가 모드레드의 배에 갖다 댄 것은, 칼날이 사라진 단검의 자루였다.

"훌륭했다."

"윽……."

어느 틈엔가 뒤집어진 창의 밑동이 나리아의 측두부를 가격해 의식을 빼앗았다.

『역시 모드레드였네.』

"응. 능숙해."

『음, 용철 마술을 언제 영창했는지도 몰랐어.』

아마도 접근전이 됐을 때를 대비해 미리 용철 마술을 실행해 둔 거겠지. 그 신중함과 영창을 눈치채지 못하게 하는 능숙한 은폐력. 그리고 치열한 전투 중에도 마술을 지연시킬 수 있을 정도의 기술.

정말 탁월하다는 표현이 딱 어울리는 남자였다.

"……갈래."

『프란? 갑자기 왜 그래?』

프란이 갑자기 일어서더니 걸어가기 시작했다.

모처럼 자리를 확보했는데 더 이상 안 보려는 건가?

하지만 프란은 그대로 걸어갔다. 목표는, 회장의 출구가 아니었다.

몇 분 정도 걸어간 프란은 그대로 한 장소에 도착했다. 방 안으로 들어서자 그곳에는 소녀가 고개를 숙인 채 앉아 있었다.

프란은 그대로 소녀에게 다가가 말을 걸었다.

"좋은 싸움이었어."

"선생님! 와주셨군요!"

"응."

그곳은 나리아의 대기실이었다.

보통이라면 쉽게 알려줄 수 있는 정보는 아닐 텐데, 프란이 담당자에게 물어보자 그 즉시 알려주었다. 정보 관리가 너무 허술한 것이 아닐까 걱정될 정도로 빠른 반응이었다.

뭐, 프란이 유명인인 덕분이겠지. 지구에서는 있을 수 없는 일이지만, 이쪽에서는 랭크와 인기, 지위에 따라 흑이 백이 되는 일도 있으니까.

아니, 그렇게까지 권력 남용을 한 건 아니지만.

나리아의 대기실에는 익숙한 얼굴들이 모여 있었다.

나리아와 함께 프란의 선상 지도를 받았던 대검사 미겔과 창잡이 리딕이 나리아를 위로하고 있었던 것이다. 그들은 모두 예선에서 탈락한 모양이다.

"역시 본선은 괴물들의 소굴이네요……."

"온 나라에서 실력자들이 몰려드니까. 유명한 사람들 외에도 숨은 강자들도 많아."

"나를 이긴 여검사가 딱 그런 느낌이었어. 빨간 머리가 눈에 띄는 여자였는데, 정신을 차리고 보니 이미 장외로 패배해 있더라. 그런 사람이 무명이라니 믿을 수 없어……."

어깨를 축 늘어뜨린 나리아의 중얼거림에 리딕, 미겔이 동조한다. 하지만 빨간 머리가 눈에 띄는 여자, 라면.

"미겔을 이긴 상대 이름이 뭐야?"

"네? 글쎄요, 잘 모르겠네요. 다만 빨간 머리에 유난히 건방지게 구는 여검사였습니다. 실제로 그 검을 휘두르는 모습을 보진 못했지만요."

아마 시뷸라겠지. 무기는 검인가.

프란은 희미하게 미소를 짓고 있다.

프란은 강적과 싸우는 것을 좋아하지만, 자신과 같은 검사가 상대라면 더욱 불타오르는 경향이 있었다. 시뷸라의 주 무기가 검이라는 것을 알고 흥분한 거겠지.

"그럼 난 관객석으로 돌아갈게."

"아, 와주셔서 감사합니다!"

"응. 너희는 이제 어쩔 거야?"

"듀포 일행이랑 합류해서 던전이라도 가볼까 생각 중이에요……. 또 1년 동안 열심히 단련해야죠."

"그래. 힘내."

"네!"

나리아는 우울해 보이기는 하지만 낙담하지는 않은 것 같았다.

자신의 전투 방식이 격상의 존재인 모드레드에게 조금이라도 먹혔다는 것을 이해하고 있기 때문이겠지. 내가 봐도 훌륭한 전투였다고 생각한다.

예를 들어 가지고 있던 단검이 마검이었다면? 용철 마술에 저항할 수 있었을지도 모른다. 그렇게 되면 싸움이 조금 더 길어졌을 것이다.

적어도 발악할 시간은 손에 넣을 수 있었겠지.

옆에서 보면, 그것은 그저 패배할 때까지의 시간이 몇 초 늘어났을 뿐이다. 격이 낮은 자가 추하게 발버둥치는 것으로밖에 보이지 않겠지.

하지만 나리아에게 있어서는 큰 기회였다. 만약 더 성장해서 필살기 같은 걸 손에 넣었다면? 그 몇 초로 승부가 갈릴 수도 있었다.

뭐, 쉽게 말하자면 성과가 있었다는 거겠지. 자신의 수행이 헛되지 않았음을 실감한 것이다.

떠나는 순간 그 표정을 살피자, 이미 웃고 있었다. 그것은 수행하고 싶다고 말할 때의 프란의 얼굴과 매우 비슷했다.

『힘내.』

"?"

『아니, 프란의 학생이 다음에는 더 열심히 했으면 좋겠다고 생각해서.』

"응. 나리아는 열심히 하고 있어. 다음에는 더 잘할 거야."

『그러게.』

자, 다시 관전하러 돌아가 볼까. 그렇게 생각하고 걸음을 옮기는데, 낯익은 남자가 분노에 찬 표정으로 다가오는 것이 보였다.

"이봐! 너!"

위협적인 목소리를 내면서, 어깨를 크게 들썩이며 다가온다. 조금 전에 놔두고 온, 태도 불량 뚱보였다.

표정은 달라지지 않았지만 프란의 기분이 급격히 나빠졌다는 것을 알 수 있었다. 분명 재미있는 이야기도 아닐 테니까. 프란이 갑자기 주먹을 날리지만을 않기를 기도하자.

"날 무시하다니 정말로 무례한 녀석이군! 불경스러워! 애초에 이런 아이가 강할 리가 없지. 역시 모험가들이 하는 이야기 따위는 믿을 게 못 돼!"

"……."

"흥. 뭐, 좋다! 기뻐하도록 해라!"
"?"
"우리 나라 왕께서 네놈을 기사로 임명하고 써주신다더구나! 모험가 따위가 영광스러운 우리 나라의 기사가 되다니, 전대미문의 일이다!"
어느 나라의 권유였나. 아니, 권유라고 해도 될지 모르겠지만. 사실은 프란을 기사로 만들고 싶지 않아서 일부러 무례한 태도를 보여 화나게 하려는 건 아닐까? 그걸로 문제를 일으키게 해서 시비를 거는 게 목적이라거나?
"허나 모험가 따위를 기사로 만들어 주는 것이니 당연히 아무 시험 없이 임명할 수는 없지! 한 가지 일을 수행하도록 해라. 그 일에 성공하면, 네놈을 우리나라의 기사로——."
"거절할게. 기사 따위 될 생각 없어."
"뭐, 뭐라고? 내가 잘못 들었나? 이봐, 너 같은 놈을 기사로 삼아주겠다는 뜻이야! 감사하며 무릎 꿇어도 모자른 상황일 텐데?"
"바보야? 너 같은 놈이 있는 나라라면 무슨 일이 있어도 절대 싫어. 죽는 게 나아."
"가, 감히 짐승 모험가 따위가……!"
"돼지가 귀족인 나라보단 나아."
"네, 네, 네노오오옴!"
아아, 이 남자. 뭐가 목적인지 모르겠지만 한 방에 프란을 적으로 돌려버렸네. 모험가와 수인을 동시에 무시당한 프란이 분노한 표정으로 남자를 노려보았다.
『잠깐! 프란! 조절 좀 해!』

"히, 히익!"

가감 없는 분노를 정면에서 맞은 남자는 공황상태에 빠진 모습이었다.

다리에 힘이 풀려 주저앉고 말았다. 심지어 그것이 다가 아니었다. 바닥에 얼룩이…….

『저질러 버렸네~.』

'꼴 좋다.'

흘러나온 소변으로 바지와 바닥을 적신 남자가 추한 목소리로 소리를 지르기 시작했다. 공포를 느끼면 말이 많아지는 타입인 모양이다. 약한 개일수록 더 잘 짖는 법이니까.

"무, 무무, 무엄한 태도구나! 나는 영광스러운 샤를스 왕국 왕가의 피를 이어받은 고귀한 일족! 에머트 자작이다! 이, 이 짐승 따위가! 아까부터 이 무슨 건방진 태도란 말이냐! 엎드려라! 네 발로 엎드려서 내 발을 핥아! 죽여버리겠다! 당장 죽여버리겠어!"

『일단 조용히 시킬게.』

"응."

나는 바람 마술로 소리를 차단했다. 다리에 힘이 풀린 것 같으니 도망갈 걱정은 하지 않아도 되겠지.

다만 문제라고 하면 이 녀석 말에 거짓말이 없다는 것이다. 정말로 샤를스 왕국의 자작인 것 같았다.

베어버릴 수도 없으니 적당히 기절시켜서 방치해 둘까? 하지만 그렇게 되면 원한을 품은 바보 귀족을 풀어주는 셈이나 다름없었다.

자신의 목소리가 차단되고 있다는 것도 모르고 계속 고래고래

소리치는 자작을 어떻게 처리해야 할지 고민하고 있는데, 복도 저편에서 달려오는 사람의 그림자가 보였다. 서른 살 정도의 남자였다.

그리고 에머트 자작을 보며 절망스러운 표정을 짓는다.

"에, 에머트 자작……!"

망했네, 이 녀석의 동료인가? 여기서 소란을 피우면 여러 가지로 곤란한데……. 경계하며 자세를 취하는데, 다음에 나온 행동은 예상 밖이었다.

"흐, 흑뢰희 니이임! 저, 정말 죄송합니다아!"

자작의 동료로 보이는 남자가 프란을 향해 바닥에 납작 엎드려 사죄하는 것이 아닌가.

프란에게 폭언을 퍼붓고 위협을 받자마자 오줌을 싼 에머트 자작. 그 동료 귀족으로 보이는 남자가 땅바닥에 머리를 비비며 용서를 청하고 있었다.

"저는 레리안 차트. 샤를스 왕국에서 백작 지위를 부여받은 사람입니다!"

『역시 귀족이었구나……. 그건 그렇고 샤를스 왕국이 어디야?』

〈크란젤 왕국 남부 해안가에 위치한 소국입니다. 광석을 몇 종류 생산하고 있지만 그 대부분을 국외로 수출하여 식량 수입에 충당하고 있습니다〉

오, 알림! 역시 대단해!

『국력이 낮은 전형적인 약소국이란 건가.』

〈네. 평지가 적고 염해로 인해 식량 자급률이 낮아 식량 수입이 국가 예산을 크게 압박하고 있습니다〉

광석은 먹을 수 없으니까 말이지. 식량 생산국에 무시당하고 있다는 모양이다.

『뭔가 음모 같은 걸 꾸미고 있을 가능성은?』

〈정보가 부족합니다〉

『그렇겠지…….』

내가 알림과 정보를 주고받는 사이에도 차트 백작의 사과라는 이름의 변명은 계속되고 있었다.

"우리 나라의 멍청이가 대단히 큰 실례를 범했습니다! 무슨 소릴 지껄였는지는 모르겠지만, 이 남자의 말과 우리 나라는 아무런 관련이 없습니다! 모든 건 이 남자의 헛소리입니다! 이 남자 개인의 책임입니다!"

『와아……. 시원할 정도로 에머트를 버려버리네.』

"이 녀석이랑 나라는 상관없어?"

"워, 원래라면 이런 곳에 오는 것조차 불가능한 남자입니다. 우리 나라에서도 보증할 수 있는 쓰레기라고 해야 할지, 버러지라고 해야 할지……."

"그런 녀석이 왜 여기 있어?"

"그것은 저…… 새로 즉위하신 왕의 일시적인 방황이라고 할까요……. 저도 이런 부관은 필요 없습니다만……."

즉, 평소에는 바보 귀족이라 요직을 부여받을 일이 없는데, 이번에는 어째서인지 프란에게 보낼 사자로 임명되었다는 건가? 왕에게 뇌물이라도 먹인 걸까?

새로운 왕이라고 하니 나라의 방침 자체가 갑자기 바뀌었을 수도 있겠다.

차트 백작은 에머트의 어리석은 성격을 파악하고 있었던 거겠지. 그렇기에 더더욱 국외에서 문제를 일으킨 자작에게 모든 책임을 떠넘기기로 결정한 것일 테고.

어쩌면 에머트 같은 쓰레기가 살아남아 있던 이유는 무슨 일이 생겼을 때 책임을 뒤집어씌울 희생양으로 삼기 위함일지도 모르겠다.

그야 이 녀석, 누가 봐도 욕망이 흘러넘치는 상태니까. 어쩌면 일부러 이런 상태로 놔둬서 죄를 뒤집어씌우기 더 쉽게 만든 것은 아닐까.

어떤 의미에서는 이런 경우에 책임을 모두 떠넘기는 것은 올바른 사용법이라고 할 수 있었다. 발언은 없었던 일로 할 수 없지만, 에머트의 탓으로 돌리면 자신의 목은 지킬 수 있을 테니까.

다만 이 정도로 폭주하는 것은 예상 밖이었던 모양이다.

"이 녀석이 날 기사로 만들어 주겠다고 했어. 왕의 말이라던데."

"아니요! 그 단어 선정이랄까, 표현이 좀 과했던 것 같습니다."

"?"

"우리 나라 왕께서 당신에게 흥미를 보이신 것은 사실입니다! 그리고 기사로 맞이하고 싶다고 생각한 것도 사실입니다! 하지만 강제로 기사의 직책을 강요할 생각은 전혀 없습니다! 거절하신다면 포기할 생각이었습니다!"

마지막, 거절한다면 포기하겠다는 부분만 거짓말이었다. 다만 무리하게 기사 작위를 강요할 생각은 없다는 말은 사실이었다.

본래대로라면 여러 차례 접촉해 협상을 이어갈 생각이었겠지.

그것을 아직도 놀라서 주저앉아 있는 저 에머트 자작이 서둘러서 일을 그르친 건가.

숨겨진 음모 같은 것은 없어 보였다. 없겠지? 단순히 좀 억지스러운 권유에 지나지 않는 것 같은데…….

이럴 때는 그거겠지.

『프란, 그걸 보여줘.』

'응?'

『수인국에서 받은 훈장 말야.』

'오오, 그렇구나.'

저 훈장은 이럴 때 사용하라고 있는 것이었으니까. 활용할 수 있을 때 마음껏 활용해 주겠어!

프란이 차원 수납에서 황금색의 빛나는 훈장을 꺼내 주인공이 등장하는 장면처럼 높이 내걸어 보였다.

나는 프란에게 대사를 지시했다.

"이 훈장이 보이는가?"

"그, 그것은……!"

차트 백작은 겁에 질린 듯한 표정으로 뒷걸음질쳤다.

반응 좋네! 아주 만족이다!

차트 백작은 황금 수아 훈장을 제대로 알고 있었던 모양이다. 그 어느 때보다 안색이 창백해진다.

"이 훈장이 뭔지 알겠는가?"

"예, 예에~!"

이미 바닥에 납작 엎드린 상황이라 더 고개를 숙일 수도 없었지만, 그래도 필사적으로 머리를 바닥에 비비고 있다.

그나저나 조금 반응이 과한 거 아닌가? 딱히 프란이 수인국의 중진인 것도 아니고, 그렇게까지 반응할 필요는 없잖아……?

아니, 약소국 입장에서는 대국인 수인국은 적으로 돌릴 수 없다는 거겠지. 게다가 실태를 보인 직후이기도 하니까. 이제는 무슨 말을 하더라도 바닥에 엎드려 사죄할 것 같았다.

이 정도면 위협으로는 충분하겠지.

"이제 간다?"

"네! 대단히 죄송했습니다!"

차트 백작은 마지막까지 바닥에 납작 엎드린 자세로 프란을 배웅했다. 에머트 자작 주위에 걸려 있던 소음 결계를 풀자 추한 비명 소리가 들려왔는데, 차트 백작이 알아서 해결해 주겠지. 아니, 제발 해 줘!

『뭐, 이걸로 이제 안 오겠지.』

"응."

『다만 일단 모험가 길드에는 보고해 두자. 뭔가 조치는 해 줄 것 같으니까.』

지금보다 더 유명해지면 그런 녀석들이 앞으로도 계속 나타나는 걸까……. 유명세라는 거겠지만, 조금도 기쁘지 않다.

약간의 소동이 있긴 했지만, 보고 싶었던 시합이 시작되기 전까지는 자리로 돌아올 수 있었다.

『다음은 비스코트와 데미트리스 제자의 싸움이네. 그리고 시뷸라 시합도 오늘이지?』

"기대된다."

시뷸라와 함께 있던 큰 사내, 비스코트. 그도 상당한 전사였다.

키가 크고 근육질의 탄탄한 육체로 미루어 봤을 때 상당한 파워 파이터로 보였다.

투기장으로 걸어 나온 비스코트에게서는 강한 존재감이 뿜어져 나왔다. 게다가 그 역시 전투광 기질이 있는 것일지도 모른다. 올백으로 넘긴 금발을 쓸어올리며 즐겁다는 얼굴로 웃고 있었다. 그 얼굴은 마치 장난기 가득한 소년 같았다. 실제로는 스무 살은 훌쩍 넘겼겠지만.

관객석에서 비스코트를 감정했지만 역시 감정이 잘 작동하지 않았다. 감정 위장 마도구를 지금도 사용하고 있는 모양이었다.

"큰 방패."

『방패사인가? 상당한 마력이 느껴지네.』

"응. 단단해 보여."

비스코트 장비 중 눈에 띄는 것은 큰 타워 실드였다. 가볍게 굽히면 비스코트의 거구조차 완전히 가려질 정도로 거대했다. 두께도 꽤 있어 보인다.

무기는 긴 자루로 된 망치였다. 2미터 가까운 자루 끝에는 한 아름 정도의 거대한 금속제 헤드가 붙어 있었다.

방패로 방어하고 망치로 일격필살. 어떻게 보면 방패사로서는 가장 기본적인 장비였다. 방패도 망치도 규격을 넘어선 크기이긴 하지만.

어느 쪽도 평범한 사람은 들어 올릴 수 없는 것이었다. 그런 중장비를 한 손으로 들고 있으니 그 엄청난 완력을 실감할 수 있었다.

저런 일은 모험가 중에서도 상위 전사직이 아니면 불가능할 것이다.

하지만 대(對)마수라면 모를까, 사람을 상대로 저런 중장비는 좀 안 어울리지 않나? 상대는 날렵한 격투가인데.

『어떻게 대응할지 지켜보는 재미가 있겠네.』

"응."

『상대는 데미트리스류인데……. 일단 장갑을 착용했나.』

"강해."

『그야 데미트리스에서 출전을 허락받았을 수준이니까 당연히 강하겠지.』

이름은 체르트. 검은색 짧은 머리에 위압적인 얼굴을 한 남성이었다. 솔직히 말하자면 고릴라를 쏙 빼닮은 얼굴이다.

능력도 높다. 현재 상태로 보면 봉인 상태의 코르베르트에 필적할 정도였다. 그보다 저 사람도 상태가 봉인되어 있네.

데미트리스류의 비법 전수 시험을 받고 있는 도중인 것 같았다. 즉 코르베르트와 거의 동격이라는 말이었다. 나이도 서른 살이고, 경험적인 면에서도 코르베르트와 크게 뒤지지는 않을 것이다.

『어떤 싸움이 벌어질까 기대되네.』

"응."

"웡."

우리가 지켜보는 가운데, 서로가 정중하게 인사를 나눴다.

"잘 부탁드립니다."

"오! 소문난 초절 유파의 기술, 기대하고 있을게?"

먼저 공격한 것은 데미트리스류 격투가 체르트였다.

"갑니다! 방패사님!"

"핫! 정말 빠르군!"

우리가 예상한 대로 초반에는 체르트가 그 민첩성을 살려 비스코트를 수세로 몰았다. 사각지대로 파고들어 재빠른 기술로 비스코트의 자세를 무너뜨리려 했다.

화려한 싸움이었다. 미안하다, 체르트. 완전히 뼛속까지 힘으로 밀어붙이는 파이터인 줄 알았다. 말투도 그렇고, 전투 스타일도 그렇고, 정말 스마트했네요!

"얏! 하앗!"

"이리저리 잘도 움직이네! 바퀴벌레냐!"

"바퀴벌레만큼 빠르지는 않을걸요?"

"엉? 여기 바퀴벌레가 그렇게 빨라?"

그런 미묘한 대화를 나누면서도 양쪽 다 초고속으로 움직인다. 상대의 컨디션을 무너뜨리려고 하는 것인지, 진심으로 하는 것인지, 둘 다 모르겠네.

다만 체르트가 아무리 공격해도 비스코트의 수비는 견고했다.

그 거구로 놀라울 정도로 빠르게 방향을 바꿔 모든 공격을 방패로 막아버린다. 그럼에도 몇 번은 맞은 것 같은데, 그 자세에는 조금도 흔들림이 없었다.

"몇 군데 벌레에 물린 기분인걸?"

"생각보다 단단하군요!"

"좀 더 세게 들어와! 안 그러면 난 못 쓰러뜨린다고!"

"말하지 않아도 그럴 겁니다!"

체르트의 속도가 더욱 빨라졌다. 고속의 발놀림은 멀리서도 그 모습이 흐릿하게 보일 정도였고, 휘두르는 주먹은 일반인이 파악하는 것조차 불가했다.

체르트의 장갑과 비스코트의 대방패가 부딪히며 거대한 금속

가공기의 작동음 같은 날카로운 소리가 간헐적으로 울려 퍼졌다. 그 소리의 크기만으로도 충격의 강렬함을 느낄 수 있었다.

이따금 섞이는 약간 둔탁한 소리는 비스코트의 갑옷에 주먹이 박히는 소리였다. 초반의 관망세가 아닌, 쓰러뜨릴 생각으로 반복되는 진심을 다한 공격이었다. 하지만 그럼에도 비스코트의 발을 멈추게 하지는 못했다.

"끄헉! 가, 가벼워, 가벼워!"

"허세 부리지 말라고 하고 싶지만, 이 공격을 맞고도 얼굴을 찡그리는 정도로 끝나다니 너무 튼튼한 거 아닌가?"

"튼튼함이 유일한 장점이라서 말야! 한두 대 정도로 쓰러질 연약한 몸은 아니라고!"

"튼튼한 몸으로 낳아주신 부모님께 감사드려야겠군!"

"부모님 얼굴은 본 적도 없어!"

이번에는 비스코트가 공세로 돌아섰다. 날카로운 파고들기와 함께 방패를 내리친 것이다.

그러나 체르트는 실드 배시를 가볍게 회피했고, 또다시 어지러울 정도로 공방이 빠르게 뒤바뀌었다.

"미안한 소릴 했군!"

"핫! 그 대신 동료들이 있었으니까! 외롭다는 생각은 한 적 없어!"

무거운 이야기를 나누면서도 서로 공격을 주고받는 두 사람.

그러나, 비스코트는 슬럼가 쪽 출신인 건가? 뭐, 이쪽 세계에서는 드문 일은 아닐지도 모르지만…….

"하아아아앗!"

"아직이다! 더 공격하라고!"

여전히 금속음이 울리는 무대 위, 하지만 이변이 찾아오고 있었다.

체르트의 공격 빈도가 근소하게 떨어진 것이다. 자세히 보니 양팔에 장착한 장갑 사이로 검붉은 액체가 흘러내리고 있었다.

비스코트는 단순히 공격을 막는 것에서 그치지 않고, 방패를 주먹에 가볍게 부딪치며 반대로 주먹에 피해를 주고 있었던 것이다. 딱딱한 장갑의 내부가 손상될 정도로 대미지를 입은 듯했다.

체르트의 표정이 분함으로 일그러졌다. 완벽한 타이밍에 방패를 주먹에 맞추는 기술은 공격을 완벽하게 읽지 않고서는 불가능하기 때문이었다. 게다가 서로의 모습을 완전히 가려주는 거대한 방패 너머라면 더더욱.

역량 차라기보단 전략 차에 가까웠다.

비스코트가 체르트를 도발했던 것은 공격의 속도를 높여 주먹을 더 쉽게 망가뜨리기 위함이었다. 공격이 빨라지면 그만큼 더 단조로워질 테니까.

이렇게 말하면 좀 미안하지만, 단순무식해 보이는 비스코트가 이렇게까지 영리한 작전을 쓸 거라고는 생각도 못 했다. 그것은 체르트도 마찬가지였으리라.

그가 분함을 느낀 곳은 작전에 걸렸다는 사실보다도, 상대를 얕잡아 본 자신의 방심에 대한 것이었다.

주먹에 큰 대미지를 입은 체르트와 아직도 움직임이 둔해지지 않은 비스코트.

누가 봐도 비스코트가 유리했다.

공연장 관객들도 다크호스의 출현에 환호했다.

"……미안하다."

"뭐야? 갑자기? 설마 봐달라는 뜻은 아니겠지?"

"아니. 널 얕보고 있었다."

"아아, 그 말이었구나. 뭐, 내가 생각한 작전은 아니야. 주먹치기라는 기술을 좀 배운 것뿐이지."

아무렇지도 않게 자신의 공이 아님을 밝히는 비스코트의 말에 체르트는 쓴웃음을 지었다. 하지만 곧바로 표정을 굳히고는 피가 뚝뚝 떨어지는 주먹을 조용히 꽉 쥔다.

"그, 그렇군. 하지만 그 작전을 훌륭하게 실행해 낸 것은 너다. 자랑스러워해도 좋아."

"그래? 고마워. 그래서? 아직도 할 거야?"

"당연하지. 이제 다음 시합을 생각하는 건 그만두겠다. 널 이기기 위해서라면 모든 것을 쏟아부을 만한 가치가 있어."

체르트의 분위기가 달라졌다.

그전까지는 좋든 나쁘든 밝은 모습이었지만, 이제는 완전히 전투 모드에 돌입했다.

그 고릴라 같던 얼굴이 굳어지며 살기마저 스며들었다. 그가 말한 대로 모든 것을 쏟아부을 각오를 마친 것 같았다.

비스코트도 더욱 집중한 모습이었다.

두 사람 사이에 팽팽한 긴장감이 감돌았다.

관객들마저 그 긴장감을 느끼며 응원하는 소리가 절로 작아진 순간, 체르트가 단숨에 앞으로 치고 나갔다.

우리들은 알아챘지만 아마 관객들은 그 움직임을 보지 못했을 것이다. 발을 디딘 바닥에 금이 갔다고 생각한 순간, 그 모습이 비스코트 바로 옆에 있는 것처럼 보였을 테니까.

그 정도로 빨랐다. 모든 힘을 정면의 가속에만 쏟아부었다.

비스코트도 체르트의 움직임을 포착하지 못했다. 갑자기 사라진 상대의 모습을 찾고 있었다.

"어디에 있는……!"

"하아아아아아아앗!"

"윽!"

속도를 조금도 줄이지 않은 채, 스쳐 지나가며 래리어트 같은 훅을 반복하는 체르트. 그 일격이 비스코트의 옆구리를 치고 금속 갑옷을 깎아내듯이 부숴버렸다.

보통이라면 옆구리가 파여도 이상하지 않은 일격을 맞고, 비스코트가 금속 파편을 흩뿌리며 날아갔다.

"으헉! 쿨럭……. 더럽게 아프네!"

"이걸로도 못 끝내다니!"

쓰러지는 것은 간신히 면하고 미끄러지듯 착지한 비스코트가 적지 않은 피를 토해냈다. 확실히 내장까지 손상을 입었다. 하지만 당장 전투 불능이 될 정도의 대미지는 아니었다. 아니, 보통이라면 통증 때문에라도 제대로 움직일 수 없었겠지만, 비스코트는 무시무시할 정도로 인내심이 강한 듯했다.

방패사로서 최전선에 서서 싸우며 평소부터 대미지를 입는 상황에 익숙해진 것이다.

"헤헤헤, 팔이 날아갔구나?"

"후후후, 그쪽도 내장이 별로 좋지 못할 텐데?"

"어떨까?"

뻔뻔한 미소를 주고받는 두 사람이었지만, 아무리 봐도 그 대미지는 심각했다.

체르트의 오른손 장갑은 부서졌고, 그 아래 주먹은 누가 봐도 짓뭉개져 있었다. 금속 조각이 여러 개 박혀 있고 출혈도 심각한 상태다. 공격에 사용하기는 어려워 보였다.

그와 대치한 비스코트도 부서진 갑옷 틈새로 보이는 피부가 자주색으로 변색되어 있었다. 갈비뼈가 몇 개 부러진 것은 확실해 보였다. 피를 토할 정도의 대미지가 금세 회복될 것 같지는 않으니, 이쪽도 상당히 피해가 쌓여 있을 것이다.

둘 다 장시간 싸울 수는 없다.

다음 공방이 중대할 것이다.

"슬슬 끝이네, 아저씨."

"음? 늙어 보인다는 말은 많이 듣지만, 아직 30살이다. 아저씨라고 불릴 나이는 아니야."

"핫! 역시 아저씨네."

"그렇게 나이 차이가 많이 나 보이지는 않는데?"

"나도 자주 늙어 보인다는 말을 듣거든."

두 사람 다 변함없이 가벼운 농담을 주고받으며 마력을 쌓아나가고 있었다.

이 두 사람, 묘하게 대화가 잘 통하는 것 같은데?

프란뿐만 아니라 모든 관객이 숨을 죽이고 지켜보는 가운데, 두 사람이 택한 행동은 공교롭게도 시작 때와 똑같았다.

"간다."

"와라!"

공격하는 체르트와 수비하는 비스코트.

둘 다 자신이 가장 잘하는 공격 스타일에 자신의 운명을 맡긴 것 같았다.

"하아아아아! 하앗! 으라차아아!"

"망가진 주먹으로 잘도 하는군! 큭……!"

체르트의 힘이 폭발할 때마다 붉은 피가 튀어 올랐다.

다친 주먹으로 방패를 때리는 바람에 뼈가 피부를 뚫고 나오기 직전의 상태가 되어 있었다. 그럼에도 체르트는 멈추지 않았다. 이 공격에 모든 것을 걸었다는 듯이.

둔탁한 소리가 울려 퍼지며 비스코트의 방패가 변형되기 시작했다. 표면이 크게 움푹 패이고, 그때마다 비스코트도 얼굴을 찡그린다. 손잡이를 통해 충격이 전해지기 때문이었다. 설마 정면에서 압박해 올 줄은 몰랐다. 게다가 미친 듯이 공격을 계속 퍼붓고 있는 것처럼 보이지만 확실하게 페인트도 섞고 있다. 완급까지 조절하여 비스코트가 주먹치기를 할 수 없도록 움직이고 있었다.

"흐랴아아아아아아앗!"

"치잇!"

『맙소사! 체르트 녀석, 정면에서 방패를 부숴버렸어!』

비스코트의 큰 방패에 쩌저적 금이 가는가 싶더니, 아래쪽 절반이 부서지며 날아가 버렸다.

'굉장해!'

'웡!'

왼쪽 팔뚝이 중간부터 꺾여 있고 주먹은 검붉은색으로 변색되었다. 단단한 방패를 진심을 다해 계속 때렸으니 당연하다면 당연하지만.

하지만 체르트의 공격은 끝나지 않았다.

"끝이다아아아!"

완전히 접혀버린 오른팔이 비틀리며 앞으로 튀어나갔다.

강한 마력이 담긴 오른쪽 주먹이 그대로 비스코트의 배에——.

『뭐야?』

'뭔가 이상했어.'

필살의 일격으로 보이던 공격이, 마치 궤도를 완벽하게 꿰뚫어 본 듯한 비스코트의 방패에 의해 아슬아슬하게 튕겨 나가고 말았다. 방패의 크기는 반으로 줄어들었지만 아예 쓰지 못하는 것은 아니니까.

확실히 비스코트의 반응은 굉장했지만 그 이상으로 체르트의 움직임이 이상했다.

굳이 말하자면 상반신이 너무 앞으로 쏠렸다. 그렇게 균형을 잃은 상태에서 커다란 텔레폰 펀치를 날려 버린 것이다. 승리를 너무 서두르다 보니 큰 동작을 휘두른 건가? 아니, 체르트 정도의 격투가가 그런 초보자 같은 실수를 할 리가 없다.

그럼 비스코트가 뭔가 한 건가? 그럴 가능성이 높아 보이지만, 뭘 했는지는 전혀 알 수 없었다. 환각 계열 마술인가? 아니면 염동 계열 스킬? 후보는 무한히 많았다.

"으랴아아아앗!"

"크헉!"

공격이 빗나가며 균형을 잃어버린 체르트에게 비스코트의 실드 배시를 피할 여유는 없었다. 남은 방패가 완전히 부서질 정도의 일격이 날아왔고, 체르트가 그대로 날아갔다.

그 몸이 높이 날아오르며 육중한 거구가 장외로 굴러떨어졌다.

승부가 끝났다.

초반만 해도 체르트에 의한 일방적인 승리로 보였는데, 설마 하던 역전승이었다.

관객들이 열렬한 환호를 보냈다.

둘 다 강했지만, 비스코트의 방어력이 이겼다는 느낌이었다.

『저 견고한 방어는 성가시겠네.』

"음!"

프란은 자신이라면 어떻게 싸울지 상상하고 있는 것 같았다. 의욕에 찬 얼굴로 비스코트를 바라보고 있다.

그 후 시뷸라의 시합도 보았지만, 이쪽은 아무런 참고가 되지 않았다. 시작한 지 5초 만에 끝나버렸다.

『일단 검을 쓴다는 건 알았네.』

"그리고 속도 위주."

『가벼운 갑옷에 방패 없음. 뭐, 아마 그렇겠지.』

다음 시합을 기대해 보기로 할까. 다음은 시뷸라랑 코르베르트니까. 누가 이기든 분명 좋은 싸움이 될 것이다.

그 후 우리는 모험가 길드로 향했다. 샤를스 왕국의 사자에 대해 보고하기 위해서였다.

디아스나 엘자는 없는 것 같아 접수대 여직원에게 사정을 설명했다. 그러자 놀라운 반응이 돌아왔다.

"또 샤를스 왕국이군요……."

"또?"

"네, 실은 샤를스 왕국 사람들의 행동이 문제가 되고 있어서요."

놀랍게도 다른 유력 참가자들에게도 샤를스 왕국 인간의 접촉이 있었다고 한다. 무분별하게 유명 선수를 상대로 스카우트를 하고 있는 모양이었다.

접수 직원이 피곤한 얼굴로 한숨을 내쉬었다.

"그들이 곳곳에서 문제를 일으키고 있어서……."

"샤를스 왕국 사람을 아예 거절하는 건?"

"불가능해요. 딱히 나쁜 짓을 벌이는 것도 아니고, 강한 모험가를 자국으로 스카우트하는 건 어느 나라나 하고 있는 일이니까요."

기껏해야 선수들에게 폐를 끼치지 말라고 경고하는 정도밖에 할 수 없다고 한다. 하긴, 무례한 태도를 보인다고 해도 하는 일은 조금 강압적인 스카우트에 불과하니까.

"하지만 조금 이상하긴 해요."

"이상해?"

"네. 태도와 조건이 너무 안 좋아서, 아무리 생각해도 협상을 성공시키려는 의사가 없는 것 같아 보이거든요."

에머트 자작이 특별한 것이 아니라, 샤를스 왕국의 사자는 대체로 다 그런 느낌이라고 한다. 그리고 모험가가 화를 내면 본인이나 동료가 바닥에 납작 엎드려 호들갑스럽게 사과를 한다고.

다른 나라 귀족이 엎드려 사죄까지 하는 상황에서 그 이상 화를 내기는 어렵다. 게다가 그 우스꽝스러운 모습에 화를 내다가도 맥이 빠지는 자들이 대부분이라고 한다. 결국 협상은 흐지부지되고, 모험가들이 화를 내며 떠나는 광경이 곳곳에서 벌어지고 있었다.

"애초에 나라의 사자를 자칭하면서 태도가 너무 안 좋아요. 지방의 폭군 귀족이 보낸 사자라면 몰라도, 나라에서 정식으로 파견된 사람이 하나같이 멍청이라니, 말이 안 되잖아요?"

"사실은 샤를스 왕국의 인간이 아닌 거 아냐?"

그 나라 사람을 사칭해서 평판을 떨어뜨리려고 하는 건가? 하지만 거짓말 간파 스킬로 확인한 결과 진짜 샤를스 왕국의 사자인 것은 맞았다.

"……음모?"

"모르겠어요. 이런 일을 하는 의미도 모르겠고……. 하지만 이쪽은 샤를스 왕국에 대한 대응으로 정신이 없어요. 경비 인력도 늘려야 하고요. 출전자가 귀족을 공격했다고 하면 큰 문제가 되니까요……."

바보든 쓰레기든 일단 귀족은 맞으니까. 내가 동정하고 있는데, 접수대 여직원이 간절함을 담은 시선으로 프란을 바라보았다.

"프란 님도 다시 접촉해 오더라도 무시해 주세요. 부탁드릴게요! 진심으로오! 이렇게 부탁드릴 테니까요오오!"

이 접수 직원, 프란에 대한 과격한 소문이라도 들은 건가? 당장 무릎이라도 꿇을 것 같은 기세였다.

"알았어."

"정말요? 정말이죠?"

"응."

"부탁드릴게요오!"

뭐야! 울지 말라고! 뭐, 이 이상 소동이 벌어지는 것도 불쌍하니까, 프란이 손을 댈 것 같으면 말리도록 하자.

샤를스 왕국, 대체 뭐가 목적인 거지?

Side ????

"끄응……!"

"히히히히. 그렇게 심각한 얼굴로, 무슨 일 있나요?"

"알 아지프가 사라졌어! 뭐 아는 거 없나?"

"아아, 그분이라면 식사를 하러 간다고 했는데요."

"녀석은 언데드라고? 식사가 필요할 리 없잖아! 살육 충동을 억누르지 못한 것뿐이겠지!"

"알고 있다고요. 하지만 제가 막을 수 있을 리가 없잖아요."

"지금이 얼마나 중요한 시기인지 모르는 건가! 이번 작전이 실패하면 흑해병단 전체가 실패작이라는 꼬리표를 달게 될지도 모른단 말야!"

"진정하세요."

"고위 모험가들이 우글거리고 있는데!"

"나름 은밀 능력은 높으니까 아마 괜찮을 거예요."

"빌어먹을! 지금이라도 당장 쫓아가!"

"알았다고요. 하지만 이쪽도 지금은 작전 행동 중이에요. 움직일 수 있는 인원수는 많지 않아요."

"알고 있어. 하지만 우리보단 낫겠지."

"하긴, 흑해병단이 함부로 움직였다간 순식간에 발각될 테니까요."

"음. 그건 그렇고 알 아지프 녀석! 그렇게나 움직이지 말라고 했는데!"

"도시 안에 강자들이 많이 머물고 있으니까요."

"이런 전투광 식인귀놈!"

"강한 인간이 연달아 사라지면 수상하게 생각하는 인간이 나올지도 모르겠네요."

"지금 드러나서는 안 돼! 게다가 네놈들의 작전에도 영향을 미칠 텐데? 그렇게 되면 정말 위험하다고."

"음, 지금 시기에는 이용할 수 있는 모험가는 얼마든지 있으니까요. 조금 경계받는 정도라면 괜찮겠죠."

"그렇다면 상관없지만."

"그래도 과한 행동은 삼가는 편이 좋겠네요."

"그래. 은폐에는 충분히 신경을 쓰고 있어."

"정말인가요? 당신네 나라에서는 은근히 모험가를 깔보니까요. 얕보고 달려들었다간 정말 큰코다쳐도 모릅니다?"

"시끄러워! 아무튼 알 아지프나 빨리 찾아봐!"

"네, 네. 알았다고요. 일단 전 시합에 출전해야 하니까 먼저 가보겠습니다. 조급하게 굴다가 실수하지 마세요."

"됐으니까 가! 죽여버린다!"

"히히히히!"

*

오늘은 1회전 이틀째. C, D 블록의 시합이 열린다.

"힐트 나왔다."

"웡."

우리는 오늘도 특별석에서 관전 중이다.

프란은 자신의 앞에 앉아 있는 울시를 뒤에서 끌어안고, 턱을 울시 머리에 얹은 채 그 털의 복슬복슬함을 온몸으로 즐기고 있었다.

『어떤 시합을 보여줄지 기대되네.』

"응."

우리가 바라본 곳에는 진녹색의 머리카락을 사이드 포니테일로 묶은 장신의 미녀가 있었다. 튜브 톱과 같은 가슴 보호대에, 짧은 소매가 달린 것 같은 드레스 아머, 그리고 숏팬츠 느낌의 바지를 입고 있었다. 니삭스처럼 보이는 다리 장비는 신축성이 뛰어나 움직임에 중점을 둔 것 같았다.

훤히 보이는 배꼽이 매력적인 날씬한 미소녀다.

다만 피로 검붉게 변색된 너클 더스터가 위협적인 분위기를 풍기고 있었다.

감정해 보니, 역시 강하다. 데미트리스류의 후계자이자 랭크 A 모험가다운 실력이었다.

명칭: 힐트리아 나이: 23살

종족: 인간

직업: 마투권사

Lv: 61/99

생명: 682 마력: 582 완력: 410 민첩: 589

스킬: 발바닥 감각 4, 위압 6, 괴력 6, 격투기 3, 격투술 3, 위기

감지 5, 권성기 4, 권성술 6, 권투기 10, 권투술 10, 경기공 8, 강력 10, 지도 6, 순발 10, 순보 3, 상태 이상 내성 5, 정신 이상 내성 5, 도발 4, 투척 4, 데미트리스류 무기 10, 데미트리스류 무술 10, 물리 장벽 6, 마술 내성 6, 마력 감지 5, 마력 방출 8, 졸음 내성 5, 오크 킬러, 코볼트 킬러, 미식, 분할 사고, 기력 제어

유니크 스킬: 기력 폭주, 폭식

고유 스킬: 마전권

칭호: 오크 킬러, 코볼트 킬러, 자이언트 슬레이어, 데미트리스류를 잇는 자, 박살자, 마수 섬멸자, 랭크 A 모험가

장비: 나관의 구권, 천마잠의 투의, 천마잠의 속옷, 수룡골의 전투화, 마력 억제 팔찌, 회생의 펜던트

스테이터스도 강하지만, 역시 스킬이 대단했다. 데미트리스류가 레벨 맥스라는 것은 랭크 S 모험가인 데미트리스와 같은 기술을 사용할 수 있다는 뜻이었다.

아마 오의 같은 것도 쓸 수 있을 것이다.

위력까지 같지는 않겠지만 얕잡아 볼 수는 없었다.

작년에 싸웠던 봉인 해제 상태의 코르베르트의 상위 호환이라는 느낌이었다.

『데미트리스류 기술을 조금이라도 볼 수 있다면 좋겠는데.』

"……못 봐."

"어후."

〈개체명 힐트리아가 데미트리스류 무술을 사용할 확률, 2퍼센트〉

프란과 울시는 그렇다쳐도 알림까지! 뭐, 나도 그렇게 생각은 하지만.

힐트의 상대는 도끼를 사용하는 덩치 큰 모험가였다. 외모는 꽤 험상궂어서 정말 위협적이다. 거리를 걸으면 모두가 길을 양보할 것 같았다.

하지만 그다지 강하지는 않다. 아니, 솔직히 약하다. 그 실력은 주홍 소녀 세 명과 비교해도 상당히 떨어졌다.

예선의 대진표 편성은 완전한 랜덤이었기 때문에, 약한 선수들만 있는 블록을 통과해 왔다면 미묘한 실력을 가진 인간이 본선에 출전하는 경우도 있을 수 있었다. 이것만은 순전히 운의 문제다.

뭐, 실력 부족으로 본선에 출전하는 것이 좋은 것인지 나쁜 것인지는 모르겠지만.

시합은 예상대로의 결말이었다. 견제하듯 날린 힐트의 잽 한 방에 깔끔하게 결판이 나버린 것이다.

힐트의 공격에 반응조차 못 하고, 턱에 잽을 맞고 그대로 쓰러지는 도끼남. 힐트가 가진 실력의 편린조차 볼 수 없었다. 아니, 진짜 좀 분발해 줘!

『뭐, 뭐어 다음부터는 좀 더 나은 상대가 나올 테니까, 거기서 여러 가지를 볼 수 있겠지.』

"응……."

그대로 관전을 이어갔다. 다음 시합에는 아는 사람이 출전한다.

"라듈."

드물게도 프란이 이름을 기억하고 있었다. 울무토의 노마법사로, 함께 차를 마신 적이 있는 인물이었다. 랭크는 C였지만 B 수준의 실력자이며 오렐과 파티를 맺은 적도 있다고 들었다.

작년에는 시합을 보지 못했는데, 실력이 한참 못 미치는 크루스에게 패배한 것으로 알고 있다. 아마 속도로 교란당한 뒤 먼저 큰 기술을 맞아버린 거겠지.

전 궁정 마술사였던 만큼 마술의 수준은 높지만, 고령인 탓에 육체적인 스테이터스는 상당히 낮았으니까.

올해는 어떨까?

조금 걱정되는 마음으로 시합을 보고 있는데, 라듈 할아버지는 놀라울 정도로 강했다. 대지, 폭풍, 대해의 세 가지 속성을 사용할 수 있다고 들었는데, 그 사용법이 실로 절묘했다.

강력한 기술을 사용하는 것이 아니라, 간단한 주문들을 능숙하게 조합한 것이다.

대지 마술로 상대의 발판을 무너뜨리고, 화려한 대해 마술로 주의를 끌고, 보이지 않는 폭풍 마술로 조용히 공격한다.

영창 파기로 방출되는 다채로운 마술을 앞에 두고 상대 방패사는 아무것도 하지 못하고 맥없이 지고 말았다.

『크루스처럼 빠른 속도로 목표물을 겨냥하는 특공 스타일에는 약해도, 발이 느린 상대에게는 이렇게나 강한 건가.』

"라듈 굉장해."

"웡웡!"

프란도 눈을 반짝이며 말했다. 결코 화려하지는 않지만 노련한 시합 진행이었다. 아마 모드레드와 비슷한 타입이겠지. 이쪽은 마술 특화지만.

마지막 D 블록에는 아는 사람이 꽤 많이 출전했다. 가장 먼저 등장한 것은 엘자다. 키 190cm가 넘는 엄청난 근육질 몸에 빨간 아프로 머리. 그러면서도 여성스러운 메이크업에 중성적인 얼굴 생김새까지 더해지니 성별이 잘 구분되지 않는 얼굴이었다.

여전히 엄청난 존재감이다. 거대한 메이스를 짊어진 그 모습에서는 아이가 본다면 악몽을 꿀 것 같은 위압감이 느껴졌다. 물론 전투력도 뛰어나다. 상대의 공격을 웃는 얼굴로 받아치더니 몇 번의 공격만으로 손쉽게 승리를 쟁취했다. 비스코트처럼 방어 기술이 뛰어난 것이 아니라, 오로지 강한 육체의 힘으로 밀어붙이는 타입이다. 저건 저거대로 귀찮다.

엘자의 시합 다음으로 무대에 오른 것은 바로 무희 샤를로테였다. 춤을 추듯 움직이며 손에 든 철제 고리로 싸우는, 화려한 전투 스타일이 특징인 소녀다. 꾸준히 유리한 상황을 유지하면서 마지막에는 그 철제 고리로 상대의 창을 휘어잡아 빼앗고는 여유롭게 승리를 거머쥐었다.

두 사람 모두 강했지만, 다음에 등장한 인물의 임팩트도 뒤지지 않았다. 그 정도로 사마귀 머리를 가진 반충인 나이트하르트는 눈에 띄었다.

맨손으로 강철의 검을 완전히 찢어 파괴한 것이다. 칼에 손날로 맞섰을 때는 비명이 터져나왔지만, 그다음 순간에는 큰 환호성이 들려왔다.

명칭: 나이트하르트 나이: 57세

종족: 반충인 · 사마귀족

직업: 쌍격사

Lv: 66/99

생명: 897 마력: 214 완력: 588 민첩: 612

스킬: 악식 3, 발바닥 감각 4, 암살 4, 은밀 4, 가창 3, 관찰 4, 위기 감지 8, 궁기 4, 궁술 6, 급소 간파 4, 궁정 작법 2, 계산 5, 기척 감지 6, 기척 차단 5, 검기 5, 검술 5, 권성기 3, 권성술 3, 권투기 10, 권투술 10, 경기공 4, 교섭 10, 강력 3, 지휘 7, 지도 4, 순발 10, 순보 8, 소음 행동 6, 상태 이상 내성 7, 정신 이상 내성 3, 쌍검술 10, 원견 4, 피로 회복 6, 마술 내성 2, 마력 감지 3, 암시, 각력 강화, 각력 상승, 기력 제어, 통각 무효, 불굴, 민첩 중 상승

유니크 스킬: 위타천

고유 스킬: 낫술, 쌍격, 충화

칭호: 자이언트 슬레이어, 전장의 왕, 천을 벤 자, 쌍검사, 패잔병, 백을 벤 자, 충의 연

장비: 은룡의 쌍검, 은룡 비늘의 장갑, 삼두마견복, 오리하르콘의 경갑옷, 삼두마견의 전투화, 기력 보충 팔찌, 생명 초회복 발찌

감정해 보니 꽤 강하다. 그리고 나이가 많았다. 목소리가 잘생긴 성우 같은 느낌이라서 틀림없이 20대라고 생각했는데. 오랜 세월 전장에서 계속 싸워오며 기른 강함인 거겠지.

몇 가지는 본 적 없는 스킬도 있어서 진심을 다해 싸우는 모습을 보는 것이 기대됐다.

그런 나이트하르트의 진심을 이끌어 내줄 만한 인물은 바로 마지막에 등장하는 펠무스였다. 작년에는 우리와 3위 결정전에서 함께 싸웠던 전 랭크 A 모험가다.

실을 자유자재로 사용하는 그 전법에는 정말 고전했다. 지금도 그는 실로 상대의 움직임을 봉쇄하고 주먹으로 결판을 내고 있었다. 관객들에겐 펠무스의 상대가 갑자기 우뚝 멈춰 선 것으로만 보일 것이다.

우리는 큰 기술로 반강제로 밀어붙여 가까스로 승리했지만, 다음에 해도 반드시 이길 수 있을지 어떨지는 알 수 없었다. 그 후로 나와 프란, 울시 모두 꽤 강해졌다 해도 말이다. 아니, 투기장이라는 한정된 공간이라면 이길 확률은 높다.

하지만 숲 등에서 서로 목숨을 노린 싸움이 벌어진다면 솔직히 자신은 없었다. 기척을 알아차릴 수 없는 실 공격은 그만큼 성가셨다.

『올해도 쉽게 우승하지는 못할 것 같네…….』

"응! 바라는 바야."

"웡!"

프란과 울시는 오히려 즐거워 보였다. 참가자들의 뜨거운 싸움을 보고 전투광의 피가 깨어나고 있는 것 같았다.

『먼저 모드레드를 이기자!』

"오-."

"어후."

그리고 다음 날.

의욕이 넘치는 표정으로 프란은 무대에 올랐다.

『자아, 다시 돌아왔습니다! 무투 대회 2회전! 제1 시합부터 뜨거운 대결이 펼쳐진다! 먼저 등장한 자는 랭크 B 모험가 모드레드! 창과 용철 마술을 능숙하게 다루는 베테랑, 시합의 달인입니다아!』

변함없는 함성 속에서 모드레드가 관객들에게 손을 흔들어주었다.

하지만 그 눈은 확실히 프란을 바라보고 있었다.

프란도 그 투지에 부응하듯 마주 바라보았다.

시합 전부터 엄청 팽팽하네.

'스승. 처음은 내가 할게.'

『그래, 알아. 프란이 부탁하거나 패배하기 직전까지는 개입하지 않는다. 울시도 그걸로 괜찮지?』

'웡!'

무투 대회는 프란에게 있어 실력을 시험하는 장소였다. 작년과 마찬가지로 나는 한계 직전까지 도와주지 않을 생각이었다.

『상대는 1회전에서 순식간에 승리한 최강의 13세! 다음 시합에서는 어떤 싸움을 보여줄 것인가! 그녀에게서는 눈을 뗄 수 없다! 흑묘족의 영웅 프란의 등장이다아!』

서로에게 도전적인 미소를 지으며 프란과 모드레드가 중앙에서 마주했다.

"오랜만."

"그렇군. 그렇게 오래 지난 것 같진 않은데, 꽤 강해진 것 같네."

"그쪽이야말로."

프란의 말대로 모드레드는 상당히 강해져 있었다. 새로운 힘을 얻었다기보단, 전체적으로 레벨업한 느낌이었다.

명칭: 모드레드 나이: 43세

종족: 인간

직업: 기교 마창잡이

Lv: 47/99

생명: 423 마력: 418 완력: 217 민첩: 237

스킬: 은폐 5, 영창 단축 5, 은밀 3, 회피 3, 화염 마술 2, 격투술 2, 위기 감지 4, 공포 내성 4, 채취 3, 지휘 4, 사격 4, 순발 7, 수영 2, 석화 내성 2, 창기 10, 창술 10, 창성기 3, 창성술 4, 속성검 5, 내서 6, 추적 2, 흙 마술 8, 투척 3, 독 내성 5, 불 마술 10, 마력 감지 5, 마비 내성 1, 용철 마술 6, 함정 설치 5, 기력 조작, 사하긴 킬러, 매의 눈, 방향 감각, 분할 사고, 마력 조작

고유 스킬: 술장(術裝)

칭호: 사하긴 킬러, 사지를 극복한 자, 자이언트 킬러, 화술사, 범인의 벽을 뛰어넘은 자

장비: 아다만타이트 합금 창, 미스릴 합금 경갑옷, 경마강 장갑, 아수룡 가죽 외투, 포격 거북의 튼튼한 신발, 상태 이상 차단 팔찌, 마장의 반지, 결계석

본 적 없는 스킬도 손에 넣은 듯했다. 고유 스킬에서 보이는 술장 같은 것도 꽤 강해 보인다.

"뭐, 연하에게 지고 가만히 있을 수는 없었으니까. 오랜만에 휴가를 내서 마경을 돌아다녔다."

"마경? 어디에 갔는데?"

모드레드가 간결하게 대답했지만, 마경이라는 말을 들은 프란이 눈을 반짝였다.

싸우기도 전에 갑자기 달려드는 프란을 보고 모드레드가 쓴웃음을 지어 보였다.

"그럼 나를 이기면 알려줄게."

"응! 알았어!"

고개를 끄덕인 프란은 각성 스킬을 발동했다. 당연하지만 맨몸으로 이길 수 있는 상대는 아니었다.

"이길게."

"의욕이 넘치네."

마력을 전신에 두른 채 나를 겨누는 프란을 보고, 모드레드도 진지한 표정으로 창을 겨눴다.

양측의 전의가 부딪히며 팽팽한 긴장감이 무대를 감쌌다.

『양쪽 모두 랭크 B! 베테랑의 노련함이 이길 것인가! 젊은이의 기세가 이길 것인가! 주목해야 할 승부입니다!』

시작은 두 사람 모두 고요했다.

프란이 나를 겨눈 채 풋워크를 사용해 무대를 돌아다니기 시작했고, 모드레드는 묵직하게 자세를 잡고 프란의 움직임을 지켜보았다.

프란은 틈을 노려 단숨에 달려들 생각인 듯했다.

하지만 큰 틈은 쉽게 발견하지 못했고, 무리하게라도 공격해야 하는지 고민하기 시작한다.

이 와중에 먼저 움직인 것은 모드레드였다.

"안 온다면 내가 먼저 가지."

프란이 초조해하며 움직이려는 그 순간을 간파한 듯, 프란의 기선을 제압하는 절묘한 타이밍에 앞으로 나선다.

"쉬잇!"

시선을 활용한 가벼운 페인트를 섞어가며 모드레드가 창을 수평으로 휘둘렀다.

날카로운 일격이었지만, 그 정도의 페인트로는 지금의 프란은 속지 않는다. 냉정하게 대처해냈다.

모드레드가 날린 가로베기를 나로 막아내고, 그 기세를 이용해 등 뒤로 돌아간다. 프란은 그럴 생각이었던 것 같지만——.

"어?"

『오오!』

모드레드의 창이 둥글게 구부러졌다. 아다만타이트 합금 창. 이렇게 가벼운 타격으로는 흠집조차 날 일이 없는 무기다. 그런 창이, 마치 고무 소재로 만들어진 것처럼 구부러진 것이다.

『용철 마술인가!』

"윽!"

영창을 하는 것 같은 내색은 없었지만, 어딘가에서 발동시켜뒀을 것이다.

나와 맞닿은 부분을 받침대 삼아 구부러진 창의 끝이 프란의 머리를 향해 달려들었다. 프란은 순간적으로 몸을 숙여 피했지만, 모드레드는 이미 다음 행동으로 넘어간 상태였다.

"흠!"

"음!"

로프처럼 나에게 감겨 있던 창을 원래의 경도로 되돌리자마자 있는 힘껏 나를 끌어당긴 것이다. 단순히 힘으로만 당긴 것이 아니라 창에 가볍게 비틀림을 넣어 프란의 자세가 미세하게 무너지도록 계산했다.

동시에 모드레드의 갑옷이 고슴도치처럼 변형되었다.

나를 놓치지 않기 위해 프란이 잡고 버틴다면 갑옷의 바늘에 찔릴 것이고, 날 놔준다면 전력이 감소한다. 어느 쪽이든 모드레드가 유리해진다.

처음부터 이것을 노린 것 같았다. 상황을 지켜보는 척하면서 복수의 용철 마술을 준비해 둔 것이다.

역시 기교가 뛰어나다. 완전히 허를 찔렸다. 하지만 프란의 대응력도 그에 지지는 않았다.

"하아앗!"

"으억?"

놀랍게도 프란은 비어 있는 왼손으로 모드레드를 후려쳤다. 심지어 바늘 위로 몸통을.

얼굴 쪽을 공격받는 것은 예상했겠지만, 굳이 자신이 피해를 입는 장소를, 그것도 맨손으로 때릴 것이라고는 예상하지 못했을 것이다.

프란의 주먹이 여러 개의 바늘에 꿰뚫리며 많은 양의 피가 솟구쳤다. 하지만 프란은 조금도 기세를 죽이지 않고 주먹을 휘둘렀다.

모드레드가 신음하며 몇 미터 뒤로 물러났다. 이대로 있으면 큰 대미지를 입을 것이라고 판단하고 스스로 거리를 벌린 것 같았다.

본래 모습으로 되돌려서 창은 놓치지 않았지만, 자세가 무너져 있었다. 그 순간을 놓치지 않고 프란이 돌진했다. 공수교대였다.

프란이 여전히 피투성이인 왼쪽 주먹을 허공을 쓸어내리듯 휘둘렀다. 그러자 많은 양의 피가 모드레드의 얼굴을 향해 튀었다.

피를 시야 차단 목적으로 사용한 것이다. 하지만 모드레드는 차분하게 외투로 털어내고 한층 더 뒤로 물러나 거리를 벌렸다.

프란 역시 조금도 동요하게 만들지 못한 것이 예상 외였는지 쫓는 것을 멈추고 걸음을 늦췄다.

시작할 때와 거의 비슷한 거리였다.

"무모한 짓을 하는군."

"그래? 하지만 전혀 안 놀랐어."

"피를 무기로 삼는 녀석들이 가끔 있으니까."

프란이 생각해낸 기습도 모드레드 입장에서는 그렇게 드문 일은 아니었던 모양이다.

"하지만 정면에서 제대로 싸우는 건 역시 불리하겠군. 결승전이라고 생각하고 내 모든 힘을 다 쏟아내겠다."

"읍! 놔두지 않아!"

모드레드가 허리 주머니에서 뭔가를 꺼냈다. 본 적이 있는 마법약이다. 저건 이전에 의뢰에서 함께했을 때 사용했던, 모드레드의 비장의 카드였다. 용철 마술의 위력을 폭발적으로 높여주는 마법약이었다.

이 대회에서 회복약은 반입이 금지되지만 마법약은 금지되어 있지 않았다. 무엇이 다른가 하면 나도 잘은 모르겠지만, 이 대회에서 금지되어 있는 것은 회복약 전반이라고 한다.

다시 말해 강화 계열의 약이나 독약 종류는 괜찮은 것이다. 그것을 사용한 전법에 특화된 인간도 많기 때문이었다.

이 대회는 강한 사람을 가리는 점잖은 모의전이 아니라, 모든 것이 허용되는 상황에서 우열을 겨루는 모험가를 위한 대회니까.

프란이 약 복용을 저지하기 위해 마술을 사용했지만 모드레드에게 닿기 직전 막혔다. 결계석의 효과였다. 이것은 일회용으로 장벽을 치는 아이템인데, 이때를 위해 가지고 온 것 같았다.

용의주도한 모드레드는 강화약을 서둘러 마셨다.

그 직후, 모드레드의 마력이 현저히 상승하는 것이 느껴졌다.

강화약의 효과가 제대로 발휘된 것이다. 귀찮은 전개가 되고 말았다.

프란은 그때그때 잘 대처했지만, 매번 상대에게 선수를 내주고 있는 상황인 것만은 분명했다. 왠지 상대방의 손바닥 안에서 놀아나는 느낌이라 마음이 편치 않았다.

"이게 바로 얼마 전 개발한 내 비장의 카드다."

모드레드가 허리에서 뗀 아이템 주머니를 거꾸로 하고 위아래로 가볍게 흔들었다. 그러자 그 안에서 소프트볼 크기의 금속구가 떨어졌다. 우르르 굴러떨어지는 금속구는 모두 10개.

감정 결과에 따르면 마조 합금 공이었다. 마력으로 조종할 수 있는 특수한 합금 덩어리인 것 같았다.

발밑을 굴러가는 금속구를 발로 가볍게 굴리며 모드레드가 창을 겨눴다.

"술장."

고유 스킬 이름을 중얼거리는 모드레드. 그러자 그의 전신에서 검붉은 색을 띤 빛이 떠올랐다. 용철 속성의 마력이었다.

속성검의 전신 버전인가? 아니면 그 밖에 다른 능력이 있는 건가? 내가 의아하게 생각하고 있는데, 곧 그 능력의 정체가 드러났다.

"울카누스 오더!"

"!"

놀라는 프란 앞에서 마술이 발동되었다. 이 기술은 본 기억이 있었다. 거대한 닻을 자유자재로 조종해 크라켄과 수룡을 잡았던 공격. 범위 내에 있는 금속을 자유롭게 조종할 수 있는 고위 용철 마술이었다.

이전에는 분명 긴 영창이 필요했었다. 그것을 마술명만으로 끝낸 건가? 시합 전 감정 결과 영창 파기나 무영창은 소지하지 않고 있었다.

술장의 효과인가? 그것 말고는 생각할 수 없었다.

관찰하는 우리 앞에서 금속구가 이리저리 춤추기 시작했다. 아직 진심을 다한 건 아닐 텐데도 상당한 속도다. 이 상태에서도 맞으면 골절 정도는 될 것이다.

울카누스 오더 효과에 의해 고속으로 춤추는 무수한 금속구. 이게 모드레드의 새로운 비장의 카드인 모양이었다.

"하아아아앗!"

"뇌명 마술에 대한 대책은 완벽하다!"

프란이 공격을 받기 직전 뇌명 마술을 발동했다.

하지만 금속구 다섯 개가 방패처럼 모드레드를 감싸 보호하자, 프란이 날린 뇌명 마술은 보이지 않는 벽에 가로막힌 것처럼 튕기며 사라졌다.

금속구 주위에 소용돌이치는 마력이 장벽 역할을 한 것 같았다.

"으스러져라!"
"안 으스러져."
다시 공수교대다.
모드레드가 가볍게 손을 움직이자 공중에 떠 있는 금속구들이 일제히 프란을 향해 달려들었다.
직선으로 날아오거나 호를 그리며 날아오는 등 그 움직임은 모두 제각각이다. 그렇지만 모두 정확하게 프란을 몰아붙였다.
10개의 금속구를 완벽하게 제어할 수 있는 듯했다.
프란이 순식간에 금속구를 쳐냈지만 그것마저 모드레드의 예측 범위 내였다. 나에게 부딪히는 순간 금속구가 휘어지듯 변형되었다. 자른 감촉도 없었고, 마치 젤라틴을 때린 것 같은 감촉이었다.
아까 그 창과 똑같았다. 철구가 그대로 내 도신에 달라붙더니 떨어지지 않았다. 프란에게 있어서 이 정도의 무게는 아무렇지도 않겠지만, 이렇게 되면 이 부분만 잘리지 않게 된다.
게다가 방해는 그뿐만이 아니었다.
"어?"
갑자기 제멋대로 움직이는 나를 보며 프란이 놀란 목소리를 냈다.
『내가 한 게 아니야!』
그렇다, 내가 한 짓이 아니었다. 도신에 감겨 있는 금속이 모드레드의 조작에 의해 엉뚱한 방향으로 끌려간 것이다.
그로 인해 또다시 금속구가 내 검신과 부딪혀 무게가 늘어나 버렸다.

게다가 나는 엄청난 위화감을 느꼈다. 형태 변형이 내 의사와는 다르게 강제로 사용되려는 듯한 느낌이랄까? 아마 금속구를 통해 모드레드의 용철 마술이 나 자신에게 직접 작용하고 있는 거겠지.

물론 나를 직접 조작할 수는 없는 것 같지만, 집중력은 충분히 흐트러졌다. 앞으로도 용철 마술사는 요주의였다.

프란은 뜻대로 움직이지 않는 나를 힘으로 억지로 조종하며 간신히 회피를 이어갔지만, 점점 도망갈 곳이 줄어들고 있었다.

회피하는 도중 반대쪽으로 끌려가며 몇 번 가볍게 맞기도 했다. 아직 찰과상의 범주였지만 이대로는 위험하다고 판단한 것 같았다.

'먼저, 쓰러뜨린다!'

프란이 몸을 낮추고 앞으로 나아갔다.

길을 막으려고 하는 금속구를 장벽을 치면서 최소한의 동작만으로 피했다. 목표는 모드레드다.

그대로 금속구 포위를 빠져나왔다――라고 생각한 그 순간이었다.

"아윽!"

『프란!』

프란이 갑자기 자세를 잃고 넘어질 뻔했다. 오른발이 땅에 파묻히듯 가라앉고 있기 때문이었다.

순간적으로 손을 짚고 몸을 비틀어 넘어지는 것은 피했지만, 프란의 오른쪽 다리 상태는 상당히 심각했다. 불에 타서 곳곳이 탄화되어 있었다.

몰래 땅 아래를 용암화해두고, 밟으면 발이 빠지는 함정 같은 것을 배치해 둔 것 같았다.

프란이 마력으로 온몸을 감싸고 있었던 덕분에 이 정도로 끝났지만, 더 약한 마수나 인간이었다면 발이 타서 없어졌을 것이다.

"크윽."

급히 회복 마술로 회복을 시도했지만, 그 사이에 모드레드는 다음 행동으로 넘어갔다.

"마그마 필드!"

모드레드가 무대에 양손을 내밀고 마력을 쏟아 부었다. 모드레드를 중심으로 지면이 순식간에 붉게 달아오르기 시작했다.

프란이 당황하며 상공으로 도망칠 수밖에 없을 정도로 무시무시한 열량이 단숨에 치솟아올랐다.

그 범위는 점점 늘어나서 이제 투기장 내의 지면은 모두 새빨간 열기로 가득 차 있었다. 석조 무대도 서서히 녹아내리기 시작하고, 결계 안의 땅은 완전히 용암의 바다였다. 피어오르는 하얀 연기에 닿기만 해도 화상을 입을 정도로 뜨거웠다.

그런 작열의 지옥 속에서, 모드레드는 용철 마술의 효과로 인해 멀쩡한 얼굴로 용암 위에 서 있었다.

"라이트닝 볼트!"

"막아라!"

"음."

프란의 마술은 역시 금속구에 의해 막히고 말았다. 뛰어난 공격력도 눈에 띄었지만 그 방어력도 성가셨다.

모드레드 주위를 둘러싼 금속구. 그것을 부수기 위해서는 상당한 공격력이 필요할 것 같았다.

모드레드가 프란을 올려다보았다. 프란을 공중으로 쫓아내 기동력을 빼앗겠다는 작전인가? 그렇다면 그것은 지나치게 안이한 생각이다.

"섬화신뢰!"

프란이 비장의 카드를 사용했다.

공중 도약과 섬화신뢰가 있으면 공중에서도 지상과 다를 바 없는 속도로 싸울 수 있었다. 아니, 방해되는 장애물이 없으니 오히려 지상보다 더 빠르게 움직일 수 있었다.

프란은 모드레드의 움직임에 카운터를 맞추기 위해 나를 잡아든 채 투기장의 공중을 돌아다녔다. 틈을 발견하면 이 상태에서 순식간에 고속으로 달려들어 모드레드에게 접근할 수 있었다.

하지만 이것조차도 모드레드의 예상 내였다.

"네 속도가 내가 감당할 수 없는 영역이라는 건 이미 알고 있었다."

"?"

"그러니 네가 관망하고 있는 동안 전력을 쏟아붓는다!"

진심을 낸 프란을 점으로 붙잡는 것은 불가능하다. 그렇다면 면으로 잡는다. 모드레드는 그렇게 생각한 것이다. 마그마 필드는 프란을 공중으로 몰아내기 위한 것이 아니라 공격을 위한 준비 작업이었다.

"볼캐닉――."

힘없이 늘어져 있던 모드레드의 두 손이 가볍게 올라가고, 손목만 살짝 회전했다. 특촬물을 좋아하는 사람이라면, 신 고○라

포즈라고 하면 알 수 있을까.

하늘을 향한 두 손바닥에 반응하듯 주위에 있던 마그마가 부글부글 움직이기 시작한다.

"——게이저!"

그 후, 모드레드의 마술에 인해 투기장 바닥을 뒤덮고 있던 용암이 대폭발을 일으켰다.

격렬하게 휘몰아치는 용암의 파도가 우리 주위를 에워쌌다. 심지어 발아래에서는 엄청난 열을 내뿜는 붉은 벽이 다가오고 있었다.

도망갈 곳은 없다.

이대로라면 프란은 순식간에 용암 속에 삼켜질 것이다.

『프란?』

'아직, 괜찮아!'

전이를 사용하면 어떻게든 해결할 수 있을 것이다. 그렇게 생각했는데, 프란은 여전히 자신의 힘만으로 이 상황을 타개해보려는 것 같았다.

"후우우…… 아아아아아아!"

프란이 한 일은 단순했다. 장벽을 넓게 펼치고 용암 속으로 돌진한 것이다. 앞쪽의 장벽을 약간 두껍게 하고, 남은 것은 전속력으로 달리는 것뿐.

빠르면 빠를수록 용암에 휩쓸리는 시간을 더 단축시킬 수 있기 때문이었다.

지금의 프란이라면 어려운 이야기는 아니었다. 모드레드의 방해가 없다면, 말이다.

"으윽!"

『금속구인가!』

갑자기 닥친 심한 충격에 의해 프란의 진로가 옆으로 벗어났다.

모드레드가 프란의 진로를 예측해 금속구를 날린 것이다.

용암과 금속구는 같은 계통의 마력을 휘감고 있기 때문에 마력 감지로 탐지하기가 매우 어렵다. 물리적으로 감지하려고 해도 역시나 용암이 방해해서 어렵다.

용암 속에서 걸음을 멈추면 바로 장벽에 한계가 온다. 무리하게 돌파하려고 하면 금속구에 공격당한다.

어느 쪽이든 프란에게 불리했다.

완전히 모드레드의 작전에 빠져버리고 말았다. 이것이 베테랑의 시합 진행 방식이라는 걸까.

자, 이제 어떻게 할까? 나라면 전이를 쓸 수도 있고 디멘션 시프트를 쓸 수도 있다.

프란은 차원 수납을 시도하려는 것 같지만, 잘 되지 않는 모습이었다. 용암의 지배권이 모드레드에게 있기 때문에 흡입할 수 없는 것이다.

내가 조마조마한 마음으로 지켜보고 있는데, 프란은 다시 앞으로 나아갔다. 그야말로 아까와 같은, 일직선으로 모드레드에게 향하는 코스였다.

대미지를 각오하고 돌진할 생각인 건가?

프란이 다시 용암의 바다를 헤치고 아래를 향해 나아가자마자 또다시 금속구가 들이닥쳤다. 나조차도 장벽에 닿기 직전까지 눈치채지 못했다.

그 정도로 기습적인 공격이었다. 그러나 프란은 그 일격을 장벽을 이용해 받아치는 데 성공했다.

장벽의 형태를 약간 변형시켜서 공격을 막았다. 순간적으로 장벽을 변형시킬 시간은 없었던 것 같은데…….

우연인가 싶었는데, 프란은 연달아 공격을 막아내는 데 성공했다.

장벽의 각도를 완벽하게 조정해 날아오는 금속구를 받아넘기고, 때로는 튕겨냈다.

확실하게 금속구의 움직임을 감지하고 있었다.

하지만 어떻게?

나도 여러 가지 시도를 해 보고 있는데, 용암의 존재감에 방해를 받아서 한 번도 성공하지 못했다.

게다가 모드레드는 마술의 기운이나 마력의 흐름을 은폐하는 데 매우 능숙했다. 평소부터 기척에 민감한 마수를 상대하고 있기 때문에 훈련된 기술일 것이다.

정신을 차리고 보니 발아래에서 마술이 발동하고 있다. 딱 그런 느낌이었다. 그런 모드레드를 상대로 이렇게까지 공격을 계속 감지한다는 것은 나로서도 쉽지 않았다.

어떻게 하고 있는지 묻고 싶었지만, 지금은 방해하면 안 되겠지. 나중에 알려달라고 하자.

용암의 벽을 뚫고 나아가자 약간의 공간이 나왔다. 모드레드의 주위는 용암이 밀려나 있는 것 같았다.

"하아아압!"

"우오오오오! 라이징 임펄스!"

프란은 곧바로 모드레드에게 검을 휘둘렀다. 이에 맞선 모드레드는 무기(武技)로 반격했다.

머리 위로 창을 내밀고 충격파를 방출하는 대공용 기술이었다.

모드레드는 아마 이 기술로 프란의 기세를 죽이고 금속구로 방어할 생각인 거겠지.

하지만 공중 도약으로 달려서 내려온 프란은 그 기세를 죽이지 않고 모드레드에게 칼을 휘둘렀다.

충격파는 장벽으로 최소한만 방어하고 창은 몸을 비틀어 겁소만 피했다. 왼쪽 옆구리 근처가 다치긴 했지만 치명상은 아니었다.

이어서 달려드는 금속구를 향해서는 연속으로 나를 내리친다.

당연하지만 모드레드는 즉각 대응에 나섰고, 나에게는 5개의 금속구가 달라붙었다. 밖에서 보면 찌그러진 모양의 금속 배트처럼 보이지 않을까.

도신이 완전히 파묻혀 버렸다. 모드레드 입장에서 보면 프란의 무기를 완벽하게 봉인하는 데 성공한 셈이었다. 그럴 텐데, 표정은 좋지 않았다.

프란이 굳이 금속구를 노리고 공격한 이유를 알아차린 것이다.

그랬다. 프란은 금속구를 피한 것이 아니라 일부러 나를 사용해서 공격했다. 그 결과 나는 엄청난 기세로 바로 아래로 끌려갔고, 착지하자마자 자세를 유지하지 못하고 앞으로 고꾸라졌다.

반면 모드레드는 프란의 의도를 파악하지 못한 채 마지막 일격을 가하기 위해 창기를 날렸다.

“퀵 피어스!”

민첩성을 중시한 기술이 프란의 머리를 덮쳤다. 하지만 이것이야말로 프란이 노렸던 순간이었다.

"타아아앗!"

"유도한 건가!"

프란은 모드레드에게 나를 내밀었다. 그 도신에 금속구의 모습은 없었다.

프란은 차원 수납을 이용한 것이다.

순간적으로 나를 감췄다가 다시 꺼낸다. 모드레드의 지배하에 놓인 금속구는 수납할 수 없기 때문에, 나만 사라지면서 금속구에서 해방된 것이다.

금속구도, 창도, 갑옷의 변형도, 프란의 검을 막기에는 이미 늦었다.

"하아앗!"

"커헉……!"

모드레드의 일격이 프란의 왼쪽 뺨을 스침과 동시에, 프란의 일격이 모드레드의 배를 관통하고 검은 번개가 그 몸을 안쪽에서 태웠다. 모드레드는 온몸에서 연기를 내뿜으며 쓰러졌다.

의식은 없었다. 프란의 승리다. 승리이긴 한데…….

『프란! 차원 수납을 사용해!』

"응!"

통제력을 잃은 용암이 한꺼번에 쏟아져 내렸다. 이대로 가다가는 모드레드도 휘말릴 것이다.

이미 모드레드의 지배를 벗어난 용암은 우리의 차원 수납으로 처리가 가능했다. 대량의 용암이 수납 속으로 빨려 들어갔다.

『오오! 투기장이 용암에 휩싸이나 싶었더니 이번에는 용암이 사라졌다! 게다가 이미 결말이 났습니다! 안에서 대체 무슨 일이 일어났던 걸까요! 그리고 흙 마술사와 치유 마술사님, 곧바로 나설 차례인 것 같습니다!』

중계자가 소리친 직후, 여러 사람의 그림자가 무대로 달려 올라오는 것이 보였다.

무대를 복구하는 흙 마술사와 다친 선수를 처치하기 위한 치유 마술사였다.

다만 프란은 치료를 거절했다. 다음 시합을 보기 위해 서둘러 관전석으로 가고 싶기 때문이었다. 프란의 경우는 내가 치유 마술로 치료해 줄 수 있으니까 괜찮았다.

그보다는 시합이 시작되기 전에 서둘러 이동해야 한다.

다만 프란의 발걸음은 다소 무거웠다. 섬화신뢰를 사용한 데다 마력도 체력도 상당히 소모했다. 대미지도 많이 받았고 피도 흘렸다. 겉으로 보이는 상처는 치료할 수 있지만 보이지 않는 부분의 소모가 상당히 심했다.

가능하면 숙소에서 쉬게 해 주고 싶지만, 시합의 정보를 수집하는 것도 중요하다.

내일은 충분히 쉬게 하기로 하고, 오늘은 관전하면서 얌전히 있게 한다면 문제없겠지.

조용히 걷는 프란에게 나는 모드레드전에서 궁금했던 것을 물어보았다.

『저기, 프란. 하나 물어봐도 돼?』

"뭔데?"

『모드레드가 조종하던 금속구를 용암 속에서 어떻게 감지한 거야? 마력도 은폐되어 있었고, 기척도 잡기 힘들었을 텐데.』

“뭔가, 찌릿했어.”

『찌릿?』

“응.”

찌릿했다, 라고 들어도……. 뭔가 야생의 감으로 알아차렸다는 뜻인가? 아니면 달리 뭔가가 있다는 건가?

『찌릿했구나. 좀 더 자세히 알려줄 수 있을까?』

“응. 내가 사용한 마술의 찌릿함이 공에 조금 남아 있었어.”

『호오?』

프란의 마술 중에 찌릿한 것이라고 하면 뇌명 마술일 것이다.

아무래도 뇌명 마술을 막았을 때 그 마력이 금속구에 잔류한 모양이다. 대전과 관련된 이야기일지도 모른다.

그 미세한 뇌명 속성을, 섬화신뢰로 날카롭게 다듬어진 프란의 감각이 포착했다는 뜻이었다. 흑천호가 뇌명 속성에 높은 친화성을 갖고 있다는 것도 무관하지는 않을 것이다.

나도 열심히 하면 할 수 있을까?

『그건 그렇고, 내가 참전하지 않고도 이길 수 있었네.』

“응.”

작년에 동급인 랭크 B 모험가 코르베르트와 싸웠을 때는 내가 힘을 좀 보태서, 물리 공격 무효를 사용해 반강제로 이겼었다.

그런데 이번에는 프란 혼자서 승리했다. 프란의 성장을 실감할 수 있었다.

다만 프란은 어딘가 탐탁지 않은 얼굴이었다.

『……분해?』

"응……. 마지막에는 운이 좋아서 이긴 것뿐이야."

『뭐, 상대는 베테랑이니까. 주도권을 잡히는 건 어쩔 수 없는 부분이지.』

"알아. 하지만 그래도 분해. 그리고 나도 좀 자만했어. 다음엔 더 제대로 할 거야."

마지막의 마지막 순간 간신히 빠져나올 수 있었지만, 그전까지는 모드레드에게 계속 휘둘리기만 했다.

단순히 능숙하기만 한 것이 아니다. 전투를 즐기는 프란의 성격까지 염두에 둔 시합 방식이었다.

어떤 의미로는 모든 것이 복선이었고, 볼캐닉 게이저까지는 모드레드가 목적한 대로 움직이고 있었을지도 모른다.

아마 사전에 몇 개의 시뮬레이션을 진행해 보면서 프란이 이렇게 움직이면 이렇게 하겠다는 계획을 여러 가지 준비해 두고 있었던 거겠지.

이겼다고는 하지만, 프란으로서는 만족스럽지 못한 시합이었던 모양이었다.

"굉장했어."

『그러게.』

섬화신뢰, 검신화, 차원 마술, 검왕기. 그것들을 사용해 전력을 다한다면 시합 개시 몇 초 만에 이길 수 있었을지도 모른다. 하지만 그것은 결국 힘으로 밀어붙이는 것에 지나지 않는다. 만약 같은 레벨의 힘을 가진 베테랑이 상대라면 먹히지 않을지도 모른다. 적어도 쉽게 이기지는 못했을 것이다.

그리고 그런 상대로 짐작 가는 이가 있었다.

『디아스는 더 위험하겠지.』

“응.”

대책 같은 것은 세울 엄두도 나지 않았다. 하지만 모드레드와 여기서 싸운 것은 우리에게 있어서는 큰 경험이었다. 이 승리를 앞으로 조금이라도 더 살려 나가야겠지.

제2장 순탄함과 파란

모드레드와의 시합 후 관전석으로 서둘러 가고 있는데, 전방에서 뭔가 소란이 일어났다.

"죄송합니다!"

"칫! 사과할 거였으면 처음부터 그렇게 무례하게 굴지 말라고!"

모험가와 누군가가 옥신각신하고 있었다. 언뜻 보면 모험가 측이 잘못한 것 같지만, 달려온 병사가 화를 내는 대상은 무릎을 꿇고 있는 남자였다.

아마도 샤를스 왕국의 스카우트인 거겠지. 길드에서 알려준 대로 여기저기서 소란을 피우고 있는 모양이었다.

경비하는 사람이 신경질적인 얼굴로 주의를 주고 있지만, 샤를스 왕국의 인간은 반성하지 않고 있었다. 어쨌든 지금 하는 사과의 말이 모두 거짓이었으니까. 앞으로도 스카우트할 마음으로 가득한 거겠지.

『프란, 말려들기 전에 빨리 지나가자.』

'알았어.'

샤를스 왕국 사람들의 목적은 정말 뭘까? 이 녀석들 때문에 경비원들이 엄청나게 고생하는 것 같은데. 조만간 출입 금지당하는 건 아닐까?

관전석으로 돌아오니 아직 시합 시작 전이었다. 모드레드가 투기장 전체를 용암으로 바꿔버린 탓에 황폐해진 것을 넘어서 완전히 난장판이 되어버렸다.

다만 이제 슬슬 준비가 끝나가고 있었다. 바닥 정리와 무대 설치를 이어가는 흙 마술사들의 실력은 우리가 보기에도 꽤 좋았다. 대회에 출전해도 제법 싸울 수 있지 않을까?

그 사이에 제2 시합이 시작되었는데…….

『결판이 났습니다아아! 용병 비스코트가 화려한 일격으로 승리를 쟁취했습니다!』

"끝났네."

비스코트가 몇 초 만에 시합을 끝내버렸다. 1회전과는 전혀 다른 속전속결이다.

뭐, 체르트전을 통해 정보는 꽤 모았으니까 이번에는 빨리 끝나도 상관은 없었다.

그보다는 다다음 시합이 더 중요했다. 무명 선수들 간의 그럭저럭 괜찮은 시합이 끝나고, 우리에게는 꼭 봐야할 시합이 다가왔다.

프란도 그것을 알고 있는 듯했다. 밥과 간식을 정리하더니 울시의 털 위에 올려두고 있던 손을 뗐다. 등을 바르게 펴고 조용히 투기장을 바라본다.

왜냐하면, 다음 대전 상대가 시뷸라와 코르베르트였기 때문이다.

『다음으로 등장한 것은 랭크 B 모험가 철조 코르베르트! 데미트리스류 문하에서 빠져나왔다고 들었는데, 도대체 어떤 싸움을 보여줄 것인가! 1회전은 거의 순식간에 끝났는데, 이번에는 과연 어떻게 될까요!』

역시나 파문이라는 부정적인 말은 사용하지 않았다. 그렇지만 데미트리스류의 스킬을 잃은 코르베르트가 어떻게 싸울지는 제대로 봐두고 싶었다.

『상대는 붉은 머리의 용병 시뷸라! 코르베르트 선수와 마찬가지로 1회전에서는 훌륭한 속전속결을 선보였습니다! 과연 이번에는 코르베르트 선수에게 어디까지 접근할 수 있을까요!』

해설과 관객들의 반응을 보니 확실하게 시뷸라가 아래로 취급되고 있다는 것을 알 수 있었다. 아마 무명 용병이니 그런 거겠지.

다만 본인들의 생각은 다른 것 같았다. 시뷸라는 재미있다는 얼굴로 조용한 미소를 짓고 있었고, 코르베르트는 매서운 표정으로 시뷸라를 노려보고 있었다.

코르베르트 수준이라면 시뷸라의 실력도 알 수 있겠지. 그 몸속에서 다듬어지기 시작한 마력이 최대한으로 경계하고 있다는 증거였다.

"코르베르트, 처음부터 전력?"

『그래, 아마도.』

"시뷸라는 나랑 똑같아."

처음에는 관망으로 일관한다는 거겠지. 자, 어떻게 될까.

『그럼 시합 시작!』

중계자의 말에 따라 코르베르트와 시뷸라의 싸움이 시작되었다.

그 구도는 프란과 모드레드의 시합과 어딘가 비슷했다.

움직이는 코르베르트와 움직이지 않는 시뷸라.

코르베르트는 풋워크를 하며 언뜻 보기에는 관망을 하고 있는 것처럼 보였다. 하지만 사실은 틈을 엿봤다가 한 번에 결판을 내겠다는 의도가 팍팍 느껴졌다.

물론 그렇다 해도 무모하게 달려들지 않고 차분히 기다리는 것이 코르베르트의 강점이었다.
상대인 시뷸라는 거의 움직이지 않은 채 완전히 코르베르트의 움직임을 즐기고 있었다. 전투광의 움직임으로서는 예상대로였다.
프란도 모드레드전에서 그랬다. 그리고 그 여유를 역으로 이용당했다. 반대로 말하자면 상대가 전투광이라면 우리가 그 틈을 노릴 수도 있다는 뜻이었다.
코르베르트가 일정한 거리를 유지하면서 투기장 안을 천천히 원을 그리듯 돌았다.
"흐음, 격투가구나?"
"검사와는 익숙하다. 맨손이라고 방심하다가는 큰코다칠걸."
"그렇군! 그거 기대되네!"
즐겁게 웃으며 서로 말을 주고받던 두 사람은 조금씩 거리를 좁혀나갔다.
그리고 시합이 시작됐다.
"박살 내주마아아!"
"그건 사양이다!"
코르베르트가 공세에 나서기 전 시뷸라가 공격을 감행했다.
시뷸라가 상단에서 날린 강력한 일격이 투기장 중앙에 작은 크레이터를 만들었다. 그것이 격투 개시의 신호가 되었다.
코르베르트는 이전에 비해 레벨은 두 단계밖에 오르지 않았지만, 스킬이 많이 늘었다. 전투보다는 잃어버린 데미트리스류를 보충하기 위한 자기 훈련에 힘쓴 거겠지.
시뷸라는 비스코트와 마찬가지로 감정할 수 없었다. 코르베르트가 감정 방해 마도구를 부숴준다면 볼 수 있겠지만.

그런 생각을 하고 있는 내 앞에서 가벼운 타격전이 벌어졌다. 기본적으로는 시뷸라가 공격하고 코르베르트가 피하며 카운터를 노리는 구도였다.

빠르게 날아오는 시뷸라의 참격을 때로는 피하고 때로는 손등으로 튕겨내는 코르베르트의 방어는 이전보다 훨씬 정교하게 다듬어져 있었다.

반면 시뷸라의 공격은 상당히 거친 느낌이었다. 페인트 등을 섞고 있긴 하지만 어느 쪽인가 하면 직선적이고 일격에 중점을 둔 전투 스타일이었다. 마수와의 전투였다면 효과적이었겠지만, 사람과의 전투에서는 읽기 쉬울 수밖에 없다.

"으랴아아아아!"

"크! 무식한 힘이로군!"

"하하하하! 힘만큼은 자신 있거든!"

"게다가 너무 튼튼해!"

"그쪽도 자신 있어서 말야!"

원래라면 시뷸라처럼 힘으로 밀어붙이는 상대는 코르베르트에게 있어 좋은 먹잇감이다. 실제로 이따금씩 검이 튕겨 나가며 자세가 무너진 시뷸라에게 코르베르트의 공격이 맞고 있었다.

부드러움이 강함을 이긴다는 말을 체현한 것 같은 전투 방식이었다.

하지만 시뷸라의 강인함 역시 놀라울 정도였다.

코르베르트가 날린 무기(武技)가 완벽한 각도로 배에 꽂혔는데도 신음하는 기색조차 없었다. 지금의 안면 공격도 그렇다.

날카로운 공격이 콧등에 박혔음에도 아랑곳하지 않고 전진해서 검을 내리친다.

코르베르트의 타격은 모두 고블린 정도라면 날려버릴 정도의 위력은 있었다.

대미지는 분명 주고 있다. 하지만 그 이상으로 회복력과 돌진력이 더 뛰어난 것 같았다. 통각 무효도 갖고 있을 가능성이 높아 보였다. 그리고 어쩌면 충격 내성이나 인내 등의 스킬도 있을지 모른다.

설마 시뷸라가 이런 파워파이터일 줄은 몰랐는데.

다만 시뷸라의 거친 전투 스타일에 놀랐던 코르베르트도 금세 페이스를 되찾았다.

효과가 없다면 효과가 있을 때까지. 심지어 무방비로 맞아준다고 하면 큰 기술을 급소에 맞춰가면 그만이다.

한 단계 기어를 올린 코르베르트는 연속으로 시뷸라의 배를 가격했다. 몸을 공격해 상대의 발을 멈추게 하고 공격이 둔해진 틈을 타서 연속 공격을 퍼붓는다. 그럴 생각인 거겠지.

하지만 시뷸라의 튼튼함은 코르베르트의 예상을 훨씬 뛰어넘었다. 보고 있는 우리들도 설마 이 정도일 거라고는 상상하지 못했다.

배를 열 대나 맞았는데도 그 움직임에 전혀 흔들림이 보이지 않았던 것이다. 변함없이 짐승 같은 미소를 지은 채 거침없이 코르베르트를 압박해왔다.

게다가 점차 코르베르트의 움직임이 둔화되기 시작했다. 지친 건가 싶었는데 그것이 아니었다.

"하하! 그 움직임은 예상했어!"

"크윽! 위험해!"

"자, 자! 받아쳐 봐라!"

"말도 안 돼!"

시뷸라의 공격이 마치 코르베르트의 움직임을 미리 읽은 것처럼 점점 강도를 더해가기 시작한 것이다.

코르베르트가 방어하기 어려울 만한 각도로 검을 휘두르고, 피하는 방향을 예측해 파고들고, 카운터로 나오는 공격을 받아치며 반격마저 하기 시작했다.

보아하니 시뷸라는 전투 중 코르베르트의 움직임에 서서히 익숙해지고 있었다. 무서울 정도로 뛰어난 전투 감각과 순응력이었다.

그리고 마침내 시뷸라의 검이 코르베르트의 몸을 스쳤다. 그것만으로도 코르베르트의 자세가 크게 무너졌다. 역시 단순한 파괴력은 상당해 보였다.

"으억!"

"하하핫! 내 차례다!"

"그렇겐 못 한다!"

"그 상태로 아직 반격해 오다니, 제법인데!"

코르베르트는 계속 공격하려는 시뷸라에게 발차기를 날려 가까스로 거리를 확보하는 데 성공했다. 왼팔의 상처는 근육을 조이는 것으로 가볍게 지혈을 한 것 같았다. 이미 피가 멎어 있었다.

하지만 이것으로 왼팔을 사용하기 어려워졌다는 것만은 확실했다. 그런 반면 시뷸라는 아직 멀쩡해 보였다.

"시뷸라, 굉장해."

『그래, 저 튼튼함……. 단순히 스테이터스가 높은 것뿐만이 아니야.』

'스킬?'

『그런 것 같긴 한데…….』

장벽은 아닐 것이다. 마력이 움직이는 모습은 없었다. 물리 공격 무효라고 하기엔 주먹이 닿은 장소가 붉게 변색되는 것은 이상하다.

코르베르트도 그 사실을 알고 있을 것이다.

"……어떤 구조인지는 모르겠지만, 일정 이하의 대미지 무효…… 아니, 경감인가? 어쨌든 약한 공격은 아무리 맞혀도 소용없다는 것만은 알겠군."

"어? 꽤 잘 봤네. 그럼 이제 어쩔 거지?"

"경감되더라도 상관없을 정도로 무거운 일격을 날린다!"

"하하하하하! 정답이다!"

뭐야, 시뷸라 녀석, 인정했는데? 거짓말도 아니다. 정말로 대미지 경감 계열 스킬을 소지하고 있는 모양이었다.

폭소를 터뜨리는 시뷸라의 모습에 코르베르트가 천천히 걸어가기 시작한다. 별다른 동작도 없는, 그저 평범한 보행이었다. 보법조차 쓰지 않았다.

하지만 체내에서는 엄청난 마력이 응축되고 있는 것이 느껴졌다.

한 번 단전으로 집중된 마력이 이번엔 몸속을 돌고, 다시 한번 집중되는 순환을 거듭하며 점차 그 온몸에 막강한 마력이 스며들기 시작했다.

십여 초 후. 두 사람의 거리가 5미터 정도로 가까워졌다. 하지만 코르베르트는 여전히 천천히 걷고 있을 뿐이었다.

"샤아아아앗!"

그런 코르베르트를 향해, 시뷸라는 묘하게 두근거리는 얼굴로 칼을 들고 달려들었다. 코르베르트가 무엇을 하려고 하는지 궁금한 거겠지. 이런 때마저 전투광의 나쁜 버릇이 나오고 있었다.

그리고 다음 순간. 엄청난 충격음과 함께 시뷸라의 모습이 사라졌다.

시뷸라가 있던 자리에는 조금 전까지 천천히 걸어가던 코르베르트가 팔을 직선으로 쭉 내민 자세 그대로 멈춰 있었다.

『봤어?』

'응! 발바닥과 등에서 마력을 내서 엄청 빠르게 움직였어.'

마력 방출을 사용해 순식간에 초가속한 것이다.

속도 자체는 프란보다 약간 느린 정도였지만, 순간적으로 급가속을 한 탓에 더 빠르게 느껴졌다. 대부분의 관객들이 보기엔 마치 순간 이동한 것처럼 보였을 것이다.

게다가 공격의 예비 동작이 거의 없었기 때문에 감지하기도 무척 어려웠다. 정(靜)에서 나온 동(動). 근력을 거의 사용하지 않고 가속한 탓에 시뷸라는 물론 프란조차 허를 찔린 모습이었다. 공격의 기척을 거의 느끼지 못했다.

더 굉장한 것은 살기조차 느끼지 못했다는 점이었다. 이는 정신을 제어하지 못하면 불가능한 재주였다.

시뷸라가 엄청난 기세로 수평으로 날아갔다. 이대로 가면 장외패가 되고 만다. 모두가 그렇게 생각한 바로 그 순간이었다.

"으랴아아아아아아!"

시뷸라가 짐승처럼 포효했다. 그러자 그 몸이 공중에서 딱 멈쳤다. 공중 도약이 아니다. 마력 방출 같은 것도 아니었다. 그냥 기세가 순식간에 꺾였다. 심지어 조용히 그 자리에 떠 있다. 굳이 말하자면 내 염동과 비슷했다.

"부흡……! 타아아아아!"

내장이 손상된 것 같았다. 시뷸라가 입에서 핏덩이를 뱉어낸다. 당한 곳은 폐쪽인가? 호흡하는 것이 무척 괴로워 보였다.

하지만 시뷸라는 움직임을 멈추지 않았다. 그 왼손을 힘차게 앞으로 내밀었다. 두 사람의 거리는 20미터 이상 떨어져 있었는데——.

"으억!"

이번에는 코르베르트가 튕겨 나갔다. 염동과 비슷한 걸 넘어서서 완전히 염동이었다. 시뷸라는 상당히 강력한 염동 사용자인 것 같았다.

그리고 공중으로 내던져진 코르베르트를 향해 시뷸라가 날아갔다. 염동 캐터펄트처럼 힘을 폭발시켜 초기 속도를 얻는 것이 아니라, 전신을 염동으로 띄워서 움직이는 방식 같았다.

뭐, 인간의 몸으로 염동 캐터펄트 방식을 쓰기엔 부담이 엄청 날 테니까. 하지만 담고 있는 마력이 방대하기 때문인지 그 속도는 충분히 빨랐다.

"으랴아아아아아아아! 짓뭉개주마아아!"

"치이잇!"

코르베르트는 마력 방출을 사용해 공중에서 자세를 바꿔 시뷸라의 참격을 가까스로 피해냈지만, 그 움직임에는 힘이 없었다.

조금 전 공격의 반동으로 온몸이 비명을 지르고 있는 듯했다.

거리를 미처 벌리지 못한 코르베르트의 오른팔을 시뷸라가 꽉 쥐었다.

"잡았다아아으랴아아아아!"

"큭! 이거 놔!"

"놔주겠냐! 으라차아아!"

흉악한 미소를 지은 시뷸라의 박치기가 코르베르트에게 작렬했다. 그랬다, 단순한 박치기였다.

반동을 줘서 있는 힘껏 내리쳐진 시뷸라의 머리가 코르베르트의 머리와 부딪쳤다.

빠아악! 하는 귀에 거슬리는 소리와 함께 코르베르트가 그대로 추락했다. 그리고 낙법조차 취하지 못한 채 그대로 무대 위에 나동그라지고 말았다.

"하아, 하아…… 콜록…… 좋은, 싸움이었다……."

아직도 입가에 피를 흘리면서 시뷸라가 기쁘게 웃었다.

『결판이 났습니다아아! 놀랍게도 마지막은 박치기! 굉장한 소리가 들렸는데요! 코르베르트 선수의 머리는 무사한 걸까요! 치유 마술사님! 서둘러 주세요!』

즉시 치유 마술사가 달려갔다. 코르베르트 녀석, 괜찮을까?

꼼짝도 안 하는데?

"……코르베르트한테 가볼래."

『그래, 그러자.』

프란은 빠르게 일어나 의무실로 달려갔다.

사람이 적은 복도를 빠른 걸음으로 지나쳐 목적했던 방으로 뛰어들었다.

의무실에 들어서자 머리에 붕대를 감은 코르베르트가 침대에 누워 있었다.

"코르베르트, 괜찮아?"

"오오, 프란인가……."

말을 걸자 평범하게 대답이 돌아온다. 그 엄청난 박치기를 당하고 어떻게 될까 걱정했는데, 치유 마술 덕분에 회복된 모양이었다.

하지만 두개골 함몰에 낙하 시 골절. 게다가 시뷸라에게 날린 필살 일격의 반동으로 인해 온몸의 근육에 대미지를 입어 한때는 위험한 상태였다고 한다.

우울한 모습으로 고개를 숙이고 있다.

"져버렸어."

"응. 보고 있었어."

"하아. 비장의 패로도 결판을 내지 못한 내 잘못이지. 쓰러뜨리는 것까지는 무리라도 장외로는 밀어낼 수 있을 거라 생각했는데……."

"그 찌르기, 굉장했어."

"그래? 일단은 데미트리스류에서 파문된 이후로 독자적으로 고안해 만든 나만의 필살기이긴 한데……."

"한데?"

"미완성이야."

데미트리스류는 마력 방출을 이용하는 유파다. 기를 날려보내는 원거리 공격이나 육체에 두르는 강화 등 그 용도는 실로 다양하다.

하지만 파문당하며 데미트리스류를 봉인당한 탓에 코르베르트는 지금까지 당연하게 할 수 있었던 기 운용 능력이 큰 폭으로 감소한 상태였다.

그래도 수행 중에 몸에 익힌 마력 방출 스킬 등은 남아 있었기 때문에, 어떻게든 그것을 다른 방향으로 활용할 수 없을지 고민했다고 한다.

"의뢰를 받아서 마력 방출로 고속 이동을 하는 마수와 싸운 적이 있는데. 그 녀석들은 움직임의 기척을 감지하기 어렵잖아?"

"응."

기본적으로 뒤에서 마력을 방출하여 가속하고 돌진하는 방식을 취하니까. 근육이나 몸의 움직임을 보고 있었다 해도 미리 감지하기는 어렵다.

"거기서 착안한 거야. 마력 방출을 잘만 활용하면, 나도 공격의 기척을 지울 수 있지 않을까 하고."

"그게, 아까 그거?"

"그래, 하지만 그 전에 힘을 모으는 데 시간이 너무 오래 걸려. 이번 같은 시합에서, 심지어 이쪽의 공격을 기다려 주는 상대가 아닌 이상 맞추기 힘들어. 실전에 투입하려면 아직 시간이 더 걸릴 거야. 게다가 공격력도……."

"시뷸라를 날려버렸어."

"그건 단순히 빠르게 때린 것뿐이야. 공격할 때 마력을 함께 흘려보내는 게 내가 구상하는 완성형이다."

"그렇구나."

예비 동작 없이 오는 재빠른 일격. 거기에 더해 내부 파괴로 확실하게 처리한다. 그것이 코르베르트의 이상적인 그림이었다.

"그거라면…… 프란에게도 대미지를 줄 수 있을 거 아냐?"

코르베르트는 작년에 우리가 사용했던 물리 공격 무효에 대한 대처 방법으로 이것을 고안해 냈다고 한다.

"데미트리스류는 기의 조작에 특화돼 있어. 원거리에서도 무기와 무술을 행사할 수 있다는 건 엄청난 장점이지만……. 프란의 그건 주먹뿐만 아니라 기도 무효화해 버렸지. 그래서 데미트리스류 기술이 아무런 의미가 없었어. 아가씨나 스승님이었다면 어떻게든 했겠지만 말야."

기와 마력은 거의 동일하지만 미묘하게 다른 점도 있다. 체내나 체표에서 작용하는 마력이 기이고, 외부의 것은 그대로 마력이라고 부른다.

무엇이 다르냐고 묻는다면, 사실 나나 프란은 잘 모르겠지만……. 데미트리스류는 그 차이를 명확하게 구분해 기를 체외로 방출하는 것을 기본으로 삼고 있는 듯했다.

원거리에 기를 날림으로써, 원래라면 밀착해야만 사용할 수 있는 권기 등도 먼 곳에 적중시킬 수 있다고 한다. 기로 만든 주먹을 조작해 공격하는 이미지인 건가?

하지만 우리가 가진 물리 공격 무효화는 그 기마저 튕겨내 버린다. 그게 아니고서는 지난해 전투에서 코르베르트의 온갖 공격을 완전히 무효화했던 이유를 설명할 수 없을 테니까 말이다.

"그래서 기가 아니라 마력을 부딪치려고 생각한 건데 말이지……."

코르베르트가 말한 대로 그 거리에서 체내에 마력을 방출하면 물리 무효도 효과가 없을 것이다. 다만 미완성이라는 그의 말대로 코르베르트도 아직 능숙하게 다루지 못하는 것 같았다. 뒤쪽의 추진력에 마력을 전부 다 써버렸다고 한다.

"뭐, 조만간 완성된 모습을 보여줄게."

"응. 기대할게."

"그래――."

콰아아아앙!

코르베르트가 씨익 웃으며 고개를 끄덕인 순간이었다. 의무실의 문이 떨어져 나갈 듯한 기세로 활짝 열렸다.

"코르베르트!"

"우왓! 히, 힐트 아가씨?"

안으로 들어선 것은 무서운 얼굴을 한 힐트였다. 따끔거림이 느껴질 정도로 날카로운 시선으로 의무실 안을 둘러본다.

"음. 무사한 것 같네."

패배한 코르베르트에게 화가 난 줄 알았는데, 그저 당황해서 여유가 없었던 모양이다. 프란과 담소를 나누는 코르베르트를 발견하고는 눈에 띄게 안심한 얼굴을 하고 있다.

"넌, 흑뢰희 프란……. 왜 여기에 있어?"

"병문안."

"그래? 고마워."

"왜 힐트가 감사를 해?"

"어? 그, 그건, 원래는 동문에 속했던 사람이니까! 그러니까, 좀 귀찮긴 하지만 일단 부상 상태를 확인하러 온 거야!"

"흐음."

힐트가 지나치게 당황하고 있었다. 얼굴도 새빨개져서 다 티 나는데. 아주 꿀이 뚝뚝 떨어지네!

하지만 코르베르트는 힐트의 마음을 전혀 눈치채지 못한 모습이었다.

"아가씨, 폐를 끼쳐 죄송합니다."

"아……. 그, 그래! 내 말이 그 말이야! 그런 무명 용병에게 지다니! 단련이 부족하다는 증거야!"

"하하, 엄격하시군요."

"또, 또 내가 단련시켜줄 수도 있는데?"

이거, 간접적으로 데미트리스류로 돌아와 달라고 말하는 거지?

하지만 코르베르트는 둔감 계열 주인공이었던 모양이었다.

"저는 파문당한 몸이니까요. 돌아갈 수는 없습니다."

"윽!"

힐트는 분한 얼굴을 했다. 본인의 의도를 알아차리지 못하는 코르베르트와 솔직해지지 못하는 자신. 양쪽 모두에 분이 치미는 것 같았다.

힐트의 호의는 이 정도로 알기 쉬운데, 잘도 눈치를 못 채는구나, 코르베르트. 뭐, 자신만의 확고한 믿음에 갇히면 주위에서 무슨 말을 해도 쉽게 알아차리지 못하는 법이니까. 나도 옛날에 했던 게임에서 그런 믿음 때문에 실패한 경험이 있었다.

아마 코르베르트의 마음속에서 힐트는 자신에게 엄격한 스승의 후계자일 뿐이겠지. 자신에게 반한다는 것은 있을 수 없는 일이다, 라는 믿음이 자리 잡고 있는 듯했다.

"이제 됐어! 프란, 반드시 이길 거야!"

힐트는 그 말만을 내뱉고는 폭풍처럼 사라져버렸다. 마지막으로 프란을 향한 시선에는 엄청난 적의가 담겨 있었다. 코르베르트가 파문당한 계기가 된 데다, 지금은 자신의 사랑을 이루기 위해 반드시 이겨야 하는 상대였다. 싸우게 된다면 더 기합이 들어갈 수밖에 없었다.

"이런, 아가씨 행동은 내가 대신 사과하지."

질 수는 없지만 뒤에서는 몰래 응원해 주고 싶은 마음이었다.

그리고 코르베르트는 폭발해라!

"스승? 왜 떨고 있어?"

『아, 아니? 아무 일도 아닌데? 딱히 질투 나서 흥분한 거 아닌데?』

"흐음?"

『이, 일단 관전석으로 돌아가자. 다음 시합은 아직 볼 수 있을지도 모르니까.』

"알았어."

전개가 빠르다면 이미 끝났다 해도 이상하지 않은 시간이었지만, 그래도 어떻게든 늦지 않은 모양이었다.

무대 위에서는 랭크 B 모험가인 아바브라는 남자와 데미트리스류의 문하생이 싸우고 있었다.

이 아바브라는 사람은 마검사인 것 같았다. 접근전에서는 시미터(곡도)를 사용하고, 원거리에서는 물과 독 마술을 사용했다.

해설을 들어보니 놀랍게도 에이와스의 제자라고 한다. 그렇군, 전투 방식이 정말 교활하네. 게다가 성격도 별로 안 좋아 보인다.

"히히히히! 움직임이 둔해졌는데, 무슨 일 있습니까아아?"

"젠장! 독인가……!"
"히히히이이! 그 얼굴! 훌륭한 패배자의 얼굴입니다! 아아아아아아! 최고야!"
독으로 움직이지 못하게 된 대전 상대를 약한 공격으로 괴롭히고 있었다.
하지만 강한 것만은 틀림없었다.
『성격은 최악이지만 움직임은 깔끔해. 게다가 에이와스의 제자라는 건…….』
'독약을 쓸지도 몰라.'
『그래, 독 마술 말고 거기도 조심해야겠네. 아이템 주머니를 사용하지 못하게 견제한다거나, 몇 가지 방법이 떠오르긴 하는데.』
'이번에는 실패하지 않을 거야.'
모드레드에게는 결계석 등으로 견제를 방해당했으니까. 프란은 그에 관한 대책을 여러모로 궁리 중인 것 같았다.
결국 마지막까지 아바브의 우세가 뒤집히는 일은 없었고, 확실한 승리를 거뒀다.
이어지는 불쾌한 발언들에 프란이 복잡한 표정을 짓고 있는데, 그녀에게 다가오는 사람의 그림자가 있었다.
"프란, 훌륭했다."
"모드레드? 이제 움직여도 돼?"
"어느 정도는."
시합이 끝난 타이밍을 가늠해 말을 걸어온 이는, 조금 전까지 프란과 격투를 벌였던 모드레드였다.
발걸음은 다소 불안정하지만, 움직이는 것은 가능해 보였다.

그 얼굴에는 분함이나 분노는 없었고, 후련해 보이는 미소가 떠올라 있었다.

"마지막엔 미안했다."

"용암? 하지만 모드레드는 괜찮았잖아?"

"시합 전에 용철 내성을 높여주는 기술을 썼으니까. 내 의식이 사라진 후에도 한번 부여한 마술은 효과 시간까지는 지속돼. 하지만 그렇게 되면 승패가 정해진 후에도 공격을 계속한 거나 마찬가지지. 매너 위반이다."

그러면서 고개를 깊이 숙인다. 성실한 사람이다.

"알았어. 사과를 받아줄게."

"고맙군."

"그 대신 물어보고 싶은 게 있어."

"좋아. 뭐든지 물어봐."

"아까 시합에 대한 거. 우선은 ──."

프란이 모드레드에게 시합 방식에 대한 이런저런 질문을 던졌다. 모드레드도 그 부분에 대해서는 정확하게 대답해 주었다.

프란에게 가르침을 주는 것이 그 역시 즐거운 모양이었다. 보살핌에 익숙한 사내였다.

베테랑에게 이야기를 들을 수 있는 기회는 그리 흔치 않았기 때문에 이는 아주 좋은 기회였다.

숙련된 시합 내용을 가까이에서 보고, 그 시합을 당사자와 함께 되돌아본다. 여기서 모드레드와 싸운 것은 프란에게 큰 경험이 될 것 같았다.

수십 분에 걸친 프란 대 모드레드전의 회고가 마침내 끝나고,

이제는 다른 출전자들의 전투에 대한 분석으로 바뀌었다.

"모드레드라면 아까 아바브랑은 어떻게 싸울 거야?"

"정보가 적은 상대라면, 우선은 거리를 두겠지. 용철 마술을 주로 사용하면서 틈을 엿볼 거다."

"그렇구나."

"혹은 자신이 있다면 근거리에서 싸우는 것도 괜찮아. 프란의 경우라면 검으로 하는 싸움이 유리하겠지. 그렇다면 잔기술들에 당하기 전에 가까이 접근하는 것도 괜찮은 방법이야."

그 잔기술들로 프란을 마지막까지 몰아붙였던 모드레드의 말이었기에 무게가 남달랐다.

"녀석은 실제로는 더 짧은 영창으로도 독 마술을 쓸 수 있을 거다."

"어떻게 알아?"

"딱 한 번 독 마술을 평소보다 더 빠른 타이밍으로 쐈거든. 피격을 각오하고 달려든 상대의 돌진에 당황한 거겠지. 그 한 번만 우연히 빨랐다고는 생각하기 어려워."

"다른 출전자들한테 본인의 영창 단축 스킬이 대단하지 않다고 느끼게 하려는 건가?"

"아마 그럴 거야."

모드레드의 분석을 듣는 것만으로도 여러모로 흥미로웠다.

그렇게 분위기가 고조되고 있는 와중에 모드레드의 부하가 찾아왔다. 프란은 완전히 잊어버렸지만, 이전에 배의 호위 의뢰로 한 번 만난 적이 있는 남자였다.

모드레드를 이긴 프란에 대해서도 경의를 표하고 있다는 것을 알 수 있었다. 모드레드의 교육이 훌륭한 거겠지.
아무래도 따로 볼일이 있는 듯했다.
"벌써 시간이 그렇게 됐나?"
"예."
"그럼 난 이만 가봐야겠군. 의미 있는 시간이었어. 마경에 대해서는 다음 기회에 얘기하도록 하지."
"응. 고마워. 나도 즐거웠어."
"그래."
그렇게 혼자 남아 울시를 만지작대고 있던 프란에게 또 누군가가 다가왔다.
"저기, 프란 언니."
"응? 케이틀리, 니르페."
"아, 안녕하세요……."
"웡!"
오렐의 손녀인 모험가 지망 소녀 케이틀리와 데미트리스의 손녀인 조용한 성격의 니르페 두 명이었다.
귀족들만 들어갈 수 있는 귀빈석에 있다가 프란을 발견하고 특별 관전석으로 온 것 같았다. 몇 분 전부터 기척은 느껴졌는데 모드레드를 배려하느라 말을 걸지 않은 모양이었다. 아니, 단순히 모드레드가 무서워서 그랬던 것뿐인가?
참고로 특별 관전석은 출전자의 관계자나 출자한 사람들이 들어올 수 있는 장소였다.
일반 관객들이 있는 장소가 자유석. 특별 관전석은 관계자석. 귀빈석은 초대석. 대충 그런 느낌으로 구분되어 있었다. 초대석 사람들은 특별 대우를 받기 때문에 이쪽에도 자유롭게 올 수 있었다.

"아까 대화하셨던 분은 모드레드 님이시죠?"

"응."

"굉장히 사이가 좋아보이시던데……."

"응. 모험가 동료?"

프란이 의문형으로 말하며 고개를 갸우뚱한다. 하긴, 모드레드와의 관계는 뭐라고 정의해야 할지 애매하긴 하다.

친구라고 하기에는 교제도 짧고 나이 차도 많이 난다. 라이벌이라는 말도 좀 아니고, 그나마 제일 적절한 표현이 모험가 동료겠지.

"방금 같이 싸웠는데, 괜찮은 건가요? 그, 두 분 다."

"왜?"

"원한이나 분노 같은 건……."

"그냥 시합을 한 것뿐이니까."

아니, 쿨한 성격의 프란과 상대를 존중할 수 있는 모드레드이기에 그렇게 말할 수 있는 것뿐인가? 개중에는 승패로 원한을 품는 사람들도 있을 것이다.

그러나 프란을 존경해 마지않는 케이틀리는 그것이 당연한 것이라고 생각한 것 같았다. 감명받은 얼굴로 크게 고개를 끄덕인다. 니르페도 마찬가지다.

"그, 그렇군요. 그건 단지 시합……."

"모험가는 굉장하네요."

"응. 이기든 지든 원망은 안 해."

프란의 말을 듣고 여기까지 온 이유를 떠올린 것일까. 두 사람은 입을 모아 프란의 승리를 축하해 주었다.

"언니, 승리 축하드려요!"

"축하해요."

"고마워."

"정말 굉장했어요!"

케이틀리 일행이 흥분한 모습으로 프란과 모드레드의 싸움을 이야기했다.

"그, 도중부터는 무슨 일이 일어나고 있는지 알 수 없었지만……."

"하지만 굉장했어요."

"맞아요!"

모드레드의 용암에 의해 결계 안쪽이 뒤덮인 이후로는 밖에서는 아무것도 보이지 않았던 모양이다.

하지만 관객들은 의외로 그것마저 즐기고 있었던 듯했다.

"유리컵 안에 오렌지색 용암이 가득 차 있는 것 같은, 한 번도 본 적 없는 광경이었어요. 용암이라는 게 그렇게나 아름다운 거였다니."

"정말 예뻤어요."

하긴 일반적으로는 볼 수 없는 광경이었을 것이다. 결계에 의해 열이 차단된 덕분에 오직 아름다운 모습만이 전해진 것 같았다.

관객들이 지루함을 느끼기 전에 결판이 난 것도 반응이 좋았다. 겨우 몇 분 만에 끝났으니까.

"다친 곳은 괜찮으신가요?"

"그 정도는 늘 있는 일이야."

"그렇군요……. 저도 모험가가 된다면 각오해야겠어요."
"힘내."
"네!"
케이틀리는 두려워하는 기색도 없이 오히려 더 의욕이 생긴 얼굴이었다. 프란의 효과일까, 원래 소질이 있는 것일까. 그 모습을 보고 자신도 열심히 하겠다고 느꼈다는 것은 꽤나 주목할 만한 대목이었다.
의외로 장래에 유명한 모험가가 될지도 모르겠다.
이후 프란은 케이틀리 일행과 함께 관전을 이어갔다. 프란의 해설에 두 아이는 진지한 표정으로 귀를 기울였다.
니르페도 의외로 흥미가 있는지 가끔씩 고개를 끄덕인다. 결코 훌륭한 해설은 아니지만, 두 사람에게는 상당한 공부가 된 것 같았다.
"언니의 친구분인 샤를로테 씨는 아쉬웠네요."
"응. 그래도 작년보다 더 잘 싸웠어."
가장 볼만했던 것은 엘자와 샤를로테의 시합이었다. 작년과 같은 조합으로, 흐름도 작년과 비슷했다.
다른 점이라고 하면 샤를로테가 보다 오래 싸웠다는 것 정도일까. 움직임이 확실히 좋아져 있었다. 그러나 엘자의 방어력을 꿰뚫을 만큼의 공격력은 아직 갖추지 못한 것 같았다. 마지막에는 날아가며 장외패를 당했다.
"언니, 다음 시합도 힘내세요. 응원할게요! 다음에 이기면 상위 입상 확정이네요! 여러 나라에서 사관들의 권유가 들어올 정도의 순위예요! 힘내세요."

"권유? 샤를스 왕국?"
"벌써 언니한테도 온 건가요?"
"응."
"그렇군요! 그 사람들이 소란을 피우는 바람에 할아버지도 많이 바쁘신 것 같아요. 주의를 줘도 고치지를 않아서 샤를스 왕국에 항의 편지를 보낸다고 하셨어요."
나라에 항의문을? 상상 이상으로 문제가 커지고 있네.
"약속을 전혀 지키지 않고 있는 것 같아요."
"흐음. 그럼 나한테도 또 올까?"
"아마도요……. 너무 끈질기게 군 나머지 폭력을 쓴 사람도 있다고 하더라고요. 하지만 상대는 귀족이니까 그렇게 되면 길드도 영주님도 감싸주기 어렵다고 했어요."
"상대가 잘못한 건데?"
"그, 권유 자체는 범죄가 아니니까요. 게다가 상대는 귀족이고……."
결국 먼저 손을 댄 쪽이 잘못했다는 흐름으로 가는 모양이었다. 아니면 혹시 그게 목적인 걸까? 굳이 상대를 자극해서 유망한 선수들을 실격시키는 것? 아니면 약점을 잡고 강제로 협박한다거나?
"프란 언니도 조심하세요."
"알았어."
역시 엮이지 않는 것이 제일이다.

모드레드전 이후 이틀이 지났다.
오늘 아침도 프란은 씩씩하게 회장으로 향했다. 그 두 손에는 포장마차에서 산 꼬치구이가 들려 있었는데, 이 역시 매일 아침의 일과였다.
숙소에서 나오는 조식도 당연히 먹고 있었다. 심지어 일어나자마자 본인의 차원 수납에서 여러 음식을 꺼내 먹었다. 하지만 그게 무슨 대수인가. 프란에게 꼬치구이 정도는 일반인에게 있어 쿠키 한 개나 다름없었다.
“우물우물.”
“우걱우걱.”
울시는 울시 대로 육수를 만들고 남은 거대한 소뼈를 받아 씹고 있었다. 스프 포장마차를 운영하는 아주머니가 준 것이었다.
1미터가 넘는 뼈의 한가운데를 물고 가볍게 씹기만 해도 즐거운 모양이다. 그 모습은 마치 긴 나무막대를 물고 다니는 바보 개 같아서 조금 우스꽝스러웠다.
어제 프란이 칭찬하고 나서 손님이 늘었다는 이유로 스프도 공짜로 받아버렸다. 한순간에 프란과 울시의 뱃속으로 사라졌지만.
꽤 큰 건더기가 들어 있었던 것 같은데.
“우물우물…… 음.”
『왜 그래? 프란.』
“저기.”
프란이 갑자기 걸음을 멈췄는데, 그 시선 끝에는 낯익은 남자가 서 있었다.
“뭐시기 나라의 뭐시기.”

『샤를스 왕국의 에머트 자작. 뭐, 기억할 필요는 없지만.』
"어떻게 해?"
『으음.』
확실히 누군가를 기다리고 있는 모습이다. 그리고 그것이 프란일 가능성도 높아 보였다.
『일단 이대로 가자. 그리고 만약 에머트 자작이 이쪽으로 다가오면 전이로 도망치자.』
"알았어."
『뭐, 프란이 기척을 지워버리면 발견될 일도 없을 것 같지만.』
경기장으로 들어가는 관객들 사이에 섞여 에머트 자작과 그의 종자로 보이는 남성 앞을 지나갔다.
아니나 다를까 에머트 자작 일행은 기척을 없앤 프란을 눈치채지 못했다.
"그 흑묘족 계집은 왜 아직도 안 오는 거지?"
"이미 올 시간이 지났습니다만……."
"에잇! 잘 찾아봐라!"
역시 프란이 목적이었나. 뭐, 앞으로도 이렇게 도망치면 되겠지. 어차피 며칠 후면 이 마을을 떠날 테니까.
그리고 30분 후.
『오늘도 제1 시합부터 이 소녀가 등장했다! 최강의 흑묘족, 흑뢰희 프란!』
특별히 대기실에는 방해하는 사람이 나타나지 않았고, 우리는 투기장 위에서 오늘의 대전 상대와 마주할 수 있었다.
무광으로 된 금속 갑옷을 입고 거대한 타워 실드를 손에 든 덩치 큰 방패사. 레이도스 왕국의 스파이 의혹을 받고 있는 사내, 비스코트였다.

수비가 아주 견고한 중전사 타입이다.

『프란, 오늘은 어쩔래?』

'……혼자 하고 싶어.'

『알았어.』

'괜찮아?'

『안 될 게 뭐 있어?』

'하지만 그러다가 모드레드한테 당할 뻔했잖아.'

프란으로서는 역시 그 시합에 후회가 많이 남는 모양이었다.

이겼다는 생각이 들지 않는 거겠지. 하지만 내가 보기에는 그것도 좋은 경험이었다. 프란도 확실하게 성장할 수 있었으니까.

프란에게 직접 말할 수는 없지만, 이기고 지는 것만이 중요한 것이 아니다. 물론 이기는 게 가장 좋겠지만, 진다고 해도 성장할 수만 있다면 좋은 시합이라고 생각한다.

『목숨이 걸린 실전이라면 모르겠지만 이건 모의전이니까. 프란이 하고 싶은 대로 싸우면 돼. 게다가 방패사와 싸워보고 싶었잖아?』

'응.'

프란은 지금까지 고레벨 방패사와 일대일로 싸워본 적이 없었다. 그러니 경험해 보고 싶은 거겠지.

그래서 전력을 쏟아 순식간에 이기는 것보다는 일부러 아슬아슬한 공방을 체험해 보고 싶은 것 같았다.

『그 대신 조심해.』

"응."

게다가 이후의 대전을 생각하면 비장의 카드를 아껴두는 것은 나쁜 선택지도 아니었다.

"여어, 던전에서 보고 처음이네."

"응."

비스코트가 씨익 웃으며 말을 걸어왔다. 시합 전의 기 싸움이 아니라, 정말로 즐거워하는 것처럼 보였다. 이 녀석, 역시 싸움을 즐기는 성격인 모양이다.

체르트전에서 생긴 상처는 완전히 회복한 모습이었다. 게다가 파괴된 방패도 새것으로 교체되었다.

오히려 이전보다 더 나은 방패처럼 보였다.

"이거 말야? 던전산 방패라던데. 무투 대회 참가자라고 말했더니 아주 싼값에 팔아주더라고."

딱히 특수 능력이 있는 것이 아니라 단지 방어력이 높은 타입의 방패인 것 같았다.

우수한 방패사가 가진 장비라고 생각하면 오히려 그게 더 성가실지도 모르지만.

"모험가의 강인함이라는 걸 보여달라고."

"그쪽이야말로, 그 방패가 장식이 아니라는 걸 보여줘."

서로의 살기가 부딪치는 가운데 프란과 비스코트의 시합이 시작되었다.

선공은 프란이었다.

각성을 마친 프란이 처음부터 전속력으로 칼을 휘둘렀다.

"하아아아앗!"

"칫!"

그 무시무시한 속도에 비스코트가 당황하며 황급히 움직였다. 하지만 프란의 전속력에는 비스코트도 대응하지 못하는 모습이었다.

방패 옆을 순식간에 빠져나가며 스쳐 지나가듯 공격이 들어갔다. 금속 갑옷은 상당한 고급품이었지만 우리의 공격을 완전히 받아낼 정도로 강하지는 않았다. 비스코트의 옆구리에 깊은 상처가 나 있었다.

갑옷째로 살점이 날아갔고, 베인 틈 사이로 피가 흘러넘쳤다. 아마 내장까지 손상됐을 것이다.

아무리 봐도 치명적인 상처였다.

이건 기대 이하인가? 그렇게 생각했지만, 비스코트는 여기서부터 끈질기게 버티기 시작했다.

"얕아! 얕다고!"

"이봐! 아직 쓰러지지 않았어!"

"얕다고 했잖아!"

아무리 깊은 상처를 입어도 조금도 물러서지 않았다. 누가 봐도 대량의 피를 흘리고 있는데 회복을 하려는 기색도 없다. 그럼에도 계속 움직였다.

아무래도 자동 재생 계열 스킬을 갖고 있는 것 같았다. 체르트전에서 보여주었던 튼튼함의 정체는 바로 이거였나.

시뷸라와 같은 대미지 무효 계열 스킬이 아니다. 단순히 튼튼하고 인내심 강한 타입이었다. 통각 무효 스킬은 없는 것인지 가끔씩 얼굴을 찡그리지만 그것뿐이었다. 치명상을 입었음에도 여전히 움직였다.

"평소엔 거대한 마수를 상대하고 있다고! 이 정도 상처는 흔한 일이야!"

대형 마수를 상대로 정면으로 맞붙어 싸우고 있다는 말인가. 그러다면 그 강한 체력에도 납득이 간다.

현재 프란은 다친 곳이 없었지만, 몰아세우고 있다는 느낌은 들지 않았다. 비스코트가 단단히 버티고 있기 때문이었다.

갑옷은 제 기능을 하지 못할 정도로 너덜너덜하고 온몸은 피투성이였다. 확실한 패자의 모습임에도 그 눈은 아직도 전투의 의지로 반짝였다.

"지룡한테 물려서 삼켜졌을 때가 몇 배는 더 위험했어!"

"지룡?"

"그래! 우리 기사다── 이런, 아무것도 아냐! 아무튼, 이제부터가 진짜다! 그쪽도 진심으로 와라!"

"바라는 바!"

비스코트, 방금 우리 기사단이라고 하려고 한 거지? 역시 레이도스의 기사인 건가.

뭐, 지금은 그것보다 승패가 중요하다.

"하아아앗!"

"칫! 여기서 더 빨라지다니……!"

프란은 승부를 결정지을 생각으로 속도를 올려 비스코트를 공격했다. 아직 섬화신뢰는 사용하지 않았지만 각성, 육체조작법, 여러 마술을 사용해 엄청난 속도를 선보이고 있었다.

생명에 지장이 가는 비장의 패를 사용하지 않고도 이만큼 움직일 수 있게 됐구나.

하지만 조금 전보다 훨씬 더 빨라진 프란의 공격에 비스코트는 서서히 반응하기 시작했다.

"가드 시프트!"

"음!"

프란이 필살을 노리고 날리는 공격은 방패로 받아내고, 그 이외의 견제는 몸으로 받아낸다. 떨어져 나갈 때 날려보내는 뇌명 마술도 비스코트는 버텨내 보였다. 마비조차 되지 않았다.

정말로 단단하네!

"스윙!"

"느려!"

"그쪽이 너무 빠른 거라고! 다음은 맞힌다!"

"무리."

"무리인지 아닌지는 시험해 봐야 알겠지! 자, 와라!"

프란에게서 받는 대미지의 빈도도 양도 초반과는 비교할 수 없는 수준이었는데, 비스코트의 위세는 시합 개시 때와 전혀 달라지지 않았다.

그 거구와 어울리지 않는 속도로 날카로운 카운터를 날린다.

시뷸라도 그렇고 비스코트도 그렇고, 너무 무식한 거 아냐? 전투 감각도 비슷하고, 레이도스 왕국의 전사들은 다들 이런 녀석들뿐인가?

타입은 전혀 다르지만 종합력으로 보면 모드레드나 코르베르트와 동등했다. 경우에 따라서는 그들보다 더 성가신 존재일지도 모른다.

그렇다 해도 프란이 유리한 상황임에는 변함이 없었다. 어쨌든 비스코트의 공격은 아직 프란에게 한 번도 닿지 않았기 때문이다.

높은 방패 기술에 인간 같지 않은 강인함. 그 강인한 성격으로 자신과 동료를 고무시킨다. 마수를 상대로 한 방패 역할로서는 완벽했다.

물론 그런 방어력에 비해 공격은 몇 단계나 뒤떨어졌다. 아니, 충분히 강력하고 기술도 높긴 하다.

상대가 마수라면 아무 문제 없었을 것이다. 그 완벽한 방어로 공격을 막고, 카운터로 대미지를 입힌다. 높은 완력에서 나오는 메이스의 일격은 어떤 상대라도 맞으면 절대 가볍게 끝나지 않을 것이다.

대인전에서도 비스코트의 강렬한 카운터는 위협이 된다. 심지어 프란조차도 기합을 넣지 않으면 피하기 힘든 날카로움이었다.

그러나 결국은 그 정도였다.

프란보다 빠르게 움직이는 마수는 많다. 하지만 프란과 동일하게 움직이고, 프란 수준의 기술을 갖고, 프란과 같은 레벨로 싸울 수 있는 마수는 그렇게 흔치 않았다.

비스코트도 싸워본 경험은 없을 것이다. 아무리 완벽한 타이밍에 카운터를 노린다 해도 프란에게는 닿지 않았다.

"칫! 여기다!"

"이런."

"받아라!"

"큭!"

조금만 더 하면 맞을 것 같은데 맞지 않는다. 하지만 조금씩,

프란이 무기로 받아내는 상황이 늘어났다. 회피가 늦고 있었다.

그런 공방 속에서 비스코트가 희미하게 마력을 방출했다. 마술은 아니다. 어떤 스킬인 듯했다.

뭘 한 건가? 공격적인 기색은 전혀 없는데…….

그러자 프란이 어딘가 어리둥절한 얼굴로 고개를 갸우뚱한다.

『프란?』

'뭔가 이상해.'

혹시 지금 쓴 수수께끼의 기술 때문인가? 아무래도 몸을 움직이는 방법에 뭔가 위화감이 있는 것 같았다.

〈시공 계통의 마력을 확인. 개체명 프란의 감각만 가속되고 있습니다〉

『뭐? 감각만 가속한다고?』

〈네〉

몸의 움직임 자체는 가속하고 있지 않은데 감각만 가속한다는 것은 상당히 성가시다. 자신이 머릿속에 그린 몸의 움직임과 실제 움직임 간에 괴리가 발생하기 때문이다. 특히 프란처럼 고속으로 움직이는 사람에게는 아주 미세한 오차라도 훨씬 더 크게 느껴질 수밖에 없었다.

체르트가 비스코트와 싸울 때 마지막으로 이상한 움직임을 보였던 것도 이 감각 가속 때문이었던 걸까.

여기서 프란이 느낀 위화감의 정체를 알려주고 시공 마술을 사용해 문제를 해결하는 것은 간단했다.

하지만 지금은 프란이 최대한 내 조언 없이 싸우는 자리였다. 여기서는 아슬아슬한 순간까지 지켜보자.

"쉬잇!"
"하하핫! 약하다고!"
프란의 참격이 방패에 의해 완벽하게 막혔다. 그렇군. 감각에 위화감을 줘서 상대의 움직임을 둔화시키는 것뿐만이 아니다! 감각 가속 상태에서 공격을 하려고 하면 본인은 이미 공격을 했다고 생각하지만 육체는 이제 막 움직이기 시작한 상태인 것이다.
그 앞서는 공격 의식 때문에 공격의 기척을 쉽게 읽히게 된다. 시선이나 근육의 움직임이 더 두드러지게 드러나기 때문이었다. 물론 아주 미세한 차이겠지만, 비스코트 레벨의 방패사라면 그 정도 정보만으로도 완벽한 방어가 가능했다.
능력의 출력은 그리 대단하지 않지만, 실제로 당해 보니 상당히 성가셨다.
방패로 공격을 막아내며 프란의 몸이 앞으로 쏠린다. 체르트가 졌을 때와 같은 상황이었다.
비스코트는 기회라고 생각했을 것이다.
"스파이럴 배시!"
지금까지 아껴두고 있던 방패 공격을 날린다. 의식의 외부에서 오는 날카로운 일격.
보통이라면 이것에 반응하기는 어려웠다.
처음 보는 공격인 데다 최고 속도. 완급을 이용한 필살 공격이었다.
그런 비스코트의 혼신을 다한 공격은 프란에게 직격――하지 못했다.
"무슨!"

"그건 본 적 있어."

프란은 처음부터 방패를 사용한 공격을 염두에 두고 있었다. 듀라한이나 사인 등 방패를 사용해서 공격하는 상대와 싸운 경험이 프란에게 그런 직감을 심어준 것이다.

게다가 왕도에서는 천벽의 제피르드라고 하는, 방패를 사용하는 랭크 A 모험가와 함께 싸웠던 적도 있었다.

아이러니하게도 비스코트가 사용한 방패 기술은 제피르드가 사용하던 기술과 동일했다. 한 번 본 기술이었기에 프란으로서는 더욱 피하기 쉬웠을 것이다.

게다가 감각의 어긋남도 전혀 없었다. 평소부터 시공 마술로 인한 가속에 익숙해져 있는 프란은 벌써 감각 가속에 대응해 조정을 한 것 같았다. 그뿐만이 아니라, 마치 휘둘리는 것처럼 위장해 비스코트의 공격을 유도하기까지 했다.

자신이 감각 가속을 대처하는 데 고군분투하는 것처럼 보이면 큰 기술을 날려올 것이라고 생각한 것이다.

대인전 경험이 많은 숙련자를 상대로 고전하는 경우는 많았지만, 이번에는 반대로 프란에게 유리하게 작용했다.

비스코트는 '당했구나!' 하는 얼굴로 표정을 일그러뜨렸다. 자신이 프란의 계략에 빠졌다는 것을 마침내 깨달은 모습이었다.

게다가 프란의 유도는 그 전부터 이미 시작되고 있었다.

감각 가속 상태에 빠지기 전에도 프란은 일부러 공격을 받아쳤다. 비스코트의 큰 기술을 끌어내기 위해 일부러 공격을 아슬아슬하게 받아쳐서 몰리고 있는 것처럼 착각하게 만든 것이다.

솔직히 나는 이게 먹힐지 의문이었다.

비스코트 자신이 그와 비슷한 수법을 체르트와의 싸움에서 이미 사용했기 때문이었다. 하지만 동료가 생각한 방법이라고 말했던 것처럼 본인 스스로 술수를 간파해내는 것은 어려운 모양이었다.

좋든 나쁘든 마수에 특화되었다는 거겠지.

"빈틈 발견."

"와라아!"

방패로 상대를 날려버리는 공격, 스파이럴 배시를 완전히 회피당해 자세가 흐트러진 비스코트. 그럼에도 아직 여유 있어 보이는 이유는 방어력에 자신이 있기 때문이겠지.

프란이 날릴 필살의 일격을 견디고 나서 반격한다. 아마 그렇게 생각했을 것이다. 나 역시 섬화신뢰를 발동한 천단이나 공기발도술을 쓰지 않을까 생각하고 있었다.

"하아아아아앗!"

프란의 기합이 치솟았고, 비스코트가 각오를 굳힌 표정을 지었다.

하지만——.

"농담이야."

"뭐?"

긴장감을 내비친 비스코트를 향해 프란이 씨익 웃었다. 프란이 선택한 것은 비스코트의 방어조차 꿰뚫는 전력 공격이 아니었다.

"이이이봐? 바, 발밑이……!"

프란의 대지 마술에 의해 무대가 크게 변형되었다. 프란 쪽에서 비스코트를 향해 내리막길이 만들어진 것이다. 빙설 마술로 비스코트의 발 아래가 얼어붙은 것은 덤이었다.

공격을 받아내기 위해 버티고 있던 비스코트에게 그런 갑작스러운 변화는 최악이었다. 스케이트 초보자처럼 미끄러운 발판에서 발을 헛디디며 몇 번이나 발을 구른다.

그때 프란이 달려들었다.

마력 방출로 급가속한 뒤 위에서 강력한 일격을 날렸다.

비스코트는 프란의 공격을 방패로 힘겹게 받아냈지만, 그것도 프란의 손바닥 위였다.

"젠자아앙!"

"잘 가."

프란에게 밀린 비스코트가 얼음 언덕을 내려갔다. 마무리 일격으로 바람 마술이 연속으로 들이닥치며 더는 아무런 방법이 없었다. 절망적인 표정으로 무대에서 밀려난다.

『스, 승부가 났습니다! 이렇게 허무한 결말이라니! 이 두 사람의 시합에서 이런 결말이 나올 거라고는 생각도 못했습니다! 흑뢰희 프란의 전략승입니다!』

나조차도 프란이 이런 방법을 선택할 거라고는 생각하지 못했다. 비스코트라면 더더욱 그렇겠지.

결과적으로는 프란의 완승에 가까웠다. 비장의 카드도 큰 기술도 아낄 수 있었고, 시합 시간도 의외로 짧았다. 체력 소모는 컸지만 입은 대미지가 거의 없다는 점이 훌륭했다. 비스코트에게 있어서는 최악의 상대였네.

『프란, 잘도 그런 방법을 떠올렸네.』

'응. 모드레드를 따라 해 봤어.'

『아직 연습도 해야 하고 경험도 더 필요하겠지. 하지만 그럼에도 그런 방식을 선택해서 승리했다는 게 정말 굉장해.』

'정말?'

『그럼! 상대를 때려눕히는 것만이 승리는 아니니까.』

'응!'

모드레드와의 전투는 내 상상 이상으로 프란에게 많은 영향을 미친 듯했다.

어쨌든 나조차도 큰 기술을 쓰지 않을까 예상했던 상황에서 허점을 찔렀으니까. 곧바로 그런 사고가 몸에 배는 것은 아니겠지만, 힘만 앞세우지 않게 된다면 전투의 폭도 더욱 넓어진다

이것은 미래의 프란에게 플러스가 될 것이다.

아직 임시방편에 불과한 전투 방식이지만, 언젠가 잘 다룰 수 있게 될 날이 오겠지. 그날이 기다려진다.

"……내가 졌다."

"흐흥."

분하다는 얼굴로 말을 걸어오는 비스코트를 향해 완전히 기세등등한 얼굴을 하는 프란.

허점을 찔러 이긴 것이 어지간히도 기쁜 모양이다.

"……시뷸라 누님은 나보다 몇 배는 더 강해."

"그래도 내가 이겨."

"순식간에 지면 마음껏 웃어주마."

비스코트는 그 말만을 남기고는 발걸음을 재촉하며 떠났다. 완전 패배자의 전형적인 대사였다.

게다가 다음 시합이 시뷸라가 상대가 아닐 수도 있었다. 어쨌

든 아직 승리해서 올라온 것은 아니니까.

비스코트는 확신하는 것 같았지만…….

『자, 다음 대전 상대가 누가 될지 제대로 확인해 둬야겠네.』

'응.'

다음 시합의 승자가 프란과 준준결승에서 맞붙게 된다.

그리고 5분 뒤.

"역시 시뷸라."

『그러게.』

시뷸라의 상대는 엘자를 존경한다고 하는 덩치 큰 메이스 사용자였다. 메이스의 파괴력은 상당해 보였다. 시뷸라는 그런 파괴력을 자랑하는 상대에게 한 발도 물러서지 않고 정면에서 공격을 주고받으며 1분도 안 되어 승리했다.

설마 그 거대한 메이스를 사용한 무기(武技)의 직격을 받고도 한 발짝도 물러서지 않을 줄은 몰랐다.

저 상태라면 어지간한 공격으로는 꿈쩍도 하지 않을 것이다. 이번에야말로 진심으로 가야할 것 같았다. 그래도 이길 수 있을지 알 수 없는 상대였다.

"……강해."

『응.』

그 후 시합은 계속 진행되었고 B 블록의 승자는 에이와스의 제자라는 아바브와 울무토의 길드 마스터 디아스가 되었다.

양쪽 다 아무런 위험 없는 승리였다. 디아스와 에이와스는 전 파티 멤버였다. 사제 대결까지는 아니라도 이 두 사람의 대결도 볼만하겠지.

그다음은 힐트와 라듈의 싸움이다.

『이번에도 정반대인 사람들끼리 붙었네.』

다채로운 마술로 상대를 농락하는 라듈과 힘으로 승부하는 격투가 힐트리아.

자, 어떤 싸움이 될까?

단순한 완력이나 마력, 속도만으로 보면 힐트의 승리가 당연해 보였다.

하지만 그것만이 승패를 좌우하는 요인은 아니다. 경험이나 전략의 차이라는 것은 무투 대회에서는 상당히 큰 비중을 차지했다. 그런 점에서는 라듈의 손을 들어줄 수 있었다.

『세 가지 속성의 상위 마술을 구사하는 라듈 옹이 다시 한번 다채로운 마술로 상대를 농락하고 봉쇄할 것인가! 아니면 랭크 A 모험가 천권(穿拳)의 힐트리아가 그 압도적인 힘으로 노마술사를 제압할 것인가! 한 치 앞도 예측할 수 없습니다!』

간단한 해설 후 중계자가 시합 시작을 알렸다.

그 순간 라듈, 힐트가 동시에 움직였다.

"하아아앗!"

"흠!"

힐트가 돌진하고, 라듈이 뒤로 뛰어오른다. 그 속도는 거의 똑같았다.

라듈은 시합 전에 미리 속도를 높이는 술법을 사용한 것 같았다. 아마 바람 마술 윈드 풋이겠지. 바람을 발에 휘감아 속도를 높이는 술법이었다.

"오오."

『라듐 할아버지, 굉장하네.』

라듐은 마치 스케이트 선수처럼 투기장을 미끄러지듯 이동하고 있었다. 윈드 풋의 효과인 걸까? 아마 호버 크래프트처럼 떠 있는 것이겠지만, 저런 식으로 제어하는 것은 상당히 어려울 것이다. 우리도 압축한 바람으로 발바닥을 밀어내듯이 해서 직선적인 움직임을 보조하는 정도로밖에 사용하지 못한다.

그런 초고난도 마술 제어를 진행하면서도 그는 동시에 다음 술법을 위한 마력을 모으고 있었다. 경이롭다는 말밖에는 할 말이 없었다.

섬세한 마술 제어라는 분야에 있어서는 라듐이 참가자 중 최고일지도 모른다.

그에 맞춰 바짝 따라붙는 힐트도 대단했다. 날카로운 움직임으로 빠르게 거리를 좁혀간다.

"어스 컨트롤!"

"무슨――?"

라듐에게서 방대한 마력이 뿜어져 나왔다. 그것을 감지한 힐트가 경계를 강화한 직후였다. 그녀의 몸이 공중에 높이 떠올랐다.

라듐이 대지 마술로 만들어낸 아주 작은 단차에 발이 걸린 것이다. 공중에서 몸을 비틀어 가까스로 착지하는데 성공했지만, 자세가 이미 무너졌다.

"지금 그거!"

『마력을 은폐하는 게 아니라 주위를 거대한 마력으로 뒤덮어서 미세한 변화를 알아차리기 어렵게 만든 거야. 그렇구나!』

"굉장하다."

라듈이 사용한 것은 대지를 조종하는 어스 컨트롤이라고 하는 술법이었다.

힐트 정도의 인간이라면 마력의 흐름으로 이를 간파할 수 있었을 것이다. 일반적인 술법이었다면.

라듈은 몇 센티미터의 단차를 만들기 위해 무대 전역에 어스 컨트롤을 걸어두었다. 마치 무대 전체를 조종해 큰 기술을 펼치겠다고 선언하는 것처럼.

하지만 실제로는 아주 조금, 겉으로 보면 알아차리기 힘들 정도로 작은 변화를 일으켰을 뿐이었다. 이것은 상대의 허를 찌르는 것과 동시에 거대한 마력으로 미세한 마력을 가릴 수도 있는 아주 교활한 수법이었다.

단점은 마력 소비가 크다는 점이었다.

그럼에도 라듈은 힐트의 움직임을 조금이라도 멈추게 할 수 있다면 충분히 해 볼 만한 승부라고 판단한 것 같았다.

"받아라!"

"큇!"

라듈은 계속되고 있는 어스 컨트롤을 사용해 땅에 착지한 힐트의 발밑을 진흙 웅덩이로 변화시켰다. 크게 튄 진흙이 얼굴에 묻으며 힐트가 얼굴을 찡그렸다.

아무리 스테이터스가 높아도 착지할 곳이 갑자기 사라지면 균형을 잃는 것은 당연하다. 힐트도 예외는 아니었다.

그때 라듈이 혼신의 힘을 다한 공격을 날렸다.

"작년의 전철은 밟지 않겠다! 그대 같은 타입에는 단기 승부가 답이지! 오오오오! 하이웨이브!"

"이래서 노인은 방심할 수 없다니까!"

라듈은 자잘한 마술을 잘 다루는 것으로 유명하지만, 그렇다고 해서 큰 기술을 쓰지 못하는 것은 아니다. 평소에는 필요가 없거나 힘의 소모를 생각해 쓸데없이 사용하지 않는 것뿐이다.

하지만 중요한 승부처라면 당연히 큰 기술을 사용한다.

라듈이 쓴 것은 거대한 파도를 만들어내는 대해 마술이었다. 바다 같은 곳에서 사용하면 배를 거뜬히 전복시킬 수도 있는 마술이었다. 이 좁은 투기장에서 사용하면 상대를 장외로 밀어낼 수 있을 것이다.

높은 파도의 벽이 몸을 일으킨 힐트를 덮쳤다. 관객들 대부분은 힐트가 이대로 파도에 휩쓸려 장외패할 것이라고 확신했을 것이다.

하지만 다음 순간, 그 예상은 크게 빗나가고 말았다.

"으랴아아아아!"

"크헉!"

힐트가 쏜 마력의 탄환이 파도를 뚫고 나가 라듈을 날려버린 것이다.

장외로 떨어지는 것은 면했지만 무대 끝에 쓰러진 노인은 꿈쩍도 하지 않았다.

『노타임에 저 위력이라니. 힐트의 마력 방출은 코르베르트보다 몇 단계 위야. 그것만으로도 충분히 성가셔.』

"응."

파도와 충돌한 바람에 그렇게 큰 위력은 없었을 텐데, 라듈은 그 일격에 의식을 잃고 말았다. 역시 육체적으로는 흐르는 세월을 이기지 못한 모양이었다.

『노, 놀랍습니다아아! 라듈 옹의 승리라고 생각되던 그때! 힐트리아의 수수께끼 같은 공격이 그 몸을 날려버렸습니다아아! 역시나 부동의 후계자! 그 저력에는 끝이 보이지 않습니다아아!』

언뜻 보기에는 라듈이 선전한 것 같지만, 힐트는 전혀 진심을 드러내지 않았다. 프란처럼 시합을 즐기고 싶어서 그런 것이 아니라, 자신이 가진 패를 최대한 감추기 위함이었다.

물론 그 상대는 프란이다.

"음."

『엄청나게 노려보네.』

승리한 힐트의 시선이 이쪽으로 향했다. 역시 프란을 의식하고 있었다.

프란도 지그시 노려보며 서로의 시선이 부딪혔다.

떨어져 있어도 서로의 투지는 전달됐을 것이다. 힐트는 미소 하나 짓지 않은 채 시선을 떼고는 사라졌다.

"……기대된다."

『하지만 그 전에 이겨야 할 상대가 있잖아?』

"알아."

애초에 힐트가 결승까지 올라올 수 있을지 어떨지도 모른다. 다음이 아직 준준결승이니까.

『다음은 클리카 대 바바로스.』

둘 다 들어본 적 없는 이름이었다.

클리카는 용병. 바바로스는 모험가였다.

무명의 선수들이라 별로 기대는 하지 않았는데……. 시합이 시작되자마자 프란이 드물게 놀란 목소리를 냈다.
“저거, 보여?”
『그러게. 감지 스킬의 효과인가……?』
클리카라는 여성은 신기한 전투 방법을 사용하고 있었다. 탐지와 감지에 특화된 전투 스타일이라고 해야 할까?
상대의 공격을 완벽하게 피하고 활과 레이피어로 급소를 찌른다. 그런 느낌이었다.
바바로스는 우직해 보이는 이름에 비해 실제로는 날렵한 얼굴을 가진 마법 전사였다. 공격도 빠르고 바람 마술과 단창의 연계는 꽤 날카로웠다.
프란이라면 회피할 수 있을 것이다. 하지만 프란만큼의 신체 능력을 가지지 못한 것처럼 보이는 클리카가 모든 공격을 회피하는 것은 이상하게 느껴졌다.
관객들은 단순히 빠르다고 생각하겠지만, 완전히 뒤에 눈이 달린 수준의 움직임이다. 수읽기도 엄청났다. 주위의 정보를 완벽하게 파악하지 않고서는 저렇게 움직일 수 없었다.
마지막까지 공격이 스치지도 않았다. 척후역이라고 생각하면 저 능력은 정말 대단했다.
그런 반면 공격력은 그다지 높지 않았다. 경전사인 바바로스를 상대로도 여러 차례의 공격이 필요했다.
게다가 우리가 그녀에게 주목하는 것은 단지 그 전투가 재미있다는 이유뿐만이 아니었다.
‘역시 시뷸라 일행의 동료.’
『그러게. 울시, 저 여자가 확실한 거지?』

'웡!'

클리카가 시뷸라의 부하 중 한 명이라는 사실을 울시가 알려주었기 때문이었다.

시뷸라나 클리카 정도의 레벨이라면 본인들이 감시당하고 있다는 것도 이미 눈치챘을 것이다. 그렇다면 자신들의 정체를 들켰다는 것을 인지하고 이미 도망칠 계획을 세우고 있을 가능성도 있지만…….

『뭐, 녀석들의 신병에 관해서는 높으신 분들이 알아서 할 문제지만.』

디아스가 내가 떠올린 것을 눈치채지 못했을 리가 없다. 우리가 섣불리 개입해서 길드의 작전을 방해할 수는 없었다.

『이렇게 보고 있으니 레이도스 왕국의 기사들은 주로 특화형이 많은 것 같네.』

'그렇구나.'

방어 역할에 특화된 비스코트. 척후에 특화된 클리카. 파괴에 특화된 시뷸라. 뭐, 시뷸라는 방어 면에서도 뛰어나지만, 역시 공격 쪽이 더 능숙해 보였다.

개개인으로 보면 여러 가지 약점들이 있지만, 파티나 부대라고 생각하면 실로 균형이 잘 잡혀 있었다.

그렇게 생각하면 그들의 진가는 개인전이 아닌 집단전에 있을지도 모르겠다.

"나이트하르트, 왔다."

『엘자도 말이지.』

다음은 아는 사람들 간의 전투다.

사마귀인 나이트하르트와 여장 남자 엘자의 전투였다.
"어머낭! 꽤 멋진 남자네!"
"……?"
엘자가 내민 손을 나이트하르트가 반사적으로 잡았다. 시합 전 악수는 이 무투 대회에서는 드물다. 사람과의 거리감이 지나치게 가까운 엘자와 기본적으로 선량한 성격을 가진 나이트하르트이기에 가능한 것이겠지.
"왜 그럴깡?"
"아니, 적당히 하는 말이 아닌 것 같아서 조금 놀랐을 뿐입니다."
"우후후. 목소리도 좋다아. 상냥하게 안아주고 싶네."
"하, 하하. 상냥하게 부탁드립니다."
백전연마일 것 같은 나이트하르트가 시합 전부터 당황하고 있다. 역시 엘자다.
게다가 사마귀 머리를 가진 나이트하르트를 보고도 엘자는 진심으로 좋은 남자라고 말하고 있었다. 스트라이크존이 넓어도 지나치게 넓은 거 아닐까?
딱히 충인을 차별하는 것은 아니지만, 그래도 한도라는 것이 있지 않을까?
시합 전 묘하게 긴 악수가 끝나고 드디어 싸움이 시작되었다.
"간다앙!"
무기는 엘자가 메이스, 나이트하르트가 쌍검이었다.
엘자는 튼튼할 뿐만 아니라 고통을 즐기는 성벽의 소유자였다. 그런 계열의 스킬마저 소지하고 있을 정도로. 그것을 나이트하르트가 어떻게 대처할지 기대하며 보고 있었는데——.

"오오오! 스파이럴 스러스트!"

"어――?"

시합 개시 직후. 단 일격이었다.

순식간에 거리를 좁힌 나이트하르트의 검이 엘자의 배를 관통하고, 그 등에서 엄청난 양의 피가 뿜어져 나왔다.

"아핫…… 굉장한 걸, 받아버렸네……."

왜 눈이 촉촉해지고 어미가 올라가는 건데! 그대로 엘자는 쓰러졌고 움직임이 멎었다.

시합 종료다.

너무나도 순식간에 끝난 시합에 관중들 사이에서 당황한 목소리가 퍼져나갔다.

"봤어?"

『간신히. 거리가 멀어서 그렇겠지. 엘자 자리에 있었다면, 한 방 맞았을지도 모르겠어.』

"응……."

아마 나이트하르트는 사전에 엘자의 전투 방법이나 능력에 대해 조사를 해 뒀을 것이다. 그 결과 높은 위력의 공격을 초반에 날린다는 전법을 택한 것이다. 뭐, 성격적인 부분에 대한 정보는 조금 부족했던 것 같지만.

『유니크 스킬인 위타천의 효과라고 생각하지만, 정말 무서울 정도로 빨랐네…….』

섬화신뢰 상태인 프란과 비교해도 더 빠를지도 모른다. 그 정도의 속도였다. 초속과 충인 특유의 완력. 그것을 한 점에 집중시킨 찌르기 기술 앞에서는 엘자의 방어력도 당해내지 못한 것 같았다.

치료를 받고 일어난 엘자에게 쫓겨 허둥지둥 도망가는 나이트하르트에게서는 강자 특유의 위압감이 느껴지지 않았다. 하지만 틀림없이 이번 대회에서도 손에 꼽을 만한 실력자일 것이다.

'……싸워보고 싶어.'

『그렇게 말할 줄 알았어. 근데 어떻게 될지는 모르겠네.』

저쪽 블록에는 힐트도 있고, 이 뒤에 등장할 그 사람도 있었다.

오늘 마지막 시합의 승자와 이전 시합의 승자인 나이트하르트가 다음에 싸우게 된다. 그리고 우리의 예상대로 최종 시합은 펠무스가 완승하며 올라갔다.

"나이트하르트와 펠무스!"

『이건 정말 승자를 예측할 수 없겠어.』

프란은 눈을 반짝이며 두 사람의 대결에 온 신경을 집중했다.

스스로 싸워 보고 싶은 마음도 있겠지만, 강자 간의 대전도 또 다른 즐거움일 것이다. 나도 같은 마음이니까 그 마음을 모르는 것은 아니다.

다음부터는 준준결승. 수왕에게 기증받았다고 하는 시간의 요람이 등장하고, 죽더라도 부활하는 대신 장외패가 사라진다. 어떻게 보면 여기서부터가 본격적인 시작이라고도 할 수 있었다.

『이 두 사람의 싸움을 즐기기 위해서라도 일단은 시뷸라를 이겨야겠네.』

"응!"

제3장 강자들과의 격투

『자, 드디어 왔습니다! 준준결승! 여기까지 예상대로 이겨서 올라온 흑묘족의 영웅! 흑뢰희 프란의 등장입니다아!』

중계자의 함성이 울려 퍼지고 관객들의 함성이 최고조로 치솟은 가운데 프란이 무대에 천천히 올라섰다.

평범하게 걷고 있는데도 함성이 굉장하다.

『여전히 작다! 하지만 그 강함은 모두가 아는 대로! 오늘도 작은 몸으로 얼마나 굉장한 싸움을 보여줄까요!』

준준결승이 되니 관객들의 열기도 시작 전부터 최고조에 달했다. 그 엄청난 함성으로 인해 땅이 울릴 정도였다.

『상대는 붉은 용병 시뷸라! 수많은 강적을 물리치고 압도적인 파괴력으로 승리해서 올라왔습니다아!』

그러나 그 굉음 같은 관객의 목소리도 무대 위의 두 사람에게는 들리지 않았다.

대치하는 프란과 시뷸라는 서로만을 바라보고 있었다.

"안녕, 또 만났네."

"응."

"비스코트전은 봤어. 네 진심은 겨우 그 정도가 아니잖아?"

"보면 알겠지."

"크크크. 그렇군!"

『작년의 다크호스와 올해의 다크호스! 이기는 것은 어느 쪽인가!』

과연, 듣고 보니 다크호스 간의 대결일지도 모른다.

프란은 시합이 시작되기 전부터 본격적으로 진심을 드러냈다.

"섬화신뢰!"
"허어? 정말 진화한 흑묘족이네."
프란의 주위에서 튀는 검은 번개를 보고 시뷸라가 진심으로 기뻐하며 웃는다.
프란에 대한 정보는 사전에 조사해 둔 모양이었다. 유명한 이야기라 가볍게 물어보기만 해도 바로 알 수 있는 정보지만.
어느 정도는 이쪽의 전투력에 관한 정보를 얻었다고 생각하는 편이 좋겠지.
"자아, 모험가 중에서도 상위라고 하는 그 힘을 보여줘!"
"말하지 않아도."
두 사람이 검을 맞댄 직후, 싸움의 막이 올랐다.
『시합 개시!』
"하아아아!"
"읍!"
그리고 동시에, 시뷸라가 튀어나왔다.
이건 예상 밖이다. 지금까지의 시합에서는 우선 관망을 하고 있었는데…….
저쪽도 진심이라는 거겠지.
고속으로 튀어나온 검이 프란의 목구멍까지 다가왔다.
하지만 예상외라고 해도 이 가능성을 완전히 배제했던 것은 아니었다.
『에어 실드 중첩!』
이번에는 처음부터 나도 전력을 다했다. 바람의 방패를 다중으로 생성해 시뷸라의 공격을 흘려넘겼다.

"무영창이라니!"
"흣!"
텅 빈 시뷸라의 옆구리를 향해 프란이 참격을 날렸다.
완벽하게 명중했다고 생각했는데——.
"크하하하하! 가볍다고!"
"음."
베어내는 감촉은 일절 없었다.
장벽에 튕겨나간 것은 아니다. 마치 쇠파이프 같은 것으로 두꺼운 타이어를 가격한 것 같은 둔탁한 감촉과 소리였다.
함께 흘려보낸 검은 번개도 시뷸라에게 대미지를 입히지 못했다.
'스승.'
『아직 모르겠어!』
역시 어떠한 스킬로 대미지를 경감하고 있는 것 같았다. 물리 내성과 뇌명 내성? 하지만 그렇게 딱 우리 속성에 딱 맞춘 내성을 갖고 있는 게 가능할까?
"으랴아!"
공격을 받아넘기며 틈을 찔렀다고 생각했는데, 반대로 반격이 날아왔다. 꽤 빠르지만, 프란을 잡을 정도의 날카로움은 없었다.
최소한의 움직임으로 참격을 피한 프란이 이번에는 시뷸라의 다리에 발차기를 날렸다. 허벅지 안쪽을 노린 로우킥이었다.
하지만 그것도 효과가 미친 기색은 없었다.
『그렇다면 약점을 찾는다!』
"음!"

그 후로는 치열한 칼싸움이 시작되었다.

수십 차례의 검이 오갔다. 하지만 프란과 시뷸라 모두 큰 대미지는 없었다.

프란은 모든 것을 회피하고, 시뷸라는 아무런 대미지를 입지 않았다.

그랬다. 머리부터 발끝까지 어떤 곳을 베고 찔러도 시뷸라는 전혀 피를 흘리지 않았다. 안구에 날린 찌르기조차 상처가 나지 않았다.

파사현정, 마독아, 각종 속성검. 역시 효과는 없었다.

"좋은 조준이지만, 소용없어!"

『그렇다면 마술이다!』

나는 회피를 프란에게 맡기고 검을 휘두르는 시뷸라를 향해 한꺼번에 여러 개의 마술을 날렸다.

화염, 폭풍, 대지, 물, 뇌명, 빙설, 용철, 사진, 독, 어둠, 빛, 시공, 직접적으로 대미지를 입히는 마술을 연속해서 사용했다.

조화, 조수, 조토, 조독, 조풍 스킬을 써서 마술이 아닌 속성 공격도 날렸다.

하지만 시뷸라는 피하려는 기색조차 보이지 않았다. 모든 공격을 받았음에도 상처 하나 없었다.

역시 내성이 아니라 대미지 컷 계열의 스킬일 가능성이 높아 보였다. 지금 날린 모든 공격에 내성을 가지고 있다고 생각하기는 어렵다.

"그 정도로는 날 다치게 할 수 없어!"

"그럼, 이건!"

공격을 그 몸으로 튕겨내며 다가오는 시뷸라.

가로베기 참격을 몸을 숙여 회피한 프란이 나를 허리쪽에서 잡고 자세를 취했다.

온몸의 반동을 사용해 쭉 뻗어나가며 프란이 바람의 칼집 속에서 나를 휘둘렀다.

재빠른 공기 발도술이 시뷸라의 목을 향해 달려들었다.

평소라면 승부가 결정될 만한 일격이었다. 하지만 시뷸라는 여기에마저 상처를 입는 기색이 없었다.

일정 수준 이상의 대미지를 경감하는 능력이라고 생각했는데, 지금의 일격조차 무효화하는 것이 가능한가?

물리 무효? 아니, 그렇다면 검은 번개도 효력이 없는 이유를 설명할 수 없다.

애초에 코르베르트와 한 전투에서는 확실하게 대미지를 입었다. 마지막에 코르베르트가 날린 오의는 분명 굉장했으니까.

그렇다고 해서 지금의 공기 발도술이 압도적으로 떨어진다는 것도 아니다. 오히려 내 공격력이 더해진 만큼 대미지는 더 클 것이다.

그런데 왜 대미지가 없지?

『대체 무슨 구조인 거야!』

"좋네! 아주 좋은 일격이야! 하지만 그걸로는 날 쓰러뜨릴 수 없어! 슬슬 나도 몸이 따뜻해지기 시작했다! 본격적으로 간다!"

그렇게 외친 후, 시뷸라가 뿜어내는 압력이 단번에 증가했다. 그 온몸에서 붉은 마력이 솟구쳤다.

그 압박감은 지금까지 싸워온 강자들에 결코 뒤지지 않았다.

그 엄청난 마력이 장난이 아님을 보여주듯, 움직이기 시작한 시뷸라의 속도가 한 단계를 넘어 몇 단계나 올라가 있었다.

"샤아아아앗!"

"윽……!"

시뷸라가 프란의 움직임에 익숙해진 것도 있겠지만, 망설임이 프란의 움직임을 약간 둔하게 만들었다.

속도에서 앞서고 있던 프란이 시뷸라의 공격에 밀리기 시작했다. 아무리 공격해도 쓰러뜨릴 수 없는 것은 아닐까? 그런 생각이 움직임에 영향을 미쳐 회피가 늦어지기 시작한 것이다.

이대로라면 머지않아 공격을 받게 된다.

『프란. 공격하자. 계속 회피만 하고 있으면 상황을 타개할 수 없어.』

'……알았어.'

공중 도약을 사용해 일부러 거리를 벌린 프란을 보고 시뷸라가 움직임을 멈췄다. 이쪽이 숨겨둔 패를 사용하려는 것을 감지한 것 같았다.

"크하하하하! 갑자기 망설임이 사라졌구나! 좋아, 와라! 얼마든지 기다려주마!"

이 상황에서 웃고 있다. 하지만 곧 그 웃음을 없애주마!

"후우우우……."

시뷸라가 기다려준다면 그 여유를 이용하자.

프란이 그 어느 때보다 집중했다. 자신과 나를 일체화하듯 마력을 순환시키며, 일격에 모든 것을 쏟아붓기 위해 다듬어간다.

내가 프란의 육체의 연장선상에 놓인 것 같은 신기한 감각. 자신이 검으로서 가진 능력을 최대한의 스펙으로 발휘할 수 있을 것 같다는 고양감. 휘둘러지기도 전에, 환희로 몸이 떨렸다.
검신화 상태인 프란에게 휘둘러질 때와 비슷한 감각이었다.
"하아아……."
머리 위로 나를 올린 채 방대한 마력을 다듬어가는 프란을 앞에 두고, 시뷸라는 짐승 같은 미소를 지으며 자세를 취하고 있었다.
진심으로 방해하지 않고 받아낼 작정이다.
그리고 프란이 천천히 앞으로 나아갔다. 조용히 간격이 좁혀졌다.
"후우……."
"읏!"
시뷸라는 반응하지 않았다. 할 수 없는 것인지, 안 하는 것인지. 그저 프란을 바라보고 있었다.
"천단."
모든 소리를 뒤로한 채, 아주 조용히 내리쳐진 엄청난 칼날이 시뷸라의 몸통을——.
"!"
『말도 안 돼!』
"굉장하군! 하지만 아직 부족해!"
바보 같은 소리 마! 지금 이 정도가 부족한 거면 시뷸라를 벨 수 있는 놈은 아무도 없을 거라고!
아니, 전혀 베지 못한 것은 아니다. 내 칼날은 시뷸라의 어깻죽지를 10센티미터 정도 베어내어 처음으로 피를 흘리게 만들었다.
섬화신뢰 상태의 프란이 전력을 다해 날린 천단인데? 그게 이 정도라고?

『지금 그 공격, 미세하게 신 속성을 두르고 있었는데!』

'? 정말?'

프란 본인도 눈치채지 못한 모습이었다.

그러나, 신기 조작 스킬을 몸에 익힌 나는 그것을 확실하게 느낄 수 있었다.

천단의 끝에 있는 것이 검신화라고 생각하면, 궁극적으로 신 속성을 지니게 되는 것은 이상한 일은 아니었다.

프란이 마침내 그 한 걸음을 내디뎠다는 뜻이겠지.

하지만 시뷸라는 멀쩡한 얼굴이었다. 심지어 신 속성으로 입힌 상처가 즉시 재생을 시작하고 있었다.

압도적인 방어력에 믿기 어려울 정도의 재생력. 거기에 치중하기 쉽지만, 그 밖에도 이상한 부분이 있었다. 베이지는 않았다고 해도 초고속의 일격이었는데? 상당한 충격이 있었을 것이다.

베이지 않고 막아냈다는 것은 다시 말해 그 충격이 시뷸라에게 고스란히 미쳤다는 의미였다. 충격을 피한 기색도 없었는데, 시뷸라는 날아가지도 않았다. 완전히 무효화되고 말았다.

이 모습을 보자 무언가가 떠올랐다. 지난해 무투 대회에서 물리 공격 무효를 사용했던 프란을 쏙 빼닮았다.

『역시 물리 무효인가?』

하지만 신 속성은 일반적인 스킬을 능가하는 힘이 있다. 물리 공격 무효 스킬이라고 해도 신 속성은 막을 수 없다. 근데 왜 저것밖에 베지 못한 거지? 아니, 신 속성이기 때문에 조금이라도 벨 수 있었던 걸까?

게다가 만약 내성 스킬이라면 마술이 모두 막혔던 이유도 알 수 없었다.

'스승. 신 속성을 끌어낼 수 있어?'

『……괜찮겠어?』

'분하지만 스승의 힘을 빌려줘.'

『그래! 해 보자.』

프란도 자신의 힘만으로 시뷸라의 수비를 돌파하는 것은 어렵다고 느낀 모양이다.

역시 신 속성이 열쇠가 될 것 같았다. 신기 조작을 사용해 스스로의 마력을 신기로 변환한다. 쉽게 되지는 않았지만 나는 포기하지 않았다.

검신화나 조금 전의 천단을 떠올리는 거다. 나라면 가능할 것이다.

그러자 나 자신의 존재감이 급격히 증가하며 힘이 넘쳐흐르는 감각이 밀려왔다. 신기다. 내 몸 전체를 얇은 신기가 덮고 있었다.

『왔어……! 할 수 있어! 검신화에는 미치지 못하지만.』

'충분해.'

프란이 다시 움직였다.

하늘 높이 들어올린 나를 공기 칼집이 감쌌다.

"타아아아아앗!"

천단이 아닌, 공기 발도술이다. 하지만 천단에 버금가는 마력을 담은 일격이었다.

"후하하! 아직 부족하다!"

천단보다는 얕지만 시뷸라의 뺨에 상처가 나 있었다. 역시 신 속성이라면 완벽하게 막을 수 없는 듯했다.

"타아아앗!"

이어 프란의 공격이 이어졌다. 검은 아니다.

프란의 주먹이 연이어 시뷸라의 몸통을 가격했다. 그 주먹에는 내 장식끈이 감겨져 있었다. 밴티지라고 할까. 너클의 대체품이다.

"끅……."

『어?』

참격에도 훨씬 못 미치는 위력의 주먹에, 시뷸라가 대미지를 입었다. 맞은 폐에서 숨을 내쉬며 씁쓸한 표정으로 가슴을 누른다.

통증이라기보다는 내장을 흔드는 불쾌감을 느낀 것 같았다.

"역시. 검보다는 펀치가 더 힘들어?"

"큭큭…… 눈치챘나."

그렇구나. 아무래도 모든 공격에 대해 일률적인 방어력을 가진 것은 아닌 모양이었다.

검에 대해서는 무적이라고도 할 수 있는 방어력을 가진 반면 타격은 그렇지 않았다. 코르베르트의 공격에 대미지를 입었던 것도 단순히 타격에 약하기 때문이었을까? 아니면 침투하는 공격에는 약할 가능성도 있었다.

그래도 단단하긴 하지만 무적이 아니라는 사실을 알게 된 것만으로도 충분하다.

참격도 타격도, 신 속성을 포함하면 어느 정도는 효과가 있었다.

『그럼 베고 치면서 마구 공격하자.』

'음!'

『신 속성의 유지는 나한테 맡겨.』

'부탁해.'

검신화를 쓰는 것은 최후의 수단이었다. 장시간 사용할 수 없는 검신화로 끝을 내지 못하면 단번에 불리해질 것이다.

이쪽이 조금이나마 대미지를 입혔는데도 시뷸라는 진심으로 즐거워 보였다.

"하하하하! 여기서부터가 진짜 싸움이다!"

"응!"

거기서부터 진짜 사투가 벌어졌다. 프란과 시뷸라의 검싸움은 더욱 치열함을 더해갔다.

"타아아아앗!"

"으랴아아아!"

섬화신뢰를 사용해 초고속으로 움직이며 시뷸라에게 끊임없이 공격을 퍼붓는 프란. 그 일격 일격이 전력이었고, 시뷸라의 피부를 가르고 내장에 충격을 주었다.

무수하게 생겨난 상처를 곧바로 재생하며 검을 휘두르는 시뷸라의 움직임도 전혀 둔해지는 기색이 없었다. 둔해지긴커녕 그녀의 올라간 기세에 호응하듯 속도가 계속 증가하고 있었다.

눈으로 파악하는 것조차 어려울 정도로 빠른 싸움에 관객들은 응원도 잊고 숨을 죽였다. 뭔가 굉장한 일이 일어나고 있다는 것만 알고 있을 것이다.

하지만 이 정도로 격렬한 싸움임에도 서로에게 눈에 띄는 대미지는 없었다. 이쪽의 공격은 다소 깊게 들어간 것처럼 보여도 곧바로 재생되고 만다. 한번은 같은 부위에 연속으로 참격을 가해 왼손 손가락을 잘라내는 데 성공했지만 그것도 곧바로 재생되었다. 순간 재생 계열의 능력으로 보였다.

시뷸라의 공격은 프란이 전부 회피하고 있었다. 한 번은 물리 공격 무효 스킬을 사용해 봤는데, 역시나 소모가 너무 컸다. 상대의 공격을 투과시키는 마술인 디멘션 시프트가 그나마 나을 것 같았다. 지금까지 직접적인 타격은 없었고, 프란이 받는 대미지는 섬화신뢰로 인한 소모뿐이었다.

그것도 베리오스 왕국에서 배운 생명 마술 덕분에 이전보다 훨씬 나아졌다. 아직 프란을 압도할 정도의 대미지는 아니었다.

서로 염동도 쓰고 있다. 하지만 염동끼리 서로 상쇄되어 효과는 거의 없었다.

언뜻 보기에는 교착 상태인 것처럼 보이지만, 어느 쪽인가 하면 우리에게 불리했다. 소모가 계속된다는 것에는 변함이 없는 것이다. 시뷸라의 방어력을 뒷받침해 주는 수수께끼의 능력도 상당한 마력을 소모하겠지만, 그것이 어느 정도인지는 알 수 없었다.

내 생각보다 연비가 좋다면 오래 끌수록 우리한테 불리했다.

되도록이면 빨리 결말을 내고 싶었다.

지금까지와 같은 방식으로 계속 싸우고 있긴 하지만, 우리에게는 아직 노림수가 있었다. 바로 시뷸라의 안구다.

신 속성을 두른 지금의 공격이라면 눈을 관통할 수 있었다. 거기서 두개골 안쪽까지 공격이 들어간다면 아무리 튼튼하다 해도 역시 죽을 것이다.

그것을 알고 있는지, 시뷸라도 얼굴에 오는 공격만큼은 회피하는 모습을 보였다.

짐승 같은 직감으로 위험한 공격을 감지하고 있는 듯했다.

『역시 움직임을 멈춰야겠어!』

'스승의 실?'

『녀석의 파워는 상당해. 강사라면 전부 다 옭아맬 수 없을지도 몰라.』

물리 공격 무효로 공격을 막았을 때 마력 소비가 엄청났다. 작년에 코르베르트의 오의를 받았을 때 이상이다. 아무렇게나 날아온 연격 중 한 방을 맞은 것뿐인데도 이 정도인 것이다.

시뷸라가 사용하는 마검은 내구성을 우선시한 것으로 공격력은 그다지 높지 않다. 즉 시뷸라의 높은 공격력은 그녀의 완력에서 나오는 것이다. 그 정도의 힘을 가진 그녀를 실이나 끈으로 얼마나 구속할 수 있을지 의문이었다.

'그럼?'

『여기까지 아껴온 기습의 발동 시점이라는 거지.』

'그렇구나.'

프란이 찌르기 공격을 위해 팔을 옆으로 접고 당겼다. 일부러 보여주듯이.

이쪽이 큰 기술을 펼치려 한다는 것을 감지한 시뷸라가 씨익 미소를 지었다. 그녀의 의식은 예상한 대로 완전히 프란에게 향해 있었다.

발밑이, 소홀해졌네?

『울시! 지금이다!』

"크어어어엉!"

"으악?!"

전투 시작부터 지금까지 한 번도 보여주지 않았던 울시의 기습이었다. 처음 보는 상대가 이것을 완벽하게 피한 경우는 거의 없었다. 물리기 전에 반응한 것은 대단하지만, 발 아래에서 올라오는 울시의 물어뜯기 공격에서는 벗어날 수 없었다.

"뭐야, 이 덩치는!"

사전에 울시에 대한 정보도 얻긴 했겠지만, 그것은 소형화됐을 때 울시에 관한 정보였다.

이 도시에서 최대 사이즈가 된 적은 없었고, 다른 곳에서도 대형화된 모습은 거의 보이지 않았다. 모를 거라고 생각하긴 했지만, 역시나 이 정보는 입수하지 못한 모양이었다.

울시의 기척을 알아차리고 뒤로 날아간 시뷸라는 예상외로 거대한 울시의 턱에 단단히 잡혀 있었다.

어쨌든 지금의 울시는 머리만 해도 5미터 이상이었다. 조금 뛰어서 물러난 정도로는 도망칠 수 없었고, 시뷸라는 입 끝에 걸려 있었다.

울시의 송곳니로도 별다른 타격은 없어 보였다. 하지만 강인한 턱에 의해 두 다리가 무릎 아래부터 단단하게 물려서 꼼짝도 하지 못했다.

"칫! 이──."

"흑뢰전동!"

시뷸라가 울시를 공격하려고 했지만, 프란이 좀 더 빨랐다. 흑뢰전동에 의해 순식간에 눈앞까지 이동한 프란이 그 번개 같은 움직임을 살려 필살의 찌르기를 날렸다.

"크어어어!"

시뷸라가 몸을 크게 뒤로 젖힌 탓에 내 칼끝은 눈이 아닌 입가로 향했다. 하지만 그래도 상관없었다.

『입에서부터 몸속을 엉망으로 헤집어주마!』

거기에 차원 수납에 보관해 둔 극독도 더해 주마! 모드레드전에서 우연히 손에 넣은 용암도 덤으로 얹어주마!

그런 생각을 하고 있는데——.

"으극!"

"!"

프란이 놀라움으로 눈을 크게 떴다. 그것은 나도 마찬가지였다.

시뷸라가 내 칼끝을 물어서 찌르기를 막아낸 것이다. 치아를 사용한 진검 칼날 잡기라고 해야 할까? 놀라운 반응 속도와 결단력이다. 턱의 힘도 엄청나다.

하지만 정말로 놀란 것은 그 후의 행동이었다.

끼긱끼긱! 까득!

『오오오?』

"음!"

시뷸라가 내 칼날을 물어뜯기 시작한 것이다. 치아가 강하다고 말할 수준이 아니었다. 아무리 시뷸라가 규격 외라고 해도, 마력을 전도하고 있는 나를 물어뜯는 것은 절대로 불가했다.

하지만 현실에서는 내 칼끝이 부서지고, 시뷸라의 이빨 자국이 뚜렷하게 남아버렸다.

으득으득으득 콰직——.

게다가 단순히 물어뜯은 것에서 끝나지 않았다.

"우물우물, 맛있네. 좋은 검이군. 우물우물, 독 계열 능력을 가진 건가?"

내가 입안에 집어넣은 독째로, 나를 먹어치우고 있었다.

마치 딱딱한 전병이라도 먹는 것처럼 입안에서 내 도신을 부숴서 삼켜버린 것이다. 이것이 퍼포먼스가 아니라는 것만은 확실했다.

"하하핫! 과연 마검은 남다르군!"

시뷸라의 마력이 확실히 늘어났다. 나를 먹은 것이 원인인 것은 확실해 보였다. 일반적인 인간이라면 한 방울에도 죽었을 독에도 아랑곳하지 않는 모습이었다.

"이제 좀 놓으라고!"

"끼이잉!"

그 상태에서 시뷸라가 여전히 자신의 다리를 붙잡고 있는 울시의 코끝을 물어버렸다. 그리고 물어뜯은 울시의 살을 씹어서 삼켰다.

"이쪽도 맛있군! 게다가 힘도 좋네! 어둠의 마력이 아주 짙어!"

그렇게 소리친 시뷸라의 마력이 조금 전보다 더 커졌다.

먹어서 힘을 키운다. 그런 힘을 갖고 있는 것 같았다.

"이대로 다 먹어치워 버릴까?"

"크으응……."

『울시! 일단 떨어져!』

울시가 겁먹은 듯 희미하게 신음을 냈다. 물어뜯은 자신의 살을 눈앞에서 우걱우걱 씹어먹고 있는 시뷸라가 무서웠던 거겠지. 꼬리가 완전히 다리 사이에 들어가 있었다.

이해하지 못하는 것은 아니다. 아름다운 여자가 짐승에게 달려들어 물어뜯는 모습은 기묘한 박력이 있었다. 나와 울시를 연달아 먹어버린 시뷸라를 앞에 두고 프란도 당황한 모습이었다.

『이건 상상 이상으로 대단한 상대인 것 같네……! 나와 울시를 먹어버리다니! 대체 무슨 짓을 하는 거야!』

'스승, 괜찮아?'

『재생은 했고 아무 이상도 없지만……. 저건 정말 위험해.』

설마 간식처럼 와그작 먹혀버릴 줄은 꿈에도 몰랐다.

"울시는?"

"크응……."

나와 울시 모두 재생 능력을 갖고 있었다. 대미지 자체는 별거 아니다. 그러나 정신적 충격은 남아 있었다. 울시도 여전히 코를 앞발로 긁고 있다. 뜯어먹힌 감각이 아직도 남아 있는 거겠지.

『저 녀석의 능력은 대체 뭐지……? 단순한 악식만은 아닌 것 같은데? 그것과 저 방어력에 무슨 관계가 있는 건가…….』

〈개체명 시뷸라 분석 완료〉

『오! 알림! 정말로?』

〈네〉

갑자기 들려온 알림의 목소리. 이보다 더 듬직할 데가! 알림의 날카로운 관찰안이 무엇인가를 간파한 것 같았다.

〈관찰 및 측정 결과, 개체명 시뷸라는 추정 27종의 내성 스킬을 소지하고 있는 것으로 보입니다〉

『27종? 내성 스킬을? 진짜로?』

〈네. 모든 것이 고레벨이며 통각 무효, 순간 재생 등을 조합하고 있는 것이 개체명 시뷸라의 방어 능력의 정체입니다〉

처음부터 배제해 뒀던 가능성이 사실은 정답이었다니.

즉 하나의 초강력 대미지 경감 스킬이 아니라, 무수한 내성 스킬을 소지하고 있을 뿐이라는 건가?

그런 일이 가능한가? 내성 스킬을 얻는 방법은 알고 있다. 이쪽 세계의 사람들도 다 이해하고 있을 것이다.

실로 단순하다. 내성을 얻고 싶은 공격을 계속 받아내면 그만이다. 하지만 내성 스킬을 그렇게 무수하게 소지하고 있는 인간은 현실에는 없다. 고위 모험가라 해도 고레벨의 내성을 여러 개 갖고 있는 녀석은 본 적이 없었다.

그리고 그것은 어쩌면 당연하다. 저항 스킬을 얻는 것은 지나친 고행이었기 때문이다.

내성의 레벨을 올리고 싶다면, 스킬 레벨에 맞춰 공격의 레벨도 올려야 한다. 결코 순탄한 과정은 아니다.

시뷸라 정도의 수준에 이르려면 얼마나 많은 시간과 고통이 필요할까?

수십 년 동안 아침부터 밤까지 온갖 고문을 당한다, 그런 생활을 하지 않는 이상 불가능하지 않을까? 아니, 그래도 무리인가? 내성 스킬 레벨이 올라가면 공격 역할을 확보하는 것이 어려워진다.

『뭐, 지금은 우선 어떻게 뚫을지를 생각해야겠지.』

프란과 시뷸라가 다시 한번 격돌하는 가운데, 나는 알림과 정보를 주고받았다.

〈타격에 대한 내성이 다른 것보다 낮은 것으로 보입니다. 또한 신 속성이 포함된 경우 내성 스킬의 효과가 저하되는 것 같습니다〉

『그만한 내성 스킬을 갖고 있다면 공격을 마구 퍼부어서 마력 소진을 노리는 것도 괜찮은 방법일까?』

내성 스킬은 상시 발동되는 패시브 스킬이지만, 효과가 발휘됐을 때 자동으로 마력이 소비된다. 공격을 몇 번이나 받아낸다면 내성 스킬이 멋대로 발동해 마력을 계속 소비해 나가지 않을까.

그러나 알림에 의해 그 작전은 부정당했다.

〈아닙니다. 어떠한 요소에 의해 발동 시 마력 소비가 적을 것으로 추정됩니다. 또한 체내에 마도구를 소지하고 있는 것 같습니다〉

『마도구?』

〈상세 불명. 체내에 마도구를 봉인하고, 현재로서는 그 막대한 마력을 끌어내어 운용하고 있는 것처럼 보입니다. 그 결과 강력한 스킬을 연속으로 사용할 수 있는 것으로 추정됩니다〉

『내 마력을 끌어낼 수 있는 프란 같은 존재라는 건가.』

〈네. 이대로 계속 싸울 경우 이쪽의 마력이 먼저 소진될 확률, 59퍼센트〉

살짝 불리한 내기인 것 같네…….

『어떻게 하면 좋을까?』

〈현재로서 즉시 실행 가능한 방법은 네 가지 있습니다〉

『네 가지나?』

역시 알림! 정말로 의지가 된다!

〈첫 번째는 모든 능력을 해방시킨 공격입니다. 잠재 능력 해방, 검신화, 신기 조작, 마법을 최대한으로 활용한다면 내성 스킬을 고려하더라도 처리할 수 있는 가능성 88퍼센트〉

『아니, 역시 그건 좀……. 특히 잠재 능력 해방은 쓰고 싶지 않아.』

여기서 승리하더라도 지쳐서 엉망인 상태로 준결승에 임하게 될 것이다. 게다가 목숨을 잃을 위험도 있었다.

아, 시간의 요람이 있으니까 괜찮은가? 아니, 시뷸라에게 먼저 발동되면 프란에게는 발동되지 않을 것이다. 역시나 도박의 요소가 너무 짙었다.

〈두 번째는 전이를 활용해 시뷸라를 먼 곳까지 옮겨두고 돌아오는 방법입니다. 지난해부터 규칙이 개정되어 결계 밖에 3분 이상 나갈 경우 기권으로 간주됩니다〉

작년에 프란이 전이를 사용해 결계 밖으로 나간 것이 규칙 개정의 원인이었다. 확실히 마을 밖에 놔두고 온다면 3분 안에 돌아오는 것은 꽤 어려울지도 모른다.

『하지만 그건…….』

그렇게 이긴다 해도 프란은 납득하지 않을 것이다. 게다가 관객들도. 이겨도 무조건 야유를 받겠지. 그렇다면 차라리 정면에서 싸워서 지는 쪽이 더 낫지 않을까.

이 3분 규칙의 성가신 점은 우리가 밖으로 나가 결계 안을 물로 채우거나 진공 상태로 만드는 전술도 쓰기 어렵다는 점이었다. 프란도 그렇지만 시뷸라가 겨우 3분 만에 질식할 것 같지는 않았다.

자칫하면 이쪽이 결계 밖으로 도망치며 패배가 된다.

차원 수납에 보관되어 있는 모드레드의 용암도 비정상적인 수준의 내성을 가진 시뷸라에게는 효과가 없을 가능성이 컸다.

〈세 번째는 자기 진화 포인트를 사용해 타개책을 모색하는 방법입니다. 상대의 성능이 불명이기 때문에 확실하지는 않지만, 현재 소지하고 있는 52 포인트를 사용한다면 가능성은 있습니다〉

『예를 들면?』

〈아직 공격에 사용하지 않은 속성. 월광 마술이나 사령 마술 등에 전부 사용하여, 시뷸라가 내성을 가지고 있지 않거나 혹은 레벨이 낮은 내성을 찾을 수 있습니다〉

뭐, 논리적으로 틀린 말은 아니지만 확실성은 없다……. 상대의 스킬 구성도 알 수 없기 때문에 이 스킬을 강화한다고 해도 반드시 이길 수 있다는 확증은 없다.

다만 제일 무난하긴 하다.

『마지막 선택지는?』

〈네 번째는, 혼돈의 신의 가호를 사용하는 방법입니다〉

『어? 그건 혼돈에 대한 내성이 생긴다고 하는 의미불명의 능력 아니었어……?』

〈시뷸라의 안에서는 혼돈의 힘이 느껴집니다. 그 힘의 근원 중 하나가 혼돈의 힘인 것은 확실합니다〉

『진짜? 그렇다는 건 던전 관계자라는 건가? 아니면 혼돈의 신의 가호와 비슷한 걸 갖고 있는 건가?』

〈자세한 것은 불명. 하지만 가호가 가진 혼돈에 대한 영향력을 공격으로 전환하면 힘을 크게 감소시킬 수 있을 것으로 추정됩니다〉

『그게 가능해?』

〈네. 가호란 명확한 힘의 방향성이 아니라 큰 가능성을 말합니다. 소지자의 의사에 따라 다양한 효과를 발휘합니다. 우선은 가호를 자각해야 합니다〉

알림이 하는 말이라면 틀림없겠지.

나는, 내 안에 있을 혼돈의 신의 가호에 의식을 집중해 보았다. 하지만 감각이 쉽게 잡히지 않았다.

『……으음.』

〈더 깊이. 개체명 스승의 근본을 의식해 주세요〉

『깊이…….』

나는 나의 깊은 곳에 의식을 집중했다.

조금 무섭다.

내 깊숙한 곳에는 여러 가지 것들이 잠들어 있기 때문이었다. 펜리르와 사신. 수인국에서 그것들이 폭주했을 때의 기억이 되살아났다.

광귀화 스킬의 영향 때문이겠지만, 봉인되어 있는 것들에 함부로 손을 대면 무슨 일이 벌어질지 알 수 없었다.

하지만 알림이 나를 안심시키듯이 조용한 목소리로 말을 걸어왔다.

〈괜찮습니다. 제가 있습니다〉

평소와 같은 평이한 목소리인데, 이상하게 상냥함이 느껴졌다.

『아아…….』

알림의 목소리에 이끌리듯이 나는 의식을 집중했다.

깊은 부분에 뭔가…… 의식이 따뜻한 것에 닿았다.

『이건가……?』

〈맞습니다〉

과연, 확실히 혼돈의 여신이 방출하던 힘과 상당히 닮은 느낌이다. 이게 바로 가호인 거겠지.

그 혼돈의 여신님에게 받은 가호라는 것이 믿기 힘들 만큼 부드럽고 따뜻했다.
그 힘을, 의식하고 끌어낸다.
그러자 엄청난 힘이 솟구치는 것이 느껴졌다.
『크!』
〈제어를 보조합니다. 개체명 스승은, 개체명 프란을 위해 이 힘을 어떠한 힘으로 만들 것인지 의식해 주세요〉
『어떤 힘으로 만들지…….』
〈이 가호가 지닌 혼돈에 대한 영향력을 공격의 힘, 혼돈 살해의 힘으로 바꿀 수 있습니다〉
혼돈의 신의 가호로부터 넘쳐흐르는 힘을, 나는 안에서 밖으로 방출했다. 곧바로 날뛰려는 힘을 억제하고, 자신의 칼날에 감싸기 시작했다.
"스승?"
『오래 기다렸지, 프란.』
갑자기 출력이 늘어난 신 속성에 당황한 표정을 짓던 프란이었지만, 이내 그 얼굴에 투지 어린 미소가 떠올랐다.
내가 새로운 힘에 눈을 떴다는 것을 이해한 것이다. 반면 시뷸라의 표정은 어딘가 긴장한 것처럼 보였다.
"하하하! 뭐야, 그건? 갑자기 위압감이 커졌네!"
변함없이 날카로운 그 감각으로 지금의 내가 자신에게 위험한 존재가 되었음을 감지한 거겠지. 시뷸라가 살짝 뒤로 물러섰다.
아주 조금이지만, 시뷸라가 먼저 거리를 벌리는 것은 처음 아닐까?
하지만 스스로의 그 행동 자체에 분노를 느낀 것인지, 곧 어느 때보다 귀기 어린 표정으로 프란을 노려본다.

『이 힘으로 녀석을 날려버려.』

"응. 벨게."

"하하하하하하! 할 수만 있다면 해 봐라!"

시뷸라가 무시무시한 미소를 지으며 소리쳤다. 그것만으로도 용이 눈앞에 있는 것 같은 위압감이 느껴졌다.

'스승. 가자.'

『오오!』

피부를 찌르는 것 같은 압력에도 지지 않고, 프란이 앞으로 나아갔다.

혼돈 살해의 힘을 두른 나를 잡은 프란이, 시뷸라를 향해 돌격했다.

"하아아아앗!"

"와라라아아!"

발을 노리고 내리치는 일격으로 보였지만, 도중에 변화한 검의 궤적이 검도의 머리치기처럼 시뷸라의 머리를 향했다.

속도와 날카로움은 아까와 다르지 않았다. 하지만 손에 쥔 내가 전혀 달랐다.

가호를 통해 끌어낸 흉악한 힘을 내뿜고 있는 것이다.

내 칼날이 시뷸라의 머리에 빨려 들어가, 베어내――지 못했다.

"치잇!"

시뷸라가 순간적으로 나를 피하기 위해 필사적으로 몸을 비틀었다. 지금까지 별다른 회피 행동을 보이지 않았던, 그 시뷸라가 말이다.

그대로 시뷸라의 왼쪽 어깻죽지에 내 도신이 박혔다.
조금 전까지라면 얕게 베이고 끝났을 것이다.
하지만 이번에는 그렇게 되지 않았다.
“말도 안 돼!”
“해냈다!”
『오오!』
시뷸라의 왼팔이 허공을 날며 상처에서 피가 뿜어져 나왔다. 이 시합에서 입힌 최대의 대미지였다.
잃었던 팔이 어깨에서 서서히 다시 재생되기 시작했다. 하지만 아까와는 달리 확실하게 재생 속도가 느렸다.
“대체 무슨…… 그, 검인가!”
『연속으로 간다!』
“응! 타아앗!”
“젠장!”
시합이 시작된 이후 처음으로 시뷸라가 도망을 치고 있었다. 공격을 포기하고 회피에 집중한 시뷸라의 움직임은 그야말로 동물 같았다. 맞을 거라 생각한 공격을 종이 한 장 차이로 피해 버린다. 통증도 느끼지 못하는지 대미지가 축적되어도 움직임에 흔들림은 보이지 않았다.
그럼에도 기어를 최대로 올린 나와 프란의 공격을 완전히 피하는 것은 불가능했다.
『거기구나!』
“하앗!”
“뭐야? 전이인가!”

지금까지 아껴뒀던 전이를 사용해 시뷸라의 허를 찌르고 대미지를 쌓아나갔다. 일격필살이 되지는 않더라도 확실하게 재생되지 않는 상처가 늘고 있었다. 여기서 더 압박을 가해 몰아간다!

『이건 어떠냐!』

"마술까지 이상한 걸……!"

혼돈의 신의 가호를 마술에 싣는 이미지를 넣어 뇌명 마술을 날렸다. 큰 대미지를 입히지는 못했지만 완전히 무효화되지도 않았다.

시뷸라의 움직임이 한순간 주춤했고, 프란의 참격이 그 몸을 베었다.

이대로 밀어붙일 수 있을까?

그렇게 생각한 직후, 프란이 크게 뒤로 뛰어올랐다.

그것이 정답이었다.

"으랴아아아아아아아아아아아아아아아아!"

포효하는 시뷸라의 온몸에서 붉은 마력이 넘쳐흘렀다. 아니, 붉은 것은 마력의 색깔만이 아니었다. 놀랍게도 마력과 함께 피가 솟구치고 있었다.

붉은 피와 붉은 마력이 어우러져 강렬하고 선명한 붉은 빛을 발하고 있었다.

시뷸라 주위로 붉은 액체가 흩날리는 모습은 어딘가 신비롭기까지 했다. 그러나 그 아름다움과는 달리 위기 감지가 최대의 반응을 보였다.

피뿐만이 아니다. 시뷸라 자신의 모습도 변화하고 있었다. 온몸의 근육이 한층 더 비대해지고, 송곳니와 발톱이 눈에 띄게 길어졌다. 눈도 마치 파충류처럼 변해 있었다.

이는 전에 봤던 반룡인과 비슷했다. 어쩌면 순수한 인간이 아닌 건가?

어쨌든, 위험해 보였다.

"모조리 삼켜버려!"

시뷸라가 그렇게 외치자마자 꿈틀거리는 피가 마치 살아 있는 것처럼 넘실거리며 프란에게 달려들었다. 의사를 가진 아메바 같은 모습이었다.

저 녀석에게만큼은 절대로 먹혀서는 안 된다.

『프란! 닿지 마!』

"응."

첫 공격을 회피한 탓에 시뷸라의 피가 무대에 직격했다. 그러자 그 부분이 녹아 없어져 버렸다. 마치 슬라임에 의해 녹아버린 것처럼.

아니, 시뷸라의 피에는 정말 그런 성질이 있는 걸까?

이번엔 채찍처럼 늘어나며 달려든 피를 프란이 베어냈다. 다행히도 신 속성을 두른 내가 녹아내릴 수준은 아니었다.

하지만 내구력이 많이 깎였다. 이대로 계속 받는 것도 좋지 않았다.

승리가 코앞인가 싶었는데 이런 비장의 패를 갖고 있었을 줄이야. 역시 대단하네!

『프란, 단번에 끝내자. 미지의 공격에 계속 휘둘리다 보면 소모가 심할 거야.』

'알았어.'

고개를 끄덕인 프란이 나를 크게 들어올렸다. 나는 디멘션 시프트와 물리 공격 무효를 사용해 프란이 준비할 시간을 벌었다.
그러자 시뷸라의 공격이 바로 멈췄다. 포기한 것이 아니라, 지금까지 조종하던 피를 자신 주변으로 모아 결계처럼 펼쳐둔 것이었다.
프란이 승부를 결정지으려 한다는 것을 짐작하고, 그것을 막은 뒤 카운터를 날리려는 것 같았다.
"……."
"……."
프란도 시뷸라도 한마디도 하지 않고 서로를 바라보았다.
두 사람의 긴장감 속에서 결판의 순간이 다가오고 있음을 이해한 것일까. 관객들도 숨을 죽인 채 두 사람을 지켜보았다.
회장 밖의 소란스러움이 희미하게 들릴 정도의 고요함.
기묘할 정도의 고요함 속에서 나와 프란이 먼저 움직였다.
가볍게 몸을 낮추고 돌진하는 것처럼 위장했다. 그러나 이것은 유도였다.
'스승.'
『알았어!』
내가 사용한 것은 환상 마술이었다. 효과는 미세한 소리를 원거리에서 발생시키는 것. 단지 그뿐.
비장의 패라고도 부를 수 없는, 유치한 페인트였다. 환상 마술 전문가인 디아스와 비교하면 형편없다고 해도 좋을 정도였다.
하지만 이 시합에서는 처음 보여주는 환상 마술에 시뷸라가 미세한 반응을 보였다.

찰나의 순간 의식이 흐트러졌다. 1초도 안 되는 틈이었지만, 우리에게는 그 찰나만으로도 충분했다.

그 틈을 놓치지 않고 우리는 전이했다.

배후를 빼앗긴 시뷸라가 즉시 우리를 돌아보았다. 무서울 정도의 반사 신경이다.

시뷸라에 의해 조종되고 있는 주위의 붉은 피가 프란을 향해 쇄도했다.

하지만, 이 전이도 페인트다.

"흑뢰전동!"

"!"

전이로 등 뒤를 붙잡아두고 다시 흑뢰전동으로 머리 위로 이동하는 프란.

이번에야말로 시뷸라의 반응을 완전히 늦추는 데 성공했다!

아니, 근소하게 반응하긴 했지만!

피가 시뷸라의 머리 위로 집중되며 방패를 만들어내려 한다는 것을 알 수 있었다.

하지만 우리가 더 빠르다고!

"타아아아앗!"

『간다아아아!』

프란이 날린 검왕기 천단이 이번에야말로 시뷸라의 몸을 양단했다. 아슬아슬하게 머리는 피했지만 왼쪽 어깻죽지로 들어가 심장을 베어내고 사타구니 쪽으로 빠져나갔다.

"컥……."

시뷸라의 피가 통제를 잃고 그대로 철퍽 소리를 내며 무대에 추락했다. 한박자 늦게 피의 연못 속으로 시뷸라가 쓰러진다.

이겼나? 하지만 나도 프란도 임전 태세를 풀지는 않았다. 시간의 요람이 발동하지 않는다. 다시 말해 저 상태에서도 시뷸라는 살아 있는 것이다.

"아…… 그……."

시뷸라가 죽어가는 상태에서도 무언가를 하려는 것이 느껴졌다. 머리와는 이미 분리되어버린 왼팔이 천천히 올라간다. 아무래도 피를 매개로 해서 움직이게 하는 것 같았다.

아직도 발버둥 칠 셈인 건가?

『프란!』

"음!"

마술을 쏘기 위해 나와 프란이 목표를 겨냥했다.

그 사이에도 시뷸라의 왼쪽 손바닥에서 마력이――.

"칫."

하지만 이내 시뷸라의 움직임이 멈췄다. 그 모습이 원래의 인간으로 돌아가며, 분한 듯이 중얼거린다.

"내가, 졌다……."

그 직후 시간의 요람이 발동하고, 시뷸라의 몸이 빛에 휩싸였다.

Side 시뷸라

불행 자랑을 늘어놓을 생각은 없다. 하지만 나 정도로 기구한 삶을 살아온 인간은 그렇게 많지는 않을 것이다.

아니, 애초에 날 '인간'의 범주에 포함시키지 말라고 하려나?

크크크, 적어도 고향의 거지 같은 귀족들은 그렇게 말할지도 모른다.

내가 태어난 것은 지금으로부터 수십 년 전의 일이다. 나 자신은 그렇게 오래 산 기억이 없어서 실감이 나지는 않지만.

장소는 하늘에 떠 있는 섬. 레이도스 왕국의 비밀 실험장이었던 곳이다.

그곳에서는 온갖 비인도적인 실험이 날마다 행해지고 있었고, 나도 그런 실험체 중 한 명이었다. 정확히 말하면 실험의 결과물이었다.

키메라라는 인조 괴물이 있다.

여러 마리의 마수를 합성해 최강의 마수를 만들고자 하는 어리석은 계획의 산물이다. 결국 폭주해 여러 나라를 멸망시켰지만, 자신들이라면 괜찮을 것이라는 근거 없는 자신감으로 부유섬에서는 비밀리에 연구가 계속되고 있었다.

녀석들은 여러 연구 끝에, 폭주하는 것은 마수가 주체이기 때문이다! 인간을 주체로 하면 분명 폭주하지 않을 것이다! 라는 한심한 결론에 이르렀다.

초인 생산 계획.

이름을 붙인 자의 안일함을 비웃어야 할까, 그것을 실제로 실행에 옮긴 녀석들의 정신 상태를 걱정해야 할까. 어쨌든, 센스 꽝인 이름의 인마(人魔) 합성 실험이 행해졌고, 수백 번의 실패 끝에 내가 탄생했다.

내가 태어나기 전에도 체내의 혈액에 마수의 피를 합성하거나 심장에 마석을 심는 등 여러 가지 바보 같은 짓을 반복했다고 한다.

유일한 성공 사례가 나뿐이라는 말에도 고개가 끄덕여질 정도로 어리석은 행위. 그런 나조차도 최종적으로는 실패작 취급을 받았으니까.

내가 만들어진 방법은 성장한 인간에게 마수의 힘을 섞는 방식이 아니었다. 어머니의 태내에서 사람의 형상이 되기 전, 그 단계에서 용과 슬라임의 인자를 섞는다는 방법이 사용되었다고 한다.

용의 힘과 슬라임의 재생력을 기대한 것이다.

게다가 특수 개체의 출산을 감당할 수 있는 모체로 선택된 것은 특수 언데드였다. 살아 있는 인간에게 원한을 주입해 지능을 가진 강력한 사령을 만들어내는 광기 어린 실험. 그 산물로 만들어진 언데드였다.

그게 사실인지 아닌지는 모르겠지만 말이다. 나조차도 처음에는 완성품으로 보고되었고, 그 후의 실험에서 실패작으로 판정받은 뒤에도 오랜 시간 그 사실을 은폐당했으니까.

요점은 연구자들의 이기적인 명예욕이나 하찮은 자기 정당화의 난무로 인해 후기의 연구소는 정상적인 보고가 이루어지지 않는 상태였다.

어쨌든 내 기반이 된 자는 생전에 유명한 인물이었다고 하지만, 거기에 관해서도 신용은 할 수 없었다. 알고 싶지도 않고.

다만, 모체가 되는 것이 가능한 특수한 언데드가 있었다는 사실만은 틀림없었다.

가까스로 이성을 유지하고 있는 특수한 언데드의 배를 빌려 태어난, 사람과 용과 슬라임 인자를 지니고 태어난 아기.

그것을 과연 인간이라 할 수 있을까?

게다가 그 아이는 기대했던 만큼의 힘을 지니고 있지 않았다. 선천적인 재생 능력을 갖고 있긴 했지만, 성장이 다소 빠른 것 외에는 남들과 거의 다르지 않았던 것이다.

수년간의 인체 실험 후 실패작으로 간주된 나는 다른 연구로 이동하게 되었다. 그것이 바로 냉동 수면 실험이었다. 다시 말해 인간을 얼려서 장기간 늙지 않고 계속 잠들게 하는 실험이다.

이쪽도 성공 사례는 없었다고 하는데, 내가 가진 재생 능력을 주목한 것 같았다. 조금이라도 재생 능력을 가지고 있으면 냉동에서 복귀할 수 있지 않을까, 그렇게 생각한 것이다.

관에 담긴 채 끈적거리는 이상한 물이 부어졌을 때의 기억은 희미하게 남아 있었다.

뭐, 이 당시의 일은 거의 기억나지 않지만 말이다. 잔인한 연구자들과 지옥 속에서도 다정했던 동료들. 그것들을 단편적으로 떠올릴 수 있는 정도다.

그 이후의 부유섬에 대해서는 나도 모른다. 다만 수집한 정보에 따르면 내가 냉동된 십수 년 후 부유섬은 던전화 되었다고 한다.

그때 많은 연구자들이 죽었고, 연구 자료도 소실되었다. 하지만 일부 연구자들은 죽기 직전 자료를 확보해 그것을 지상의 연구소에 전송했다. 그 얼마 안 되는 연구 자료 속에 나도 포함되어 있었다.

하지만 나라의 혼란 속에서 나는 오랫동안 방치되었다. 내가 단순한 시체가 아니라 냉동 수면 실험 샘플이라는 사실을 인식하고 해동을 시도한 것은 불과 10년 전의 일이었다.

그리고 거기서도 나는 실패작으로 취급받았다. 내부의 해동이 불완전했던 탓에 산송장 상태였던 것이다.

결과적으로 나는 폐기되었다. 해동을 진행한 연구자들은 공로를 독점하기 위해 비밀리에 나를 들고 나왔고, 실패작인 나를 수중에 두는 것은 위험하다고 판단했다. 관리하는 것도 힘들고, 발견되면 유출이 즉시 탄로날 테니까.

보통 같으면 죽여서 묻어버리면 될 일이었지만, 그 젊은 연금술사들은 주저했다. 실컷 자르고 썰어놓고는 죽이는 것에는 양심의 가책을 느낀 모양이다. 바보 아닌가?

무수한 고민 끝에 바보들은 나를 버리기로 결정했다. 그것도 단순히 아무 곳에 내던진 것이 아니다.

전 A급 마경 '벌레의 광연'. '전'이라고 부르는 이유는 레이도스 왕국 손에 들어가며 모험가 길드의 관리에서 벗어났기 때문이다. 그 위험도는 당시에는 그 이상이었다.

쉽게 말해 폭 평균 30미터, 길이 2킬로미터, 최대 심도 100미터 정도의 깊은 대지의 균열이었다. 그 안에는 수십 종류의 곤충형 마수가 서식하고 있으며, 들어온 것에 달려들어 전부 먹어치운다고 한다.

나는 그곳에 버려졌다. 버려졌다고 할까, 던져졌다.

하지만 이때는 아직 살아 있는 시체 상태. 기억도 없고, 나중에 그 연구자들을 찾아내서 말을 들은 것뿐이지만.

사실 내 기억이 뚜렷해진 것은 그 직후부터였다.

"윽!"

온몸을 찌르는 엄청난 고통.

그것이 나의 의식을 각성시켰다.

확인하니 온몸에 수백 개의 작은 벌레들이 달라붙어 내 살을 뜯어먹고 있었다.

어째서? 내가 있는 것은 어딘가의 좁은 틈새였다. 위아래로 거칠고 단단한 것에 끼어 꼼짝도 할 수 없었다. 분명 관에 들어갔는데——.

"으으윽!"

하지만 통증 때문에 더 이상 아무 생각도 할 수 없었다.

고통 속에서 몸부림친 지 얼마나 지났을까. 아마 며칠은 지났을 것이다.

이상하게도 나는 죽지 않았다. 먹힌 자리에서 살이 다시 재생되어갔다.

그러다 보니 점점 통증에 익숙해졌다. 여전히 벌레들이 떼 지어 있다. 그들에게는 무한히 재생하는 먹이나 다름없었다.

하지만, 어째서? 내 재생 능력 수준으로는 이 정도의 고속 재생은 불가능할 것 같은데……. 피가 하염없이 흘러나와 내 온몸을 적시고 있다. 살아 있는 것은 이상하다.

그런 것들을 생각할 수 있을 정도의 여유가 생기면서, 나는 마침내 내 상황을 이해할 수 있었다.

나는 바위에 생긴 깊은 균열 속에 들어가 있었다. 내 피라고 생각했던 액체는 용수였던 것이다.

물인가…….

그렇게 생각한 직후, 엄청난 갈증이 나를 덮쳤다. 생각해 보니 며칠째 아무것도 입에 대지 않았다.

그것을 깨달은 순간, 갈증이 되살아난 듯했다. 내 몸이지만, 참으로 계산적이다.

물에 필사적으로 손을 뻗어 손에 묻은 물을 핥아먹었다. 아아, 물이다. 겨우 입이 젖었을 뿐인데, 굉장할 정도로 활력이 솟아났다. 물이라는 것이 이렇게나 중요한 것이었나…….

뭐, 결론부터 말하자면 단순한 물은 아니었다. 그것은 특수한 상황으로 인해 풍부한 마력을 머금은, 마나 포션에 가까운 마수(魔水)였던 것이다.

나의 재생력이 무한하게 발동한 것도 그 물에 몸을 담근 채 마력을 계속 보급받았기 때문이었다.

다만 그때의 나는 그저 물에 감사하며 계속 핥아먹기 바빴다.

갈증이 풀리자 다음으로는 배고픔이 찾아왔다. 하지만 먹을 수 있는 것은 없었다. 아니, 있었다.

나는 내 피와 살을 먹고 통통하게 살이 오른 딱정벌레를 닮은 벌레를 집어들고 그대로 입에 던져 넣었다. 딱딱한 감각이 입천장에 박히며 피가 나는 것이 느껴졌다. 그럼에도 꾹 참고, 냄새나고 맛없는 벌레를 필사적으로 씹었다. 아아, 맛없다. 그리고 엄청나게 자극적인 냄새가 났다. 독인지 산인지, 다른 무엇인지.

아니나 다를까 급격한 복통이 찾아왔다. 역시 먹으면 안 되는 거였나. 그럼에도 나는 죽지 않았다. 재생 덕분이었다.

죽지 않는다면, 먹을 수 있다. 애초에 죽는다 해도 무슨 상관이 있겠는가. 독에 죽으나, 벌레에 물려 죽으나, 아사하나. 어떻게 죽는다 해도 별다른 차이는 없었다.

그렇게 나는 계속 벌레를 먹었다.

우적우적, 아무 생각 없이.

내가 곤충의 소굴에 던져진 지 몇 년. 아니, 당시의 나는 그런 것에 전혀 신경을 쓰지 못했기 때문에 스스로도 정확한 시간은 모른다. 하지만 반년이나 1년 수준은 아닐 것이다.

나는 마경에서 계속 살아남았다. 균열 바깥은 벌레에게 온몸을 먹히는 것이 더 나았다고 생각될 정도의 지옥이었다.

바늘로 찔러오는 곤충도 있었고, 날개가 검처럼 날카로운 곤충도 있었다. 턱이 비정상적으로 발달한 곤충이나 암석 속에서 회전하며 덮쳐오는 길쭉한 곤충은 정말로 성가셨다.

특히 성가셨던 것은 마술이나 속성을 사용하는 곤충이었다. 수백 가지의 곤충이 존재했다. 대부분의 속성을 갖고 있었고 어지간한 마술사보다 더 능숙하게 마술을 다루는 곤충도 있었다.

그 외에도 여러 종류의 독을 몸에 주입당한 적도 있었고, 몸속에 알이 들어간 적도 있었다. 그것을 깨닫지 못하고, 요즘 배가 좀 아프다고 생각하며 변비 정도로만 여겼던 것도 지금 생각하면 우스운 일이었다. 원래라면 굴러다녔을 정도의 격통이 있었을 텐데, 통각 경감의 폐해였다.

자신의 배를 뚫고 무수한 곤충이 태어났을 때는 태어나서 처음으로 울었다. 아무리 나라도 그 광경 이상으로 충격적인 것은 아직 본 적이 없었다.

실험 과정에서 어느 정도 교육은 받았지만, 감정이 희박했던 내가 처음으로 감정을 터뜨린 것도 이때였다.

그 무렵에 가장 애를 먹었던 곤충은 시공 속성을 가진 타입이다. 전이를 사용할 뿐만 아니라 턱에 시공 속성을 둘러 피부를 투과해 내장을 찢어버린다. 뭐, 시공 속성에 대한 내성만 생긴다면 전이만 가능할 뿐인 잔챙이에 지나지 않지만.

그렇다, 내성.

밤낮을 가리지 않고 반복되는 곤충과의 생존 경쟁. 그런 지옥에서 계속 살아가면서 나는 특이한 힘을 얻게 되었다. 지금이라면 알 수 있지만, 나는 내성을 기르기 쉬운 체질이었던 모양이다.

아마도 용과 슬라임이 갖고 있던 환경 적응 능력이 그런 형태로 발현된 거겠지.

벌레들의 공격을 끝없이 계속 받아내며 다양한 내성 스킬이 계속 레벨업했고, 대부분의 공격은 무시할 수 있게 되었다. 나중에 알게 된 사실이지만 당시의 내가 갖고 있지 않았던 것은 월광 내성과 사령 내성 두 종류뿐이다. 그것을 생각하면, 벌레들의 공격이 가진 다채로움을 실감할 수 있었다. 지금도 이 두 가지는 낮은 상태였다.

또 하나로는, 어떤 것이든 먹을 수 있는 능력이었다.

뭐든 먹는 대식가. 이쪽도 용과 슬라임 모두에게 공통된 특징이었다. 솔직히 내게는 이게 더 고마웠다.

그것을 깨달은 것은 정말 우연이었다. 곤충들이 바위에 몰려들어 무언가를 핥고 있는 것을 알아차리고 나도 조금 핥아먹어 본 것이다.

짭짤했다. 소금과 미네랄이 포함된 암반이었던 것 같다. 그때까지 벌레밖에 먹어보지 못했던 나는 그 맛에 충격을 받았다. 매료되었다고 해도 과언이 아니다.

짠맛을 희미하게 가진 바위. 일반적인 사람이라면 입에 댈 만한 것은 아니었지만, 당시의 나에게는 최고의 진미였다.

낼름거리며 바위를 핥아먹는 동안 더 먹고 싶어졌고, 나는 나도 모르게 바위를 씹어먹고 말았다. 그리고 깨달았다. '아아, 바위도 먹을 수 있구나'라고.

단순히 씹는 힘이 올라간 것뿐만이 아니다. 어느샌가 입에 넣은 것을 취약화시키는 힘을 얻게 된 것이다. 마검조차 설탕과자처럼 부숴버릴 수 있는 지금과 비교하면 아직 약한 힘이었지만, 바위나 철을 먹기에는 충분했다.

그 뒤로 나의 식생활은 크게 확장되었다. 바위도 먹을 수 있다면 모래는? 흙은? 가끔 바위 속에서 나오는 수정 원석은 스낵처럼 느껴졌고, 철같이 단단한 곤충 껍질도 문제없었다. 특히 맛이 좋았던 것은 마수가 솟아나는 암반이었다. 그곳은 최고의 진미였던 마석에 비해서도 더욱 마력이 풍부했다.

나는 샘물 주위의 바위를 계속 먹었다.

매일매일 질리지도 않고 바위로 배를 채우다 보니 어느샌가 거대한 구멍이 뚫리고, 마침내 어떤 장소에 도착했다.

정사각형으로 된 방 중앙에 반짝이는 구슬 같은 물체가 떠올라 있는 신비로운 공간이었다.

그곳은 던전 코어룸.

오랜 세월 수수께끼의 마경으로 여겨졌던 그곳이 사실은 던전이었던 것이다. 던전 마스터는 한 마리의 독충으로 별다른 지성은 없는 타입이었다.

그럼에도 본능적으로 코어를 조작해 자신들이 살기에 유리한 환경을 만들고 있었던 듯했다. 그 마수(魔水)도 곤충들을 불러들여 기르기 위한 장치였다.

당시의 나는 그런 것을 알 길이 없었기에, 단순히 이렇게만 생각했다.

"맛있겠다."

엄청난 힘을 뿜어내는 던전 코어가 마냥 먹음직스럽게 느껴졌다. 나는 던전 코어에 달려들어 탐욕스럽게 먹어치웠다. 먹어서, 그것을 내 피와 살로 만드는 것에 성공했다.

요즘 생각하는 것은 내가 태어난 곳인 부유섬에 대한 것이다. 나는 관에 들어가 잠들어 있었지만, 전송되기 전 몇 시간 동안은 던전화한 부유섬에도 몸을 담그고 있었다. 혹시 그 일이 나에게 영향을 미친 것은 아닐까?

확실하게 말할 수 있는 것이 있다면, 던전 코어를 내 몸 안에 받아들인 이후로 내가 극적으로 강해졌다는 점이었다. 그야말로 주위에 남아 있던 곤충들을 손쉽게 전멸시킬 수 있을 정도로는.

그곳은 던전이었지만, 곤충은 외부에서 들여온 마수였기에 코어를 파괴해도 곤충들이 사라지지는 않았기 때문이었다.

다만 던전 코어에 의해 얻은 것은 힘뿐만이 아니었다. 아무래도 던전 코어가 무언가 다른 형태로 내 안에 남아 있는 모양인지 다른 던전 코어와 간섭을 일으켰다.

던전 코어를 핵으로 하여 만들어진 레이도스 왕국의 비보 중 하나인 '붉은 검'. 그것을 처음 사용했을 때의 일이다. 예상치 못한 힘을 발휘한 자신과 붉은 검에 이끌린 나는 폭주했고, 막대한 피해가 나고 말았다.

내 육체가 거대한 지룡으로 변이되어 날뛰기 시작한 것이다. 슬라임의 증식 능력과 지룡의 인자가 합쳐진 결과였다.

붉은 검에 담긴 마력이 소진되기까지 몇 시간 동안, 작지만 풍요로운 숲과 성채 하나가 사라졌다. 비스코트를 비롯한 단원들이 결사의 각오로 나를 막지 않았다면 피해는 더 컸을 것이다.

지금은 어느 정도 제어할 수 있지만, 쉽게 사용할 수는 없었다. 국외로 나갈 때는 재상에게 봉인 조치가 내려졌을 정도였다. 믿을 만한 사람이 없다면서 나한테 부탁해놓고 그건 좀 너무한 거 아닌가? 뭐, 어쩔 수 없는 일이라고는 생각하지만. 크란젤 왕국에서 넘어온 기사와 용병을 물리쳤을 때 붉은 검의 힘으로 날뛴 적이 있으니까.

당시에는 용인 형상이긴 했지만 눈에 띄는 붉은 검을 기억하고 있는 자가 없다고는 할 수 없었다.

실제로 그 녀석은 기억하고 있었다. 자신의 동료를 학살한 나와 그 검을. 그럼에도 우리에게 협력하겠다고 말한 걸 보면, 어지간히도 동료가 소중한 거겠지…….

이런 곳에서 실제 모습을 보인다면 또 떠올리는 녀석이 있을지도 모른다.

프란과 더 싸우는 것도 즐겁겠지만, 역시 보여줄 수 있는 것은 여기까지다. 승리를 양보했다고 생각하려나? 뭐, 저쪽도 뭔가 비장의 패를 숨기고 있는 것처럼 보였으니 피차일반이겠지.

S 랭크 모험가가 크란젤 왕국에 소속되었을 가능성에 대한 정보 확인과 그 실력을 탐색한다는 목적도 어느 정도는 달성했다.

랭크 A에 해당하는 프란이 이 정도로 강한 것이다. 랭크 S는 함부로 손을 대서는 안 되는 영역이겠지.

아아, 위험해, 의식이 날아간다. 이게 죽는다는 감각인 건가? 흥미롭네…….

뭐야? 누구지? 아버지……? 이게 주마등이란 건가? 양아버지와 처음 만났던 날이 떠올랐다.

식량이 사라져서 균열을 떠나야 하나 고민하던 내 앞에 한 남자가 이끄는 무리가 나타난 것이다.

"이건……. 벌레들이 사라진 원인을 찾으러 왔더니……. 소녀, 라고?"

당시 적검기사단 단장 아폴로니아스. 짐승과 다름없는 삶을 살아가던 나에게 시뷸라라는 이름을 지어주고 인간으로서의 생활과 가족의 온기를 안겨준 양아버지. 그런, 내 인생에서 유일하게 부모라 부를 수 있는 사람과의 첫만남의 순간이었다. 비스코트와 클리카를 만난 것도 얼마 뒤의 일이었다.

키메라 모르모트── 내 연구 데이터를 활용해 만들어진, 마수의 인자 하나만을 갖고 태어난 아이들. 그들을 양아버지가 보호하고 있었다. 비인도적인 연구를 하던 기관을 무너뜨리고.

그로 인해 양아버지가 은퇴한 뒤에도 적검기사단과 남정공은 사이가 좋지 않았다.

양아버지의 그늘 없이 맑은 미소가 떠올랐다.

그래, 뒤는 나에게 맡겨……. 내가, 반드시 레이도스의 모두를…….

하하, 죽는 순간에 무슨 생각을 하고 있는 거야.

아아……. 져버렸구나……. 뭐, 상대가 그만큼 강했다는 거겠지.

그러니까 그렇게 울 것 같은 얼굴하지 말라고, 비스코트, 클리카…….

다음에는 지지 않을 테니까…….

*

승리한 프란은 천천히 대기실로 돌아오는 통로를 걷고 있었다.

그 발걸음은 매우 무거웠고, 몸이 힘없이 흔들렸다.

『프란, 괜찮아?』

"응……."

상대에게서 입은 대미지는 거의 없었다. 칼은 피하거나 물리 무효로 받았다.

시뷸라는 확실히 분할 사고를 가지고 있는 것처럼 보였다. 격렬한 전투 중에도 늘 염동을 써서 이쪽을 정확하게 노리고 공격해 왔다. 심지어 내가 염동을 공격으로 돌릴 여유가 전혀 없었을 정도였다. 뭐, 막을 수 있었다고 생각하면 나쁘지 않았지만.

프란은 큰 상처는 입지 않았지만 섬화신뢰를 장시간 계속 사용하며 스스로 신 속성을 발휘했다. 그로 인해 예상 이상으로 소모가 심한 것 같았다.

온몸의 욱신거리는 통증에 얼굴을 찡그리고 있다. 게다가 힐을 사용해도 피로가 다 풀리지 않은 모습이었다. 하룻밤 자면 어느 정도 괜찮아지려나?

천단의 끝이 보였다는 것은 좋은 소식이었다.

머지않아 신 속성을 자신의 의사대로 조종할 수 있게 될지도 모른다.

하지만 지금은 아직 상당히 어려웠다. 신 속성을 사용하는 것은 여전히 반동이 너무 크다. 적절히 구분해서 쓸 수 있게 되면 좋겠지만…….

게다가 체력 소모뿐만이 아니다. 프란은 어두운 얼굴로 입술을 깨물고 있다.

『왜 그래?』

'승리를 양보받았어.'

『아아.』

시뷸라가 마지막에 뭔가 하려다 멈춘 것은 확실했다. 힘이 다했다기보단 비장의 패를 사람들 앞에서 드러내길 꺼리는 것처럼 보였다.

그들이 레이도스의 스파이라고 한다면 그것도 어쩔 수 없는 일이다. 그러나 프란으로서는 승리를 양보받은 것처럼 느껴지는 모양이었다.

『그건 진검승부지만 시합이기도 하니까. 비장의 수를 쓸 상황은 아니라고 생각한 거겠지. 우리도 남에게 보여주고 싶지 않은 비장의 수단이 있잖아?』

잠재 능력 해방이나 스킬 테이커는 무투 대회에서 사용할 예정이 없었다. 이렇게 말하면 안 되겠지만, 최악의 경우 져도 괜찮은 싸움이니까.

그러나 납득이 되지 않는 모습이었다.

"응……."

『뭐, 서로 비장의 패를 쓰지 않은 상태에서 이긴 거니까 그걸로 충분하다고 생각하자. 그 정도의 상대가 패배를 인정한 거잖아?』

시뷸라는 프란 이상의 전투광이었다. 분명 상당히 분할 것이다. 지금쯤 분해하며 몸부림치고 있지 않을까?

프란도 그것을 이해했는지 그제서야 미소를 지어주었다.

"응."

『그것보다는 다음 대전을 준비해야지.』

일단 시합을 관전해야한다. 에이와스의 제자 아바브 대 길드 마스터 디아스의 대결이다. 놓칠 수 없다.

"후우."

관객석으로 돌아오자 프란이 가라앉듯이 의자에 주저앉았다. 역시 몸이 무거운 모양이다.

『프란. 힘들면 자도 돼. 내가 보고 있을게.』

"괜찮아."

얼굴에는 피로가 배어 있지만 그 눈은 여전히 반짝반짝 빛났다. 아마 전투의 흥분이 아직도 가시지 않은 거겠지. 아드레날린을 폭발시키며 싸운 직후니까.

『일단 뭐 좀 먹을래?』

"카레. 매운 걸로."

이런 곳에서 먹기에는 좀 어려운 음식이지만 지금만큼은 상관없겠지. 냄새는 내가 바람 마술로 날려 보내주면 된다. 프란이 꺼낸 것처럼 가장해서 내 수납에서 곱빼기 카레를 꺼냈다.

그건 그렇고 매운맛을 원하다니. 별일이네.

"음. 시작한다."

입가에 카레를 묻힌 프란이 중얼거린 대로, 눈 아래에서는 두 번째 시합이 막 시작되려 하고 있었다. 일정한 속도로 매운 카레를 입에 넣으며 진지한 눈으로 투기장을 바라본다.

디아스의 장비는 겉보기엔 연미복처럼 보였지만 실제로는 마수 가죽을 사용한 경갑옷이다. 평소와 같은 장난기 가득한 미소 없이, 그저 조용히 무대 중앙에 서 있다. 상대방이 어떻게 나오는지 지켜볼 생각인가?

그런 디아스와 맞서는 것은 시체처럼 창백한 피부에 검은 머리를 가진 마른 남자였다. 전 랭크 A 모험가이자 도적 길드의 비밀병기인 에이와스의 제자, 아바브였다.

아바브는 시미터를 조용히 들고 디아스와 마주섰다. 강적을 앞에 두고도 공격하지도 않은 채 히죽거리는 불쾌한 미소를 짓고 있는 것은, 여유로움의 표시인 걸까?

"용전의 디아스 님. 당신과 한번 싸워 보고 싶었습니다."

"호오? 그건 영광이지만, 어째서지?"

"그 안하무인 성격을 가진 스승이 인정한 상대를, 한참 어린 내가 끌어내려 욕보인다! 히히히히! 생각만으로도 몸이 저릿저릿하거든요오오!"

"우와. 그 미소, 그 바보랑 완전히 똑같군. 제자는 스승을 닮는다는 건가?"

"히히히! 그 태연한 얼굴을 완전히 엉망으로 만들어드릴게요! 게다가 제가 당신과 싸우고 싶었던 이유는 하나 더 있어요!"

"흠? 그게 뭐지?"

"크크크. 우리 스승의 옛 동료들 중에서, 유일하게 제가 이길 수 있을 것 같은 상대니까요!"

그렇게 외친 변태—— 아니, 아바브는 품에서 하나의 시험관을 꺼냈다.

"히히히히히! 죽어라! 스승에게 전수받은 독약으로!"

감정해 보자, 아바브가 꺼낸 것은 '일곱 깜빡임'이라고 하는 이름을 가진 마법약이었다. 이 독에 감염된 인간은 일곱 번 눈을 깜빡이는 사이에 죽는다는 것에서 붙여진 이름 같았다.

그 시험관이 무대에 떨어지자 순식간에 엄청난 연기가 치솟았다. 에이와스가 쓰던 마법약과 똑같았다.

아바브는 독 내성 레벨 8을 소지하고 있기 때문에 이 독은 효과가 없을 것이다. 반면 디아스는 내성 스킬이 그리 높지 않다. 이거, 괜찮을까?

아바브는 승리를 확신한 얼굴로 소리쳤다.

"당신은 확실히 강해요! 당대 제일의 환술 사용자죠! 하지만 슬프게도 방어면은 그리 대단하지 않더라고요. 말 그대로 회피 불가능한 공격을 맞게 된다면 아무런 방법이 없다는 뜻이죠!"

그건 확실히 그렇다. 환술이나 사고 유도, 시선 유도를 구사해 상대의 공격을 피하는 기술은 있어도, 피할 수 없는 광범위한 공격에는 어쩔 도리가 없을 것이다.

"크헉!"

디아스가 피를 토하면서 무릎을 꿇고 말았다.

이렇게 되면 정말 아바브의 자이언트 킬링이——.

"히히히! 이 독은 흡입하지 않아도 피부로 스며들거든요!"

"크……."

"용전의 디아스! 이 악랄검 아바브가 이겼어요!"

하늘을 바라보며 그렇게 외친 직후, 아바브의 몸이 기울었다. 그리고 눈을 까뒤집고 그대로 앞으로 고꾸라졌다.

"전투 중에 적에게서 눈을 떼는 것은 이류나 하는 짓이다."

『노, 놀랍습니다아! 무슨 일이 일어난 걸까요! 디아스 님이 피를 토하고 쓰러졌다고 생각했는데, 그 직후 아바브의 바로 뒤에 있었습니다! 환술인 걸까요오!』

소리친 중계자의 말대로 쓰러진 것은 환상 마술로 만들어낸 분신이었을 것이다. 사고 유도 등을 교묘하게 사용해 아바브가 눈치채지 못하게 접근한 거겠지. 그리고 급소에 주먹으로 일격을 날린 것이다.

『눈치챘어?』

"……애매해."

『나도, 이 거리에서는 알아볼 수 있었지만…….』

아니, 처음에는 간파하지 못했다. 하지만 디아스가 그렇게 쉽게 독에 당할 리 없다는 생각에 무대 전역을 집중해서 바라보고 나서야 가까스로 은폐를 간파할 수 있었다. 무대에서 마주 보고 있는 상태에서 디아스의 움직임을 감지할 수 있을지 어떨지는 미지수다. 애초에 기척을 죽이는 방식도 훌륭했고, 독 연기가 효력이 없었던 시점에서 디아스를 위한 연막을 마련해 준 셈이나 다름없었다.

그런데 독은 어떻게 막은 거지? 스킬? 아니면 마도구? 독 연기로 뒤덮인 탓에 그것도 보이지 않았다.

『역시 쉽게 끝나진 않겠군.』

"하지만 이길 거야."

『그래.』

결과적으로 디아스의 속전속결로 제2 시합은 막을 내렸다.

그다음에 열린 힐트와 클리카의 시합도 순식간에 끝나버렸다. 뭐, 볼거리는 충분했지만 말이다.

라듈전과는 달리 힐트가 제대로 자세를 취하는 전법을 택한 것이다.

이에 클리카가 혀를 차는 것이 보였다. 그녀의 경우, 상대의 공격을 피하는 카운터가 주 전략이기 때문이었다.

둘은 서로 노려보며 대치했다. 그뿐이라면 교착 상태라고도 할 수 있었다. 하지만 시간이 흐를수록 클리카가 초조함을 드러내는 것이 보였다.

힐트의 체내 마력이 점점 늘어나고 있었기 때문이다. 데미트리스류에 익숙하지 않더라도 이대로 놔두면 위험하다는 것은 알 수 있었다.

그럼에도 클리카는 자세를 취한 채 힐트를 계속 바라보았다. 어떤 공격이라도 피할 각오를 마친 것이다.

예선에서 이런 상태가 되었다면 '빨리 싸워라!'라는 야유가 한 번쯤은 나올 법한 상황이었다. 그러나 관객들은 말없이 투기장을 지켜보았다. 클리카가 내뿜는 긴장감이 관객석까지 전달된 모양이었다.

"하아아아……."

"!"

힐트가 단숨에 마력을 해방시켰다. 그 마력이 무대를 뒤덮었지만, 마력 자체에 공격력은 없었다. 이 방대한 마력은 눈속임이었다.

투기장 내부가 이렇게 짙은 마력으로 덮여버리면 마력 감지는 아무 의미가 없었다.

그 직후 클리카가 날아갔다. 공중에 내던져진 몸이 몇 번 부자연스럽게 궤도를 바꿨다. 힐트의 기에 의한 공격이었다.

같은 종류의 마력에 둘러싸인 상황에서는 힐트의 마력 방출 공격도 전혀 읽을 수 없다. 클리카는 속수무책으로 연격을 당할 수밖에 없었다.

그리고 마지막으로 무대에 쓰러진 클리카는 축 늘어진 채 움직이지 않았다. 승패가 정해졌다.

힐트는 확실히 강하지만, 그뿐만이 아니었다. 지금의 전법은 지난 시합에서 힐트가 라듈에게 당한 방식이었다. 클리카의 전법을 연구하고 대책을 세운 것이다.

즉, 그녀 역시 공부하고 성장하고 있는 것이다.

강해지고 있는 것은 프란뿐만이 아니다. 그 사실을 깨달았다.

이것으로 또 한 명의 강적이 상위에 올라갔다.

『드디어 다음이네.』

"응. 펠무스와 나이트하르트."

우리가 지켜보는 가운데 두 영웅이 무대에 올라섰다.

두 사람 다 이 대회에서 손꼽히는 실력자이자 우리에게 있어서 강적인 상대였다.

『자, 오늘 마지막 시합이 찾아왔습니다! 투기장에서 마주한 두 선수. 시합 후에 서 있는 것은 어느 쪽인가! 지금까지 예상을 뒤엎고 압도적인 승리를 거듭해 온 용병 나이트하르트! 오늘도 그 쌍날의 검이 상대의 생명을 거둬갈 것인가! 그와 맞서는 선수는 전 랭크 A 모험가, 용사냥 펠무스! 이쪽도 역시 압도적인 강함으로 여기까지 올라왔다! 자유자재로 움직이는 그 실 다발이 사냥감을 사로잡을 것인가!』

중계자가 흥을 올리고 있긴 하지만 관객석에 있는 남자 관객들의 분위기는 조금 전과 비교하면 다소 차분했다.

힐트와 클리카라는 미소녀 대결에 비해 중후한 아저씨와 사마귀남의 대결이기 때문이겠지.

하지만 나나 프란이 보기엔 이 시합이 더욱 볼거리였다. 승패를 전혀 읽을 수 없기 때문이다.

디아스에게 패배한 아바브. 힐트에게 패한 클리카. 둘 다 강했다. 그것은 확실하다. 하지만 그 이상의 강자가 순조롭게 승리한 것이 이전의 두 시합이었다.

그에 비해 이번 시합은 둘 모두가 강자였다.

"어느 쪽이 이길까?"

"어후……."

프란과 울시 모두 상대를 탐색한다기보단 순수하게 시합을 즐기는 모습이었다. 뭐, 분석은 나――라기보단 내 안의 알림에게 맡기면 되니까.

"나는 펠무스."

"웡?"

"실이 굉장해. 좁은 곳에서는 도망갈 수 없어."

"어후…… 웡!"

"울시는 나이트하르트?"

"웡웡!"

울시가 상체를 일으켜 두 앞발을 가볍게 들었다. 손목이 마네키네코*처럼 구부러진 것은 아마도 사마귀 다리를 따라한 거겠지.

울시는 나이트하르트가 유리하다고 판단한 건가? 하긴 그 속도는 엄청나다. 참가자 중에서도 최고 수준일 것이다.

하지만 나도 프란과 마찬가지로 펠무스가 유리하다고 생각했다.

명확한 승리의 그림이 그려진 것은 아니다. 다만 실과 곤충이라고 하는 구도는 왠지 모르게 포식자와 피식자를 연상시켰다. 아무리 사마귀라 해도 거미줄에 걸리면 도망가는 것은 불가능할 테니까.

그냥 개인적인 상상일 뿐이지만.

시합 시작을 기다리고 있는데 거대한 사람의 그림자가 다가왔다.

"프란, 옆에 앉아도 될깡?"

"엘자? 괜찮아."

"고마웡."

아무래도 자신을 꺾은 상대의 시합을 보러 온 모양이었다. 구부정한 움직임으로 재빠르게 자리를 잡는다.

그 뜨거운 시선은 나이트하르트에게 쏠려 있었다. 그런 엘자를 보고 프란이 고개를 갸우뚱했다.

"저기, 엘자는 벌레를 싫어하지 않았어?"

그러고 보니 그랬다. 벌레의 시체를 보기만 해도 비명을 지르고, 거대한 벌레 모양의 마수를 앞에 주면 적과 아군을 가리지 않고 폭주하는 여장 누님이었다.

나이트하르트는 아무렇지도 않은가? 대놓고 곤충인데.

---

*앞발을 구부린 자세를 한 복고양이 인형.

"아아, 나이트하르트 님의 얼굴?"

"응."

"겉모습은 벌레라도 속은 멋진 남자니까. 아무 문제 없어. 신사인데 그늘이 있는 점도 좋아. 내가 싫어하는 건 어떻게 움직일지 알 수 없는 기괴함과 배의 꿈틀거림이니까. 그게 있다고 생각하면 시체라도……."

아무래도 충인은 문제가 없는 모양이다. 역시 엘자. 내용물 중시인가.

우리가 예상을 이야기하는 사이 시합이 시작되었다.

"히이이야아아앗!"

"실의 벽!"

전개는 예상대로라면 예상대로였다. 시작 직후부터 맹공격을 퍼붓는 나이트하르트와 그것을 피하면서 실의 진영을 구축해 가는 펠무스. 무대에 실이 펼쳐지며 함정을 만들어 가는 모습은 정말 거대한 거미줄이 쳐져 가는 것 같았다.

펠무스의 진영이 완성되면 더 성가시다는 것을 알고 있는 나이트하르트는 초반부터 엘자를 처치했을 때와 똑같이 초고속의 공격을 시도하고 있었다.

다리에 엄청난 마력이 깃들어 있는 것이 느껴졌다. 저것이 유니크 스킬 위타천인 거겠지. 장시간 동안 초고속 기동을 가능하게 하는, 수수하지만 매우 유용한 스킬이었다.

그에 반응하는 펠무스도 역시 대단했다. 주위에 무수한 탐지실을 둘러쳐서 미리 감지하고 있는 것 같았다. 가는 실이 끊어지는 순간의 진동으로 상대의 위치를 계속 포착하여, 절대 보지 못했을 공격도 확실히 회피했다.

그렇게 펠무스는 나이트하르트의 쌍검을 피하면서 함정 실로 대미지를 축적시켜 나간다.

언뜻 보면 쌍검이 닿은 것처럼 보이지만, 펠무스에게 대미지는 없을 것이다.

우리도 엄청나게 고생했던 실의 방어벽이다. 충격을 흡수하는 방식으로 참격도 타격도 전부 막아버린다.

"역시, 펠무스 강해."

"그러게. 길드 마스터와 동등하다고 해도 과언이 아닌 상대니까, 강하겠징."

하지만 여기서 밀릴 정도로 나이트하르트도 약하지는 않았다. 다소 상처를 입으면서도 앞으로 나아가 초고속 찌르기로 펠무스에게 대미지를 입히기 시작했다.

참격을 무효화하자 그것을 순식간에 간파하고 실의 틈을 노리는 찌르기 공격으로 전환한 것이다. 위타천의 각력을 실은 찌르기는 그야말로 한 발 한 발의 위력이 엄청났다. 일격만으로도 상당한 대미지가 있을 것 같았다.

육체의 내구성 면에서 뒤처지는 펠무스로서 이 공격은 상당히 불리했다. 똑같은 대미지를 주고받으면 먼저 힘이 다하는 것은 펠무스가 될 테니까.

하지만 그는 초조해하지 않고 냉정하게 실을 계속 휘둘렀고, 마침내 나이트하르트를 붙잡는데 성공했다.

"백사의 박진(縛陣)."

"음!"

그때까지 무수한 실 속에 조금씩 섞어두고 있던 무해해 보이는 실. 그러나 거기에 마력을 싣자 곧바로 점착력이 생겨났다. 정신을 차려보니 몇 가닥의 실이 나이트하르트의 다리에 엉켜 있었다.

순간적으로 움직임이 막혔지만 나이트하르트는 곧바로 검으로 베어 탈출했다. 하지만 그 순간이 바로 펠무스가 노리던 틈이기도 했다.

펠무스는 무대 중앙에서 완전히 발을 멈추더니 손을 아래로 늘어뜨리며 무방비 상태가 됐다. 눈마저 감았다. 그 정도로 집중하지 않으면 발동할 수 없는 큰 기술을 발휘하려는 것이었다.

"훗!"

"컥——."

그러나 나이트하르트는 즉각 반응했다. 오른손에 든 검을 던진 것이다. 그 정도의 근력이 있으면 손으로 던지기만 해도 엄청난 속도가 나온다. 검을 놓는 한이 있더라도 저지해야 한다고 판단한 것 같았다.

칼은 훌륭하게 펠무스에게 직격했다.

붉은 피가 그의 옷과 실을 새빨갛게 물들였다.

전혀 막을 생각을 안 하네? 집중하고 있다고 해도 미리 펼쳐놓은 실이 주변을 감싸고 있을 텐데……. 몸에 감겨 있는 실이 다소 위력을 약화시킨 것 같긴 하지만 그뿐이었다.

칼은 펠무스의 가슴에 깊이 박혔다.

하지만, 펠무스는 쓰러지지 않았다. 오히려 씨익 웃었다.

"……만사종조…… 사혈의 진."

펠무스의 가슴에 난 상처에서 엄청난 양의 피가 분수처럼 솟구치는 것이 보였다. 처음에 솟구친 피와는 기세도 양도 차원이 달랐다. 확실히 상처 때문만은 아니다.

그 피는 실에 흡수되어 결계 안의 실 전체가 한순간에 붉게 물들었다.

이름 그대로 자신의 피를 매개로 실을 강화하는 기술인 것 같았다. 나이트하르트의 공격을 예측하고 일부러 받아낸 것이다. 그것을 이해한 나이트하르트가 신음했다.

"공격을 읽혔다니……!"

붉게 물들고 나서야 잘 보였다. 결계 내에 대체 얼마만큼의 실이 설치되어 있던 것일까. 바닥뿐만 아니라 결계 벽면에도 마치 무수히 뻗어난 모세혈관처럼 수많은 실이 붙어 있었다.

무대 위는 마치 섬뜩한 괴물의 몸속 같았다.

관객들이 놀라는 가운데 결계 내 모든 실 다발이 일제히 나이트하르트에게 쏟아졌다.

나이트하르트가 검으로 뿌리치려 했지만 이전처럼 베어내지 못했다. 아무래도 붉은색 줄은 그 강도가 월등히 뛰어난 모양이었다.

"큭! 이건 성가시군요!"

"……."

실에 고군분투하는 나이트하르트의 모습에도 펠무스는 아무런 반응을 보이지 않았다. 그렇다기보단, 반응할 수 없었다. 그 모습은 그야말로 반생반사. 당장이라도 숨이 넘어가기 직전이었다.

아마도 목숨을 건 최후의 수단인 거겠지. 되살아나는 것이 가능한 무투 대회에서만 사용할 수 있는 기술이었다.

펠무스가 이대로 출혈과 마력 결핍으로 쇠약해져서 죽는 것이 먼저일지, 나이트하르트가 그의 공격에 죽는 것이 먼저일지.

매초마다 나이트하르트의 몸에 작은 구멍이 뚫리며 대미지가 누적되었다. 그런 반면 펠무스는 더는 서 있지 못해 한쪽 무릎을 꿇고 있었다.

"크, 이런……."

마침내 나이트하르트의 다리에 붉은 실이 직격했다.

붉은 실 자체에 그 정도의 대미지는 없다. 그러나 붉은 실은 무대와 나이트하르트 사이에서 팽팽하게 달라붙어 그 움직임을 미세하게 방해했다.

움직임이 둔해지면 새로운 붉은 실을 피할 수 없고, 그 실이 더 더욱 움직임을 방해한다. 붉은 실이 닿을 때마다 계속해서 대미지와 민첩 저하가 발생하는 셈이었다.

심지어 나이트하르트의 몸에 박힌 실들의 색깔이 점점 더 짙어졌다. 나이트하르트의 피를 흡수하면서 한층 더 강화되고 있는 모습이었다.

가속도가 붙으며 몸에 박히는 붉은 실이 더 늘어갔다. 몸에, 다리에, 팔에, 붉은 실이 박히며 나이트하르트의 몸과 무대를 붉게 물들였다.

"으윽!"

마침내 나이트하르트는 회피에 크게 실패하며 그 가슴에 붉은 실이 직격했다. 저 위치는 심장이다. 붉은 실들이 일제히 가슴팍에 몰려들며 나이트하르트의 몸을 거침없이 꿰뚫는 것이 보였다. 그 모습은 작은 구더기에 둘러싸인 것 같았다. 관객석에서 피를 봤을 때 이상으로 더 큰 비명이 터져나왔다.

"힉!"

옆에 있던 엘자도 비명을 질렀다.

곤충은 아니지만 작은 벌레에도 약한가 보다.

뭐, 살아 있을 때의 나였더라도 똑같은 반응을 보였겠지. 그 정도로 징그러운 광경이었다.

압도적으로 펠무스가 유리했다. 그보다는 이제 승리는 확정적이다. 그렇게 생각했는데…….

시합의 승패는 별개였다.

펠무스의 최후의 수단이 발동하고 정확히 30초 후.

"하아, 하아, 하아……. 제, 승리군요."

"그렇군요. 제가 졌습니다."

시간의 요람으로 부활한 것은 펠무스였다. 나이트하르트가 버티면서 펠무스에게 먼저 한계가 찾아온 것이다.

회복한 펠무스가 나이트하르트에게 포션을 뿌려주고 있었다.

그건 그렇고 심장을 관통당했는데 나이트하르트는 왜 죽지 않은 걸까? 짐작이지만 충화 스킬 덕분인 것 같았다. 도중에 감정으로 본 나이트하르트의 상태가 곤충으로 변화한 것을 봤기 때문이다. 분명 전신이 곤충처럼 바뀌지 않을까 생각했는데, 어쩌면 체내만 곤충화하는 것이 가능할지도 모른다.

곤충은 인간 같은 심장이 없다는 말을 들은 적이 있다. 곤충형 마수라면 심장과 비슷한 기관이 있을 수 있지만, 충화가 일반적인 곤충을 말하는 거라면 포유류와 같은 심장이 사라졌을 수도 있을 것이다.

거기에 더해 상승한 생명력으로 견뎌낸 것 같았다.
알게 된 것은, 나이트하르트가 아직 전력을 낸 것이 아니라는 점이었다.
충화 상태라면 스테이터스도 상승할 테니까.
"나이트하르트, 역시 강해!"
"웡!"
울시가 으쓱한 얼굴을 하고 있다. 아, 본인의 예상이 맞아서 그런가.
"웡웡!"
"응. 울시가 이겼어."
"웡!"
『오늘 시합은 이걸로 끝이네. 숙소로 돌아가자.』
"응. 엘자, 안녕."
"응! 또 보장."
마지막에 본 충격적인 장면에서 가까스로 회복한 것 같은 엘자와 헤어진 우리는, 그대로 경기장을 떠났다.
손에 땀을 쥐게 하는 시합을 관전한 뒤라 배가 고픈 것인지, 프란은 조금 빠르게 걸었다.
하지만 곧 발이 묶이고 말았다.
"뭐야, 이 자식!"
"먼저 시비를 건 건 그쪽이잖아? 더는 사과해도 용서 못 해!"
"해 보자는 거냐!"
"침 튀기지 마!"
모험가들이 길 한복판에서 뭔가 말다툼을 하고 있었던 것이다.

구경꾼들 때문에 길이 막혀 그대로 지나갈 수가 없었다.
한쪽은 술에 취한 것 같았다. 대머리에 털옷을 입은 바바리안 스타일로, 누가 봐도 거친 싸움에 특화된 장비를 갖춘 남자들이었다.
그들과 논쟁을 벌이는 상대는 아직 젊은 모험가들이었다. 이쪽은 정통파 모험가로 보였다. 앞장서서 말다툼을 주도하고 있는 것은 아직 소녀라고 할 수 있을 정도로 어린 궁사였다.
지금의 울무토에서는 흔히 볼 수 있는 장면이기도 했다. 중간에 들어가서 말리는 역할을 할 경비 인력이 부족했기 때문이다. 주변 사람들도 불편한 표정으로 그들을 지켜보고 있었다.
어느 쪽도 그렇게 강하지 않기 때문에 평소였다면 엮이지 않고 내버려 뒀을 것이다. 아니면 둘 다 때려눕혀서 싸움을 멈추거나.
신 속성을 사용한 것에 의한 반동으로 프란은 여전히 힘이 없어 보였지만, 그래도 이런 녀석들 정도라면 어떻게든 할 수 있었다.
그러나 프란은 공격에 나서지 않고 그들 앞에서 걸음을 멈췄다.
말다툼을 하고 있는 상대가, 아는 사람이었던 것이다.
"저기. 여기서 뭐 해?"
"어? 프란 선생님!"
젊은 모험가는 프란의 단기 제자였던 나리아와 미겔 일행이었다. 이쪽을 본 나리아는 멋쩍은 얼굴을 지어 보였다. 프란의 어조에 약간의 책망이 담겨 있었기 때문이었다.
"뭐야, 네놈은?"
"헉!"
취객들이 프란에게도 위협을 가하자 나리아는 노골적으로 당황했다. 프란이 가볍게 눈살을 찌푸린 것을 본 모양이다.
"주변에 민폐."
"네, 네……."
"아아앙?"
프란의 짧은 말에 궁사 나리아와 대검사 미겔은 창백한 얼굴로 고개를 푹 숙였다. 하지만 술에 취한 쪽은 프란의 실력을 알 리가 만무했고, 결국 프란에게 시비를 걸어왔다.
"뭐야, 넌! 시끄럽다고!"
직접적으로 손을 뻗어 왔지만…….
"흥."
"으걱!"
뭐, 이렇게 되겠지. 맞은 옆구리가 시퍼렇게 됐지만, 뼈는 부러지지 않았겠지?
"미겔, 저쪽으로 치워둬."
"아, 알겠습니다!"
"프란, 선생님. 수고를 끼쳤습니다."
"응. 방해됐으니까."
나리아나 리딕에게 감사의 말을 듣는 프란. 가볍게 이야기를 들어보니 올해는 특히나 트러블이 많아졌다고 한다. 역시 인력이 부족한 모양이다.
"가뜩이나 의뢰하고 돌아오는 길이라 피곤한데, 저런 허우대만 멀쩡한 사람과 엮이다니 최악이야!"
"의뢰?"
"네."

현재 모험가 길드에는 마을 밖에서의 토벌 의뢰가 올라와 있다고 한다. 특히 많은 것은 언데드 토벌이었다.

아직 언데드의 출몰이 가라앉지 않고 마을 주위에서 모습을 드러내는 듯했다. 그런 언데드를 방치해 두면 그것들을 먹이로 삼고 있는 마수까지 모여들기 때문에 빠르게 처치할 필요가 있었다.

"듀포네도 사라지고! 정말 최악이에요."

"듀포, 사라졌어?"

"네. 일을 도와달라고 할 생각이었는데, 숙소를 빼버린 모양이에요……. 한 번 진 정도로 한심하긴!"

듀포와 그 동료들은 프란에게 진 충격으로 빠르게 울무토를 떠나버렸다는 것 같았다.

나리아와 그런 이야기를 나누고 있는데, 갑자기 내 기척 감지에 걸린 인기척이 있었다. 근처에 있는 건물의 지붕 위에서 이쪽을 내려다보고 있다.

'스승?'

『……울시, 지붕 위의 녀석 처리할 수 있겠어?』

'웡!'

『그럼 프란은 저기 골목에 있는 녀석을 부탁해.』

'알았어.'

숨어 있는 상대는 3명. 확실히 이쪽을 향해 살기를 내뿜고 있었다. 제어하지 못한다는 것은 그렇게까지 숙련된 자들은 아니라는 거겠지.

"선생님. 왠지 이상한 기척이……."

"쉿. 알고 있으니까 이대로 대화해."

“아, 알겠습니다.”

나리아가 눈치챌 정도인 걸 보면 역시 잔챙이다.

『좋아, 가!』

“응!”

“그릉!”

내가 날린 뇌명 마술을 신호로 프란과 울시가 튀어나갔다. 그리고 곧바로 괴한을 붙잡았다. 역시 그렇게 강하지는 않았는지 프란과 울시에 의해 쉽게 쓰러졌다.

갑자기 마술을 쓰더니 이상한 남자들을 끌고 온 프란을 보고 나리아가 눈을 휘둥그레 떴다.

“어? 저기, 선생님?”

“얘네들은 암살자. 아마.”

“아, 아마?”

“응. 나한테 살기를 내고 있었어.”

나리아가 얼굴을 찡그렸다. 확정하기도 전에 기절시켜서 붙잡는 것은 지나친 처사라고 생각한 것일까.

일단 방해가 되지 않게 골목으로 들어가 그곳에서 심문을 하기로 했다.

내가 전격으로 마비시킨 녀석을 치유하고, 위압으로 마음을 꺾어버린 뒤 질문을 던진다.

“너희들은 왜 날 노렸어?”

“의, 의, 의뢰였습니다!”

암살자가 술술 이야기를 털어놓았다.

그 결과 어느 귀족으로 보이는 인간에게 푼돈으로 고용된 산적

무리라는 것을 알게 되었을 뿐이었다.

『일단 모험가 길드로 데려가자.』

'알았어.'

프란을 노릴 만한 이유라면 얼마든지 있었다. 유명인이기도 하고, 무투 대회를 대상으로 한 비합법적인 내기 같은 것과 관련되어 있을 가능성도 있다.

지금까지 남은 다른 참가자들의 부하일 가능성은 거의 없겠지만, 그 외의 가능성이라면 무한했다.

우리가 어중간한 암살자들을 끌고 모험가 길드로 향하자, 그곳에서도 소란이 벌어지고 있었다.

들어보니 그 디아스가 습격을 받았다고 한다. 뭐, 손쉽게 제압당했지만. 그렇다면 준결승 진출자를 노린 건가?

"어머낭? 프란! 금방 또 보네!"

"엘자. 이거 받아."

"이 녀석들은 누구야?"

"암살자."

"뭐! 프란이 있는 곳에도? 알았엉! 내가 확실히 처리해 둘게!"

"부탁해."

"거기, 이 녀석들을 감옥에 가둬!"

프란이 암살자를 넘겨주자 엘자가 어째서인지 입맛을 다시며 모험가들에게 끌고 갈 것을 명령했다.

"그나저나 정말 귀찮게 됐어. 힐트리아 님과 나이트하르트 님 쪽에도 확인할 사람들을 보내야 하고…… 그 밖에도 동료가 있다면 그 녀석들도 붙잡아야 해."

"힘내."

"우리 프란이 응원해 주면 기운 100만 배지! 열심히 할게!"

살살 부탁할게?

그건 그렇고, 올해 무투 대회는 계속 트러블의 연속이라는 느낌이네. 레이도스의 스파이에 언데드 소동. 샤를스 왕국의 귀족들에 암살자 소동까지.

경비 인력이 턱없이 부족해 보였다. 정말 이대로 괜찮은 걸까? 뭐, 우리는 다음 시합을 대비해 쉬어야겠지만.

프란의 상태를 조금이라도 회복시켜야 했다.

제4장 정상을 향한 싸움

구름 한 점 없이 맑은 하늘.

상쾌한 바람이 불어오는 기분 좋은 아침이었다.

프란은 투기장으로 가는 길에도 무척 들뜬 모습이었다. 쭈욱 기지개를 켜며 공기를 들이마시고, 그리고 살짝 미소를 짓는다.

운동하기 좋은 날씨이긴 하지만 사투를 벌이기 좋은 날씨라고 하기에는 애매하다.

애초에 사투를 벌이기 좋은 날이라는 것이 따로 있는지는 모르겠지만. 뭐, 비가 오는 것보다는 나으려나?

프란의 관점에서 본다면 강한 상대와의 싸움은 언제나, 어떤 날씨라 해도 즐겁겠지.

『드디어 준결승 날이 찾아왔습니다! 올해도 또 훌륭한 멤버들이 한자리에 모였는데요! 첫 번째 시합, 이미 두 선수가 무대에 올라와 있습니다!』

관객석은 만원이었다. 일반석뿐만이 아니다. 그동안 얼마간의 공석도 있었던 특별석과 귀빈석도 빼곡히 차 있었다.

그만큼 관객들의 관심도가 높다는 뜻이겠지.

『제1 시드에서 치열한 전투를 거치고 올라온 것은 흑뢰희 프란! 2년 연속 준결승에 진출합니다! 올해야말로 우승을 거머쥘 수 있을까요! 이미 각성을 마치고 검은 번개를 두른 상태로 등장했습니다!』

중계자의 소개와 함께 울려 퍼지는 함성이 투기장을 뒤흔들었다. 지금까지의 시합에서도 충분히 큰 환호성이었지만, 오늘은 한층 더 열기가 대단했다.

그야말로 소리의 쓰나미라는 느낌이었다.

『상대는 울무토의 모험가 길드 마스터이자 현역 랭크 A 모험가! 용전의 디아스! 설마 현역 길드 마스터가 출전하리라고는 상상도 못했습니다! 그 백전연마의 전투 경험이 젊은 기세를 막아설 것인가! 아니면 젊음이 노련함을 넘어서 보일 것인가! 눈을 뗄 수 없는 경기입니다아아!』

달아오르는 관객석 이상으로, 프란과 디아스도 살벌한 분위기였다.

날카롭게 시선을 교환하며 양쪽 모두 살기를 숨기려 하지도 않았다. 결계가 쳐지지 않았다면 많은 관객들이 이 살기에 짓눌려 관전조차 할 수 없었을 것이다.

"직접 대결이군."

디아스가 이 거리에서 간신히 들릴 정도의 목소리로 중얼거렸다.

"심플해서 좋네. 이기는 쪽이 내기의 승자다."

"응."

서로가 나눈 대화는 단지 그뿐. 그렇지만 두 사람 모두 처음부터 진심으로 죽이기 위해 달려들 것이다. 그것을 알 수 있었다.

디아스는 내기에서 승리해 스스로의 망집에 매듭을 짓기 위해.

프란은 제로스리드와 로미오를 지키기 위해. 그리고 작년에 튕겨 나간 랭크 A라는 거대한 벽을 이번에야말로 넘어서기 위해.

하지만 우리에게는 큰 불안 요소가 있었다.

『프란. 몸은 좀 어때?』

'좀 무거워.'

『그래…….』

시뷸라전에서의 소모가 생각보다 회복되지 않았던 것이다. 자력으로 도달한 신 속성은 프란의 몸에 생각보다 더 심각한 영향을 미쳤다.

피로가 가시질 않아 완벽하다고는 할 수 없는 상황이었다.

그러나 체력 관리 역시 토너먼트로 싸우는 데 있어서의 중요한 요소였다. 영향을 남긴 쪽이 잘못한 것이다.

『작전대로, 간다?』

"응."

상대는 교묘한 전술이 특기인 기교파의 전문가. 게다가 이쪽은 최상의 상태가 아니다. 그렇기 때문에 여러 가지를 내려두고, 작전에 모든 것을 걸 각오를 마쳤다.

『그럼 준결승 제1 시합, 시작!』

"하아아아아!"

시합이 시작된 바로 그 순간 프란이 움직였다.

프란이 날린 것은, 혼신의 전력을 담은 천단이었다.

끌어모은 힘과 스킬을 모두 동원한, 지금 날릴 수 있는 최고의 일격. 최고 상태에 비해서는 약 70퍼센트 정도의 속도밖에 되지 않았지만, 충분히 신속이라 부를 수 있었다.

확실히 디아스는 강하다. 환상 마술을 사용하면 일방적으로 농락당할지도 모른다.

하지만 이 순간. 시합을 시작하는 이 순간만큼은 디아스가 있는 장소가 절대적으로 확정되어 있다.

디아스는 전혀 반응하지 못한 상태다. 아무리 디아스라 해도 이 속도로 날아오는 천단을 피할 수는 없을 것이다.
지난 시합에서 아바브도 말했지만, 디아스의 방어력은 결코 높지 않았다. 천단의 직격을 완전히 막아내는 것은 불가능하다.
그렇다면 이 공격으로 결판이 날 가능성도——.
"읏? 어?"
『프란!』
프란의 각성이 갑자기 풀려버렸다. 당연히 스테이터스는 저하됐고 신체 능력이 급격히 떨어졌다. 발동 중이던 천단이 제어를 잃으며 프란의 균형이 무너졌다.
원심력으로 인해 그 자리에서 넘어질 뻔한 프란을 황급히 염동으로 받쳐주었다.
『괜찮아?!』
"응……. 그런데 왜?"
『디아스의 기능 망각 스킬이다!』
설마 각성에까지 영향을 미칠 줄은 몰랐다.

기능 망각: 대상은 일정 기간 동안 지정된 스킬의 존재를 잊는다. 효과 시간은 지정 스킬의 레벨, 레어도에 따라 결정된다. 최대 1분간. 재사용은 지정 스킬의 레벨, 레어도에 따라 결정된다.

"수인의 각성을 강제로 멈추면 갈 곳을 잃은 마력으로 자폭하게 되지. 처음에 뭔가 큰 한방을 노릴 거라고 생각했으니까 말야! 그 힘의 근본을 봉인해 버렸다!"
디아스는 반응하지 않은 것이 아니라 반응할 필요가 없었던 것이다. 큰 기술 도중 각성이 풀리면 이렇게 될 것임을 알고 있었으니까.
"윽……!"
『프란!』
디아스의 말대로 마력이 제어를 잃고 프란의 내부에서 난동을 부리고 있었다. 어떻게든 제어하려고 하지만, 각성 상태가 아닌 프란으로서는 잘 되지 않는 모습이었다.
그러는 사이에 이번에는 디아스가 달려들었다. 그 얼굴에 떠오른 것은 평소처럼 장난기 가득한 미소가 아니다. 위압감 가득한, 사냥감을 함정에 빠뜨린 사냥꾼의 미소였다.
"쉬잇!"
"으윽!"
순식간에 일격을 맞고 말았다! 환상 마술로 만들어낸 가짜 주먹을 피한 직후 프란의 허벅지가 살짝 찢어졌다.
만들어낸 환상으로 페인트를 걸면서 투명화된 몸으로 진짜 공격을 날린다. 환상 마술사의 전형적인 패턴이었다. 하지만 지금까지 싸워온 환상 마술사와 비교할 수 없을 정도로 디아스의 환상은 정교했다.
생명의 기척도, 바람을 가르는 소리도, 심지어는 냄새마저도 재현해냈다. 그래서 어떻게 봐도 진짜처럼 느껴졌다.
프란이 거리를 두기 위해 뛰었지만, 살짝 얼굴을 찌푸렸다.
"다리, 이상해."
『뭐?』
프란의 다리를 확인하자 디아스에게 찢긴 허벅지가 재생되지 않고 있었다.

〈생명 마술의 흔적을 확인. 단시간 동안 재생을 방해하는 효과가 있는 것으로 추정됩니다〉

『말도 안 돼!』

디아스가 가진 무기의 특성인가? 확인을 시도했지만 감정까지는 하지 못했다. 감정은 본 것의 정보를 알 수 있는 스킬이다. 환상 마술로 모습을 감춰버리면 스킬 자체가 발동하지 않는 것이다. 날붙이라는 것만은 알았지만 그것이 어떤 형태인지는 전혀 알 수 없었다.

시합 시작 전에 감정했을 때는 평소와 같은 용 이빨 단검이었다. 시합 시작 후 몰래 바꿔치기한 모양이다.

『프란! 디아스의 무기를 조심해!』

"응."

그렇지만 모양도, 길이도, 성능도 알 수 없었다. 조심하라고 해도 한계가 있을 것이다. 역시 디아스의 노련함은 성가셨다.

그 뒤로 몇 차례의 공방이 이어졌고, 프란의 움직임이 확연히 나빠지고 있었다.

본래의 피로감에 더해 각성을 강제로 해제당한 반동으로 인해 단번에 체력이 줄어든 것이다.

스테이터스── 특히 민첩함에서의 우위는 이미 상실된 것 같았다.

반면 디아스의 움직임은 유려하고 깔끔했다. 군더더기가 없는 것은 아니다. 다만 그 낭비되는 움직임마저 유인을 위해 의도적으로 남겨둔 것이었다.

틈이라고 생각해서 공격했다간 뼈아픈 반격이 기다리고 있을 것이다.

'스승, 빠져나가는 거!'

『알았어!』

프란의 지시를 받아 디멘션 시프트를 발동했다. 이것으로 공격을 무효화하고 한번 재정비한다. 그렇게 생각했는데——.

디멘션 시프트를 사용한 직후, 프란이 목을 있는 힘껏 비틀었다.

"윽!"

동시에 프란의 코에서 엄청난 양의 피가 뿜어져 나왔다. 아무래도 코쪽으로 검에 찔릴 뻔한 것을 간신히 피한 모양이었다. 그래도 완전히 피하지는 못해서 콧구멍 입구가 살짝 찢어졌다.

위기 감지로 맞는다는 것을 알아차린 듯했다.

"그 기술은 이미 몇 번 봤다!"

"음……!"

디멘션 시프트에 대한 대책이 있는 건가! 시공 속성의 무기는 희귀하지만, 디아스라면 준비했을지도 모른다. 시공 속성과 생명 속성을 지닌 단검? 아니면 이도류일까? 아니, 상처가 낫지 않는 걸 보면 같은 검이겠지.

『프란, 괜찮아?』

"피, 안 멈춰…… 훌쩍."

재생이 방해되고 있는 탓에 회복이 시작되지 않았다. 힐도 듣지 않는다. 프란은 뚝뚝 떨어지는 피를 들이마시고 있었지만, 그 정도로는 피를 멈출 수 없었다.

재생 방해가 유효한 몇 분 동안은 통증과 피 냄새로 확실하게 후각이 저하될 것이다.

환상으로 속일 수 있다고는 해도 수인의 후각을 성가시다고 생각한 거겠지.

그건 그렇고, 소녀의 콧구멍에 주저 없이 단검을 찔러넣으려 하다니……. 새삼스럽게 디아스가 얼마나 진심인지를 느낄 수 있었다.

각성을 강제로 종료당한 영향으로 인해 프란의 체내 마력은 흐트러져 있었다. 이 시합 중에는 각성을 다시 사용할 수 없을 것이다. 심지어 후각을 빼앗겨 상대의 무기 능력을 알 수 없고, 이미 환상 마술에 휘둘리고 있었다.

지금 이대로 접근전을 벌이는 건 역시 너무 불리할까? 프란도 그렇게 생각한 것인지 마술을 써서 디아스를 견제하려 했다.

하지만 그 마술이 디아스를 크게 비껴갔다. 프란이 날린 뇌명 마술과 화염 마술이 목표물을 크게 벗어나 디아스의 바로 옆을 통과한 것이다.

"어?"

『프란, 무슨 일이야!』

'모르겠어!'

디아스가 뭔가 했나?

하지만 마력의 흐름은……. 아니, 환상 마술로 현혹당하고 있는 지금 상황에서 감각은 믿을 수 없을지도 모른다. 사고 유도, 시선 유도는 내 내성 스킬로 막고 있지만, 그것이 없다 해도 디아스의 환상 마술은 충분히 성가셨다.

역시 이대로 계속 붙어 있는 것은 위험했다.

프란뿐만 아니라 나도 마술을 날렸다. 하지만 이번에도 목표물을 크게 빗나갔다. 분명히 뭔가 당했어! 하지만 대체 뭐지? 뭘 한 거지?

그러는 사이에도 디아스의 공격으로 인해 프란의 다리에 상처가 늘어갔다. 또다시 디멘션 시프트를 발동했지만 마찬가지였다.

디아스가 노리는 곳은 발이나 눈, 심장, 그곳뿐이었다. 확실하게 유효한 대미지를 입히려는 거겠지.

『전이로 거리를 벌리자.』

'응!'

나는 순간적으로 전이를 발동시켰다. 쫓아올 거라 생각했는데, 디아스는 놀란 표정을 짓고 있었다.

프란이 전이할 거라고는 생각하지 못한 듯했다. 어쩌면 전이를 봉인하는 도구를 갖고 있을지도 모른다. 하지만 나는 봉인 무효를 갖고 있었다.

위날렌 때처럼 시공 마술을 직접 방해받는다면 의미가 없겠지만 봉인 계열 능력이나 마도구는 내게 효과가 없었다.

다만 이번에도 이상했다. 나는 무대의 맨 끝으로 도망치려고 했는데, 허공으로 뛰어오르고 말았다. 역시 목표했던 곳에서 빗나가고 있었다.

뭐, 이쪽이 다음 행동에 나서기엔 더 수월하니까 결과적으로는 좋았지만.

『프란. 플랜 B다!』

'응!'

『프란은 그걸 부탁해.』

'알았어!'

얼마 전에 본 디아스 대 아바브전. 아바브는 패배했지만 큰 힌트를 남겨주었다. 특히 그 전법에서.

환상에 빠져 주도권을 잃기 전에 회피가 불가한 광범위한 기술로 승부를 결정짓는다. 그것은 우리에게도 유효했다. 아바브는 독 대비로 인해 당했지만, 대비하기 어려운 공격을 날리면 된다.

"타아아앗!"

프란이 차원 수납을 열자 그곳에서 뜨거운 대량의 액체가 쏟아져 나왔다. 그것은 모드레드전의 마지막에 수납해 둔 용암이었다.

주르륵 흘러내리는 용암은 마치 팬케이크 위에 뿌려진 메이플 시럽처럼 무대 위를 순식간에 뒤덮었다.

디아스는 흙 마술로 바리케이드를 만들어서 막았지만, 우리의 목적인 발을 묶는 것에는 성공했다.

게다가 용암이 가져온 것은 발을 묶는 효과만이 아니었다.

'뭔가, 사라졌어.'

『환상 마술을 무대나 결계에 걸어뒀던 거야!』

아마도 환상 마술을 사용해 무대의 높낮이 차이를 약간 변화시키거나, 결계 너머로 보이는 관객석의 광경을 왜곡시켜뒀을 것이다. 그렇게 함으로써 우리가 느끼는 원근감을 어긋나게 만든 것이다. 마술이 빗나간 이유도 그 때문이었다.

그 거리감을 혼란스럽게 하는 환상이 용암에 의해 파괴되며 사라졌다.

시작 직후부터 이 정도의 대규모 마술을 사용했을 거라고는 생각하지 못했다. 디아스의 마력 은폐가 너무 뛰어난 탓에 전혀 눈치채지 못했다.

『프란, 마술로 견제한다!』

"응!"

좋아! 이번엔 똑바로 날아간다!

"음! 부서졌군!"

디아스가 마술을 검으로 베어내며 얼굴을 찌푸렸다. 싫어하고 있다! 아니, 상대는 디아스다. 이것조차 연기일지도 모른다.

저쪽의 특기 분야에는 끼어들지 말고 우리가 해야 할 일을 한다!

『좋아! 간다!』

"응!"

『칸나카무이 다중 기동이다아!』

그리고 내가 날린 세 발의 번개가 터지며 주위를 하얀 섬광으로 뒤덮었다.

날뛰는 새하얀 극뢰가 엄청난 섬광을 동반하며 결계 내부를 유린했다.

지난해 펠무스를 쓰러뜨린 검은 번개와 하얀 번개의 동시 공격에 필적하는, 엄청난 파괴력이 디아스를 향해 달려들었다.

방어력이 특별히 뛰어나지 않은 디아스가 이 정도로 강력한 마술을 막을 수는 없을 것이다. 디아스의 능력으로 봤을 때 그의 특기는 유인과 암살. 본래부터 좁은 투기장에서 정면으로 싸우는 스타일이 아니었다.

작년에는 도중에 제어를 놓쳐버린 탓에 결계를 파괴하는 사태가 벌어졌지만, 올해는 괜찮다. 내가 확실히 제어하고 있었다. 위

력이 쓸데없이 확산되지 않으니 내부의 파괴력은 오히려 이쪽이 더 높을 것이다.

다만 그 때문에 결계 밖으로는 도망칠 수 없었다. 디멘션 시프트를 사용해 폭풍과 충격을 피해야만 했다.

파직파직 하는 뇌격이 터지는 소리가 가라앉고, 흰 섬광이 잦아들었다.

그리고 무대 위에는 쓰러진 디아스의 모습이 보였다. 전신이 탄화하여 누가 봐도 숨이 다한 모습이었다.

"윽…… 제법, 이군……."

그렇게 중얼거린 직후, 그의 몸이 빛을 발했다. 몇 번이나 본 적 있는, 되감기의 빛이었다.

"이겼어…… 훌쩍."

『그래. 아무리 디아스라도 칸나카무이의 직격은 견디지 못한 것 같네.』

디아스의 계략에 빠지기 전에 어떻게든 승리를 거둘 수 있었다.

기쁨보다는 디아스를 이길 수 있었다는 안도감이 더 컸다.

프란이 어깨에 힘을 빼고 짧게 숨을 내쉬었다.

일단 부상을 치료받을까. 계속 코피를 흘리는 것도 보기 좋지 않으니까. 재생 방해 효과는 언제쯤 사라지는 거지?

프란이 자신에게 회복 마술을 걸기 시작하자 중계석에서 큰 목소리가 울려 퍼졌다.

『이건, 혹시 승부가 결정된 걸까요! 무슨 일이 일어나고 있는지 모르겠습니다! 새하얀 번개가 사라진 직후 디아스 님이 쓰러져 있습니다!』

뭐야? 승리 선언이 아니야?

"윽!"

해설자의 말에 위화감을 느낀 직후, 프란이 옆으로 몸을 던졌다.

"놓치지 않겠, 어!"

『디아스!』

어째서! 저기에――.

『환상인가!』

쓰러져 있던 디아스는 환상이었다. 섬세하게 시간의 요람이 발동한 것까지 꾸며서 우리를 방심하게 만든 것이다. 고도의 사망 연기였다.

해설자는 시간의 요람이 발동하지 않은 것을 알고 있을 것이다. 그런데도 투기장에서는 디아스가 시간의 요람에서 부활한 것처럼 보여서 당황한 것이다.

죽은 것처럼 가장해 프란의 바로 옆으로 이동한 디아스가 역으로 든 단검을 프란의 목을 향해 찔러넣고 있었다.

프란은 그 공격을 당하기 직전 아슬아슬하게 감지해 직격을 피했다.

하지만 완전히 회피하지는 못해서 어깻죽지에서 피가 줄줄 흐르고 있었다. 경동맥이 찢어지는 것은 겨우 면했지만, 어깨에 난 상처는 꽤 깊었다. 혹시 힘줄을 다쳤나? 팔의 움직임이 조금 둔해졌다.

피를 흩뿌리면서도 디아스에게 돌아서는 프란.

"윽……. 역시 디아스."

"혼신의 일격을 피해놓고 잘도 말하는군."

"그 부상 때문에 미세하게 기운이 새어 나왔어."

"하하……. 이 정도 상처로 흐트러지다니, 나도 늙은 모양이……군."

디아스가 자신의 실패를 비꼬듯이 웃었다.

하지만 그 정도의 부상을 입고도 멀쩡하게 움직일 수 있는 것이 더 놀라웠다.

디아스의 온몸은 검게 탄화되었고 군데군데가 갈라져 피가 쏟아지고 있었다. 조금 전 환상으로 만든 가짜가 입었던 대미지는 본체의 부상을 재현한 것이었다.

이 상태로 의식을 유지하고, 기척을 죽인 채 프란의 바로 옆까지 들키지 않고 다가왔다는 것 자체가 놀라웠다.

"마지막으로 도구에 의지하는 건 미안하지만……."

『울시! 가!』

숨이 끊어지기 직전인 디아스가 어디선가 꺼낸 수정 구슬을 본 순간, 그 오싹한 존재감에 압도당했다. 두려움이 느껴질 정도의 마력뿐만이 아니라, 좀 더 다른 종류의 위험이 느껴졌던 것이다.

나는 무의식중에 울시에게 지시를 내렸다. 범위 공격에 휘말릴 우려가 있었기에 이번에는 마지막까지 계속 아껴두고 있었던 것이다.

"크아아아──?"

"하하, 환상이야."

무기만은 진짜였던 것인지 무대에 단검 하나가 굴러떨어졌다.

어느 틈에! 아까 공격했을 때는 분명 진짜였잖아? 환상이 프란을 다치게 할 수 있는 건가? 그보다 언제 환상으로 바꿔치기한 거지?

잠깐만, 공격을 걸어온 것 자체가 환상이었나? 실체가 있는 환상은 어쩌면 내 상상 이상으로 힘을 갖고 있을지도 모른다.

새로 나타난 디아스도 마찬가지로 온몸이 검게 탄 상태였다. 이 대미지는 진짜인가?

아니, 지금은 그런 것을 생각할 때가 아니다! 이렇게 상대를 혼란스럽게 만드는 것도 디아스의 목적이라고!

"폭풍이여. 모든 것을, 멸하라."

더는 숨길 필요도 없는 것일까. 바로 디아스가 들고 있는 도구를 감정할 수 있었다. 정령의 구슬. 있는 그대로의 이름이다. 효과는 정령의 힘을 담아두고 딱 한 번 그 효과를 발휘하는 것.

정령을 봉인하고 사역하는 것이 아니라, 정령사에게 부탁해 힘을 담아둘 수 있는 도구인 것 같았다.

정령의 구슬에서 초록색의 빛이 넘쳐흘렀다. 그것을 보고 직감했다. 이대로 가면 확실히 진다!

압도적인 정령의 기운이 느껴졌다. 이건 어쩌면 대정령급의 힘이 아닐까?

그렇구나, 클림트의 대정령! 디아스와 클림트는 아는 사이였으니까! 그렇다면 정말로 위험하다!

『울시! 프란을 지켜!』

"웡!"

『오오오오오오오오오오오오오오!』

울시가 그 거구로 벽이 되어 프란을 감쌌다. 나는 즉시 정령의 손을 발동했다. 이 힘이라면 정령의 힘에도 간섭할 수 있기 때문이었다.

이전에 한번 사용해 본 덕분에 나는 정령의 손 사용법을 알고 있었다. 평소 사용하던 염동과 많이 유사하다는 점도 나에게는 행운이었다.

정령의 구슬을 정령의 손으로 감싸서 그 힘을 억눌렀다. 아니, 안 된다. 이건 억누를 수가 없다. 정령의 손이 날아갈 것 같았다.

그렇다면 힘의 흐름을 조작해 보자. 그럼 더 깊이 간섭할 수 있을 것이다.

〈일부 연산을 대신합니다. 힘의 흐름을 개체명 디아스를 향하도록 변경합니다. 개체명 스승은 힘의 제어에 집중해 주세요〉

『부탁해! 알림!』

디아스의 얼굴이 경악으로 일그러지는 것이 보였다.

"설마, 정령 마술까지……? 하하, 단기간에 정말이지……."

그 직후 정령의 구슬이 섬광과 굉음을 내며 대폭발을 일으켰다.

정령의 힘이 일으킨 폭풍이 우리에게도 불어닥쳤다.

위력의 절반 이상을 디아스에게 돌렸다고는 하지만, 그 여파만으로도 고레벨 폭풍 마술에 필적했다.

"윽!"

"커후!"

결국 버티지 못하고 날아간 프란을 울시가 뒤쫓아 자신의 몸을 쿠션으로 써서 받아냈다.

『잘했어, 울시!』

"어, 어부……."

울시가 괴로워했지만, 튼튼한 울시라면 괜찮을 것이다.

그리고 몇 초 동안이나 지속되는 대폭풍이 가라앉은 후, 거기에는 고깃덩어리라는 표현 말고는 떠오르지 않을 정도로 처참한 상태를 한 디아스가 누워 있었다.

손발은 떨어져 나가고 장비품도 너덜너덜하다.

그렇게 원형을 잃은 디아스의 몸이 하얗게 빛나는 것이 보였다.

아까의 전철을 밟지 않기 위해 마지막까지 경계를 풀지 않는 우리들.

주위의 기척을 살폈다.

저 디아스는 진짜인가? 하지만 그런 경계심을 뒤로하고, 해설자의 승리 선언이 투기장에 울려 퍼졌다.

『시간의 요람이 발동했습니다! 이번에야말로 틀림없는 흑뢰희 프란의 승리입니다!』

Side 레이도스 왕국의 삼인조

"정말 대단한 시합이었어. 역시 모험가는 경계해야 돼."

"맞아요, 누님. 그 노인은 정말 위험했어요. 전혀 안 보였어요……."

"그래. 그 녀석이 암살자였다면 침입을 막을 수 있는 인간이 우리 나라에 얼마나 있을까? 정면으로 싸운다면 모를까……. 클리카는 어때?"

"은형을 간파할 수는 있어도 이길 수는 없어요. 그 노인의 굉장한 점은 그 정도의 기능을 갖고 있으면서 정면에서의 전투에서도 결코 약하지 않다는 점이에요."

"하아. 다른 모험가도 만만치 않은 녀석들뿐이고 말이지……. 남쪽과 동쪽을 조용히 시켜야 하나?"

"네. 이대로 양국의 사이가 악화되어 대규모 전투로 발전한다면 우리나라의 피해가 막대할 겁니다."

"하지만 공작들이 포기할까요? 자칫하면 내란이 일어날지도 모르는데……."

"침략당하는 것보다는 차라리 그 편이 나아. 우리나라도 이제 변해야 할 시기가 왔다는 거지."

"하지만……."

"비스코트. 네가 나라를 소중히 여긴다는 건 알아. 넌 전 단장에게 특히 사랑받았으니까. 하지만 레이도스에는 빛도 있고 어둠도 있어. 그건 알고 있지?"

"그건 그렇죠……. 저도 태생은 연구소니까요. 하지만 대장님이 다 없앴잖아요? 다른 장소도 몇 곳이나 없애고 다녔고……."

"중앙에 가까운 건. 하지만 동쪽에도 남쪽, 운이 나쁘면 서쪽이나 북쪽이라고 해도 비슷한 시설이 있을지도 몰라. 그런 가능성에서 눈을 돌려버린다면 돌이킬 수 없는 일이 생길지도 몰라."

"……넵."

"빨리 나라로 돌아가고 싶은데……. 감시는 어때?"

"있습니다. 다만 떨어져 있는 감시인 데다 바람 마술도 사용하고 있어서 저희 대화는 절대로 들리지 않습니다."

"그 부분은 걱정 안 해. 탈출하는 건 결승 직후가 좋겠지. 식전이니 뭐니 해서 일손도 많이 필요할 테니까 말야."

"실은 그것에 관해서 한 가지 말씀드리고 싶은 것이 있습니다."

"뭔데?"

"아무래도 저희 말고도 이 마을에 몰래 들어와 은밀하게 움직이는 세력이 있는 것 같습니다."

"진짜로? 그걸 어떻게 알아냈어? 우리 감시당하고 있잖아? 드러내놓고 행동할 수 없는 거 아니었어? 그것 때문에 술집도 못 갔다고."

"하아. 너 술 배운지 얼마나 됐다고 이제 완전 술꾼이 다 됐네."

"아니. 속은 그렇다 쳐도 몸은 이미 아저씨니까요. 대장님이랑 사람들이 퇴근 후에 술 마시자고 시끄러웠던 이유를 이제야 알게 됐어요."

"이 마을에 있는 동안은 내 술로 참아줘. 그보다 클리카, 어디서 온 정보야?"

"그에게서 온 정보입니다. 이 시점에서 배신할 메리트가 없는 이상 확실하다고 생각해요. 용병은 계약을 중시하기도 하고요."

"그렇군. 그 녀석한테 받은 정보인가. 그렇다면 신뢰할 수 있겠지……. 이렇게 된 이상 그들의 움직임에 따라서 도망치는 타이밍이 바뀔지도 모르겠네."

"네. 최악의 경우 바르보라에서 배를 사용하는 것이 아니라 북상하여 국경을 벗어나는 방법도 염두에 둬야 합니다."

"괜찮은 거야? 필리어스의 세력권은 쉽지 않잖아?"

"본가의 상인을 쓰면 어떻게든 될 거야. 국외에서 활동하고 있는 몇 안되는 조직이니까."

"아니, 너희 집을 끌어들이는 건 되도록이면 피하고 싶어. 우리 지지자 중 하나기도 하니까."

“하지만 아버지도 어머니도 시뷸라 님을 돕게 위해서라면 상로 한두 개 정도는 포기할 각오가 되어 계십니다.”

“안 돼. 오랫동안 행방불명이었던 네가 친딸이라는 걸 곧바로 알아보고 후계자로 들이겠다고 단언해 준 사람들이야. 폐를 끼칠 수는 없어.”

“맞아, 맞아. 우리 같은 연구 시설 태생과는 달리 제대로 된 부모가 있다니 고마운 일이지. 소중히 여기라고.”

“바보 주제에…….”

“큭큭, 이번에는 비스코트 말이 맞아.”

“이번에는 맞다는 게 무슨 말이에요!”

“……감사합니다.”

“아냐. 최악의 경우에는 적(赤)의 봉인을 풀어서── 붉은 검을 사용하면 돼. 너희 둘과 그 녀석 정도라면 등에 태워서 날라주마.”

“오? 그거 재미있겠다!”

“그렇지?”

“……그건 정말 최후의 수단입니다. 그러니까 절대로 서두르지 말아 주세요.”

“알아, 알아.”

“대체 몇 번이나 그 말에 속았는지…….”

“아하하하. 이번에는 진짜야.”

“……꼭이에요?”

Side ????

"히히히히히. 슬슬 이 마을의 축제 소동도 끝나가는데 말이죠……. 그쪽 진행 상황은 어떻습니까?"

"음, 타깃 후보로 거론됐던 건 길드 마스터 디아스에, 수인 대표격 존재인 위제트 오렐. 전 랭크 A 모험가인 펠무스. 그리고 랭크 S 모험가인 데미트리스. 이 네 명이었는데……."

"좁혀진 건가요?"

"오렐과 데미트리스다. 놈들을 노린다."

"그렇군요! 랭크 S 모험가에게 손을 대는 건가요!"

"그래, 이 두 사람에게는 각각 손녀가 있어."

"볼모로 잡기 쉽다는 말이군요?"

"맞아. 오렐은 전투력뿐만 아니라 그 지식도 도움이 될 거다. 그리고 데미트리스. 놈을 이쪽으로 끌어들이면 한 나라를 손에 넣은 것과 동등한 가치가 있지."

"그건 알겠지만요. 어느 쪽에도 강력한 호위가 딸려 있지 않을까요? 특히 데미트리스의 손녀쯤 되면 상당한 실력자가 지키고 있을 텐데요?"

"알고 있어."

"아, 전 샤를스 왕국 사람들 쪽 일에 집중해야 해서 그쪽을 도와드릴 여유는 없는데요?"

"알 아지프가 있으면 호위 정도는 어떻게든 할 수 있어."

"어어? 그 알 아지프 님이 안 계신데요?"

"……신경 쓰지 마. 그 녀석도 작전 개시 전에는 돌아오겠지……아마."

"괘, 괜찮은 거 맞죠?"

"괜찮아!"
"게다가 우리 주인님께 전력을 빌려왔다. 그 밖에도 이 동네에서 갖춘 전력도 있으니까. 그걸 쓸 거다."
"호오? 어떤 전력인지 물어봐도 되나요?"
"하나는 납치한 모험가들을 사령화한 병사들. 네놈이 만든 약이 제법 도움이 됐어."
"아아, 그 약이요? 사령약 같은 희귀한 약을 요구할 줄은 몰랐지만……. 정말 살아 있는 상태에서 사령화시킬 수 있는 거군요."
"간이 의식이라 생전보다는 성능이 많이 떨어지긴 하지만."
"그래도 고기 방패 정도로는 쓸 수 있잖아요?"
"음. 그리고 조금 이례적이긴 하지만 본래 이 마을에는 없던 자들의 모습을 발견했다."
"무슨 뜻이죠?"
"적기사들 말이다. 녀석들은 평소 레이도스 왕국에서 벗어나는 일이 없어. 자신들이야말로 나라의 수호자라고 생각하고 있으니까 말야. 그런 자들이 어째서인지 이 마을에 있다. 친하다고 할 사이는 아니지만 같은 나라 소속이야. 도움을 요청하면 힘을 보태주겠지. 그만한 전력이 있다면 정면에서 싸운다 해도 이 마을을 함락시킬 수 있을 거다."
"호오? 그거 흥미롭네요. 레이도스 왕국의 비밀 전력이라는 거네요! 하지만 확증도 없는 전력을 믿는 건 조금 신뢰성이 떨어지지 않을까요?"
"알고 있어. 주력은 따로 준비해 뒀어. 전 랭크 C 모험가인 구울들이다. 우리처럼 이성은 남겨두지 않았지만 주인님이 손수 만드신 만큼 전투력은 충분히 높아."

"히히히. 그거 재밌겠네요. 그건 그렇고 이렇게 이야기하고 있어도 신기하네요. 언데드인 당신에게 이성이 남아 있다니."

"우리 주인님과 성모님의 힘의 덕분이다. 데미트리스도 오렐도 언데드가 되어버리면 그분들의 충실한 하인이 되겠지."

"히히히히히! 랭크 S 모험가인 언데드라니, 분명 굉장한 성능이 나오겠죠! 벌써부터 기대되네요!"

"결행은 모레. 오렐, 데미트리스가 모이는 폐회식. 그때를 노린다."

"알겠습니다. 그럼 샤를스 왕국 사람들의 투약량은 좀 조정할까요……."

"알고 있을 거라 생각하지만, 샤를스 왕국은 아직 쓸모가 있다. 이번에는 그저 소란을 일으키기만 하면 돼."

"알고 있어요. 당신들 나라에 있어서 샤를스 왕국은 딱 좋은 장소에 위치하고 있으니까요. 크란젤 왕국을 남북에서 협공할 수 있게 되면 전략의 폭도 상당히 넓어지겠죠. 여기서 쓰고 버리기엔 아까워요."

"맞아. 그 나라 왕은 측근의 손에 휘둘리고 있지. 그 녀석이 진언하면 오랜 원수와도 손을 잡을 수 있을 정도로. 그것이 우리가 보낸 공작원이라는 것도 모르고 말이지. 필리어스와 시드런에서의 공작은 실패했지만 샤를스 왕국을 끌어들인 것만으로도 충분해. 방법은 얼마든지 있어."

"하지만 샤를스 왕국의 귀족들 중에는 상당한 불만을 품고 있는 사람도 있는 것 같던데요? 이번에 파견된 자들 중에서도 측근의 꼭두각시가 된 국왕의 지시에 의구심을 품은 멀쩡한 자들이 있었고요."

"그것들을 여기서 처리하는 것도 네 일이다."

"알고 있다고요."

"작전 결행까지 준비를 끝내둬."

"시도해 보고 싶은 독이 여러 가지 있는데 말이죠. 어떤 걸 사용할까요?"

"샤를스 왕국 사람들을 이용한 양동 작전도 잊지 마라?"

"그쪽도 알고 있어요. 그나저나 데미트리스에 오렐이라! 이거, 일이 재밌어질 것 같네요…… 히히히히!"

*

"디아스."

"아아, 프란 군."

침대에서 몸을 일으킨 디아스가 웃는 얼굴로 프란을 맞이했다.

그 얼굴에는 별다른 이면이 없어 보이는데, 속마음은 어떨까?

"상처는 괜찮나?"

"응. 이제 다 나았어."

"그렇군. 다행이야."

패자인 디아스가 승자인 프란의 몸 상태를 걱정했다.

역설적인 광경이지만, 시간의 요람에 의해 패자가 완전히 회복되는 이 대회에서는 이상한 모습이 아니었다.

아니, 프란의 상처도 이제 완전히 아물었지만. 디아스의 마검이 가진 재생 방해 효과는 몇 분 만에 사라지는 모양이었다. 시합 종료 후 곧바로 재생이 시작되었다.

특히 코의 상처가 나아서 정말 다행이다. 앞으로는 그렇게 치유를 방해하는 능력에 대항하는 힘도 필요할 것 같았다.

알림이 말하길 생명 마술 레벨을 올리면 방해를 없애는 방법도 손에 넣을 수 있다고 한다. 습득해 두는 편이 좋지 않을까.

거기에 더해 또 한 가지 궁금했던 것이 있었다.

『저기, 디멘션 시프트를 무시하고 대미지를 입혔던 건 마도구인지 뭔지의 효과야? 디아스가 알려주고 싶지 않다면 괜찮지만…….』

"딱히 상관없어, 스승 군. 그건 내 스킬의 효과야."

『스킬?』

디아스의 스킬에 시공 계열 스킬은 없었던 것 같은데?

"나를 감정해 봐."

『아, 어어.』

명칭: 디아스 나이: 71 세

종족: 인간

직업: 환기술사

Lv: 76/99

생명: 239 마력: 670 완력: 122 민첩: 290

스킬: 발바닥 감각 4, 위압 4, 은폐 7, 은밀 8, 해체 8, 격투기 3, 격투술 4, 감지 방해 7, 감정 감지 8, 희박화 7, 기술(奇術) 8, 급소 간파 4, 궁정 작법 6, 기척 감지 8, 기척 차단 7, 환영 마술 10, 환상 마술 6, 혼란 내성 4, 약점 간파 10, 순발 8, 소음 행동 3, 상태

이상 내성 5, 단검기 7, 단검술 7, 흙 마술 3, 속임수 10, 투척 7, 독 마술 4, 불 마술 3, 마력 흡수 2, 마술 내성 3, 마력 감지 6, 매료 내성 4, 목공 4, 유희 7, 함정 해제 4, 함정 감지 8, 함정 제작 7, 기력 조작, 통각 둔화, 불굴, 분할 사고, 마력 조작

유니크 스킬: 기능 망각 7

고유 스킬: 사고 유도 8, 시선 유도 8

칭호: 환영술사, 트릭스터, 범인의 벽을 뛰어넘은 자

장비: 용 이빨 단검, 용 비늘 슈트, 속보의 신발, 기술사의 팔찌

그의 권유에 디아스를 감정해 보았지만, 역시 눈에 띄는 스킬은 없었다.

『감정 방해로 숨기고 있는 거야?』

"아니, 아니, 그렇지 않아. 기술(奇術)이라는 스킬 말이야."

『뭐? 기술?』

"그래. 이 스킬의 레벨을 올리면 미세한 시공 계열 능력이 몸에 배게 돼. 손에서 손으로 하는 전이나 몸의 일부분을 투과시키는 정말 약한 효과 밖에 없지만 말이야."

기술이 그런 것까지 가능한 건가? 단순한 마술의 연장선상에 있는 스킬이 아니라, 마력을 사용해 기적을 일으키는 스킬인 것 같았다. 그 기술을 이용하면 시공 마술에 공격하는 것도 가능해진다고 한다.

내가 그렇게 디아스와 이야기를 나누는 동안 프란은 계속 입을 다물고 있었다. 약간 고개를 숙인 채 우리의 이야기를 듣고 있다.

그리고 프란은 대화가 마무리되자마자 결심한 얼굴로 고개를 들었다. 디아스의 눈을 똑바로 쳐다보며 입을 열었다.
"……화났어?"
디아스가 계속 찾던 여성 키아라. 그 원수라고 할 수 있는 남자 제로스리드.
프란은 그 제로스리드를 찾았음에도 디아스에게 그 정보를 알려주는 것을 거부했다.
그 결과, 무투 대회의 승패로 내기를 하게 되었고, 이긴 덕분에 디아스에게 정보를 알려줄 필요는 없게 되었지만…….
프란은 개운하지 않은 거겠지.
하지만 패배했을 디아스는 홀가분한 표정을 하고 있었다.
"하하, 그럴 리가. 스스로도 이상할 정도로 기분이 좋아."
"……그래."
온화한 목소리로 그렇게 말한 디아스가 침대 위에 정좌를 했다. 진지한 표정이다.
"내기는 네 승리다. 앞으로 내가 제로스리드에게 복수하는 일은 없을 거야."
그리고 프란을 향해 고개를 숙이고 무릎을 꿇는다.
"프란, 날 이겨줘서 고맙다."
몇 초간 숙이고 있던 그 얼굴이 다시 올라왔을 때, 그곳에는 환한 미소가 있었다.
"나는 진심으로 승리를 위해 싸웠다. 그리고 너에게 졌다."
"응."
그건 알고 있다. 디아스에게 봐주는 기색은 조금도 없었다.
"원래라면 더 분한 마음을 느껴야 할지도 모르지. 하지만 말야,

어째서인지 그런 기분은 전혀 안 들어…….”

“왜?”

“글쎄? 왜 그럴까? 나도…… 나도 잘 모르겠군. 다만 해방감 같은 건 좀 느껴지네.”

디아스는 전 수왕을 향한 원망과 키아라를 지키지 못했다는 회한을 안고 수십 년을 살아왔을 것이다. 그 마음이 조금이나마 해소됐다면, 해방감이 느껴지는 것은 당연하다면 당연하겠지. 마음을 누르던 짐을 덜었다는 뜻일지도 모르겠다.

“내 기억 속의 키아라는 계속 인상을 쓴 얼굴이었어. 그녀는 항상 싸우고 있었으니까. 하지만 지금은 어쩐지 웃어주고 있는 것 같은 기분이 드는군. 상냥한 얼굴로.”

디아스는 그렇게 말하며 다정한 얼굴로 미소를 지었다.

“……자, 이제 가봐. 다음 시합이 시작될 테니까. 네 다음 대전 상대가 될 거니까 잘 지켜봐야지.”

“응. 알았어. 하지만 디아스는 괜찮아? 디아스도 지는 쪽과 3위 결정전.”

“나는 괜찮아. 길드 마스터로서의 일도 있으니까.”

그렇게 웃으며 디아스는 프란을 보내주었다. 지금은 일력이 부족하니 디아스도 느긋하게 있을 수는 없겠지.

객석을 향해 걸어가면서 프란이 불쑥 중얼거렸다.

“디아스, 웃고 있었어.”

『그러게.』

“……다행이다.”

『응.』

그 '다행이다'라는 말은 여러 의미를 포함한 말이겠지. 디아스가 싫어하지 않아서. 디아스가 풀려날 수 있어서. 디아스와의 내기에서 이겨서. 디아스가 웃고 있어서.

나에게는, 프란에게 나쁜 결과가 되지 않아서.

『자, 객석으로 서둘러 가자. 다음 시합은 절대 놓칠 수 없으니까.』

"응."

『자리가 있으면 좋을 텐데…….』

힐트 대 나이트하르트. 프란이나 디아스가 없었다면 결승전이라고 해도 이상하지 않은 조합이었다.

우리가 객석에 모습을 드러내자 주위의 시선이 쏠렸다. 대부분이 적의가 아닌 호기심이었다. 뭐, 이 마을의 모험가 길드 마스터인 디아스를 이겼으니까. 이제는 정말 화제의 인물이라 해도 과언은 아니겠지.

묘하게 서로 눈치를 보는 분위기라 말을 걸어오는 사람은 없었다. 이후 대전 상대의 시합을 봐야 한다는 것을 알고 있기 때문이겠지. 관객들도 매년 대회를 보러오는 단골들뿐이었다.

그러던 중 소리를 지르는 용감한 이가 있었다.

"언니! 이쪽이에요!"

"케이틀리."

고맙게도 케이틀리가 프란을 위해 맨 앞줄의 자리를 확보해 두고 있었던 모양이었다. 옆에 있던 하인을 일으켜 세우더니 그 자리를 양보해 준다.

여기서는 감사히 양보를 받기로 할까. 사양한다고 해서 자리를 얻을 수 있는 것도 아니니까.

시합은 아직 시작되지 않았다. 우리가 엉망으로 만든 무대를 복구하는 데 시간이 걸리기 때문이었다.

지금 힐트가 막 투기장에 모습을 드러냈다. 딱 좋은 타이밍이었다.

『곧 시작한다.』

“음!”

프란이 서둘러 객석에 앉은 직후, 해설자의 목소리가 울려 퍼졌다.

『데미트리스류의 정통 후계자! 천권의 힐트리아가 등장했습니다! 아직 그 실력을 전부 발휘하지 않았다는 사실은 명백한데요! 이번 시합에서는 과연 데미트리스류의 오의를 볼 수 있을까요!』

해설자의 말대로 지금까지 있었던 싸움에서 힐트는 데미트리스류의 기술을 거의 사용하지 않았다. 마력 방출을 사용하긴 했지만, 그 정도였다.

하지만 이번 시합에서도 계속 자신의 패를 숨기는 것은 불가능할 것이다. 어떤 기술을 보여줄지 기대된다.

여전히 그녀의 시선은 이쪽을 향하고 있었다.

『노려보고 있네.』

“응.”

랭크 A 모험가의 날카로운 눈빛도 프란에게는 보상이다. 기대에 찬 모습으로 마주 바라보고 있었다.

그렇다고 해서 다음 상대가 힐트라고 정해진 것은 아니다.

“저와 보낼 즐거운 시간 전에 다른 사람을 바라보시다니, 이거 좀 질투가 나는군요.”

나이트하르트가 모습을 드러냈다. 여전히 닭살이 돋는 대사였지만, 불쾌함이 느껴지지 않는 것이 신기하다. 저런 사마귀 머리인데 어째서일까? 힐트의 날카로운 시선이 나이트하르트에게 향했다.

아무리 힐트가 강하다고 해도 나이트하르트를 이기기는 쉽지 않을 것이다. 오히려 이변도 충분히 있을 수 있었다.

"……느끼한 남자도 벌레도 싫어."

"그건 죄송합니다. 하지만 전 당신에게 굉장히 흥미가 있거든요. 최강의 후계자가 어느 정도로 강할지……."

"흐음."

시선뿐만 아니라 그녀의 관심 자체가 나이트하르트에게 옮겨간 것이 느껴졌다. 본인을 눈앞에 두고 그 강함을 다시 한번 느낀 것 같았다.

나이트하르트는 펠무스전과 같은 긴장감 있는 분위기를 뿜어내고 있었다.

『자아! 순날의 나이트하르트도 등장했습니다! 전 랭크 A 모험가조차 베어버린 그 화려한 검은 오늘도 건재할 것인가아!』

나이트하르트에게는 순날이라는 별명이 붙은 듯했다. 꽤 활약을 했으니 그것도 당연하겠지.

하지만 나는 다른 부분이 더 신경 쓰였다.

『나이트하르트의 갑옷이 다르네.』

이전 시합까지 착용하고 있던 갑옷이 아니었다. 펠무스와의 전투에서 착용했던 것은 용병단의 문장이 새겨진 오리하르콘 경갑옷.

하지만 지금은 장식이 적은 아다만타이트제 갑옷이었다. 성능면에서 보면 이전 갑옷이 훨씬 좋았을 텐데, 부서지기라도 한 걸까?

시간의 요람이 되돌려주는 것은 사망한 선수의 시간뿐, 승자의 시간은 돌아오지 않는다. 그로 인해 승자의 무구가 파손되어 다음 전투에서 쓰지 못하게 되는 일도 충분히 있을 수 있었다.

작년의 프란과의 전투에서 아만다가 천룡 수염의 마편이 망가져서 그 후에는 다른 부채를 사용할 수밖에 없었던 것도 그 때문이었다.

"곧 즐겁다는 소릴 할 수 없게 될 거야."

"후후후. 그거 기대되는군요."

"흥."

힐트와 나이트하르트가 시작 전부터 자세를 취했다. 그것이 필요한 상대라는 것을 양쪽 모두 이해한 것이다.

힐트는 왼쪽 주먹을 가볍게 내밀고 오른팔을 접듯이 몸에 딱 밀착시켰다. 아웃복서 같은 자세였다.

나이트하르트는 쌍검을 뽑아들고 눈앞에서 칼끝을 살짝 교차시켰다. 흔히 볼 수 없는 자세인데, 무언가 생각이 있는 것 같았다. 일부러 틈을 보여서 심리전을 유도하는 것일지도 모른다.

시합 전부터 불꽃 튀는 두 사람과는 별개로, 관객석에서는 프란과 울시가 서로를 노려보고 있었다.

프란이 주먹을 불끈 쥐고 선언했다.

"……힐트가 이길 거야."

"어후!"

반면 울시는 지난번에도 보여준 손목을 구부리는 사마귀 포즈를 취하고 있었다.

이전 시합에서는 예상이 빗나간 프란과 나이트하르트의 승리를 주장했던 울시의 2차전이다.

프란은 힐트. 울시는 이번에도 나이트하르트의 승리를 예상했다.

자, 어떻게 될까?

『회장도 무대 위도 분위기는 최고조에 달하고 있습니다! 이 분위기가 식기 전에 바로 시작해 볼까요! 준결승 제2 시합! 시작합니다아아!』

~~우우우우우우웅~~!

시합 시작 신호가 내려진 순간, 무시무시한 소리가 투기장 안에 울려 퍼졌다.

시작과 동시에 공격에 나선 두 사람의 무기가 무대 중앙에서 맞부딪친 것이다. 충격파가 발생하며 두 사람의 앞머리나 옷을 흔들었다.

"꽤 힘이 세네……!"

"그쪽도……!"

힐트의 너클 더스터와 나이트하르트의 검이 팽팽하게 맞서며 서로를 밀어내고 있는 것이 보였다.

처음에는 막상막하인 힘겨루기 싸움으로 보였지만, 이내 그 밸런스가 무너지기 시작했다. 힐트가 나이트하르트를 밀어내기 시작한 것이다.

체구가 작고, 스테이터스에서도 나이트하르트에 비해 상당히 뒤처지는 힐트. 이건 종족 차이도 있으니 어쩔 수 없다.

하지만 스킬 면에서는 힐트가 훨씬 유리했다.
강력의 상위 스킬인 괴력을 높은 레벨로 소지하고 있는 데다, 기를 둘러서 팔 힘을 더욱 끌어올리고 있기 때문이다.
찰나의 힘겨루기 후 두 사람이 동시에 거리를 벌렸다.
"완력으로는 제가 지는 것 같군요."
"그런 것치고는 멀쩡한 얼굴이네? 뭐, 벌레의 표정 같은 건 잘 모르겠지만."
"물론 좀 분하긴 합니다. 하지만 힘이 센 사람이 이기는 건 아니니까요."
"과연 그럴까?"
"네. 힘을 무시하려는 건 아니지만, 그 밖에도 중요한 것들이 있지 않습니까? 예를 들면── 속도라든가!"
그렇게 말하자마자 나이트하르트의 모습이 사라졌다. 우리조차도 방심하면 놓칠 것 같은 그 속도는 마치 순간 이동을 한 것 같았다. 하지만 힐트는 확실하게 포착했다.
채애애애앵!
"제법이군요! 설마 주먹으로 정면에서 맞받아칠 줄은 몰랐는데!"
"당신이야말로 빠르네! 하지만 생각만큼 빠르진 않아!"
순식간에 엄청난 속도까지 도달할 수 있는 나이트하르트도, 그것을 간파하고 받아낸 힐트도 둘 다 굉장했다.
그 프란이 손에 든 꼬치를 먹는 것조차 잊을 정도로 흥분한 듯했다. 몸을 앞으로 기울인 채 투기장을 바라보고 있었다.
『새삼스럽지만 둘 다 세네.』
"응!"

힐트와 나이트하르트의 준결승은 시작 직후의 힘겨루기에서 순식간에 바뀌어 발을 사용하는 고속 전투로 변화하고 있었다.

"샤아앗!"

"어설퍼!"

"그쪽이야말로!"

일반 관객들은 무슨 일이 일어나고 있는지 이해할 수 없을 정도의 속도로 달리는 나이트하르트는 미세한 방향 전환에도 무척 뛰어났다.

상상할 수 없는 거리에서 순식간에 거리를 좁히는가 하면 일격을 넣은 직후에는 거리를 크게 벌린다. 바로 정면에 있다가도 바로 등 뒤에서 칼을 휘두른다.

무대 위 전 방향에서 힐트를 향해 공격을 퍼붓고 있었다.

하지만 힐트도 일방적으로 당하고 있는 것은 아니었다. 나이트하르트보다는 조금 늦지만 이쪽도 초고속으로 움직이며 데미트리스류의 막는 기술을 사용해 아무 위험 없이 공격을 계속 막아내고 있었다.

심지어 가끔씩 카운터로 나이트하르트에게 대미지를 입히기까지 했다. 가벼워 보이는 힐트의 주먹이 나이트하르트에 맞을 때마다 딱딱한 물건끼리 부딪히는 소리가 울려 퍼졌다.

맞는 횟수는 힐트 쪽이 압도적으로 많았지만, 일격의 대미지는 침투경을 맞고 있는 나이트하르트 쪽이 더 클 것이다. 종합적인 소모 상태는 거의 차이가 없어 보였다.

다만 체력은 충인인 나이트하르트가 더 유리했다. 이대로라면 조금씩 힐트가 불리해진다.

힐트가 그것을 깨닫지 못했을 리 없다.

갑자기 힐트의 움직임이 변화했다. 그동안 취한 방어 중심의 묵직한 자세를 버리고 앞으로 나아간 것이다.

맞을 것을 각오하고 공격에 나선 것일까? 나이트하르트도 나와 똑같이 생각한 모양이다. 돌진해 오는 힐트의 무방비한 몸통과 얼굴을 노리고 쌍검을 휘둘렀다.

하지만 그 검이 힐트에게 닿는 일은 없었다.

"뭐지?"

쌍검이 아무것도 없는 공간에서 갑자기 튕기듯이 궤도를 바꿔 힐트의 몸을 비껴간다. 힘의 흐름이 어긋나며 나이트하르트의 움직임에도 미세한 흔들림이 생겨났다. 앞으로 몸이 쏠리며 한순간 발을 헛디딘 것과 같은 상태가 된 것이다.

힐트가 그 순간을 놓칠 리 없었다.

"하아아아아!"

여기까지 들릴 정도로 강한 숨소리와 함께 양팔을 당겨 자세를 취한다.

순식간에 공격에서 방어로 전환해 회피 행동을 취하려 했던 나이트하르트였지만, 어째서인지 뒤로 점프하지 못했다.

"큭……!"

나이트하르트의 양팔이 보이지 않는 무언가에 잡혀 있었다. 공중에 고정된 것처럼 움직이지 않았다.

"핫! 핫! 으랴아아앗!"

"기긱!"

직후, 그의 몸이 힐트의 주먹에 의해 몇 차례 살짝 튀어 올랐다.

사마귀 머리에서 딱딱한 것이 서로 마찰하는 것 같은 날카로운 소리가 났다. 입안의 송곳니가 서로 부딪치며 이상한 소리가 울린 것 같았다.

"커헉……!"

관객들 사이에 섞여 있는 모험가들이 나이트하르트의 이해할 수 없는 거동을 보며 소란을 피우고 있었다. 하지만 우리는 무슨 일이 일어난 것인지 알 수 있었다.

『작년에 코르베르트가 썼던 것과 똑같은 기술이야. 데미트리스 류 무기 아수라다.』

'저건 강했어.'

『게다가 힐트가 쓴 기술은 발동 전이나 후나 은형이 완벽해.』

마력의 팔 네 개를 만들어 공격 횟수를 늘리는 기술이었다. 게다가 신체 능력 상승 효과도 있는 것 같았다.

마력의 팔 두 개로 쌍검을 막고, 나머지 두 개로 나이트하르트의 팔을 붙잡아 도망치지 못하게 한 것이다.

코르베르트의 경우는 마력의 팔이 보였지만, 힐트의 경우는 육안으로 그 존재를 간파하는 것이 매우 어려웠다. 거의 투명에 가깝기 때문이었다.

준비 시간이 필요했던 코르베르트와 달리 발동이 매우 빠르다는 점도 굉장했다. 게다가 발동할 때까지 마력의 흐름도 읽을 수 없었다.

그 결과, 나나 나이트하르트처럼 마력 감지를 사용하고 있어도 사용된 후에야 간신히 알아차릴 수 있었다.

좀 더 집중해서 살핀다면 예비 동작을 감지할 수 있을지도 모르겠지만, 치열한 전투 중에 감지에만 집중하기는 어렵다.

『저건 주의해야겠네.』

'응.'

『자, 나이트하르트는 어떻게 대처할까.』

우리라면 전이가 기본이겠지.

조금 두근거리는 마음으로 나이트하르트의 대처 방법을 관찰하고 있는데, 놀랍게도 그는 쉽게 쌍검을 버렸다. 이어서 추격을 당하면서도 양팔에 마력을 집중시켜 완력에 의지해 아수라를 떨쳐냈다.

힐트 정도의 달인이 만들어낸 마력의 팔조차 나이트하르트의 괴력 앞에서는 힘에 밀리는 모양이었다.

입에서 청록색의 체액을 흘리면서도 나이트하르트가 단번에 거리를 벌렸다.

"으, 윽……!"

무리해서 신속으로 달린 탓인지 내장에 부담이 간 모양이다.

무대를 긁듯이 브레이크를 걸면서 무대 가장자리에서 움직임을 멈추는 나이트하르트.

힐트는 그것을 쫓지 않았다. 대미지가 있어도 위타천을 발동 중인 나이트하르트를 따라잡는 것은 어렵기 때문이었다.

그 속도로 도망에만 집중한다면 상당히 성가실 것이다.

어쨌든 그러는 사이에도 힐트가 조용히 기를 모으며 다음 기술을 준비하고 있다는 것을 알 수 있었다.

"아까, 감촉이 이상했어. 혹시 체내도 보통 사람과는 다른 거야?"

"글쎄, 어떨까요……?"

그렇군. 쫓지 않은 데에는 나이트하르트가 가진 육체의 이질감을 감지한 것도 이유인 것 같았다.

어느새 충화를 발동해 몸을 변화시켜둔 것이다. 저 청록색 체액도 그 때문이겠지. 이전에 그의 피는 빨간색이었으니까.

그 결과, 분명 인간의 급소에 들어갔어야 할 힐트의 연격이 생각만큼의 효과를 거두지 못한 것이다.

"뭐, 됐어. 전부 파괴하면 똑같을 테니까."

힐트가 손을 똑바로 앞을 향해 뻗었다. 너클 더스터가 변형되며 손등에 장착되는 듯한 모습을 보였다. 자유로워진 다섯 손가락이 펼쳐졌다가——.

"공악(空握)."

힘차게 닫혔다.

"윽!"

그 순간 나이트하르트가 옆으로 뛰었다.

아무래도 힐트에게서 어떤 공격이 발사되었고, 그것을 아슬아슬하게 회피한 듯했다.

'지금, 힐트의 공격? 마력이 뭔가 이상했어.'

『아마 아수라 쪽의 응용일 거야. 원거리에서 순간적으로 마력의 손을 만들어내서 그걸로 공격했어.』

공악이라는 이름에서 상상해 본다면 마력의 손으로 강하게 움켜쥐는 공격이 아닐까. 악력에 의한 대미지도 있을 테고 상대의 움직임도 막을 수 있었다.

힐트의 스승인 데미트리스의 별명이기도 한 '부동'은 여기서 유래한 것일지도 모른다. 공악 같은 기술을 연속으로 계속 발사한다면, 그 자리에서 움직이지 않고 적을 무찌를 수 있을 테니까.

실제로 무대 위에서는 힐트가 양손을 사용해 공악을 연속으로 날리고 있었다.

그것을 나이트하르트가 받아냈다. 회피하면서 스스로의 주먹으로 요격도 이어간다. 나이트하르트의 굉장한 점이라면 사전에 모든 공악을 알아차리고 있다는 것이었다.

나나 프란이라 해도 상당히 집중하지 않으면 마력의 흐름을 간파하는 것은 어려웠다. 이 전투 중에 모든 것을 감지해 내기 위해서는 상상을 초월할 정도로 날카로운 감각이 필요했다.

충화 덕분에 그러한 감각도 강화된 건가? 그 가능성도 있을 법했다.

"역시 제법이군요!"

"이걸 계속 피하는 당신이야말로!"

초반의 나이트하르트가 공격을 퍼붓던 전개와는 정반대로 이번에는 힐트의 맹공이 계속되었다.

자, 이대로 끝날 것 같지는 않은데, 다음에는 어느 쪽이 움직일까?

"음."

『나이트하르트의 팔에 마력이 모이고 있어!』

보이지 않는 공격을 회피하면서 저 정도의 마력 조작이 가능하다니.

"샤아아아!"

고함을 지른 나이트하르트의 두 팔이 5초도 지나지 않아 크게 바뀌었다.

그것은, 낫이었다. 팔뚝부터 그 아래가 거대한 사마귀처럼 변화한 것이다. 아래로 축 늘어뜨리면 땅에 여유롭게 닿을 정도로 길었다.

게다가 자연계에 존재하는 사마귀에 비해 그 형상은 더욱 흉악했다. 짧고 굵은 가시 같은 것이 전체에 돋아나 있고, 칼날 쪽은 매우 예리해서 마치 뾰족한 칼이 무수히 늘어서 있는 것처럼 보였다.

햇빛을 반사해 번쩍번쩍 빛나는 녹색의 갑각은 그 낫이 금속처럼 단단할 것임을 암시했다.

역시 충화로 변화시킬 수 있는 것은 체내뿐만이 아니었던 모양이다.

나이트하르트가 자신의 두 낫에 마력을 휘감더니 연속으로 휘두르기 시작한다. 언뜻 보면 마구잡이로 주위를 공격하는 것처럼 보이지만 그렇지 않았다.

힐트의 공악을 눈치채고 공격받기 전에 요격하고 있었다. 게다가 그 동작은 공격으로도 이어지고 있었다.

팔에서 마력의 칼날이 발사되어 힐트를 덮쳤다.

"칫."

공격을 피하기 위해 힐트도 그 자리에서 움직이지 않을 수 없었다. 스텝을 밟아 나이트하르트의 날아오는 칼날을 피하면서도 힐트는 여전히 공악을 날리는 것을 멈추지 않았다.

두 사람 모두 고속으로 발을 옮기면서 양손을 사용해 원거리 공격을 계속 날렸다.

공악은 눈에 보이지 않기 때문에 나이트하르트가 일방적으로 공격하는 것처럼 보이지만, 아는 사람은 양측의 아찔한 공방을 볼 수 있었다.

공악의 충격으로 나이트하르트의 몸이 기울고, 마력의 날로 인해 힐트의 머리카락이 몇 가닥 흩날렸다. 수 밀리라도 회피가 늦으면 큰 대미지를 입을 법한 공격들뿐이다.

한동안 서로 원거리 공격을 주고받는 상황이 펼쳐졌지만, 십수 초 정도 지나자 동시에 공격을 멈췄다.

두 사람 모두 이렇게 계속 치고받아도 결말이 나지 않는다는 사실을 이해한 것 같았다.

무대의 양 끝과 끝에서 서로 시선을 부딪치는 두 사람.

잠시 정적이 흐른 후, 관객석에서 폭발적인 함성이 터져나왔다.

『괴, 굉장합니다! 이 엄청난 속도! 저희는 따라잡을 수조차 없습니다! 하지만 어마어마한 공방이 벌어지고 있다는 것만은 알겠는데요! 초반에는 데미트리스류의 후계자이자 랭크 A 모험가인 힐트리아가 유리하다고 생각했는데, 용병단의 단장인 순날의 나이트하르트도 지지 않고 있습니다!』

해설자의 외침 후, 나이트하르트가 중얼거렸다.

"훗. 더는 단장은 아닌데 말이죠."

"그래? 잘리기라도 했어?"

"하하하, 일단은 제 의사입니다. 사실은 이 대회에 나오기 전에 그만두고 싶었는데, 모두가 반대해서 말이죠. 그래도 억지로 퇴임하고 왔습니다. 어제 전원에게 승낙을 얻었다는 연락이 왔으니 이제 전 어엿하게 프리랜서 용병이 된 셈입니다."

그 목소리는 환호성에 완전히 파묻혀 관객들에게는 들리지 않았다. 나라서 들을 수 있는 이야기였다.

그나저나 이제 더는 단장이 아니라고?

『나이트하르트가 용병단 단장을 그만뒀다고 말하고 있네.』

'? 왜?'

『그 부분은 잘 모르겠어.』

'흐음.'

힐트도 우리와 같은 생각을 했는지 나이트하르트에게 되묻고 있었다.

"왜? 대회에 출전하기 위해 은퇴할 필요는 없을 것 같은데?"

"뭐, 저도 이제 나이가 나이니까요. 후배들에게 자리를 양보하는 셈이죠."

"좋은 자세네."

데미트리스에게 후계자로서 단련받고 있는 힐트는 나이트하르트의 말에 느끼는 바가 있는 모습이었다. 조금 고뇌가 섞인 표정으로 그렇게 중얼거렸다.

언뜻 보기엔 평범한 잡담을 나누고 있는 것 같지만, 당연히 그뿐일 리가 없다.

서로가 서로의 빈틈을 노리며 힘을 모으고 있다는 것을 알 수 있었다.

"이 이상 가면 좀 거칠어질 것 같아 사용하고 싶지 않았지만…… 어쩔 수 없군요."

먼저 움직임을 보인 것은 나이트하르트였다.

그렇게 중얼거리고는 몇 초 후, 그의 등이 불룩하게 부풀어 올랐다. 그리고 옷을 뚫고 커다란 무언가가 모습을 드러냈다.

아래쪽이 부푼 반달 모양으로 된, 머리와 같은 녹색이 한 쌍, 아름답고 투명한 것이 한 쌍.

그것은 날개였다. 곤충의── 사마귀의 날개와 닮아 있었다. 이전의 오리하르콘 갑옷도 그랬지만, 이 날개를 꺼낼 때 방해가 되지 않도록 등이 크게 뚫려 있었다.

심지어 목과 갑옷의 틈새로 보이는 몸통도 녹색의 갑각으로 뒤덮여 있는 것이 보였다. 하체도 크게 비대해져서 여유로웠던 사이즈의 바지가 팽팽하게 부풀었다. 사람의 형상은 유지하고 있는 것 같지만, 근력은 크게 늘어난 것 같았다.

하지만 가장 큰 차이는 분위기였다. 단순히 위압감이 커진 것만이 아니다. 그 몸에서 뿜어져 나오는 날카로운 살기와 함께, 확실하게 먹이를 눈앞에 둔 굶주림 같은 것이 발산되고 있었다.

그야말로 입맛을 다시는 잔혹한 마수처럼 폭력적인 기운이 감돌고 있었다.

"기익…… 샤아아아아아아!"

"윽!"

마치 이성이 없는 마수 같은 포효에 힐트가 일순 놀란 표정을 지었다. 신사답던 나이트하르트와, 인간성보다는 짐승의 기운이 앞선 지금 모습의 간극에 당황한 것 같았다.

관객들도 그 변모에 숨을 삼켰다.

정적이 투기장을 감싼 직후, 힐트가 결계에 처박혔다.

나이트하르트가 어느샌가 힐트에게 접근하여 그 낫으로 공격을 가한 것이다.

빠르다는 표현만으로는 부족할 정도로 경이로운 이동 속도였다.

보는 사람들이 깨달았을 땐 무대 끝에서 끝으로 이동해 있었다.

나이트하르트는 완전히 충화되며, 그 속도가 나나 프란조차도 다 인지할 수 없을 정도의 영역에 도달해 있었다.

"커헉……."

힐트의 왼손이 공중을 날았다. 일방적으로 공격당한 것처럼 보이지만 그렇지 않았다. 저 나이트하르트의 공격이었다면 무방비한 상대를 일도양단할 수 있었을 것이다.

그것을 왼팔 하나만으로 끝냈다는 것은 조금이나마 반응했다는 뜻이었다.

그러나 그 일에 놀란 기색도 없이, 또다시 나이트하르트가 움직였다. 마치 순간 이동한 것처럼 힐트의 바로 앞에 나타나더니 양손을 뻗는다.

힐트는 움직이지 않았다.

이번에야말로 결판이 나려나?

아니, 힐트는 반응하지 못한 것이 아니었다.

"기이이익!"

나이트하르트가 아무런 예고도 없이 후방으로 튕겨 나갔다. 믿을 수 없지만, 차원이 다른 나이트하르트의 속도에 맞춰 기로 카운터를 날린 것이다.

나이트하르트의 움직임을 예측하고 있었던 것일까.

그러나 나이트하르트의 공격을 완벽하게 막지는 못했다. 두 개의 낫 끝이 힐트의 어깻죽지를 찌른 것인지 대량의 피가 쏟아졌다.

반면 나이트하르트는 즉각 날갯짓을 하며 뛰어올랐다.

"기긱…… 그아아아아아아!"

분노의 포효를 내지르며 그 겹눈으로 힐트를 노려보았다.

나이트하르트의 흉부에는 깊은 구멍이 뚫려 있었다. 아다만타이트 갑옷이 꿰뚫리고 그 아래 갑각은 함몰됐다. 하지만 그것을 신경 쓰는 기색은 없었다.

"곤충한테 통각은 없다는 건가? 그렇다면 움직이지 못하게 될 때까지 뭉개버리면 되지."

왼손을 잃었고 피도 많이 흘렸다. 그럼에도 힐트에게 약해진 기색은 없었다. 심지어 대담하게 웃기까지 한다.

자신의 승리를 의심하지 않는다. 자신의 모든 것을 쏟아부어서 때리면 이길 수 있다고 믿고 있었다.

"하아아아아아!"

힐트의 체내에서 급속히 마력이 응축되어가는 것이 느껴졌다. 그 강력함에 객석에 있는 마술사들이 놀라 소리를 질렀다.

"데미트리스류 오의 · 천!"

그렇게 소리친 힐트의 온몸이 엄청난 양의 기운에 감싸였다. 마치 기를 압축해 물질화한 갑옷을 입은 것 같은 모습이었다.

방어용 능력인가? 그렇게 생각했지만, 아니었다.

"기이이이이익!"

"하아아아아아!"

놀랍게도 나이트하르트와 비슷한 속도로 움직이기 시작한 것이다.

우리조차 모든 것을 볼 수 없었다. 그럼에도 느낄 수는 있었다.

데미트리스류의 오의는 신체 능력 전체를 몇 배로 높여주는 기술이었다.

나이트하르트의 움직임은 솔직히 말해 우리조차 이해할 수 없는 수준에 이르러 있었다. 섬화신뢰를 사용하는 프란마저 뛰어넘는 속도. 날개로 인해 가능한 급제동과 급가속, 그리고 고속비행.

만약 저 자리에 있는 것이 우리들이고 아무런 대책이 없었다면 이미 패배했을 가능성도 있었다. 아니, 이미 첫 번째 일격에 졌을 가능성이 높았다.

그런 나이트하르트에 비해 힐트의 움직임도 지지 않았다. 직선 속도는 다소 떨어진다. 하지만 그 회전 속도나 민첩성이 비정상적으로 높았다.

어떻게 하는지는 모르겠지만, 날개를 사용해 변칙적인 움직임을 보이는 나이트하르트에게 완벽하게 대응하며, 때로는 그 이상으로 완급을 조절하는 기묘한 움직임으로 페인트까지 걸고 있었다.

두 사람의 공방이 치열함을 더해갔다. 결계 내부에서 그림자가 날아다니며 이따금 모습을 보이는가 하면, 또다시 눈으로 좇을 수 없는 속도로 움직인다.

힐트는 팔을 하나 잃었음에도 불구하고 공격에서 뒤지지 않았다. 주먹뿐만 아니라 발차기의 날카로움도 예사롭지 않았다.

양자의 공격 시에 발생하는 충격으로 인해 굉음이 울려 퍼지고, 무대가 파괴되어 갔다.

초인 간의 차원을 넘어선 전투는 그 후로도 2분 가까이 이어졌다. 하지만 그 전투에 갑작스러운 끝이 찾아왔다.

"윽……!"

힐트에게 먼저 한계가 찾아온 것이다.

온몸을 덮고 있던 기의 갑옷이 사라지고, 그 자리에 등을 대고 쓰러져버렸다. 다리뼈가 부러진 것 같았다.

끝없이 계속되는 고속 기동에 의한 부담과 무리하게 사용한 발차기 기술에 의해 다리가 더는 버티지 못한 모양이었다. 곧바로 일어서려는 기미도 보이지 않았다.

상대인 나이트하르트도 상당히 힘이 소모된 모습이었다.

자신의 속도를 견디지 못해 날개가 완전히 망가졌다. 앞으로 10초만 더 있었다면 먼저 움직이지 못하게 된 것은 나이트하르트였을지도 모른다.

"기긱……."

나이트하르트가 힐트 앞으로 이동해 쌍낫을 치켜들었다. 그 순간은 원래의 나이트하르트처럼 차분한 기운을 두르고 있는 것처럼 느껴졌다.

이성을 잃은 것처럼 보여도 기본은 나이트하르트라는 거겠지.

"기샤아!"

나이트하르트의 팔이 휘둘러졌고, 힐트의 목이 날아가── 는 일은 없었다. 그녀의 두 손이 날카로운 낫을 막고 있었다. 손으로 확실하게 낫을 받아낸 것이다.

"어? 어째서?"

"워, 웡!"

프란과 울시도 놀라고 있다. 순식간에 힐트의 팔이 재생했기 때문이다. 이는 힐트가 장착하고 있던 회생의 펜던트의 효과였다.

능력은 단순하다. 딱 한 번 결손된 사지를 포함해 대미지를 회복할 수 있다. 다만 일회용이며 사용한 뒤 몇 분 동안은 격통에 시달리게 된다.

힐트는 이것을 아껴두고 있었다. 잘려나간 왼팔을 방치해 둠으로써 프란과 울시, 심지어 나이트하르트조차 회복할 방법이 없다고 생각하게 만든 것이다.

그리고 회복한 두 팔을 이용해 혼신의 힘을 담은 공격을 막아냈다.

힐트는 자신의 손바닥 중간까지 파고든 칼날을 더욱 강하게 잡아 고정했다. 나이트하르트는 낫을 빼내려 하고 있지만 도망칠 수 없었다.

손에 더 깊히 박혀들며 피가 흐르기 시작했지만, 의도한 대로 상대의 움직임을 봉쇄한 힐트는 섬뜩한 미소를 짓고 있었다.

"가루라(迦樓羅)!"

놀라는 우리 앞에서 힐트가 몸을 일으켰다. 완전히 누워있던 상황에서, 오뚝이 같은 비정상적인 움직임으로 순식간에 직립한 것이다.

등에서 마력을 방출하여 그 기세를 이용한 것 같았다. 가루라라는 기술의 능력인 걸까?

"아아아아아! 야차아아아!"

힐트는 그 기세를 죽이지 않고 자신의 머리를 눈앞에 있는 나이트하르트에게 있는 힘껏 내리쳤다.

사람과 사마귀의 머리다. 겉으로 보기엔 힐트가 불리해 보였다. 그러나 머리에 엄청난 기가 소용돌이치고 있었다. 대체 어디에서 퍼올린 것인지 의심스러울 정도의 밀도였다.

이것이 방금 소리친 야차라는 기술의 효과인가? 아니면 다른 스킬?

빠직!

둔탁한 소리가 울려 퍼졌다. 힐트의 이마가 깊게 찢어지며 붉은 피가 흩날렸다.

그리고 나이트하르트의 머리는 막대기에 맞은 풋오이처럼 녹색의 단편과 액체를 흩날리며 산산이 부서졌다.

『겨, 결판! 결판이 났습니다아! 승부가 결정됐다고 생각한 바로 직후에 펼쳐진 대역전극! 이거 정말 굉장합니다! 아아! 힐트리아도 동시에 쓰러졌습니다아! 의료반! 서둘러주세요!』

머리에서 대량의 피를 흘린 채 꼼짝도 하지 않는 힐트를 향해 여러 명의 치유 마술사가 달려가는 것이 보였다. 정말 아슬아슬한 승부였다.

"둘 다 강해."

확실히 두 사람 모두 수준급의 실력이다. 이기기 위해서는 이쪽도 사력을 다해야 할 것 같았다. 그럼에도 프란에게 두려워하는 기색은 조금도 없었다.

『기뻐 보이네.』

"응! 다음은 힐트랑…… 기대된다."

"웡."

나이트하르트가 져서 울시는 좀 아쉬워 보였다. 예상이 빗나갔기 때문이겠지.

다만 프란은 다른 것에 신경이 쓰이는 모양이었다.

"단장을 그만두면 엘리안테가 슬퍼해?"

『아아, 그건 그럴지도 모르겠네. 붙잡았는데도 반강제로 그만뒀다는 식으로 말했으니까.』

"얘기, 듣고 싶어."

『음, 가능할까? 들을 수 있는 상황이라면 좋겠지만…….』

애초에 병문안을 갈 정도로 친한 사이도 아니었다.

『일단 의무실에 가볼까? 그런 식으로 죽었으니 지금은 대화할 수 없을지도 몰라.』

"응."

부활했다고는 하지만 그 죽음은 상당히 충격적이었다.

보통이라면 일어나서 차분하게 대화할 수 있는 상태는 아닐 것이다.

하지만 의무실에 들어서기 직전, 문을 열고 나온 나이트하르트와 딱 마주쳤다.

"나이트하르트. 이제 괜찮아?"

"아아, 프란 공 아니십니까? 혹시 저 때문에 오신 겁니까?"

"응."

"그거 감사합니다. 하지만 이제 괜찮습니다."

나이트하르트의 목소리는 정말 괜찮아 보였다. 아주 차분한 목소리였다. 머리가 터지는 죽음을 맞이했음에도 불구하고 별다른 충격은 없는 듯했다. 이것도 수많은 경험 덕분일까? 아니, 그런 경험을 해 본 사람은 없겠지. 그가 가진 특유의 냉정함 덕분일지도 모른다.

이 상태라면 궁금했던 것을 물어볼 수 있을 것 같았다.

"저기."

"왜 그러시죠?"

"단장, 그만뒀어?"

"들리신 겁니까……."
"응."
정확하게 말하면 내가 들은 거지만. 아무래도 사실인 모양이다. 나이트하르트의 목소리가 약간 가라앉았지만, 이내 밝은 목소리로 돌아온다.
"하하하. 뭐, 이제 후배들에게 자리를 양보할 때가 왔다는 거죠. 나이 탓인지 요즘에는 움직임도 둔해졌으니까요."
그럴듯한 이유를 입에 올리는 나이트하르트였지만, 그것은 모두 거짓말이었다. 다른 이유가 있는 듯했다.
"정말?"
"네, 정말입니다."
여러 가지 사정도 있을 것이고, 별로 입에 담기 싫은 이유가 있을지도 모른다.
궁금하긴 하지만, 숨긴 이야기를 억지로 캐물을 정도로 프란은 나이트하르트와 친하지 않았다.
애초에 단장을 그만뒀다는 이야기가 신경 쓰였던 이유도 나이트하르트를 걱정해서라기보단 왕도에서 신세를 졌던 엘리안테나 다른 단원들이 걱정되기 때문이었다.
결국 의미 없는 가벼운 이야기밖에 나누지 못했다. 다만 마지막으로 등을 돌리고 떠나려던 나이트하르트가 뒤늦게 떠올린 듯 격려의 말을 건넸다.
"모레, 여러 일들이 많겠지만, 힘내시길 바랍니다."
"그쪽도."
"네, 물론이죠. 그럼."

여러 일이라는 것은 예상되는 격전을 말하는 것일까? 아니면, 코르베르트를 향한 힐트의 마음을 알고서, 그에 얽힌 여러 인연들을 말하는 것일까?

뭐, 마지막에 보낸 격려는 진심이었지만.

다음 날.

내일이 결승전인데, 우리들은 마을 밖에 있었다.

『프란, 정말 괜찮아?』

“응. 이제 괜찮아.”

원래라면 내일을 대비해서 몸을 쉬어야 했다. 신 속성을 사용하며 격전을 치른 피로가 겨우 며칠 만에 나을 리가 없으니까.

그러나 프란이 밖으로 나가고 싶다는 말을 꺼냈다. 힐트와의 전투 전에 스스로의 전투 감각을 더욱 갈고닦고, 나아가서는 새로운 힘을 확인해 보기 위해서였다.

특히 확인하고 싶은 것은 두 가지.

하나는 새롭게 레벨을 올린 육체 조작법 스킬의 숙련.

육체 조작법은 다양한 육체 강화 시스템 스킬이 통합된, 전체 스테이터스를 강화할 수 있는 상위 스킬이었다.

현재 데미트리스류의 오의 · 천을 사용한 상태의 힐트에게 맞서기 위해서는 잠재 능력 해방을 사용하는 것 말고는 방법이 없는 상황이었다.

그 속도는 따라잡는 것은 고사하고 시인하는 것조차 어려웠기 때문이다.

그래서 우리는 육체 조작법의 레벨을 올리기로 했다. 하지만 갑자기 레벨 맥스로 올린다고 해도 제대로 사용하지 못하면 아무 의미가 없다.

그래서 일단 레벨을 두 단계 올리고 상황을 지켜보기로 했다.

또 하나 확인하고 싶은 것은, 바로 내 가호에 관한 것이었다. 시뷸라와의 싸움에서 나는 신의 가호를 사용하는 방법을 배웠다.

그때는 혼돈의 신이 가진 가호의 힘만 끌어냈지만 그것도 완벽하지는 않았고, 지혜의 신의 가호는 아직 의식조차 하지 못했다.

그렇다면 가호의 힘을 사용하는 방법을 익히면 전력 향상에 조금이나마 도움이 되지 않을까 생각한 것이다. 그 밖에도 검신의 축복 같은 것도 더 능숙하게 활용할 수 있는 방법이 있을지도 모른다.

그러한 검증을 위해 우리는 언데드를 퇴치하러 마을 밖으로 나왔다. 시험 삼아 싸울 상대로는 딱 좋아 보였다.

"웡웡!"

"울시, 찾았어?"

"웡!"

언데드── 특히 좀비를 찾는다면 울시의 코보다 더 나은 것은 없었다. 우리들의 탐지 범위를 넘어서는 곳이라도 금세 찾아내 주기 때문이다.

울시의 안내를 따라 숲속을 걸어가자 곧바로 목표였던 상대를 발견했다.

"있다."

『수도 몇 마리라 딱 좋네.』

"먼저 내가 할게. 괜찮아?"

『알았어. 하지만 무리하지는 마.』

"응."

그리고 마수를 상대로 레벨업한 육체 조작법 스킬을 시험해 보았는데, 이게 생각보다 잘 되지 않았다.

상대가 너무 약한 나머지 순식간에 죽어버리는 것이다. 전혀 딱 좋은 상대가 아니었다.

속도는 확실히 상승했지만, 완력이나 동체 시력 등은 전혀 확인할 수 없었다. 프란에게 있어서는 볏짚을 베는 것과 별반 다르지 않을 테니 어쩔 수 없다면 어쩔 수 없지만.

"좀 더 강한 녀석이 필요해."

『음, 너무 무리하는 건 좋지 않겠지만, 역시 이래서는 아무 의미가 없을 테니까……. 울시, 좀 더 강해 보이는 상대를 찾아줄 수 있을까?』

"어후."

울시가 한번 해보겠다는 듯이 가볍게 짖었다. 그리고 집중하기 위해 눈을 감고 하늘을 향해 코를 쫑긋 내밀며 킁킁거리기 시작했다.

십여 초 뒤, 울시가 번쩍 눈을 떴다.

"웡!"

북쪽을 향해 자신만만한 얼굴로 포효한다. 정말 강해 보이는 언데드를 감지한 모양이다.

"울시, 대단해."

『아주 잘했어! 안내해 줘!』

"웡!"

그렇게 달리기 시작했는데, 생각보다 멀었다. 울시의 발로 5분 가까이 달렸다. 그 사이 작은 산을 하나 넘어 버렸다. 잘도 이렇게 멀리 떨어진 거리를 감지했네.

『뭐야, 이렇게나 멀리 있었어?』

"웡!"

『도대체── 이거구나!』

드디어 나도 상대의 존재를 감지할 수 있었다. 과연, 꽤나 불길한 마력을 발산하고 있다.

『이 산의 끝이구나. 여기서부터는 조심스럽게 가자.』

"응."

이거, 시험 삼아 싸울 상대라고 하기엔 너무 강하지 않을까? 적어도 랭크 C는 되어 보인다.

뭐, 위험하면 전이로 도망치면 되겠지. 여기서 강적과 싸워서 체력을 소모해 버리면 본말전도나 다름없으니까.

『자, 상대는 어떤 마수일까.』

기척을 감추고 산속을 나아갔다.

몇 분 후. 산의 능선을 넘어서자 마침내 그 언데드를 두 눈으로 파악할 수 있었다.

산을 넘은 곳에 자리한 계곡 한구석에, 여러 마리의 언데드가 몰려 있었던 것이다.

『저 중앙에 있는 언데드. 저 녀석은 꽤 강해.』

'응.'

언데드를 이끄는 보스일까? 쭈글쭈글한 미라 같은 외모에 마술사풍 로브를 입은 개체가 언데드들의 중앙에서 끔찍한 의식을 치르고 있었다.

보스의 앞에 있는 제단. 거기에 조금 뚱뚱한 체격의 남자가 누워 있었다. 다만 이미 숨이 끊어졌다는 것은 확실했다.

목이 잘린 채 배 위에 엎어져 있었기 때문이다. 이미 상처에서 흘러나오는 피도 멈췄고, 죽은 지 상당한 시간이 흐른 것처럼 보였다.

보스가 지팡이를 들자 불쌍한 희생자에게서 마력이 흡수되었다. 그리고 보스 언데드의 지팡이에서 검은 마력이 주위로 퍼져나가 그의 부하인 언데드들에게 흘러 들어갔다.

보스 이외의 언데드들은 조금도 움직이려는 기미가 없었다. 그러나 그 몸에서 흘러나오는 힘이 점점 늘어나는 것이 느껴졌다.

『저거, 방치하면 위험하겠지?』

'응. 언데드가 강해지고 있어.'

'웡!'

『그러게.』

아마 제물을 사용해 부하인 언데드를 강화하는 마술을 쓰고 있는 거겠지. 최근의 언데드 소동은 저 녀석이 원인일지도 모르겠다.

이걸로 방치한다는 선택지는 사라져버렸다.

『기습으로 가자.』

'알았어.'

『프란은 보스, 울시는 주위의 언데드를 공격해줘.』

'웡!'

가볍게 작전을 세운 뒤 우리는 행동을 개시했다.

전이로 단숨에 접근하자마자 프란이 보스 언데드를 베었다. 울시도 그림자 전이로 기습을 해 한 마리의 머리를 물어뜯었다.

여기까지 접근하자 상대의 정체도 알 수 있었다. 감정 결과, 머미킹이라고 적혀 있었다.

킹이라는 이름 그대로 부하를 낳거나 강화하는 능력을 가지고 있는 듯했다. 게다가 자신의 전투력도 잔챙이라고 할 만큼 낮지는 않았다.

전이로 뒤를 잡은 프란의 참격이 머미킹에게 직격했다. 하지만 그곳에는 멀쩡한 모습의 머미킹이 있었다.

"모험가구나아아! 우리를 본 이상 살려서 돌려보낼 수 없다아아!"

『녀석의 스킬 효과야!』

머미킹은 '사령의 방패'라는 스킬을 소지하고 있었다. 이는 자신에게 주어진 대미지를 자신이 만들어낸 지배받는 사령들에게 옮길 수 있는, 다시 말해 방패술과 비슷한 효과를 가진 스킬이었다.

상시 발동형이라 방심하고 있어도 발동하는 것이 장점이었다. 다만 그것은 약점이기도 했다. 공격을 연속으로 당하면 본인의 의사와는 상관없이 부하인 언데드들에게 대미지가 계속 옮겨가기 때문이었다.

"죽여라아아아!"

머미킹의 명령으로 언데드들이 움직이기 시작했다. 이 녀석들도 꽤 강하다. 아마 위협도 E는 될 것이다.

구울 계열의 언데드. 종족은 하이 구울 솔저나 하이 구울 매지션으로 구성되어 있다. 아마 생전에는 더 강한 모험가였겠지.

아니, 소지하고 있는 '오염'이라는 스킬은 한 마리라 해도 상당히 위험하다. 위협도가 D라고 해도 이상하지 않았다. 이는 장시간 독성이 사라지지 않는 맹독을 상시 퍼뜨려 생물과 음식물을 오염시키는 스킬이다.

고위 구울이라면 그 오염 범위는 반경 20미터를 넘어서, 구울이 걷기만 해도 마을이 멸망할 수도 있었다.

독에 내성이 있는 우리에게는 효과가 없지만, 이 녀석들을 이대로 풀어두는 것은 위험했다.

프란이 머미킹에게 다시 칼을 휘둘렀지만, 구울들에게 대미지가 옮겨간 기색은 없었다. 다른 곳에도 지배하고 있는 언데드가 있는 모양이었다.

하지만 그것도 무한하지는 않을 것이다. 사령의 방패가 발동하기 위해서는 피해를 옮겨둘 언데드를 직접 만들어서 지배하에 놔둬야 한다.

이, '지배하'에 놔두는 것이 중요했다. 소환술이나 사령 마술은 술자의 역량에 따라 지배할 수 있는 수── 한계치가 결정된다. 강력한 마수라면 한 마리만으로도 한계치를 초과할 수도 있고, 잔챙이라면 100마리 이상을 조종하는 것도 가능했다.

내가 울시 이외의 마수를 소환할 수 없는 이유도 울시 한 마리로도 내 한계치가 모두 찼기 때문이었다.

참고로 만든 다음 방치할 경우 그것은 지배했다고 할 수 없다. 계약을 맺고 제대로 부하로 추가하는 과정을 거쳐야 한다.

주위에는 강력한 구울들이 있었고, 아무리 머미킹이라도 이 외에 수백 마리의 언데드를 이끌고 있다고는 생각하기 어려웠다.

『작전대로 프란은 보스를 공격! 울시는 주위의 구울들을 처리해!』

'알았어.'

"웡!"

본래 빛 마술 등으로 광범위 공격을 가했다면 훨씬 더 유리해지겠지만, 프란은 검으로만 싸웠다.

『프란. 나도 가호의 힘을 시험해 볼게.』

'알았어.'

머미킹은 강하지만 일대일로는 프란에게 한참 못 미친다. 연속으로 칼에 베이더니 결국 못 참고 주변 구울들에게 도움을 청하지만, 울시에 의해 막혀 도망갈 수도 없었다.

우리가 기습하고 10분 뒤.

"젠자아앙! 이런 곳에서어어! 죄송합…… 끄아아악!"

마침내 사령의 방패 효과가 더는 발동되지 않았고, 머미킹은 프란의 검술에 의해 쓰러지고 말았다.

순식간에 두 동강이 나며, 그대로 먼지가 되어 무너져내린다. 마석은 없었다. 마지막 대사로 유추해 보자면, 네크로맨서가 만들어낸 개체였을지도 모른다.

『주위에 이 녀석들을 만든 자가 있을지도 몰라. 잠깐 탐색해 보자.』

'응.'

'웡!'

『그래서, 어땠어?』

'어느 정도는?'

본인의 말대로, 머미킹을 계속 베어내는 사이에 육체 조작법을 어느 정도 잘 소화하게 된 것 같았다. 적어도 이전보다는 힐트를 더 잘 따라잡을 수 있을 것이다.

끊임없이 베어낼 수 있는 그럭저럭 강한 상대. 이제 와서 생각하니 기술 연습에는 딱 좋은 상대였다.

'스승은?'

『지혜의 신 가호를 의식해서 사용해 봤어. 써보니까 마술이나 스킬의 제어력이 올라가는 것 같아. 다만 그만큼 소모가 더 늘어나지만 말이야.』

계속 사용하는 것은 위험하지만, 중요한 순간 적절히 사용한다면 든든한 가호가 되어줄 수 있을 것 같았다.

'그렇구나.'

『힐트는 그 어느 때보다 더 진심으로 올 거야. 조금이라도 전력을 강화한 건 큰 수확이었어.』

"응!"

뭐, 힐트가 진심을 다해 이기려고 하는 건 단순히 결승전 때문만은 아니지만.

사랑에 빠진 소녀 힐트는 코르베르트와의 사이를 발전시키기 위해서라도 내기에서 이기려고 할 것이다. 우승해서 데미트리스 류를 이어받고 반려자를 자신의 의사로 선택한다.

그러기 위해서라도 무슨 수를 써서든 이기고 싶겠지.

그런 이야기를 나누며 주위를 돌아다녀 보았지만, 결국 머미킹을 만들어낸 술자는 발견하지 못했다.

분명 악의를 가진 사령술사가 소환했을 거라고 생각했는데…….

울무토 주위에서 좀비 같은 것들이 많이 출몰해 모험가들에게 들어오는 토벌 의뢰가 늘어나고 있다는 이야기가 있다. 그동안은 우연이라고만 생각했는데, 이로써 인위적인 공작일 가능성이 생겨났다.

『울무토에 돌아가면 길드에 보고하자.』

'알았어.'

『울시는 돌아가는 길에도 냄새에 신경 써줘.』

'웡웡!'

울무토의 무투 대회는 유명한 이벤트였기에 여러 방면에서 주목받고 있다.

음모나 공작의 대상이 될 가능성은 얼마든지 있었다.

그저 실력을 시험하러 온 것뿐이라, 이상한 음모 같은 건 없었으면 좋겠는데 말이지.

제5장 결승전

오늘은 드디어 결승전이다.

프란이 들뜬 모습으로 무대로 이어지는 통로를 걷고 있었다.

회장의 엄청난 열기가 통로를 통해 흘러드는 것이 아닐까 하는 착각이 들 정도로, 프란의 몸에서는 아지랑이 같은 열기가 솟아오르고 있었다. 워밍업만이 이유는 아니겠지. 조용히 불타오르는 투지 때문일 것이다.

『프란. 몸은 좀 어때?』

'응. 완벽. 나른함도 없어.'

『그래. 울시는 어때?』

'웡웡!'

격전으로 인한 소모는 거의 회복된 듯했다. 내 상태도 완벽하고, 울시도 평소와 똑같다. 결승전에서는 전력을 다할 수 있을 것이다.

『그나저나 3위 결정전이 없어질 줄은 몰랐는데…….』

'응. 아쉬워.'

놀랍게도 디아스와 나이트하르트 모두 기권을 하면서 3위 결정전이 사라져버리고 만 것이다.

정신적 소모가 심하다는 것이 그 이유였다.

육체는 회복할 수 있다고 해도 정신적인 면은 그렇지 않다. 노령의 디아스와 격전 끝에 충격적인 죽음을 맞이한 나이트하르트. 확실히 피로가 남아 있다고 해도 이상하지는 않았다.

다만 아무리 생각해도 납득은 가지 않았다. 두 사람 다 그 정도에 기권할 만한 인물은 아니지 않나? 설령 무리를 해서라도 싸움의 장에 나설 것 같은 느낌인데…….

그렇긴 해도 이미 결정된 일이다. 이제 와서 말한다 해도 어쩔 수 없겠지.

『작전 최종 확인이다. 잠재 능력 해방, 스킬 테이커는 쓰지 않는다. 첫 공격은 전이로 한다. 그걸로 괜찮지?』

'응. 힐트는 강해. 처음부터 쓰러뜨릴 생각으로 갈 거야.'

『울시도 이번에는 처음부터 부탁할게.』

'크릉!'

지금까지의 시합을 보고 짐작해 보건대 힐트는 관망을 할 것 같았다. 전투광까지는 아니지만, 데미트리스류 후계자로서 선수를 양보하는 경향이 있었다.

강자로서의 자부심과 최강이라는 간판을 이어받는 자로서의 긍지가 그렇게 만드는 거겠지. 그 부분을 노리는 것이다.

『자아! 여러분! 마침내 결승에 도전하는 맹자가 그 모습을 드러냈습니다! 최강의 랭크 B 모험가! 최강의 소녀! 최강의 흑묘족! 흑뢰희 프란! 올해도 우리에게 큰 놀라움을 안겨주었는데요, 결승에서는 어떤 모습을 보여줄까요!』

이제나저제나 기다리고 있던 관객들이 환호성을 지르는 가운데 프란이 무대에 올라섰다. 그 시선은 때마침 반대편 통로에서 모습을 드러낸 힐트에게로 향했다.

『오오! 이걸로 모든 인물이 모였습니다! 데미트리스류의 후계자이자 랭크 A 모험가! 이번 대회 최대의 우승 후보, 천권의 힐트리아가 등장했습니다아아!』

관객들의 함성은 비슷한가? 원래부터 유명했던 힐트에 비해 프란은 작년과 올해 팬이 늘어났다.

두 사람 모두에게 열성적인 팬들이 있는 거겠지.

하지만, 아무리 생각해도 아저씨 같은 목소리가 '프란!' 하고 외치는 소리가 들려오는데. 단순한 아이돌 느낌으로 좋아하는 거라면 모르겠지만, 그 이상의 불순한 감정을 갖고 있다면 용서 못 한다!

"드디어 왔구나."

"응."

이런! 지금은 싸움에 집중해야지!

"……오늘은 이기겠어."

"나야말로."

힐트의 온몸에서 투지가 넘쳐흐르고 있었다. 본인의 미래가 걸린 일이니 당연하다면 당연했다.

데미트리스류의 당주 자리── 는 별로 신경 쓰지 않으려나?

역시 코르베르트 때문이겠지. 아무리 생각해도 코르베르트를 좋아하고 있고, 당주가 되면 그를 자신의 약혼자로 지명할 수 있는 권리를 얻을 수 있으니까.

개인적으로는 응원해 주고 싶지만, 응원만 하고 있을 순 없다. 누가 뭐래도 우승이 걸려 있으니까.

『프란, 힐트는 최상의 상태가 아니야.』

'정말?'

『응, 스테이터스가 약간 떨어져 있어. 아마 나이트하르트와의 전투에서 쌓인 피로가 완전히 회복되지 않은 거겠지.』

'그렇구나…….'

디아스와 싸웠을 때의 프란과 똑같았다. 피를 많이 흘리고 반동이 큰 기술을 사용한 탓에 이틀 만에 피로가 완전히 회복되지 않은 것 같았다.

원래라면 기회였겠지만, 프란에게는 그렇지 않았다. 진심으로 아쉬워하는 표정이었다. 이거, 싸우기도 전에 의욕을 떨어뜨린 거 아닐까?

『그렇다고 해도 상대는 수준급이다. 강적임에는 변함이 없어.』

'응!'

다행이다, 금방 의욕을 되찾은 것 같다.

『젊은 호랑이의 이빨이 최강의 후계자를 물어뜯을 것인가! 아니면 아름다운 무의 화신이 최강의 도전자를 꿰뚫을 것인가! 마침내 정상에 오를 자가 결정됩니다!』

이미 각성을 마친 프란이 나를 머리 위로 높이 들어 올렸다. 힐트도 자세를 잡았다.

"섬화신뢰."

"……가루라."

두 사람이 동시에 중얼거렸다. 가루라? 나이트하르트전 때도 사용했던 기술이다. 여기서 사용한다면 공격보다는 보조를 목적으로 한 기술이라는 거겠지. 그때는 일어날 때 사용했는데, 이동 보조인 건가?

『자아아, 그럼! 결승전, 시작!』

그 시작 신호와 함께, 나는 쇼트 점프를 사용했다.

전이와 동시에 천단. 그것이 우리의 목적이었지만, 전이 직후 이미 힐트의 모습은 거기에 없었다.
프란은 나를 크게 들어올린 채 아무도 없는 공간을 한순간 바라보다가, 바로 옆으로 몸을 날린다.
등 뒤에서 기척을 느꼈기 때문이다.
우웅!
프란의 몸을 스치듯 마력 덩어리가 공기를 가르며 날아갔다.
"!"
프란이 고개만 돌려서 바라보자 엄청난 속도로 접근해오는 힐트가 눈에 들어왔다.
상상을 뛰어넘는 속도였다. 지난번의 나이트하르트전에서 보여줬던 최고 속도에 가까울 정도였다.
발바닥에서 마력을 방출하여 급가속한 것 같았다. 이것이 가루라라는 기술의 효과인 모양이었다.
아직도 프란은 힐트에게 등을 돌린 채였다. 하지만 프란은 초조해하지 않았다.
"흑뢰전동."
힐트의 공격에 맞춰 프란이 흑뢰전동을 발동했다. 번개 같은 속도로 힐트의 바로 뒤로 돌아간 프란이 보답이라는 듯이 공기발도술을 펼쳤다.
허리 옆에 있던 내가 공기의 칼집에서 빠져나와 빠르게 날아간다.
날카로운 참격이 힐트의 목을 겨냥했지만, 보이지 않는 손에 의해 튕겨 나갔다. 힐트의 마력팔이다.
단순히 튕겨낸 것뿐만 아니라, 확실하게 힘의 흐름을 흐트러뜨리는 방향으로 유도하고 있었다.

그녀의 목표는 방어뿐만이 아니라, 공격을 받아넘겨 프란의 균형을 무너뜨리려는 것이었다.

원래라면 힐트에게 힘의 흐름을 조종당해 자세가 무너지며 빈틈이 드러났을 것이다. 하지만 우리는 그것을 예측하고 있었다.

내 염동으로 프란의 몸을 지탱해서 버틴 것이다. 힐트는 곧바로 반격을 포기하고 그 자리에서 빠르게 뒤로 물러났다.

"가릉?!"

울시의 기습도 실패했다. 거의 멈추지 않고 고속으로 움직이는 탓에 울시의 그림자를 통한 기습도 잘 먹히지 않았다.

아마도 지금까지의 시합을 분석하고, 전이를 통한 기습을 차단하기 위해서는 어떻게 해야 할지 고민한 결과인 거겠지.

확실히 저 정도의 속도로 계속 이동하면 전이의 지연으로 인해 도망이 가능했다. 뿐만 아니라 그 틈을 노리고 있을 가능성도 있었다.

심지어 지금의 기습은 이미 읽혔다. 탐지 능력도 괴물급이라니!

"울시. 기습은 그만. 마술로 전환해줘."

"크릉!"

'스승은 마술로 견제하는 거랑, 보이지 않는 공격 감지를 부탁해.'

『알았어.』

아직 초반이긴 하지만 주도권 경쟁은 막상막하인 상황이었다.

"간다!"

"와라!"

그 뒤로 또 한 번 치열한 공방이 펼쳐졌다.

"하아아!"

『선더 볼트 다중 기동!』

"크르아아아아아!"

프란은 물리, 나와 울시는 마술로 끊임없이 공격을 가했다. 울시는 계속 힐트의 뒤를 노린 채 암흑 마술로 견제를 이어갔다.

하지만 힐트는 여전히 제대로 된 대미지를 입지 않았다.

시뷸라처럼 엄청난 방어력을 가진 것은 아니다. 아니, 시뷸라에 비하면 누구라도 종이 갑옷처럼 느껴지겠지만. 일반적인 경우를 생각하면 기를 갑옷처럼 두른 힐트의 방어력은 충분히 높았다.

애초에 맨손으로 싸우는 이상 자신의 방어력을 높이는 기술은 필수였다. 마수 중에는 화염이나 번개, 독을 뿌리는 것들도 많기 때문이다. 아무 대책도 없이 때렸다가는 그 자체만으로 큰 대미지를 입을 수 있었다.

실제로 나를 통해서 전해지는 프란의 검은 번개도 제대로 대미지를 주고 있는 것 같지는 않았다. 지금의 나는 강력한 스턴봉이나 다름없었다. 스치기만 해도 고블린 정도는 쉽게 기절시킬 수 있을 정도다.

하지만 힐트의 기 보호로 인해 검은 번개도 효과를 발휘하고 있다고 보기는 어려웠다. 힐트의 마력 소모를 조금 더 촉진하는 효과는 있겠지만, 그뿐이다.

다만 그 이상으로 그 압도적인 기량이 성가셨다. 우리가 반복하는 모든 공격을 완벽하게 막아내고 있는 것이다.

프란의 참격은 마력팔을 이용해 쳐내고, 내 마술은 공악으로 짓뭉개버리고, 울시의 견제는 등 뒤에 눈이라 달린 것처럼 순식간에 피한다.

빠른 속도로 움직이며 이쪽 공격에 완벽하게 반응하는 그 기량은, 적이지만 감탄을 자아낼 정도였다.

나이트하르트전에서의 체력 소모가 남은 상태에서도 이 정도라니……. 육체 조작법을 능숙하게 사용하는 프란 쪽이 최고 속도는 더 위다. 하지만 힐트는 자신보다 빠른 적을 상대하고 있음에도 흐트러진 기색은 보이지 않았다.

"얏!"

"아윽!"

게다가 가끔씩 카운터를 날린다. 몸속까지 울리게 만드는 침투경은 스킬이나 마술로 신체 능력을 높이고 있는 프란이라 해도 움직임을 둔하게 만드는 성가신 공격이었다. 아직까지는 회복이 따라잡고 있지만, 위험한 공격이다.

힐트도 어떤 무기로 인해 상처를 치유하고 있는 모양인지 서로 눈에 보이는 대미지는 남아 있지 않았다.

이 정도로 치열한 전투 속에서도 둘 다 대미지가 거의 없는 일은 드물었다.

"타아아앗!"

"흐랴아아앗!"

서로의 무기가 부딪칠 때마다 엄청난 굉음이 울려 퍼졌다.

힐트의 너클 더스터도 상당한 물건이었다. 나와 몇 번이나 부딪쳤는데도 별다른 상처가 나지 않았다.

'스승, 힐트의 발을 멈출 수 있어?'

『해 볼게. 울시는 그 후 프란한테 맞춰줘.』

'웡!'

나는 지혜의 신 가호로 힘을 끌어내면서 형태 변형을 발동했다.

『좋아! 내 예상이 맞아! 이전보다 훨씬 더 쓰기 쉬워!』

마력의 제어가 향상되며 형태 변형 제어 또한 더 쉬워졌다. 이거라면 지금까지 이상으로 정밀하게 나 자신을 조종할 수 있을 것이다.

『받아라아아!』

내 장식끈이 스무 가닥으로 분열되었다. 굵기는 줄다리기 때 쓰는 밧줄과 비슷하다. 가는 강사만으로는 힐트의 방어를 뚫을 수 없을 것 같았기 때문이다. 그래서 나는 이번에 창을 떠올렸다.

자유자재로 변화하는 스무 개의 창이 사방에서 힐트를 향해 다가갔다. 이 정도로 굵으면 마력을 전도시키기에도 충분하고 프란의 검은 번개도 두르고 있다. 상당한 위력이었다. 어지간한 창잡이의 기술과는 비교도 되지 않을 것이다.

"이런 것까지!"

힐트는 한눈에 그 위험성을 간파하고 내 창을 피했다. 종이 한 장 차이로 피한 것은 대단하지만, 정말 그래도 괜찮은 거야?

『여기다아아!』

창이면서 동시에 장식용 끈인 그것은 그 직후 더 거대해지며 채찍처럼 변화했다. 떠올린 이미지는 아만다의 편술이다. 뭐, 날카로움이나 위력은 발끝에도 못 미치겠지만. 그것은 물량으로 보완하면 된다.

내가 조종하는 스무 개의 창은 정확히 스무 개의 채찍이 되어 힐트에게 달려들었다.

"크윽!"

편술 스킬도 없는 나의 공격으로는 큰 대미지를 주지는 못했지만, 마침내 힐트의 밸런스가 무너졌다. 여기서 더 확실히 해 두자.

『어스 홀!』

나는 힐트의 발 아래에 대지 마술로 큰 구멍을 뚫었다. 갑자기 발밑의 대지가 사라지자 힐트의 눈이 살짝 커진다. 거기서 끝나지 않고 나는 염동과 바람 마술을 써서 힐트의 몸을 구멍에 빠지도록 꾹 밀었다. 당연히 채찍도 아직 힐트를 쫓고 있었다.

하지만 힐트가 구멍에 빠지는 일은 없었다.

발바닥에서 마력을 강하게 분출해 단번에 후방으로 뛰어 낙하를 회피한 것이다. 강한 기세로 인해 내 염동마저 뿌리쳤다. 가루라의 효과인 거겠지.

훌륭한 움직임이었다. 하지만 찰나였던 나와 힐트의 공방 사이에, 프란과 울시의 준비는 이미 끝나 있었다.

프란이 강렬한 살기를 내뿜으며, 마치 필살기를 쏘는 듯한 분위기를 자아냈다.

위험을 감지한 힐트의 의식이 아주 찰나 프란에게 기울었다. 하지만 그것은 페이크였다.

"크르아아아아!"

힐트가 프란에게 정신을 빼앗긴 직후, 그 등 뒤에서 울시가 달려들었다. 반점 하나 없는 깊은 어둠을 온몸에 휘감은 울시가 프란조차 뛰어넘는 속도로 힐트에게 돌진했다.

암흑 마술 다크 엠브레이스의 효과로 지금의 울시는 위협도 B의 마수 중에서도 상위에 준하는 수준의 신체 능력을 얻은 상태였다. 그 공격이 직격한다면 힐트라도 멀쩡하지는 못할 것이다.
"윽!"
이 상황에서도 힐트는 당황하게 않고 대응하려고 했다. 울시에게 등을 향한 채 뭔가 하려는 모습을 보였다.
그러나 프란이 이것을 가만히 보고 있을 리가 없다. 힐트를 쫓아 점프한 프란이 나를 크게 휘둘렀다. 여기서 날린 공격은, 필살기인 천단이었다.
"하아아아앗!"
앞쪽은 흑천호, 뒤쪽은 암흑랑. 천단과 거대한 송곳니는 모두 직격만 한다면 랭크 A 모험가의 목숨을 빼앗을 정도의 위력을 갖고 있었다.
절체절명의 상황이다. 그래야만 했다.
그러나 여기까지 와서도 힐트의 얼굴에 초조한 기색은 없었다. 초조해하긴커녕 어딘가 개운한 표정으로 자신을 향해 휘둘러지는 나를 바라보고 있었다.
포기한 건가?
그럴 리가 없지.
그런 것이 아니라, 이것은 각오를 마친 표정이었다.
"으라아아아아아아아아아아아!"
힐트의 온몸에서 엄청난 양의 마력이 뿜어져 나왔다. 나이트하르트전에서 사용했던 오의 · 천인가?
하지만 이미 늦었어!
아무리 빠르더라도 도망칠 수 없고, 아무리 장벽을 두껍게 하더라도 막을 수 있는 위력은 아니었다.

울시의 돌진과 프란의 천단이 동시에 힐트에게 직격——.

『어?』

"!"

"가릉?"

확실히 맞혔다. 그렇게 생각한 직후, 나는 묘한 감촉을 느꼈다. 갈 곳을 잃은 프란은 살짝 비틀거렸고, 목표를 놓친 울시가 엄청난 속도로 우리 곁을 지나치며 결계에 부딪히는 모습도 보였다.

무슨 일이 일어난 거지?

필살을 노린 동시 공격이었는데. 하지만 예상했던 감촉이 없었다. 피한 건가?

아니면 빠져나간 건가?

『크!』

고민할 틈은 없었다. 공격의 기운을 느낀 나는 황급히 전이를 발동했다. 우리가 있던 자리에 마력탄이 꽂히는 게 보였다.

힐트가 뒤쫓아오는 것을 경계했지만, 그런 기색은 없었다.

다시 한번 제대로 확인하자, 거기에는 비스듬히 선 자세로 이쪽을 노려보는 힐트가 있었다. 오른팔은 깊이 베이고, 왼팔은 중간부터 꺾여 있었다.

심지어 그 두 눈과 코에서는 엄청난 양의 피가 흘러나오고 있는 것이 보였다.

그러나 서 있는 위치는 조금 전까지와 전혀 달라지지 않았다. 저기에서 어떻게 우리 공격을 피한 거지?

〈개체명 프란, 개체명 울시의 공격을 간파하고 몸을 반회전시키며 공격을 받아낸 것으로 보입니다〉

한 일은 단순하다. 몸을 반시계 방향으로 회전시키며, 오른손으로 내 도신을 받아내면서 왼쪽 팔꿈치로는 울시의 돌진을 피한 것이다. 하지만 말은 쉽지만 행동은 어렵다는 말의 전형적인 사례라 할 수 있었다.

〈데미트리스류 오의 · 천에 의한 신체 능력 강화가 있으면 불가능하지는 않습니다. 성공률 추정 20퍼센트〉

『힐트는 내기를 해서, 이겼다는 건가.』

〈네. 다만 완전히 피하지는 못했고 팔에 대미지가 남은 것 같습니다〉

아무리 그래도, 우리의 필살 공격을 저 정도의 대미지만으로 피하다니…….

『저 피눈물과 코피는, 그 대가인가?』

〈데미트리스류 오의 · 천을 사용한 것에 의한 반동으로 추정됩니다〉

『나이트하르트전에서 저렇게 된 적이 있었나?』

〈소모와 대가가 매우 큰 기술일 가능성이 높습니다. 이틀 동안 피로가 다 회복되지 않아 그 반동이 이전 싸움을 웃돌고 있는 것으로 보입니다〉

아무래도 데미트리스류의 오의는 우리들의 잠재 능력 해방에 해당하는, 그야말로 양날의 검인 모양이었다.

단기간에 연속으로 사용하면 수명이 줄어들어도 이상하지 않은 것이다. 그럼에도, 힐트는 승리를 고집했다. 무시무시한 집념이었다. 모험가로서도, 격투가로서도, 여자로서도 질 수 없는 거겠지.

프란도 그것을 느낀 것일까.

"……굉장해."

각오와 기량, 그 모두를 갖춘 힐트에게 존경심마저 느껴지는 목소리로 조용히 중얼거렸다.

두 사람의 시선이 교차했다. 하지만 힐트는 움직이지 않았다.

오의로 인한 체력 소모로 움직일 수 없는 것일까. 아니면 방어 전법으로 전환한 것일까. 아직도 그 몸에는 오의로 두른 막대한 기가 감돌고 있지만, 대미지는 컸다.

특히 천단으로 인해 깊게 찢어진 오른팔은 거의 재생되지 않고 있었다. 신 속성의 효과 때문이었다.

필살의 일격을 피해 버리고 말았지만, 아직 우리가 유리하다는 것에는 변함이 없었다. 프란이 뒤늦게 정신을 차린 표정으로 나를 고쳐잡았다.

'스승, 칸나카무이!'

『알았어! 울시는 그림자로 가!』

'웡!'

나는 승리를 확정 짓기 위해 칸나카무이를 다중 기동했다. 디아스마저 빈사로 몰아넣었던 비장의 패 중 하나다. 하얀 번개가 뒤엉키면서 힐트에게로 쏟아졌다.

하지만 힐트는 피하는 모습을 보이지 않았다. 몸을 반회전한 자세 그대로 쏟아지는 번개를 향해 상처 입은 오른팔을 들어 올렸다.

저걸로 방어하려는 건가?

"아아아아아아!"

힐트의 오른손에서 뿜어져 나온 기의 덩어리가 칸나카무이와 충돌했다. 아주 잠시 균형을 이룬 듯했으나, 곧바로 뇌명의 기세가 우세해지며 하얀 섬광이 힐트를 삼켜버렸다.

디아스전 때과 마찬가지로 폭풍과 굉음을 동반한 뇌명이 결계 안에서 휘몰아쳤다.

폭심지에 있었으니 아무 일도 없이 끝날 리가 없다. 이걸로 승리했는지는 모르겠지만, 대미지는 확실히 있을 것이다.

'간다!'

『좋아!』

여기서 결판을 내겠다. 프란의 얼굴에 그런 결의가 떠올랐다. 승리를 쟁취하기 위해 번개와 폭풍을 뚫고 달려나가려고 했던 그때였다.

빠직!

"윽!"

둔탁한 소리와 함께 프란의 발목이 갑자기 으스러졌다. 그래, 으스러졌다. 마치 눈에 보이지 않는 거대한 바이스에 끼인 것처럼.

프란이 균형을 잃고 휘청이며 앞으로 쓰러졌다.

나는 순간적으로 염동으로 지탱하며 한층 더 장벽을 넓게 펼쳤다. 동시에 엄청난 충격이 장벽을 흔들었다.

『힐트의 공악이야!』

틀림없었다. 이 상황에서 공격을 걸어온 것이다. 그뿐만이 아니다.

『온다——!』

아직도 날뛰는 칸나카무이의 여파 속에서, 힐트의 기척이 일직선으로 다가오는 것이 느껴졌다. 믿을 수 없는 속도였다.

"하아아아!"

"!"

내 경고가 닿기도 전, 깨달았을 땐 이미 힐트가 정면에 있었다.

귀기 어린 표정을 한 힐트. 그 온몸은 만신창이라 해도 좋을 정도였다.

폭발로 인한 화상. 날아온 파편에 의한 타박상과 열상. 그 아름다운 얼굴의 오른쪽 3분의 1 정도가 타버렸고, 오른쪽의 눈꺼풀과 안구도 불에 타 녹아 없어졌다. 그럼에도 여전히 아름답게 느껴지는 이유는, 그녀가 내뿜고 있는 압도적인 존재감 때문일까.

칸나카무이를 막기 위해 뻗었던 오른팔도 이미 어깨 아래는 사라져 있었다.

그것은 칸나카무이를 막으려고 한 행동이 아니었다. 더 이상 움직이지 않는 오른팔을 방패 삼아 자신을 살리기 위한 행동이었다.

목숨만 붙어 있다면 역전의 기회는 있다. 그렇게 생각한 거겠지. 일부러 상대의 큰 기술을 맞아 방심을 유도한다. 높은 레벨을 가진 힐트가, 낮은 레벨을 가진 프란에게 쓸 것이라고는 생각되지 않는, 그야말로 체면을 따지지 않은 작전이었다.

나이트하르트전에서 겪은 소모로 전력을 낼 수 없는 힐트는 처음부터 밀리는 상황을 각오하고 있었던 것일지도 모른다.

모든 치유력을 왼팔에 집중시켰다. 이미 골절은 다 나았다.

오늘 중 가장 빠른 속도를 앞에 두고 프란이 숨을 죽이는 것이 느껴졌다.

"데미트리스류 오의 · 용!"

오의라고 말한 것에 비해 그 동작은 심플했다. 전신을 연동시켜 힘을 응축한 왼손바닥을 나선형으로 비틀며 앞으로 내민다.

다만 모든 것이 초신속이었고, 내민 손바닥에 신 속성이 집중되어 있었다.

오의 · 천에 의한 강화에서 나온, 온 힘을 쏟은 신 속성 일격. 단순하지만, 최강. 그것이 데미트리스류 오의 · 용의 정체였다.

어쩌면 천의 체력 소모도 신 속성 때문일지도 모른다.

힐트의 손바닥이 내 장벽을 쉽게 부수고 프란의 복부에 박혀 들었다.

쿠웅!

인간을 때렸다고는 믿기 힘들 정도의 중저음이 울려 퍼지며, 비명을 지를 새도 없이 프란이 수평으로 튕겨 나갔다. 음속을 초월한 것이 아닐까 싶을 속도로 날아가는 프란.

결계에 부딪치면 그대로 죽어버릴지도 모른다. 그러나 결계와 프란 사이에 검은 무언가가 끼어들었다.

"――!"

"끼잉……!"

울시였다. 자신의 몸을 방패 삼아 프란을 지키려 한 것이다. 단단한 결계보다는 나았겠지만 프란과 울시 모두 무사하지는 못했다.

소리 없는 비명을 지른 프란의 온몸에서 뼈가 부서지는 소리가 들렸다. 입에서는 혈액과 위액이 분수처럼 쏟아져나왔다.

울시도 마찬가지였다. 아니, 충격을 받아낸 울시 쪽이 훨씬 더 심각할지도 모른다. 사지를 꺾고 웅크린 채 불규칙한 호흡을 반복하는 것 말고는 하지 못했다. 내장도 뼈도 완전히 엉망진창일 것이다.

"컥…… 푸헉……."

『울시! 그 이상은 위험해! 그림자로 상처를 치유해!』

'큥…….'

이로써 울시는 전선에서 이탈했다. 고속 재생이 있으면 수십 분 안에 회복할 수 있겠지만, 이 싸움 중에 돌아오기는 어렵다.

프란도 즉사하지 않았을 뿐 중태였다.

하지만 프란은 쓰러지지 않았다.

"아…… 으……."

초점을 잃은 눈이, 여전히 힐트의 기척이 느껴지는 쪽을 보고 있었다. 비틀거리는 발걸음으로 앞으로 나아가는 프란.

나를 잡은 손에 희미하게나마 힘이 들어갔다.

『프란! 순간 재생을 쓸 수 있겠어?』

'아직…… 아직이야…….'

하지만 내 말을 듣지 못했다. 의식이 몽롱한 듯했다.

치유 마술을 사용했지만 신 속성으로 입은 대미지는 치료가 더디다. 재생을 함께 사용하지 않으면 위험한 상태에서 벗어나기까지 상당한 시간이 걸릴 것이다.

'이긴……다…….'

그래도 프란은 발걸음을 멈추지 않았다.

손바닥을 내민 자세 그대로 굳어 있는 힐트가, 좀비처럼 흔들리며 걸어오는 프란을 바라보았다. 그 얼굴에는 경악한 표정이 떠올라 있었다.

오의로 끝을 내지 못했기 때문이겠지. 신 속성은 어떻게 보면 필살 공격이다. 특히나 마수보다 생명력이 떨어지는 대인전에서는 맞히기만 하면 반드시 승리할 수 있다고 생각했을 것이다.

하지만 우리도 그저 멍하니 서 있기만 했던 것은 아니었다. 프란은 약간 뒤로 뛰어올라 대미지를 최대한 줄이려 했고, 나는 모아두었던 염동을 발동해 순간적으로 힐트의 기세를 약화시켰다.

아주 사소한 일들이었지만, 그것들이 합쳐져서 프란의 목숨을 지켜주었다.

나는 치유 마술을 계속 걸고 있었지만, 프란의 의식은 여전히 몽롱했다. 각성과 섬화신뢰는 이미 풀려버렸다. 대미지가 너무 큰 나머지 유지할 수 없었던 것이다.

이런 상태에서도 사라지지 않는 투지가, 그 몸을 받쳐주고 있었다.

"장래가, 두려울, 정도네……."

가쁜 숨을 몰아쉬며 힐트가 중얼거렸다.

일류 모험가인 힐트가 보기에도 지금의 프란은 감탄할 만한 수준이라는 거겠지.

"하지만, 질 수, 없어……!"

힐트의 전의도 아직 가시지 않았다. 프란을 강하게 쏘아본다.

하지만 힐트는 움직이지 않았다. 정확히 말하면, 아주 조금씩 움직였다. 마치 슬로우 모션을 보고 있는 것처럼 느린 동작이었다.

오의의 반동과 대미지로 인해 제대로 움직일 수 없는 거겠지. 움직임은 느리고, 몸을 두르고 있던 방대한 기운도 가라앉았다.

지금의 힐트에게 승리하는 것은 어렵지 않았다. 내가 단독으로 돌격해 공격을 가하면 그만이었다. 격전에 의해 마력을 소비하긴 했지만, 염동 캐터펄트에 더해 칸나카무이 한 발 정도라면 어떻게든 날릴 수 있었다.

하지만 그럴 생각은 없었다.

이기든 지든, 이 시합은 프란이 결판을 내야 했다.

"……."

"……."

호흡을 고르는데 온 힘을 쏟고 있는 힐트와 좌우로 흔들리는 불안한 걸음걸이로 앞으로 나아가는 프란.

무대 위는 놀라울 정도로 고요했다.

처음으로 큰 움직임을 보인 것은, 힐트였다.

여전히 안색은 나쁘지만, 호흡은 다소 진정되어 있었다. 이전까지는 과호흡이 되지 않을까 걱정될 정도로 호흡이 거칠었는데, 지금은 전력 질주를 마친 정도의 느낌으로 가라앉았다.

"헉…… 헉……."

괴로운 얼굴로 숨을 뱉으며 남은 왼손바닥을 이쪽을 향해 가볍게 내미는 힐트. 허리를 숙이고, 다리를 넓게 벌린 자세를 취한다.

공격이 아니라, 카운터나 방어가 메인인 자세로 보였다. 자세히 보니 힐트의 다리가 가볍게 떨리고 있다. 더는 이쪽으로 달려올 힘도 남아 있지 않은 것 같았다.

프란은 여전히 비틀거리며, 불안정한 발걸음으로 힐트에게 다가갔다.

조금씩 서로 간의 거리가 좁혀져 가는 가운데, 갑자기 내게 변화가 일어났다.

『무슨……?』

내 형태 변형이 발동한 것이다. 검에서 도로 모습이 바뀌었다.

내가 놀란 것은, 내 의도와는 달랐기 때문이다. 하지만 강제로 조작당한 것은 아니다.

프란의 의사가 나에게 흘러들었고, 내 몸이 아주 자연스럽게 그 뜻을 받아들이고, 그 결과 형태 변형을 발동했다.

그런 느낌이었다.

변형된 후에야 내가 스킬을 발동했다는 사실을 깨달았다.

신기한 감각이었다. 이전에 검신화했던 프란에게 쓰였을 때와 비슷한 느낌이었지만, 그때보다 더 강한 일체감이 느껴졌다.

아마도 검신화 상태인 프란에게 사용될 때는 압도적인 기량을 가진 상위의 누군가에 의해 사용됐기 때문이겠지.

하지만 지금은 프란이 자신을 필요로 한다는 것을 알 수 있었다. 종속이 아닌, 함께 싸우는 관계. 검과 사용자로서의 유대감 같은 것이 느껴졌다.

『이건…….』

프란과 나에게서 강렬한 푸른 빛이 뿜어져 나왔다.

나와 프란이 연결됐을 때에만 발휘되는 따뜻한 힘. 이 힘에는, 몇 번이나 구원을 받아왔었다.

이번에도 프란의 대미지를 약간이나마 치유해 준 것 같았다.

'스……승…….'

『프란! 정신이 들어?』

'……가자…… 이기자…….'

안 되겠다. 상처는 좀 아문 것 같지만 여전히 프란의 의식은 뚜렷하지 않았다. 그럼에도—— 아니, 오히려 그래서일까? 무의식 중에 최선의 행동을 취하고 있는지도 모른다.

이런 상황임에도, 내 안에서는 희미한 기쁨이 솟아올랐다. 의식이 없어도, 나를 의지해 주고 있다는 사실에. 파트너로서, 스승으로서.

그것이 기뻤다.

『그래, 이기자!』

'……응…….'

내 말이 들린 것인지 아닌지. 프란이 아주 미세하게 고개를 끄덕이는 것처럼 보였다.

여전히 그 걸음은 느리다.

10초. 20초.

그 이상처럼 느껴지는 답답한 시간이 흘러갔다. 관객들이 숨을 삼킨 채 몸을 내밀고 이쪽을 바라보고 있는 것이 느껴졌다.

5초가 더 지나고, 프란과 힐트의 거리는 5미터까지 좁혀졌다.

"……."

초점이 잡히지 않는, 어디를 보고 있는지 불분명하던 프란의 눈빛이, 갑자기 힐트를 바라보았다. 동시에 그 몸이 움직였다.

이동하고, 벤다. 단지 그뿐이었다.

하지만 무서울 만큼 빠르고, 무서울 만큼 날카롭고, 무서울 만큼 허를 찌른 움직임이었다.

나조차도, 힐트의 살과 뼈를 베었다는 감촉으로 프란이 공격했다는 사실을 깨달았을 정도였다.

프란의 급격한 가속의 정체는 마력 방출이었다. 온몸의 힘을 뺀 상태에서, 근력은 전혀 사용하지 않고 마력 방출의 반동을 이용해 몸을 움직였다.

등을 밀어주는 것뿐만이 아니다. 팔꿈치에서 마력을 방출해 팔을 들어 올리고, 어깨에서 마력을 방출해 들어 올린 팔을 내리친다. 그 밖에도 무릎 뒤나 허리, 발뒤꿈치 등에서도 마력을 방출했다. 이 모든 것들을 순식간에, 거의 동시에 실행한 것이다.

동작 자체는 힐트의 가루라와 비슷하지만, 프란 쪽이 더 복잡하고 난도 높은 작업을 했다고 볼 수 있었다. 코르베르트가 시뷸라에게 날린, 미완성 필살기의 완성형이라고도 할 수 있는 움직임이었다.

상대의 근육이나 호흡, 아주 미세한 중심 이동. 그러한 것을 간파하고 대응하는 것에 익숙한 달인이었기에, 오히려 힐트는 이를 감지하지 못했다.

물론 프란의 마력 은폐가 완벽했다는 점도 큰 이유겠지만.

이 대회에서 보고 배운 것의 집대성이라고 할 수 있는 일격이었다.

직선적인 속도 자체는 그리 빠르지 않았다. 섬화신뢰를 쓴 상태가 압도적으로 빠를 것이다.

그렇다 해도 죽기 진전의 인간이라고는 믿기 어려울 정도의 속도였고, 허를 찔렀다는 점에서는 더할 나위 없는 기습이었다.

힐트도 전혀 반응하지 못했다.

무슨 일이 일어났는지 이해할 수 없다는 눈으로 프란의 멍한 눈을 바라보고 있었다.

아아, 마침내 자신이 베였다는 사실을 깨달은 것 같다. 입을 크게 벌린다.

"어?"

그런 목소리가 힐트의 입에서 터져 나오더니, 뒤늦게 그 몸에서 피가 크게 솟구쳤다.

무너져 내리는 힐트의 몸이 되감기는 빛에 감싸였다.

『그, 그 정도로 치열한 격전이 펼쳐진 결승전이었는데, 결판은 놀라울 정도로 고요했습니다아! 승리한 것은 약관 13세! 흐, 흑묘족의 프란! 의심의 여지 없는! 당당한! 사상 최연소 우승자의 탄생입니다!』

전에 없이 흥분한 해설자의 목소리가 울려 퍼졌다. 혀가 살짝 꼬였을 정도로 흥분한 것 같았다.

나는 꿈을 꾸고 있는 듯한 기묘한 기분으로 그 말을 듣고 있었다.

프란이 우승한 거야? 정말로?

아직도 믿기지가 않는다. 하지만 이것은 현실이었다.

왜냐하면, 프란이 쓰러져 버렸기 때문이다.

『프, 프란! 괜찮아?!』

"으……."

위험해, 좋게 말해도 죽기 직전이야!

내가 남몰래 회복 마법을 걸었지만, 상처는 거의 아물지 않았다. 신 속성 때문에 회복 마술이 제대로 먹히지 않는 것이다.

그 상태로 달려온 의료반에 실려 옮겨졌다.

운반 장소는 의무실이다.

"시, 심각하군! 너희들은 힐을 써라!"
"네! 알겠습니다!"
"우승자가 죽어버리면 의료반의 체면이 서지 않으니까요! 모든 힘을 다 쏟아붓겠습니다!"
세 명의 치유 마술사들이 필사적으로 조치를 취했지만, 그 회복 속도는 매우 더뎠다.
"큭! 그레이터 힐도 전혀 효과가 없어!"
"생명 마술도 똑같습니다!"
"그럴 수가! 어쨌든 마나 포션을 먹이면서 계속 회복하는 수밖에 없어! 아예 치유되지 않은 건 아니다!"
"""네!"""
경험이 풍부해 보이는 리더격의 노인조차 신 속성에 의한 대미지를 본 경험은 없는 모양이었다.
독이나 저주를 상정해 여러 가지 술법을 쓰고 있었지만, 프란의 상처 치유는 하염없이 느렸다.
그럼에도 일류 마술사 세 명이 온 힘을 다해 치유해 주고 있었다. 적어도 생명이 위험할 일은 없을 것이다. 그것만큼은 다행이었다.
『울시, 괜찮아?』
'크응…….'
프란의 몸은 잠시 치료반에 맡기기로 하고, 나는 울시의 회복에 전념하기로 했다. 울시도 엉망이 될 때까지 애써준 것이다.
마지막 순간 포탄처럼 날아가 버린 프란을 받아내면서 이쪽도 상당히 큰 부상을 입었다. 재생으로 서서히 낫고 있기는 하지만 즉시 완치하기는 어려울 정도의 대미지였다.

그림자 속에 있는 울시에게 치유 마술을 걸어주었다.

『마지막, 덕분에 살았어. 아주 잘했어.』

'웡…… 워우.'

『아직은 흥분하지 마! 온몸이 다 엉망이라는 점은 변함없으니까!』

'어후…….'

『나중에 맛있는 걸 먹게 해 줄게.』

'웡!'

그럴 때 의무실의 문이 열렸다. 의무실에 낯익은 인물이 찾아왔다.

"프란의 상태는 어때?"

"엘자 씨. 아직 안 좋습니다. 깨어날 기미가 안 보여요."

"그래……. 그 정도의 격전이었으니 어쩔 수 없겠지. 올해 폐회식에는 우승자가 없겠네."

우승자가 중태에 빠지는 일도 많은 이 대회에서는 몇 년에 한 번씩은 일어나는 사태라고 한다. 결승전인 만큼 치열한 싸움이 벌어지니 어쩔 수 없는 일이었다.

폐회식의 시작을 미루는 것도 어렵다. 높은 지위를 가진 초대 손님들을 예정 시간 이상 붙잡아 둘 수도 없었고, 그렇다고 그들이 돌아간 뒤에 시상식을 진행하는 것도 상대를 무시하는 처사로 받아들여질 수 있기 때문이었다.

대리가 없는 경우라면 영주나 모험가 길드 대표가 상금 등을 대신 보관해 준다고 한다. 뭐, 이 대회는 명예를 중시하는 느낌이라 상금은 아주 적지만.

"만약 깨어나서 시상식에 참석할 수 있다면 데려와 줄래?"

"알겠습니다."

엘자는 그렇게 말하고 나갔지만, 눈을 떠도 시상식에 참가하기는 어려울 것이다. 며칠 간은 전투는 고사하고 제대로 움직이기도 힘들 테니까. 모든 것을 쏟아부은 격렬한 전투였으니 말이다.

그곳에 새로운 방문자가 찾아왔다. 놀란 것은 아무런 기척을 느끼지 못했다는 점이었다.

"데, 데미트리스 님?"

치유 마술사가 저도 모르게 그 이름을 불렀다. 그랬다, 문을 연 사람은 랭크 S 모험가인 데미트리스였다.

그가 천천히 다가왔다.

순간 보복이라는 단어가 머리를 스쳤지만, 데미트리스에게서 위협적인 기색은 전혀 느껴지지 않았다.

"역시 회복이 따라잡질 못하는군……. 나도 좀 거들어도 되겠나?"

"네? 하, 하지만……."

"용기(龍氣)로 인해 상처를 입으면, 한동안은 제대로 회복되지가 않지."

"용기?"

"예전에 싸웠던 마룡이 두르고 있던 것이라 그렇게 이름 지은 것뿐이지만……. 우리 유파의 오의 중 하나다."

그건 신 속성을 말하는 것일까? 데미트리스류에서는 용기라고 부르는 모양이다. 그래서 오의 이름도 용인 거겠지.

"서, 선생님은 혹시 해결하실 수 있습니까?"

"완전히는 아니지만, 조금은."

데미트리스의 말에 거짓은 없었다. 정말 프란을 돕기 위해 와줬을 뿐인 것 같았다. 악의나 적의도 느끼지 않는다. 그렇긴커녕 프란을 바라보는 눈에는 인자함과 비슷한 감정마저 느껴졌다.

"하, 하지만 이 소녀는 선생님의 후계자분과……."

"한 번의 승패 따위는 사소한 일일 뿐이야. 이 정도의 재능을 여기서 잃는 건 아깝지."

"대, 대단하십니다……. 그럼 부탁드립니다."

"음."

나는 데미트리스를 지켜보기로 했다. 아무리 봐도 프란에게 해를 끼칠 의사는 없어 보였다.

해는 고사하고 신기에 의한 대미지를 치유하는 방법까지도 알고 있는 모습이었다.

"후우우…… 하아아……."

데미트리스가 깊게 숨을 내쉬고는 프란의 복부와 머리에 손을 가져갔다.

데미트리스의 두 손에서 서서히 기가 흘러나오며 프란의 몸에 스며드는 것을 알 수 있었다.

그뿐만이 아니다.

『이건, 신 속성?』

놀랍게도 데미트리스가 내보내고 있는 기에는 미세하게 신 속성이 포함되어 있었다. 다만 공격적인 기운은 없었고, 오히려 프란의 일그러졌던 표정이 점차 누그러졌다.

그리고 몇 분 뒤. 데미트리스의 치료가 종료되었다. 랭크 S 모험가임에도 피곤해하는 기색이 보였다. 그 정도로 신 속성을 유지하는 것이 어렵다는 뜻이겠지.

"회복시켜 보게."

"네, 네."

놀랍게도 그 후 프란에게 회복 마술을 걸자 확실하게 효과가 높아졌다. 물론 평소에 비하면 상당히 낮았지만, 신 속성의 영향으로 거의 회복되지 않았던 것을 감안하면 이것으로도 충분히 나아진 셈이었다.

이 정도면 여럿이서 회복시키면 금세 상처가 치유될 것이다. 적어도 생명의 위기는 벗어난 것 같았다.

신 속성에 의한 후유증이나 대미지를 같은 신 속성으로 치유했다는 건가? 아직도 우리가 모르는 활용법이 있는 모양이었다.

"난 폐회식으로 돌아가 보지. 뒤는 맡기마."

"네, 네! 감사합니다!"

"음."

몇 분 뒤.

울시의 상태도 많이 회복되어서 나도 은근슬쩍 프란의 회복에 가담했다. 회복 마술 효과가 더 좋아졌다고 생각한 것인지 기뻐하는 치유 마술사들의 모습을 보니 조금 미안한 마음이 들었다.

그때였다. 의무실에 다시 누가 들어왔다.

"호오? 정말로 움직일 수 없는 모양이네요."

"누, 누구시죠?"

"에이, 이름을 댈 만한 사람도 아니에요. 히히히."

거침없이 방에 발을 들인 남자가 불길한 웃음을 지었다.

이 녀석이 왜 여기 있지? 직전의 준준결승에서 디아스에게 패배한 랭크 B 모험가. 에이와스의 제자이기도 한 아바브였다.

뱀 같은 징그러운 눈으로 프란을 보며 웃고 있다.

"히히히히히!"

아무리 봐도 호의적인 태도는 아니었다.

그 모습에 불길함을 느낀 것일까. 치유 마술사 노인이 아바브에게 물었다.

"바, 밖에 경비 병사들이 있었을 텐데요."

"아아, 그거요? 큭큭큭, 직무 태만 아닐까요? 너무 무방비하길래 저도 모르게 죽여버렸지 뭐예요!"

"네?"

다음 순간 아바브의 칼이 휘둘러졌다. 목적은 치유 마술사 리더다. 정확하게 목덜미를 노렸다.

명백히 죽일 의도를 가진 공격이었다.

뭐, 내 염동에 튕겨 나가 실패로 끝났지만 말이지!

그렇게나 살기를 내뿜고 있으면 다음에 무슨 짓을 할지는 쉽게 예측할 수 있었다. 치유 마술사들을 아래로 얕잡아 보고 검기도 쓰지 않았으니 막는 것은 고블린의 손목을 비트는 것보다 쉬웠다.

"호오! 제 선공을 막다니, 꽤 하시네요!"

"네? 어?"

아직도 사태를 파악하지 못한 세 명의 치유 마술사들은 그저 눈을 휘둥그레 뜨고 있었다.

평판은 안 좋더라도 상대는 무투 대회의 참가자이자 고랭크 모험가다. 갑자기 공격해 올 것이라고는 꿈에도 생각하지 못했을 것이다.
"쉬야앗!"
"히익!"
휘둘러진 검을 본 노마술사가 비명을 지르며 머리를 감쌌다. 아무래도 전투에는 서투른 듯했다. 아바브는 확실하게 죽일 수 있다고 생각했는지 그 얼굴에 가학적인 미소가 떠올랐다.
하지만 그 검 역시 내가 친 장벽에 의해 다시 튕겨 나갔다.
소용없어, 소용없어! 겨우 그 정도의 검술로 내 장벽은 부술 수 없다고!
"가, 갑자기 이게 무슨 짓입니까!"
"……일부러 약한 척을 하는 건가? 그렇다면 대단한 연기력이군요……. 뭐, 상관없어요. 너무 많은 시간을 들일 수는 없으니까요. 그 아가씨를 넘기세요."
"무, 무슨 말씀이십니까?"
"요점만 말하자면 제 클라이언트가 강한 모험가를 원하고 있습니다. 원래대로라면 저 같은 건 발끝에도 못 미칠 정도의 힘을 가진 괴물이지만, 지금이라면 쉽게 사로잡을 수 있지 않겠어요?"
"무, 무슨 말을……."
아바브의 목적은 프란 그 자체였던 건가! 약해진 프란을 납치해서 암노예로 만들려는 것인지도 모른다.
'그르르르……'
『울시, 죽이지 마. 속셈을 털어놓게 해.』
"가릉!"
"기이이이익! 소환되지도 않았는데, 어째서!"

"가르르르!"

"게, 게다가, 그 정도의 상처가 벌써……?"

아아, 그렇군. 울시를 소환수라고 생각했다면, 술자인 프란이 자고 있을 땐 소환할 수 없다고 생각해도 이상하지는 않았다.

게다가 힐트와의 시합에서 중상을 입기도 했다. 전력을 잃었다고 생각했겠지. 하지만 아쉽네. 이미 50퍼센트 정도는 회복했다. 너 정도의 녀석을 제압하는 데에는 충분하다고!

"그윽……."

그림자에서 튀어나온 울시에게 두 다리를 물어뜯긴 아바브가 비명을 지르며 쓰러졌다. 하지만 역시 랭크 B 모험가.

치명적인 일격을 당하고도 품속에서 약을 꺼내고 있었다. 디아스전에서도 사용했던 독약, 일곱 깜빡임이다.

패할 위기에 처한 순간 자신의 생명을 보호하는 방향으로 전환하다니, 모험가로서의 풍부한 경험이 느껴졌다.

"젠자아앙! 이렇게 된 이상……."

"가우!"

"무슨!"

그러나 독 무효를 가진 울시에게는 그저 쓴 물일 뿐이었다. 그림자에서 튀어나온 울시가 약병을 든 아바브의 손을 통째로 물어뜯어 그대로 삼켜버렸다.

"마, 말도 안 돼!"

독약의 쓰디쓴 맛으로 인해 퉤퉤 침을 뱉는 울시를 보며 아바브가 얼빠진 표정을 짓고 있었다. 그 직후, 그 얼굴에 절망이 떠올랐다.

울시에게는 독이 듣지 않는다는 것을 깨달은 것이다.
아마 아바브의 손에 그 이상의 독은 없는 것 같았다. 일곱 깜빡임이 듣지 않는다면 더는 쓸 수 있는 수단이 없었다.
"그르르르."
"큭."
울시가 아바브를 위협하듯이 으르렁거렸다. 프란을 노렸다는 사실보다 자신에게 쓴 독약을 먹였다는 것에 더 화난 것처럼 보이는 건 내 기분 탓이겠지?
뭐, 일단 아바브의 이야기를 좀 들어볼까.
"자, 자. 거기까지만 할까, 울시."
"어후."
나는 오랜만에 분신 창조를 사용해 사람의 몸을 만들어 그 자리에 모습을 드러냈다.
"흐엑! 누, 누구냐!"
"어? 어느 틈에!"
치유 마술사님들, 놀라게 해서 미안해.
"아-, 난 프란의 스승이다. 그렇지? 울시."
"웡!"
내가 손을 내밀자 울시가 자신의 머리를 비벼온다.
"그, 그렇습니까?"
프란의 종마인 울시가 친근하게 따르는 모습에 신분 증명이 된 모양이었다. 치유 마술사들은 안도했고, 아바브의 얼굴은 분노로 일그러졌다.
내 분신이 그렇게 강하지 않다는 것을 느끼고 얕본 것이다.

하지만 이내 프란의 스승이 약할 리가 없다고 생각했는지, 반대로 자신이 위장을 간파할 수 없을 정도의 강자라고 착각한 모양이다. 분신은 정말로 약한데 말이지.

"젠장할……."

"그래서? 이제 어쩔래? 전부 이야기한다면 이대로 상처를 치료하고 길드에 연행하는 걸로 끝내줄게."

"말하지 않는다면?"

나는 불량하게 쪼그려 앉은 채 여전히 쓰러져 있는 아바브와 시선을 맞추며 말해 주었다.

"우리 귀여운 프란에게 손을 대려고 한 주제에, 사지가 멀쩡할 거라고는 생각하지 마라."

"……하아. 간단히 잡을 수 있기는 무슨……. 알겠습니다. 다 얘기할게요."

아바브는 체념한 얼굴로 이쪽을 올려다보았다. 나와 울시 상대로는 도망칠 수 없다는 사실을 깨달은 모양이다.

하지만 순종적인 것은 어차피 겉모습뿐이겠지. 도망칠 틈을 엿보고 있을 것이다.

나는 무기를 들이밀며 아바브에게 질문을 던졌다.

"네 고용주는?"

"레이도스 왕국의 흑해병단이라는 부대에요."

질문에도 정말 선뜻 대답한다. 뭐, 고문을 당하면서까지 입을 다물 정도의 의리는 없다는 거겠지.

"녀석들인가!"

"알고 있습니까?"

"뭐. 나름대로의 인연은 있지."

"……그런 소린, 한마디도……."

보아하니 아바브는 우리에 대해서는 아무런 정보도 듣지 못한 모양이었다. 버리는 패인 건가?

"프란을 어떻게 할 셈이었지?"

"그건 모르겠어요. 그저 잡아 오라는 말만 들었으니까요."

"그렇구나……. 어차피 뭔가 다른 일들을 꾸미고 있는 거겠지? 뭘 할 생각이야?"

"그들의 목적은 전력 확충이라던데요."

"스카우트인가? 아니, 프란을 노렸다는 걸 감안하면 노예로 만들 셈인가? 아니면 언데드로 만들려고?"

내 중얼거림에 아바브가 놀란 얼굴로 눈을 크게 뜬다.

"여러 가지로 많이 알고 계신 것 같네요. 맞아요. 유력한 모험가를 잡아다가 비술을 써서 언데드로 만들어 지배한다. 히히히히! 흥미롭지 않나요?"

"……벌써 희생자가 나온 건가?"

"네, 맞아요! 무투 대회의 출전자 중에서 이미 스무 명 정도는 언데드가 됐어요."

대회에 진 인간이 마을을 떠나는 것은 이상한 일이 아니었고, 사람의 출입도 빈번하다. 모험가가 몇 명 사라진다고 해서 별다른 소란은 일어나지 않을 것이다. 동료들이 찾으려고 해도 지금 이 시기의 울무토에서는 일손이 부족하다. 대규모 수색대가 꾸려지는 일은 거의 불가능에 가까웠다.

무투 대회 기간의 울무토는 유괴를 계획하기에 안성맞춤인 장소였다.

원래였다면 좀 더 경비도 철저했겠지만, 올해는 여러 가지 문제들로 상황이 복잡하니까 말이지.

언데드 대량 발생에, 샤를스 왕국의 바보 귀족들. 불량배들 간의 다툼 같은 자잘한 사건도 평년보다 더 많다고 들었다.

"응? 혹시, 마을 밖에서 난 언데드 소동은……."

"흑해병단이 만든 겁니다. 마을 전체의 경비를 조금이라도 느슨하게 하려는 게 목적이거든요!"

"그밖에는 또 무슨 짓을 했어?"

"어디 보자——."

아바브가 자신들의 계획을 이야기하면 할수록 나는 한숨을 참을 수가 없었다.

"하아아……. 그러니까 시정잡배들을 고용한 것도, 유력 선수에게 암살자를 보낸 것도 전부 레이도스의 계획이라는 건가."

"하나하나로 보면 조잡하지만 여러 방향에서 소란이 일어나면 인력은 싫어도 분산될 수밖에 없으니까요."

이 정도의 준비를 하고, 경비를 소홀히 만들면서까지 뭘 노리고 있는 거지? 유망한 모험가를 유괴한다는 이유만으로는 너무 과한 것 같은데.

"히히히. 유력자의 신병 확보. 그게 목적이에요."

"유력자……?"

지금 이 녀석은 모험가라고 하지 않고 유력자라고 했다. 다시 말해——.

"이 마을의 요인을 노리고 있다는 건가!"

"맞아요. 전투력과 정치력을 겸비한 진화한 수인 오렐. 그리고 최강의 모험가 중 한 명인 데미트리스. 이 두 사람이 메인 타깃이에요."

그것은 의외의 말이었다. 그도 그럴 게 이 두 사람은 엄청나게 강하지 않나? 개인으로 호위도 두고 있고, 경비가 다소 느슨해졌다고 해서 유괴가 가능할까?

특히 데미트리스. 기습을 한다 해도, 암살을 노린다 해도, 도저히 어떻게 해 볼 수 있는 상대가 아니었다. 그야말로 프란 수준의 존재가 여러 명은 있어야 간신히 싸움을 붙여볼 수 있는 수준이었다.

"이미 마을 안뿐만 아니라 마을 밖에서도 여러 소란이 벌어지고 있을 겁니다. 대부분의 경비병이나 모험가가 그쪽 문제를 해결하기 위해 출동한 상태고요. 필연적으로 폐회식의 경비는 희박해지죠."

"일부러 폐회식 중간을 노린 건가?"

"이벤트가 끝나버리면 외부인도 눈에 띄게 되니까요. 게다가 각국의 사자나 귀족들 앞에서 유력자가 납치된다면 크란젤 왕국의 명성이 실추되는 꼴이나 다름없습니다. 그것도 노림수 중 하나였겠죠."

"그렇군. 하지만 구멍이 있는데. 경비병 같은 건 애초에 의미가 없어. 그도 그럴 게 상대는 데미트리스니까."

"히히히. 경비병 수를 줄여둔 건 어디까지나 침입과 도주, 잠복을 더 쉽게 하기 위해서였습니다. 데미트리스와 오렐을 확보하는 방법은 따로 준비해 뒀으니까요. 그쪽은 어떻게든 될 겁니다."

아바브의 자신만만한 표정을 보니 진심으로 데미트리스와 오렐을 붙잡는 것이 가능하다고 믿고 있는 모습이었다.

"그건, 어떤 방법이지?"

내 질문에 아바브가 웃으면서 작전을 폭로했다.

"데미트리스에게도 오렐에게도 귀여운 손녀가 있잖아요? 히히히히!"

"인질인가!"

데미트리스의 손녀 니르페. 오렐의 손녀 케이틀리. 확실히 그들을 인질로 잡는 방법은 꽤나 효과적일 것 같았다. 이들에게도 호위는 있지만 할아버지들을 직접 노리는 것보다는 훨씬 수월할 테니까.

이 녀석의 여유로운 태도를 보니 이미 유괴는 끝난 것 같았다.

울시를 보내두는 편이 좋을까? 케이틀리 일행을 찾으라고 길드에 전달하면 그들이 움직여줄까? 프란이 깨어나지 않는 이상 내가 여기를 떠나는 건 절대로 불가능하고…….

"……케이틀리랑 니르페, 위험해?"

"프란! 잠에서 깼구나!"

"스승."

내가 고민하고 있는데, 프란이 살짝 눈을 떴다. 치유 마술을 계속 걸어서 의식이 깨어난 모양이었다.

하지만 몸을 일으키는 것도 벅찬 상태였다.

"도와주러 갈래."

"말도 안 되는 소리 마! 아직 무리야!"

"싫어. 갈래."

"……윽."

프란에게 저런 애절한 눈빛을 받으면 거절할 수 없잖아!

"케이틀리 일행은 지금 어떻게 됐어?"

"확보할 때까지는 저도 도왔는데, 그 후의 감금 장소는 모르겠네요."

"울시, 어딘지 알겠어?"

"어후."

역시 울시도 여기에서는 알 수 없는 건가.

"일단 이 녀석들 아지트에 가보자. 장소가 어디야?"

아바브를 통해 아지트의 위치를 알아냈다. 투기장에서 가까운 곳에 있는 민가를 사용하고 있는 듯했다. 프란은 울시 등에 올라타서 이동할 수밖에 없으려나.

그 밖에도 여러 가지 묻고 싶은 것들이 많았지만, 지금은 그럴 때가 아니었다. 길드에 넘겨 신병을 확보해 두면 그만이다.

아바브를 묶어두면서 출발 준비를 하고 있는데, 또다시 방으로 뛰어 들어오는 사람이 있었다.

"프란! 괜찮냐!"

"코르베르트?"

"이상한 놈들이 갑자기 날뛰고 있길래. 프란은 괜찮은지 걱정돼서── 오오오오? 어어? 카, 카레 스승니이이임!"

코르베르트가 눈을 동그랗게 뜨고 나를 바라보았다.

내가 죽었다고 알고 있으니까, 당연히 놀랄 수밖에 없겠지.

"카레 스승님! 어, 어떻게……. 도, 돌아가셨다고 들었는데……!"

설마 여기서 코르베르트를 만나게 될 줄은 몰랐다. 하지만 지금은 오해를 푸는 시간도 아까웠다. 여기서는 '죽은 적 없습니다만, 무슨 문제라도?'라는 얼굴로 뻔뻔하게 밀어붙이자.

"아니, 죽지는 않았어."

"네? 그, 그럼——."

"잠깐, 코르베르트 씨! 갑자기 이상한 소리를 지르고, 무슨 일이에요!"

코르베르트의 뒤를 따라 방으로 들어온 것은, 역시나 낯이 익은 소녀였다.

"주디스인가."

주홍 소녀의 리더 주디스였다. 무심코 이름을 불러버렸지만, 상대는 조금 당황한 얼굴이었다.

"네? 아, 프란 씨의 스승이신!"

이런, 코르베르트와 조우한 혼란스러움이 아직 덜 가셨나 보다. 나는 바르보라나 울무토에서 그녀를 여러 번 만난 적이 있다고 생각했지만, 그때는 검 상태였다. 사람의 모습으로는 딱 한 번밖에 만나지 않았다.

상대가 보기에는 낯설고 이상한 남자에 지나지 않는다. 일단 기억은 하고 있는 것 같아 다행이지만.

"아무튼 지금은 상황이 좀 급해서, 밖에서 무슨 일이 있었는지 물어봐도 될까?"

"아, 네!"

주디스와 다시 원상태로 돌아온 코르베르트가 간단히 설명을 해 주었다.

어디선가 나타난 언데드와 불량배들이 갑자기 사람들을 습격했다고 한다. 숫자도 적고 매우 약하지만, 그래도 상당한 혼란이 일어나고 있다고.

투기장 밖에서도 비슷한 일이 벌어지고 있는 상태였다. 모험가나 경비병이 대응하고 있긴 하지만 상당한 피해가 나오고 있었다.

나는 지금까지 있었던 일을 코르베르트 일행에게 간단하게 설명했다. 아바브 일당의 계획에 대해서도 확실히 전해두었다.

"니르페 아가씨를 인질로 잡다니! 이런 비겁한!"

"히히히. 잡을 때 조금 다치게 해 버렸어요. 응급처치를 하긴 했지만, 그 상처라면 벌써 죽었을지도 모르겠네요."

"이 자식이이!"

격분하는 코르베르트를 황급히 제지했다. 다치게 했다는 말은 사실이지만 죽었느니 뭐니 하는 말은 거짓말이다. 적어도 당장 죽을 정도로 심각한 상황에서 방치되어 있지는 않을 것이다.

복수심 때문인지, 아직도 동료를 도우려는 것인지, 코르베르트의 판단력을 흐리게 만들려는 의도인 것 같았다.

"인질은 살아 있지 않으면 의미가 없어. 죽게 만드는 짓은 안 했을 거야."

"그, 그렇죠. 죄송합니다."

"아무튼 인질을 구해야 해. 그래서, 힘을 좀 빌리고 싶은데."

"당연합니다!"

"주디스랑 너희들은 이 남자를 연행해 줬으면 좋겠어."

"아, 알겠습니다."

방 밖에서는 리디아와 마이아가 주위를 경계한 채 이쪽을 지켜보고 있었다. 아바브의 전투력을 빼앗아두면 연행 정도는 맡길 수 있을 것이다.

아바브의 의식을 빼앗고 무장해제한 뒤 전신을 끈으로 꽁꽁 감싸버렸다. 그러면 그도 어쩔 수 없겠지.

"코르베르트는 프란과 함께 아이들을 구출하러 가줬으면 해."

"알겠습니다! 하지만 지금 하신 말씀대로라면, 카레 스승님은……?"

"나도 해야 할 일이 있어. 여기서 작별이다."

솔직히 말하자면 분신 창조에 제한 시간이 있으니까 말이다. 여기서 사라지는 편이 움직이기는 더 수월했다.

하지만 다른 사람들은 전혀 다른 의미로 오해한 듯했다. 프란의 스승이라고 하면 엄청나게 강하겠지, 그럼 분명 뒤에서 굉장한 일을 할 것이다, 라고 착각한 것이다.

"그, 그렇군요! 그 밖에 다른 음모를 처리하러 가시는 거군요!"

"아아, 뭐, 그런 거야."

"프란은 저에게 맡겨주세요! 손가락 하나 건드리지 못하게 할 테니까요!"

"부, 부탁하지. 그럼 이만."

카레 스승 어쩌고 하는 이야기가 더 나오기 전에 빠르게 이탈해 버리자.

나는 전이를 발동시킨 것처럼 꾸며서 분신을 없애버렸다.

『후우. 프란, 코르베르트가 같이 있다 해도 절대 무리하면 안 돼.』

'알아.'

프란을 태운 울시를 선두로 하여 우리는 의무실을 나섰다. 투기장을 나가기 위해 앞으로 나아가자 멀리서 전투 소리가 들려왔다.

다만 이 근방의 소란은 이미 가라앉은 모양이었다.

"이런 때지만 프란 씨, 우승 축하해요."

달리는 와중 침묵을 참지 못했는지 리디아가 축하의 말을 건넸다. 코르베르트는 복잡한 표정을 하고 있지만.

하지만 프란은 약간 고개를 갸우뚱했다.

"……나 이겼어?"

"네?"

"마지막, 잘 기억이 안 나."

"기, 기억이 안 난다니……."

"힐트를 벴다……는 건 어렴풋이 알겠는데. 좀 애매해."

명확하게는 기억하지 못하는 건가. 사실 그럴 가능성도 있지 않을까 생각하고 있었다. 마지막 순간에는 의식도 불분명했으니까.

"그, 그 정도로 극한의 시합이었던 건가요?"

리디아는 전율한 듯한 얼굴로 중얼거렸다.

그런 그녀를 보고 떠올랐는데, 그러고 보니 리디아는 지신(知神)의 가호를 가지고 있었지. 내가 가진 지혜의 신의 가호와는 다른 신인가? 하지만 이름은 비슷한데…….

『알림, 지혜의 신 가호와 지신의 가호는 뭐가 달라?』

〈신들에게는 다양한 얼굴이 있습니다. 예를 들어 수인의 시조라고 불리는 수충의 신. 그는 수신이자 충신이기도 합니다〉

『여러 신을 한 명── 아니, 한 주(柱)가 소화하고 있다는 건가?』

〈네. 수충의 신으로서 가호를 내리는 경우도 있고, 수신, 충신으로서 가호를 내리는 경우도 있습니다. 더 큰 권능을 가진 호칭이 상위로 간주된다고 생각하면 됩니다〉

『수충의 신보다 수신이 더 격이 낮다는 거야?』

〈네〉

『즉 지혜의 신과 지신은 같은 신이지만, 묘하게 다르다. 지혜의 신의 가호가 더 위라는 거네?』

〈그렇게 생각하면 문제가 없습니다〉

알림에게 가호에 대한 설명을 듣고 있는데, 코르베르트가 걸음을 멈췄다.

"저건 듀포인가? 게다가 라시드 일행이랑 도르한까지?"

"코르베르트, 듀포를 알아?"

"그래, 바르보라에서는 나름대로 눈에 띄는 녀석들이니까."

코르베르트의 말대로 투기장 입구 부근에서는 듀포를 포함한 모험가 몇 명과 병사들이 좀비를 상대로 싸움을 벌이고 있었다.

프란은 완전히 잊은 것 같지만, 듀포 이외의 인물들과 우리들은 이미 만난 적이 있었다. 나리아 일행과 함께 바르보라 모의전 때 프란에게 흠씬 얻어맞았던 루키들이다. 나리아 일행과 함께 울무토에 와 있었던 거겠지.

그 안에 한 명, 낯선 격투가가 끼어 있었다. 이 청년이 도르한이라고 하는 모양이다. 데미트리스류의 문하생으로 보였다.

그건 그렇고 듀포 일행은 이 동네를 떠난 게 아니었나? 코르베르트가 라시드에게 달려가 말을 걸었다.

"도와줄게."

"코르베르트 씨! 게다가 프란 씨까지!"

"응?"

놀라는 라시드 일행과 연계하여 우리는 좀비를 처치해 나갔다.

그 후 라시드 일행에게서 이야기를 들었다.

그들은 무투 대회 예선에서 패한 뒤 울무토에서 의뢰를 받으며 여비를 벌고 있었다고 한다. 그런 와중, 마을에서 일어난 살인 사건의 수사 협력 의뢰를 받았다는 것이다. 수사는 병사가 담당하고, 그들은 필요할 때 투입되는 전투를 맡았다고.

"원래는 마을 밖의 언데드 퇴치 의뢰를 받으려고 생각했는데, 꼭 좀 마을 안의 수사에 참가해 달라는 부탁을 받아서요."

경비대로서는 살인 사건을 더 중요하게 여기고 있는 모양이었다. 들어보니 살해당한 방법이 비정상이었다.

"커다란 칼로 잔인하게 난도질당한 데다 전신의 피가 다 빨려 있었어요."

엽기적이라는 말 한마디로는 끝낼 수 없을 정도로 비정상적인 범죄였다. 지금은 여러 가지 사건들 때문에 주목도가 떨어졌지만, 평소 같으면 마을 전체가 발칵 뒤집힌다 해도 이상하지 않은 사건이었다.

심지어 수사 도중에 다른 사건에 관한 큰 발견까지 있었다. 아니, 그전까지는 사건이라고 여겨지지 않았지만, 라시드 일행의 수사로 인해 실제로는 사건성이 있었다는 사실이 밝혀진 것이다.

"어느 부자가 빌려 쓰고 있다는 저택에서, 붙잡힌 이 녀석들을 발견했어요."

놀랍게도 듀포 일행과 도르한이 지하에 잡혀 있었다고 한다.

듀포 일행은 단순히 마을을 떠난 것으로 여겨졌고, 도르한도 자유 행동 중이었기 때문에 실종으로 여겨지지 않았다.

그런데 사실은 유괴였던 것이다. 심지어 전투력 높은 모험가인 듀포 일행이 말이다. 강한 언데드에게 기습을 당해 저항 한번 못 해보고 졌다는 모양이다.

그 말을 듣고 코르베르트가 놀랐다.

“도르한. 네가 그렇게 쉽게 졌다고? 프란, 이 친구는 아직 어리지만 아가씨에게도 관심을 받고 있고, 이 어린 나이에 랭크 C 모험가야.”

코르베르트는 칭찬을 아끼지 않았지만, 정작 도르한은 난처한 표정으로 머리를 긁적였다.

“아뇨, 랭크 B이신 코르베르트 씨가 얘기해 봤자. 게다가 힐트 님이 관심을 두고 있다고 하면 코르베르트 씨가 훨씬 더 그렇잖아요?”

“뭐? 그게 무슨 말이야?”

코르베르트가 도르한의 말에 고개를 갸우뚱했다. 하지만 도르한은 어이없다는 얼굴로 어깨를 으쓱할 뿐이었다. 아무래도 힐트의 마음은 문하생들에게도 다 들통난 모양이다.

“나는 약혼자 후보였을 뿐이야. 찰리가 아가씨께 훨씬 더 잘 어울려.”

“코르베르트 씨는 어떻게 생각하세요? 힐트 님을 좋아하신 거 아닌가요?”

“글쎄? 열 살 넘게 어린 아가씨를 그런 눈으로 본 적은 없어. 상대에게 실례야.”

음, 코르베르트는 진짜 연애 감정이 없는 건가? 그래도 호감은 있는 것 같으니 힐트의 사랑이 완전히 가망이 없지는 않을 것 같았다. 도르한도 그렇게 생각한 것인지 작게 주먹을 쥐고 있었다.

이 청년은 힐트의 사랑을 응원하는 입장인가 보다.

"저기, 여기서 대화할 시간 없어."

이런, 나도 모르게 다른 사람들과 함께 귀를 기울였는데, 지금은 그럴 상황이 아니었지! 유일하게 그 이야기에 조금도 관심이 없는 프란이 모두를 재촉했다.

"그랬다! 범인을 쫓아야지!"

라시드가 손에 들고 있는 마도구를 바라보았다.

엽기 살인범과 모험가 유괴범 사이에 연결고리가 있다고 확신하고, 그 뒤를 경비대가 가진 마도구로 쫓고 있었다는 모양이다.

그쪽도 대사건이기는 하지만, 우리도 도와줄 여유는 없었다.

그보다는 거의 확실하게 레이도스 왕국과 관련되어 있겠지.

모험가를 유괴해서 언데드로 만들고 있었던 것 같으니까. 내버려 뒀다면 듀포 일행은 죽었을지도 모른다. 하지만 여기서 레이도스 왕국의 이름을 언급하는 것은 조금 위험하다는 생각이 들었다.

그 이야기가 퍼진다면 분명 지금보다 더 큰 혼란이 벌어질 것이다. 그렇게 되면 상대에게 유리하게 작용할 수도 있었다.

"도와주고 싶지만 가봐야 해. 아무래도 혼란을 일으키고 있는 녀석들이 있는 것 같아. 너희들도 조심해."

"네, 네. 감사합니다."

라시드 일행에게 주의를 주면서도 우리는 주디스를 포함한 주홍 소녀들과 헤어지고 인질로 잡혀 있는 케이틀리와 니르페에 대한 탐색을 시작했다.

가장 먼저 향한 곳은 투기장 근처에 자리한 아지트였다.

적의 흑막도 그곳에 있었던 것 같은데…….

"역시 없나!"

"케이틀리 일행도 없어."

아바브의 증언대로 아지트는 텅 비어 있었다. 알고는 있었지만, 일단 가능성은 배제해 두고 싶었다.

"그럼 이제부터 니르페 아가씨가 있는 곳을 찾아야 하는데……. 울시, 네 코가 희망이다."

"울시, 힘내."

"웡!"

프란을 등에 업은 울시가 킁킁 코를 움직였다. 어제만 해도 엄청나게 먼 곳에 떨어진 언데드를 찾아냈었다.

이번에도 기대해 볼 수는 있겠지.

"킁킁킁킁!"

울시가 아지트 주위를 걸으며 땅 냄새를 맡았다. 이따금씩 멈춰 서서 코를 높이 들어 공기 중의 냄새도 맡았다.

"어후!"

몇 분 정도 비슷한 과정을 반복하는가 싶더니 좀 빠른 속도로 나아가기 시작했다. 그 뒤를 따라 우리도 울무토 마을을 달려갔다.

『혼란스럽다기보단 떠들썩한 느낌이네.』

'응.'

갑자기 마을 안에 나타난 언데드나 난동을 부리던 불량배들은 이미 처리된 모양이었다. 이미 잔해가 된 언데드를 앞에 두고 의기양양한 얼굴을 한 모험가들의 모습이 곳곳에서 보였다.

병사 파견이 좀 늦어지더라도 이 시기의 이 마을에는 일반인들 사이에 대량의 모험가들이 섞여 있었다. 대처하기는 수월할 것이다. 모험가 사정을 잘 모르는 레이도스 녀석들이 세운 계획이라 어쩔 수 없을지도 모르지만.

그렇게 좀 빠른 걸음으로 마을을 나아가던 중, 코르베르트가 복잡한 표정으로 입을 열었다.

"프란."

"응?"

"우승, 축하한다. 나는 네가 아가씨께 승리할 거라고는 생각 못 했어."

코르베르트의 경우는 전 제자라는 점도 있어서 역시 데미트리스류 쪽으로 마음이 더 기울 수밖에 없었을 것이다. 하지만 프란이 질 거라고 생각했던 이유는 그뿐만이 아닌 듯했다.

"경험의 차이도 커. 아가씨는 검사를 상대로 많은 경험을 쌓아 오셨으니까. 게다가 상성의 문제도 있고. 데미트리스류는 대인 전투에 특화된 유파니까. 뭐, 스승님은 별개의 존재라서 상대가 누구라 해도 무적이겠지만……. 역시 사람이 상대일 때 가장 유리하다는 사실에는 변함이 없어."

막는 기술 등도 결국은 무기를 가진 인간을 상정한 것이었다. 마수를 상대로도 응용할 수는 있겠지만, 가장 큰 효과를 낼 수 있는 것은 사람이었다.

"네가 다른 랭크 A 모험가를 이겼다는 건 알고 있었어. 작년 고드다르파전은 나도 지켜봤으니까. 하지만 그 사람은 군대나 마수를 상대하는 데 특화되어 있었지. 같은 랭크 A라도 특기인 전장이 전혀 달라."

그의 말대로 작년에 싸웠던 코뿔소 수인 고드다르파의 능력은 주위를 둘러싼 상태에서 큰 기술을 발휘하는 전투에 적합했다. 타입으로만 보자면 올해 프란과 싸웠던 비스코트와 비슷했다. 그것을 더 단단하고 강하게 만든 것이 고드다르파였다.

"그 뒤로 겨우 1년이다. 프란이 성장했다고 해도 무투 대회라는 조건 내에서라면 아가씨의 승리는 틀림이 없다. 그렇게 생각했는데……."

지금도 데미트리스를 존경하고 있는 코르베르트로서는, 그 후계자가 졌으니 복잡한 심경이겠지.

친구의 승리를 축하해 주고 싶은 마음과 그것을 안타깝게 생각하는 마음. 그 사이에서 갈등하고 있는 모습이었다. 다만 한 가지 확실한 것은, 힐트에 대한 연애 감정은 없어 보인다는 점일까.

어디까지나 존경하는 스승의 후계자. 자신보다 더 뛰어난 재능을 가진 전 동문. 동료 의식이나 경의는 있는 것 같지만…….

게다가 이번 프란의 승리로 인해 힐트가 후계자가 되는 것은 좀 더 먼 일이 되었다.

『음……. 힐트, 힘내라!』

'스승?'

『아, 아니. 아무것도 아니야. 그냥 힐트는 어떻게 지내고 있는지 좀 궁금해서.』

'흐음.'

그런 잡담과 함께 주위를 살피며 울시의 코에 의지해 나아가길 약 10분.

"웡!"

갑자기 울시의 속도가 높아졌다. 전속력이라고 하기엔 거리가 멀지만, 평범한 개의 전력 질주 정도의 속도였다.

『냄새가 가까워졌어?』

'웡!'

울시는 모퉁이를 돌아 거리를 가로지르더니 쏜살같이 달려간다. 하지만 정말 여기가 맞는 걸까?

울시가 가는 방향이 조금씩 꺾이는가 싶더니, 결국 투기장으로 되돌아가는 진로가 되어버린 것이다.

『정말 이쪽이 맞아?』

'웡!'

틀림없는 모양이다.

하지만 울시는 결국 익숙한 장소로 돌아오고 말았다.

『투기장이네.』

"어후……?"

울시가 눈앞의 투기장을 올려다보며 고개를 살짝 갸우뚱했다. 다시 한번 코를 킁킁거리더니, 또 한 번 목을 갸우뚱한다.

"울시?"

"웡."

울시가 투기장을 응시한 채 가볍게 포효한다.

"혹시 투기장 어딘가에 있다고 말하려는 거 아닐까?"

"웡!"

코르베르트의 말에 울시가 '맞아!'라는 듯한 얼굴로 한 번 더 짖었다.

어딘가에 인질로 확보해 둔 상태에서 데미트리스나 오렐을 협박하지 않을까 생각했는데……. 눈앞에 데리고 가서 방패막이로 사용하려는 건가?

그렇다면 혹시 우리가 투기장을 뛰쳐나왔을 땐 이미 흑해병단 언데드가 니르페 일행을 데리고 투기장에 와 있었던 것은 아닐까? 등잔 밑이 어둡다고 할 수준이 아니잖아! 그때 찾기 시작했다면……!

어, 어쨌든 지금은 행동할 때다!

우리는 다시 울시를 선두로 하여 투기장 안으로 돌입했다.

언데드의 모습은 없다. 여기도 이미 다 쓰러뜨린 것 같았다. 다만 강력한 언데드가 많았던 탓인지 곳곳에 다친 모험가들이 누운 채 응급처치를 받고 있었다.

통로를 나아가는 도중, 전방에서 큰 소리로 무어라 말하는 목소리가 들려왔다. 당황한 얼굴을 한 병사들이었다.

"이봐! 폐회식에서 무슨 일이 벌어진 것 같아!"

"무슨 일이라는 게 뭔데!"

"몰라! 하지만 언데드 소동도 그렇고, 평범한 상황이 아니야! 서둘러!"

"아, 알았어!"

"빌어먹을! 바깥 소동 때문에 안 그래도 경비병이 모자라는데!"

이미 흑해병단이 폐회식에 쳐들어온 모양이었다. 이거, 서둘러야겠네.

"울시, 서두르자."

"웡!"

병사들을 뒤쫓아 울시가 다시 달리기 시작했다. 벽을 달려 추월해 버리자 그들이 엄청나게 놀란 얼굴을 지어 보인다. 미안, 좀 급해서.

"웡웡."

울시의 안내를 따라 몇 개의 길을 돌아가다 보니 익숙한 통로에 도착했다. 이곳을 지나가면 관객석이 나온다.

그러나 여기서도 이변이 느껴졌다. 분명 폐회식이 열리고 있을 텐데, 놀라울 정도로 고요했다.

"기다려! 잠깐 멈춰!"

"웡?"

코르베르트가 작은 목소리로 모두를 불러 세웠다.

"이대로 무슨 일이 일어나고 있는지 모르는 채로 돌진할 수는 없어. 일단 정찰이 먼저다."

"그렇구나."

"웡."

그건 그렇다. 상황도 알지 못한 채 무턱대고 돌진해도 당장 어떻게 움직여야 할지 알 수 없기 때문이다.

하지만 프란과 울시는 '과연, 그런 방법이 있었구나!' 하는 얼굴을 하고 있었다. 너희들, 혹시 이대로 돌진할 생각이었어?

"우선 이 앞에 니르페 아가씨와 또 한 명의 소녀가 있나?"

"어후."

"뭐? 없어? 둘 다?"

"어후후."

코르베르트가 울시에게 질문을 던졌다. 맞다, 아니다로 답하느라 시간이 좀 걸렸지만 상황은 정확히 알 수 있었다.

아무래도 이 앞에 있는 것은 케이틀리뿐이고 니르페는 투기장

내의 다른 장소에 있는 모양이었다. 냄새가 더 먼 곳에서 나고 있다고 한다.

빼앗기지 않도록 나눠서 잡아두고 있는 거겠지.

"그럼 우리도 갈라지자. 울시와 코르베르트가 니르페를 부탁해."

"기다려! 지금 프란 혼자 보낼 수는……!"

"괜찮아. 무리는 안 해."

"하지만…… 아니, 그렇지. 내가 가는 편이 니르페 아가씨도 안심할 테니까……. 알았어. 니르페 아가씨는 나한테 맡겨."

"웡!"

울시와 코르베르트가 니르페의 거처를 찾기 위해 떨어졌다. 나와 프란이 케이틀리 담당이다.

프란은 격렬한 전투는 무리였으니 사실상 내가 담당하는 셈이었다. 수수께끼의 검 조작 스킬, 조검연무(가짜)가 나설 차례였다.

『우선 폐회식 상황부터 확인하자.』

'부탁해.'

『그래. 잠깐만 기다려.』

나는 장식용 끈을 가는 실로 바꿔서 통로에서 관객석으로 뻗어나갔다. 내 경우 실 하나로도 시각은 확보할 수 있기 때문이었다.

"——자! 이 목걸이를 네 목에 끼워라! 데미트리스!"

관객석에 도달한 내 시각에 들어온 것은, 무대 위에서 의기양양하게 소리치는 철 가면을 쓴 남자였다.

Side 흑해병단

“젠장! 역시 소환에 반응이 없어! 머미킹뿐만 아니라 구울들도!”

어젯밤부터 연락이 되지 않는다고 생각했는데, 정말 소멸했단 말인가?

“길드에서도 언데드 퇴치 의뢰가 나왔다고 하니까요. 이미 처리당한 게 아닐까요?”

“무능한 놈들! 모험가 같은 놈들에게 간단하게 처치당하다니 이이!”

이제부터 폐회식에 쳐들어가야 하는데! 계획이 틀어져 버렸잖아! 심지어 그 암컷 흑묘족 애송이도 확보해야 하는데…….

“히히히히! 머리 아파 보이네!”

“시끄러워! 알 아지프!”

“내가 전부 베어버릴 테니까! 괜찮다고!”

“뚫린 입이라고……! 네놈이 마을 안에서 식사 따위를 해서 경계가 더 높아진 거잖아! 게다가 잡고 있던 모험가들까지 도망친 데다 그 모험가들이 대량으로 마을 곳곳을 탐색하고 있다고! 분명 네놈을 찾고 있을 거다.”

“아니, 아니, 나도 마을을 혼란시키는 데 한몫했잖아.”

“적당히 아무 사람이나 죽이면 그만인 문제가 아니라고! 장소나 시간을 생각해야지! 지리를 잘 아는 기사나 모험가가 대량으로 투입되는 바람에 이쪽의 움직임이 제한돼 버렸잖아!”

외부인을 노리고 있는 동안에는 기사나 병사는 수사에 본격적으로 나서지 않았다. 이 마을의 주민들을 보호하는 것이 최우선이니까. 수사보다는 각 지역을 지키는 것. 그런 식으로 유도해서 이쪽이 더 쉽게 움직일 수 있도록 전략을 세웠는데!

알 아지프가 대낮에 당당하게 주민들을 먹어치워서 죽여버린 탓에 완전히 경계도가 치솟아 버렸다고!

“예이예이.”

“으그그극……!”

“진정하세요, 이미 일어나 버린 일은 이제 어쩔 수 없잖아요. 그보다도 적기사라고 했나요? 전력에 배치할 수 있다는 얘길 하고 있었는데…….”

“녀석들도 그럴 상황은 아닌 것 같더군.”

설마 적검기사단 단장 중 한 명이기도 한 시뷸라가 모험가 따위에게 뒤처질 줄은 몰랐다. 심지어 시뷸라에게 승리한 것은 최약체 종족인 흑묘족 소녀라고 한다. 그 보고를 들었을 때는 자신의 귀를 의심했다.

물론 비장의 수는 제한하고 있었던 것 같지만, 그렇다 해도 격렬한 전투였다는 것만은 분명하다.

우리 흑해병단 입장에서는 못마땅한 존재지만, 적기사의 실력은 의심의 여지가 없다. 그중에서도 적검기사단 단장이라고 하면 최강급 중 한 명이다.

그런 놈이 패배했다니……. 게다가 체력 소모가 심한 것인지 우리의 요청도 거절해 버렸다.

역시 모험가란 성가시다.

“어쩔 수 없지. 아바브. 네놈은 흑묘족을 확보해라. 지금이라면 쉽게 확보할 수 있을 거다.”

"음? 제 일은 샤를스 왕국 사람들한테 흥분제를 투여한 시점에서 전부 끝난 거 아닙니까? 게다가 당신들의 무차별 공격에 휘말려서 생긴 상처가 아직도 아물지 않았는데 말이죠?"

"네놈이 계집 호위에 밀릴 것 같아서 도와준 거잖아."

"그렇다고 대규모 마술을 마을 안에서 쓰면 어떡하냐고요. 덕분에 난리가 났잖아요. 유괴 대상인 딸까지 죽일 뻔했다고요."

"죽지만 않았으면 그걸로 됐어. 소동 따위는 이제 와서 무슨 상관이야?"

알 아지프가 폭주하지만 않았어도 나도 좀 더 조용하게 일을 진행했을 거라고!

"히히히…… 무서워라, 무서워."

"어쨌든 네놈은 흑묘족을 확보해라. 다 죽어가고 있으니 지금 상태로도 문제없겠지. 그리고 네놈이 갖고 싶어 하던 독 소재를 제공해 주마! 그거면 되겠지?"

"그렇다면, 뭐."

"그 흑묘족은 우리 주인님도 신경 쓰고 계셨던 존재다. 손에 넣으면 기뻐하실 거야. 어떻게든 확보해."

"그럼 전 가볼 건데, 전력이 저하된 상태로도 괜찮겠어요?"

"당연하지. 우릴 누구라고 생각하는 거냐? 흑해병단 제7석, 애시드맨이라고!"

"히히히. 그런가요? 그럼 전 흑묘족을 납치해서 탈출합니다?"

"그거면 됐어."

흥. 네놈이 속으로는 우리를 언데드라고 얕잡아 보고 있다는 건 다 알고 있다. 본인의 스승에게 과시하고 싶다는 하찮은 이유 때문에 조국을 판 쓰레기 주제에!

뭐, 됐어. 어차피 이 일이 끝나면 언데드화시킬 예정이니까. 이 마을의 침입 공작 때는 제법 쓸만했지만, 계획이 끝나면 쓸모도 끝이다.

"자, 그럼 우리도 가볼까."

"하하하하하! 그렇군! 드디어 마음껏 죽일 수 있는 시간이다!"

정체를 은닉하기 위한 가면을 쓰고 방 구석에서 무릎을 꿇고 있는 소녀에게 말을 걸었다.

"이봐, 이리 와."

"……."

"여전히 저런 태도군……. 됐으니까 와!"

"꺄악!"

"큭큭큭. 일이 다 끝나고 나면 네놈은 의식의 제물로 쓰기로 할까? 아이의 피는 좋은 재료가 되니까 말야."

"……."

위협을 가해도 울부짖는 것은 고사하고 겁을 먹은 얼굴조차 하지 않는다. 마음에 안 들어.

"그 태도……. 네 할아버지인 오렐이 우리 손아귀에 떨어졌을 때도 계속 이어갈 수 있을지 기대되는군!"

"……."

"이 꼬맹이가…… 그 눈 안 치워!"

"……."

"크하하하하! 애한테 무시당하고 있잖아! 웃기는군!"

"시끄러워!"

젠장! 왜 이런 상황에서 절망하지 않는 거냐! 압도적 상위자에게 사로잡힌 채 할아버지를 협박하는 데 사용되고 있는데?

"네가 반항적인 태도를 하면 할수록 시간은 지체된다. 그것 때문에 죽어가는 그 니르페라는 계집이 정말로 죽어버리지 않으면 좋겠는데 말야!"

"……!"

"크크큭. 그래. 네놈은 그런 얼굴이나 하고 있으면 된다고! 섀도 바인드."

"……꺄!"

케이틀리라는 아이를 술법으로 묶어 안아 들었다.

이미 시작되었을 폐회식에 침입해 데미트리스와 오렐을 손에 넣는다. 케이틀리는 이를 위한 중요한 수단이었다. 이 계집을 이용해 데미트리스와 오렐에게 노예의 목걸이를 끼우게 만든다는 계획이니까.

인질은 이 소녀뿐만이 아니다. 데미트리스의 손녀인 니르페라는 소녀도 확보해 이곳과는 다른 장소에 가둬두었다. 케이틀리는 방패 역할인 동시에 정말로 니르페도 잡혀 있다는 사실을 전하게 만들 증인이기도 했다.

아무리 데미트리스라는 남자가 규격 외의 존재라고 해도, 어디에 있는지도 모르는 손녀를 원거리에서 구하는 것은 불가능하다. 인질을 확보한 시점에서 우리의 승리다.

"이봐, 너도 간다."

"으아."

"……."

니르페라는 계집의 호위였던 사내도 이제는 내 부하다. 뭐, 산과 독으로 몸이 심하게 녹아내린 탓에 생전의 능력은 상실됐지만. 기껏해야 고기 방패나 데미트리스를 협박하는 용도 말고는 쓸 수 없을 것이다. 다행히 얼굴은 나름 멀쩡하게 남아 있어 누가 언데드화했는지는 알 수 있었다.

게다가 우리 주인님과는 달리 우리는 사령 마술에 그렇게까지 능숙한 것은 아니니까…….

그 대신 우리는 어둠 마술이 특기였다. 기척 은폐 마술을 사용하면 가는 길에 그리 쉽게 발견되지는 않을 것이다. 사실상 대부분의 사람들은 동요하느라 바빠 우리를 알아보는 사람은 없었다.

투기장 안으로 걸음을 옮기면서 부하를 소환해 난동을 부리라는 명령을 내렸다. 원래라면 구울을 풀어둘 예정이었는데, 없으니 어쩔 수 없다.

마을에 풀어놓을 예정이었던 부하들을 줄여 투기장 안에서 쓸 양동 작전에 사용했다. 전력은 예정했던 양의 절반 정도다. 진압되는 것도 시간문제다.

뭐, 애초에 은밀 행동에 서투른 머미킹을 위한 계획이었지만. 우리가 직접 나선다고 하면 이렇게까지 화려한 소란은 필요하지 않았을 것이다.

여기까지 와서도 계획이 계속 틀어진다. 정말이지 부아가 치민다.

"아니, 최종적으로는 데미트리스와 오렐을 손에 넣으면 그만이야. 크크크."

무대로 향하는 길을 걷다보니 앞쪽에서 약 10여 명의 경비병들이 몰려왔다. 귀족들이 많이 모여 있는 이곳은 역시나 경비가 삼엄하다.

선두에 있는 남자는 은밀 상태인 나를 알아챌 수 있을 정도의 실력은 있는 듯했다. 뭐, 그뿐이지만.

"이, 이봐! 너! 멈춰라!"

"뭐 하는 놈이——."

"애시드 미스트."

"끄아악!"

잔챙이들과 놀고 있을 틈은 없었다. 우리의 독 마술에 의해 만들어진 산 안개에 휩싸이며 경비병들이 즉사했다.

수는 제법 되어 보이지만 질이 낮다. 소란으로 인해 인력이 줄어든 것이다. 부대장 이외에는 젊은 자들뿐이었던 것을 보면 신병이었을지도 모른다.

흐물흐물하게 녹아버린 멍청이들의 시체를 밟고 통로를 빠져나와 무대 옆으로 나아갔다.

역시나 폐회식은 계속되고 있었다. 정치적 의미도 포함된 행사이니 쉽게 중단할 수는 없을 것이다.

갑자기 등장한 우리에게 주위의 시선이 쏠렸다. 그리고 하나둘 그 시선이 늘어가는 것이 느껴졌다.

"뭐, 뭐야! 경비병, 저——."

"닥쳐라, 벌레."

"끄악!"

무대 위에서 무어라 인사를 하고 있던, 귀족으로 보이는 남자에게 다가가서 발로 걷어찼다. 죽일 생각으로 찬 건데 아직 희미하게 숨이 붙어있다. 운이 좋은 놈이군.

하지만 그 행위로 인해 우리가 초대받지 않은 손님이라는 것을 회장의 모두가 이해한 것 같았다. 주위 사람들에게서 적의 어린 시선이 쏟아졌다.

뭐, 우리를 떨게 할 만한 수준은 아니지만. 그 대신 케이틀리가 떨고 있군.

주위로 경비병들이 둘러쌌지만 우리는 개의치 않고 옆에 안고 있던 케이틀리를 눈앞에 내려놓으며 그 몸을 덮고 있던 어둠의 구속을 풀어주었다.

갑자기 등장한 소녀를 보고 공격하려던 경비병들이 손을 멈췄다.

휘말리지 않게 하려는 거겠지. 큭큭큭, 상냥하기도 해라.

"자아, 우리도 한가하지 않으니까 바로 본론으로 들어가마. 내 이름은 애시드맨! 영광스러운 레이도스 왕국 흑해병단의 일원이다!"

레이도스라는 이름에 커다란 소동이 일어났다. 우리에게 집중되는 시선들의 대부분에서 더 강한 적의가 느껴졌다. 열등 국가의 하등 인종 주제에 이 얼마나 불손한 태도인지!

"큭큭큭큭. 보다시피 인질을 잡고 있다. 아아, 인질이 이 계집애만은 아니라고? 다른 곳에 한 명 더 확보하고 있지. 니르페라고 하는 어린 계집이다."

여전히 인간들의 소음이 가득한 투기장에서 내 말이 울려 퍼졌다. 그리고 무대 위에 있던 수상자 중 한 명에게서 목소리가 들렸다.

"니르페를 인질로 삼다니! 오늘 아침부터 모습이 보이지 않더라니……!"

힐트리아라고 하는, 데미트리스의 후계자라고 했나? 저것도 손에 넣고 싶은 소재지만, 특제 노예의 목걸이가 부족하다. 이번에는 보류해야겠군.

"거짓말 아닌데? 안 그래? 케이틀리?"

"마, 맞아요……. 정말로, 니르페가……. 게다가, 부상을 당해서 빨리 도와줘야 해요!"

"아이의 말만으로는 못 믿겠다면, 이걸 보도록."

우리 등 뒤에 두고 있던, 니르페의 호위였던 남자의 후드를 벗겼다. 산으로 반쯤 무너져내려 언데드화 되긴 했지만 그 얼굴은 충분히 알아볼 수 있었다.

"마이클!"

"그래, 그래. 그런 이름이었나? 확실히 강하긴 했지만 마술사를 상대로 한 싸움은 영 서툴더군."

"이 자식이……!"

분노한 표정을 한 남자의 이름은, 체르트였던가? 마이클과 아는 사이인가?

"마이클을…… 내 동생을 잘도……!"

"호오? 이게 네놈 동생이었나? 원수를 갚을 건가? 여기 있는 자들까지 합세해서 공격한다면 우리를 처치할 수 있을지도 모르지만……. 그럼 니르페도 죽을 텐데?"

"……젠장할!"

후하하하하! 역시 모험가 따위는 오합지졸들뿐이군! 인질을 잡힌 것뿐인데 아무것도 하지 못하다니!

"이쪽의 요구는 간단하다. 랭크 S 모험가 데미트리스. 그리고 위제트 오렐. 그 두 사람이 우리를 따르는 것!"

유명인의 이름이 언급되자 투기장에는 비명 같은 소리가 난무했다.

일일이 반응이 시끄러운 하등 인종들이지만, 이 녀석들은 목격자가 되어줄 필요가 있었다. 위대한 레이도스의 흑해병단이 크란젤 왕국의 체면에 먹칠을 하는, 그 순간의 목격자가 말이지!

"그 증거로! 이 목걸이를 착용해 줘야겠다!"

우리는 노예의 목걸이를 꺼내 높이 들어 보였다.

"자! 이 목걸이를 네 목에 끼워라! 데미트리스!"

이것은 특수한 노예의 목걸이다. 유효기간이 짧은 대신 구속력이 매우 강해 상대가 랭크 S라 할지라도 문제없이 그 자유를 빼앗을 수 있었다.

"왜 그러지? 빨리해! 이 계집의 목숨이 아깝지 않은 건가?"

"윽!"

어둠이 계집애의 몸을 옥죄며 괴로운 소리를 내게 만들었다.

"좀 더 아픈 꼴을 겪게 해 줘야 하는 건가? 알 아지프! 와라!"

"알았어."

짜깁기 투성이의 인간형 언데드인 알 아지프가 급격히 그 모습을 바꿔나간다. 멀리서 보면 사람처럼 보이겠지만, 본체는 그 인간형이 들고 있는 낫이었다.

다양한 무기의 파편들을 이어 붙여 만든 큰 낫에 슬라임처럼 녹아내린 인간형이 빨려 들어갔다.

그동안 먹어치운 생물을 이어붙이고 합성해 언데드화하는 능력을 가지고 있던 1호에 비해, 이 2호는 자신의 본체인 낫을 강화하는 능력을 갖고 있었다. 먹은 마수의 피와 살을 양식으로 삼아 점점 더 강화해 가는 것이다.

아니, 1호와 같은 능력도 주어지긴 했지만 그쪽은 매우 약했다. 반대로 1호는 2호 수준의 자기 강화 능력은 갖고 있지 않았다.

어쨌든 파격적인 능력처럼 보이지만, 알 아지프들은 실패작으로 결론지어졌다. 짜깁기는 기껏 강력한 마수를 소재로 만들더라도 능력이 대폭 저하된다. 약체화를 보완하기 위해 수백 마리의 마수를 합성해야만 한다. 그렇다면 차라리 그 마수를 직접 언데드화하는 편이 더 효율적이다.

자기 강화 능력의 경우도 마찬가지였다. 효율이 상당히 나쁘고 연비도 나쁘다. 게다가 한 번 능력을 해방하면 그동안 쌓아왔던 힘이 리셋되어 버린다.

두 가지 능력 모두 양산화에는 적합하지 않다는 결론이 내려지며 알 아지프 계획은 시제품 단계에서 중단되었다.

뭐, 그래도 이번에는 충분하겠지. 이 도시에 온 이후에도 사람을 잡아먹고 힘을 길렀다. 덕분에 일부 계획은 틀어졌지만 리턴은 기대해볼 수 있을 것이다.

"빨리 움직여! 열받아서 손이 미끄러질지도 모르니까! 이렇게 말이지!"

"꺄악!"

얼굴 옆에 가져간 알 아지프를 가볍게 움직인 것만으로도 그 뺨이 깊게 패였다.

"아하하하하하! 좋은 목소리로 우는구나! 게다가 피도 맛있어!"

낫에서 성별을 알 수 없는 날카로운 목소리가 울려 퍼졌다. 그

기이한 광경에 회장이 적막에 휩싸였다.

케이틀리의 흰 피부에서 피가 흘러나와 목덜미를 타고 흰옷을 붉게 물들였다.

"이 낫의 날은 톱처럼 되어 있어서 말야. 빨리 치료하지 않으면 보기 흉한 흉터가 남을 거다! 이 낫처럼 누덕누덕한 흉터가 말이지!"

우리의 외침을 들은 어리석은 자들 사이에서 더 강한 두려움이 퍼지는 것이 느껴졌다. 더 두려워해라! 더 개탄해라! 그것이 우리의 양식이 되니까!

"인질은 한 명 더 있다. 쓸데없는 생각은 말아라! 아니면 우리가 계집애의 목숨을 빼앗기 전에 우리를 쓰러뜨릴 수 있을지 시험해 볼 생각인가? 소용없다! 저주로 인해 우리와 계집들은 이어져 있다! 우리가 죽으면 계집들도 죽을 운명이다!"

거짓말이 아니다. 우리 존재와 계집들의 목숨을 인연으로 연결하여 우리가 죽으면 계집애들도 죽도록 저주를 걸어두었다.

우리들 언데드에게 주술은 가장 상성이 좋은 술식이다. 상대가 고위 마술사라 해도 그렇게 쉽게 풀지는 못할 것이다.

우리 말이 진실이라는 것을 알기 때문에 모험가들도 섣불리 움직이지 못했다. 이를 악물고 우리를 노려보고 있다. 패배자 같은 모습이구나!

"……내가 그 노예의 목걸이를 걸면 손녀와 그 아가씨의 목숨은 살려주겠다는 말인가?"

"할아버지!"

"조용히 해라, 힐트. 그래서, 맞나?"

"그래. 데미트리스, 오렐. 이 두 사람이 노예가 되면 손녀들은 풀어준다. 네놈이 우리 군에 들어온다면 인질 따위가 없어도 이 자리를 벗어나는 건 어렵지 않을 테니 말이야."

여기서 거짓말을 간파당하면 계획이 틀어질지도 모른다. 손녀들을 풀어주겠다는 것은 사실이다. 그러기 위해서 일부러 니르페도 살려둔 거니까.

"……어쩔 수 없군."

"할아버지! 하지만!"

"그 가면의 남자, 거짓말은 하지 않았다. 늙은 몸과 장래가 있는 아이들의 목숨. 저울질해 볼 필요도 없다."

데미트리스가 그렇게 말하며 앞으로 나아가려 했다. 그러나 한 명의 남자가 그 걸음을 가로막았다. 귀족으로 보인다.

"기, 기다려주시오! 당신은 본인의 힘을 지나치게 과소평가하고 있소! 레이도스 따위에게 당신의 힘이 넘어간다면 그것은 국방의 위기요! 다시 생각해 주시오!"

"어디 보자, 전 군무경 공인가?"

"그렇소! 크란젤 왕국의 귀족으로서, 레이도스에게 힘을 실어주는 일은 허가할 수 없소이다! 당신께 가슴 아픈 결정을 내릴 수밖에 없겠소! 손녀분의 일은 유감이지만, 여기서는── 커헉!"

"난 이 나라 사람이 아니야. 자네의 허락 따위는 필요 없어. 착각하지 말게. 게다가 손녀의 목숨이 달려 있다. 다른 사람들도 방해한다면 용서하지 않겠다. 알겠나?"

데미트리스에게 맞은 귀족이 허공을 날아갔고, 그 후에 이어진 협박으로 주변 사람들의 안색이 변했다. 진심을 조금도 내지 않았는데, 공간이 뒤틀린 것처럼 느껴질 정도의 강렬한 존재감.

불사자인 내가 보기에도 괴물이었다. 적대한다면 우리라도 순식간에 죽임을 당할 것이다.

모험가 따위는 결국 잡일꾼의 연장선이라고 생각했는데, 과연 최고 랭크는 격이 다르다는 것인가.

크크크, 저 힘이 곧 우리의 손에 들어오는 것이다. 웃음이 멈추지 않는군!

"나를 지명한 건가……. 어쩔 수 없군."

"나리!"

귀빈석에 있던 오렐도 몸을 일으켰다. 이대로 두 사람을 노예화하면 우리의 목적은 달성이다!

그러던 중 우리가 지나온 통로를 빠져나와 누군가가 다가오는 것이 느껴졌다. 모험가가 더 오는 것인가 하고 긴장했지만, 아니었다. 익숙한 기운이었다.

"적검기사단의 우두머리인가?"

"그쪽은 흑해의 썩어빠진 사령이군."

역시 적검의 시뷸라였다. 우리들의 요청에 응해서 드디어 와준 것인가!

여전히 불쾌한 여자다. 하지만 전력으로서는 부족함이 없었다. 데미트리스까지 더해진다면 도망치는 것은 훨씬 더 수월할 것이다.

"후하하하! 이쪽의 증원이 왔군! 이걸로 우리에게 더 유리해졌다! 뭘 꾸물거리냐! 데미트리스! 오렐! 어서 이 목걸이를 끼워라! 시뷸라! 이걸 놈들에게 전해 주고 와라."

"너희들이 나한테 명령할 권리는 없어."

"지금 그런 건——."

"애초에. 그 아이한테는 빚이 좀 있어서 말야."

"빚, 이라고?"

"뭐, 살짝 깨달음을 얻게 해 줬거든. 그러니까——."

이 여자는 아까부터 대체 무슨 소릴 하는 거야? 빚이라고? 그게 뭐 어쨌다는 거지? 애초에 지금 꺼낼 이야기가——.

"그 더러운 저주는 두고 볼 수가 없네!"

"그아악!"

이 녀석! 무슨 짓을 한 거야! 내 저주를 없애버렸다!

역류하는 저주가 내 몸을 괴롭혔다. 틀림없이 계집애와 우리 사이에 있던 저주의 연결을 끊어버렸어!

"네놈! 시뷸라! 배, 배신한……!"

"우물우물…… 썩어빠진 녀석의 저주 같은 건 먹을 만한 게 아니라고 생각했는데…… 나쁘지 않네."

"마, 말도 안 돼…… 저주를, 먹었다는 거냐……?"

"크크. 내가 식성이 좋아서 말야. 못 먹는 건 없어."

"왜, 이런 짓을……."

"애초에, 마음에 안 들었거든."

"뭐?"

무슨 소릴 하는 거야? 마음에 안 든다고? 그, 그런 하찮은 이유로——.

"야! 애시드맨! 피해! 움직이라고! 이봐!"

"뭐?"

알 아지프가 무어라 시끄럽게 떠들고 있는데, 무슨 말인지 전혀 모르겠다!

"아이를 납치해서 이용해 먹으려는 그 썩어빠진 근성이 마음에 안 든다고!"

"그가아아악!"

이 여자! 나, 날 베어버렸어!

"적지에서, 미, 미친 거냐!"

"시끄러워. 그 더러운 입 다물어. 추잡한 녀석."

이봐! 그 들어 올린 검은—— 어째서냐아아아아!

제6장 각자의 사정

실을 뻗어 투기장을 정찰해 보니 가면을 쓴 남자가 데미트리스와 오렐을 위협하고 있는 것이 보였다.

가면의 효과로 인간처럼 보이고 있지만, 감정을 해 보니 언데드라는 것을 알 수 있었다.

그 몸에 감도는 마력은 상당히 강력하다.

최소한 위협도 C. 아니, 마력을 은폐하는 기술과 인간으로 가장해 마을에 들어와 음모를 꾸밀 정도의 지혜를 가졌다면 위협도 B라고 해도 이상하지 않았다.

능력상으로는 마술특화형인가. 사독 마술, 암흑 마술, 보조 마술 등을 고레벨로 보유하고 있다. 근접 능력은 그다지 크지 않지만 원거리라면 상당히 강할 것이다. 유니크 스킬은 없지만, 스킬의 수는 많고 레벨도 높다.

케이틀리를 끌어들이지 않고 저 녀석을 쓰러뜨릴 수 있는지를 묻는다면, 꽤 어려울 것 같았다.

애시드맨이라는 네임드 언데드는 케이틀리의 몸을 어둠 마술로 붙잡아 두고는 이미 승리한 듯한 얼굴로 웃고 있었다. 그 뒤에 있는 사람은 니르페의 호위였던 남자인가? 언데드가 되어버린 것 같았다. 그 광경을 보고 힐트나 체르트가 분노하며 소리치고 있었다. 몰랐는데, 마이클과 체르트는 형제였다는 모양이다. 피눈물을 흘릴 정도의 기세로 분노한 표정을 짓고 있다.

아아! 케이틀리 얼굴에 상처가! 어려도 여자애라고! 흉터라도 남으면 어쩔 거야!

게다가 애시드맨과 케이틀리 사이에 불쾌한 마력의 연결고리가 느껴졌다. 그렇군, 저게 저주라는 건가. 애시드맨이 쓰러지면 정말로 케이틀리와 니르페도 목숨을 잃게 될 것이다. 그만큼 저주에 담긴 마력은 흉악했다.

무엇보다 성가신 것은, 그 손에 쥐어진 큰 낫이었다.

그 불길한 기운은 감정하지 않아도 어떤 존재인지 알 수 있었다.

알 아지프겠지. 여러 개가 존재할 거라고 생각하긴 했지만, 이런 곳에서 만날 줄이야!

녀석의 존재가 애시드맨의 협박에 진실성을 더해주고 있었다.

오오! 데미트리스가 뭔가 잘난 척하는 아저씨를 날려버렸다.

"스승, 어때?"

『상당히 위험한 느낌이야. 이대로 가다가는 데미트리스가 본인의 의사로 노예의 목걸이를 착용할지도 몰라.』

"……어쩌지?"

『최악의 경우엔 염동 같은 걸로 방해해야 하나……?』

데미트리스가 레이도스의 노예가 된다면 단숨에 나라의 세력구조가 바뀔 수도 있었다.

아마 손녀가 죽는 것보다는 자신이 노예가 되는 편이 낫다고 생각했을 것이다. 죽지만 않으면 풀려날 가능성은 남아 있을 테니까.

"하지만 케이틀리와 니르페의 무사가 제일 중요해."

『그렇지.』

무모한 짓을 해서 그들을 위험에 빠뜨릴 수는 없었다. 그렇다면 이제 어쩌지?

지금 이대로라면 저주 때문에 손을 댈 수가 없는데. 니르페를 되찾는다고 해도 사태는 호전되지 않을 것이다.

나와 모험가들이 이를 악물고 있는 가운데, 무대 통로에서 누군가가 나오는 것이 보였다.

『시뷸라다!』

"……적의 증원?"

『그렇겠지. 이건 정말 위험한데.』

인질을 잡힌 데다 시뷸라까지 가세하면 승산이 없지 않을까? 여기서 가장 의지가 될 것 같은 데미트리스는 움직일 수 없는 상태고…….

어떻게 움직이는 것이 좋을지 고민하며 상황을 지켜보고 있는데, 애시드맨이 시뷸라를 재촉해 노예의 목걸이를 데미트리스와 오렐에게 채우라고 명령하고 있었다.

그리고, 시뷸라가 움직이는데——.

『뭐야!』

"스승, 무슨 일이야?"

『시, 시뷸라가 언데드 녀석을 배신했어!』

"!"

놀랍게도 시뷸라가 애시드맨을 베어버린 것이다. 단순히 공격만 한 것이 아니다. 끝장을 내려 하고 있었다.

갑작스러운 사태에 모두가 어리둥절한 가운데, 시뷸라의 검이 애시드맨의 몸을 두 동강 내기 위해 크게 휘둘러졌다.

하지만 알 아지프가 그 참격을 받아냈다.

"으가아아악! 알 아지프! 우리 팔이이이이!"

"너한테 맡길 수 있겠냐!"

자세히 살펴보니 애시드맨의 오른팔과 알 아지프가 마치 녹아 내리듯이 융합되어 있었다. 심지어 알 아지프에게서 가느다란 촉수 같은 것이 뻗어나와 애시드맨의 팔을 휘감고 있다. 알 아지프가 침식하고 있는 건가? 덕분에 마음대로 움직이는 것이 가능해졌을지도 모른다.

장비자의 육체를 침식해서 조종한다니, 정말로 저주받은 장비네.

다만 그 덕분에 애시드맨이 목숨을 건졌다는 것도 사실이다. 뭐, 녀석은 화가 난 것 같지만.

케이틀리의 신병은 시뷸라에게 빼앗겨 그 품에 안겨 있다.

저주는 시뷸라가 없앤 모양이다. 그보다, 시뷸라 녀석, 저주를 먹어버렸지? 식성이 좋다고 할 수준이 아니잖아!

"스승, 가자."

『어, 어어. 그래야지.』

프란이 이동하는 동안에도, 사태는 진행되고 있었다.

시뷸라가 나타난 통로에서 이번엔 비스코트와 클리카가 나타난 것이다. 더구나 이들뿐만이 아니다. 한 소녀와 함께였다.

그것을 본 힐트가 소녀의 이름을 외쳤다.

"니르페!"

그랬다. 클리카의 손을 잡고 걸어오고 있는 것은 인질이 되어 있어야 할 니르페였다. 외상은 없어 보였다.

그런데 왜 여기에 있지? 아니, 시뷸라가 애시드맨을 배신했다고 생각하면, 구해서 데리고 나온 건가? 근데, 대체 왜? 똑같은 레이도스 왕국의 소속이었던 거 아닌가?

"우가아아아! 마이클! 애송이를 되찾아와라!"

"오오오오오오오!"

애시드맨의 명령으로 좀비화된 마이클이 움직이기 시작했다. 꽤 빠르다! 모험가나 병사들 중에는 전혀 반응하지 못하는 사람도 많았다. 하지만 마이클의 돌진은 비스코트의 방패에 의해 손쉽게 막혀버렸다.

"하핫! 그 움직임은 본 적이 있군!"

비스코트는 체르트와 싸워서 그런지 데미트리스류 움직임에 어느 정도 익숙해진 모습이었다.

방패에 튕겨 나가며 비틀거리는 마이클. 그 직후 마이클의 목이 굴러떨어진다. 몸은 그 자리에 여전히 서 있는데, 목만 공처럼 땅을 데굴데굴 구르고 있다.

주위의 모험가들은 갑작스러운 사태에 놀라서 그대로 굳어버렸지만, 나는 무슨 일이 일어났는지 알 수 있었다. 클리카가 바람 마술을 사용한 것이다. 마력도 발동도 완벽하게 은폐된 바람의 칼날이 마이클의 목을 베어버렸다.

한 박자 늦게 마이클의 몸이 무너져 내렸고, 그제서야 사람들이 사태를 이해했다. 관객석에서 비명이 울려 퍼졌다.

비스코트 일행의 전투력을 보고 모험가도 병사도 함부로 움직이지 못했다.

이렇게 되면 인질이 둘 다 시뷸라 일행의 손에 넘어간 셈인데…….

『프란! 잠깐 멈춰! 상황을 좀 지켜보자.』

'응. 알았어.'

상황이 너무 뒤죽박죽이라 도대체 뭐가 뭔지 알 수 없었다. 우리는 누구를 쓰러뜨려야 하는 거지?

케이틀리의 몸에 묻은 오염을 탁탁 털어주고 있는 시뷸라에게서는 악의나 해를 끼치려는 의도가 전혀 느껴지지 않았다.

힐트가 매서운 눈으로 시뷸라를 노려보았다.

"너희들은…… 그 가면 쓴 남자의 동료 아닌가?"

"동료냐 아니냐를 묻는다면, 동료는 아냐. 뭐, 같은 나라 사람이긴 하지만."

"당신도 레이도스 왕국 사람이라는 건가?"

"그래. 레이도스 왕국 광역 수호 부대, 적검기사단 단장인 시뷸라다."

시뷸라가 선뜻 자신의 소속을 밝혔다.

평범한 기사는 아닐 거라고 생각했는데, 기사단장이었구나! 게다가 광역 수호 부대라는, 꽤 위엄 있어 보이는 직함이다.

힐트도 놀란 얼굴이었다.

"기, 기사단장? 그런 자가 왜 이런 곳에 있는 거지?"

"하하하. 이쪽에도 여러 사정이 있어서 말야."

그제서야 시뷸라 일행 또한 적이라는 것을 이해한 것 같았다. 주위의 모험가나 병사들이 일제히 경계 태세를 갖추는 것이 느껴졌다.

지금은 아직 두 소녀가 인질로 잡혀 있는 상황이라 공격을 시도하지는 않고 있지만, 기회만 생긴다면 이곳에 있는 모든 사람들이 시뷸라 일행에게 달려들 것이다.

애시드맨도 아직 틈을 엿보고 있었다. 그의 위협은 사라지지 않은 상태다.

그 와중에 등장인물이 더 늘어났다.

"울시랑 다른 사람들, 왔어."

관객석 출입구 부근에 있는 프란이 아래에 있는 무대를 내려다보며 중얼거렸다.

"니르페 아가씨!"

"웡!"

울시와 코르베르트는 니르페를 찾으러 갔는데, 가는 길에 엇갈렸다가 마침내 따라잡은 모양이었다.

"너희들, 아가씨들을 놔줘!"

"웡!"

아니, 시뷸라 일행에게 케이틀리 일행은 생명선인데? 그런 말을 듣고 순순히 놔줄 리가 없――.

"그래, 좋아. 자, 얼른 가."

"네?"

시뷸라에게 등을 떠밀린 케이틀리가 당황하며 그녀의 얼굴을 올려다보았다.

"클리카, 그쪽 아가씨도 돌려줘."

"네."

당황한 얼굴로 굳어 있는 케이틀리와 달리 니르페는 쏜살같이 힐트를 향해 달려갔다. 그리고 안전하게 그녀의 곁으로 도착했다.

"힐트 언니!"

"니르페!"

그 모습을 본 뒤에도 케이틀리는 당황스러움을 지우지 못했다.

시뷸라의 행동의 의미를 알 수 없기 때문이었다.

"왜, 왜죠? 왜 절 도와주시는 거죠……?"
"너한테는 빚이 있으니까."
케이틀리가 중얼거린 의문 섞인 말에 시뷸라가 대답했다. 하지만 의미를 이해하지 못한 듯했다. 케이틀리는 고개를 갸우뚱했다.
"빚?"
"아가씨 덕분에 모험가라는 존재를 가볍게 봐서는 안 된다는 걸 알게 됐거든. 설사 신출내기라 해도 말이야."
던전에서 있었던 일을 말하는 건가? 설교라고 할까, 케이틀리가 시뷸라에게 자신의 감정을 쏟아냈던 그 사건.
시뷸라에게는 제법 놀라운 사건이었을지도 모른다.
다정한 눈동자로 케이틀리에게 그렇게 말하더니 그 등을 토닥여준다. 하지만 케이틀리는 떠나지 않았다.
"제, 제가 떠나면, 당신들은……."
"우리는 원래부터 적대 관계야. 신경 쓸 필요 없어."
"하지만, 도움을 받았는데!"
케이틀리가 걱정이 담긴 눈으로 시뷸라를 바라보았다. 그런 소녀의 등을 시뷸라가 이번에는 강하게 밀었다.
"자, 어서 가."
"아!"
앞으로 기우뚱하며 힐트 쪽으로 밀려나는 케이틀리.
그 틈을 놓치지 않고 힐트가 케이틀리의 신병을 확보했다. 그 상태에서, 힐트가 적의 반 당혹감 반이 섞인 표정으로 시뷸라에게 물었다.
"인질을 풀어주다니, 대체 뭐가 목적이지?"

레이도스 왕국 인간이라는 사실이 밝혀진 지금, 케이틀리 일행을 놓아주는 것은 자살행위나 다름없었다. 시뷸라 일행을 포위한 사람들 중에는 데미트리스도 있었다.

케이틀리와 니르페를 방패 삼은 다음 마을 밖으로 도망친 뒤에 풀어주는 편이 좋지 않았을까?

나뿐만 아니라 힐트 역시 그렇게 생각한 모양이었다. 그 행동의 의미를 이해하지 못해 탐색하는 듯한 눈빛으로 시뷸라를 보고 있었다.

하지만 시뷸라는 어깨를 으쓱이며 담담하게 이유를 말했다.

"내가 저 녀석을 베려고 했던 건 아이를 이용하려는 썩어빠진 방식이 마음에 들지 않았기 때문이야. 그런 우리가, 도망친다는 목적으로 다시 아이를 방패막이로 삼을 수는 없지 않겠어?"

"그런 이유로……!"

힐트뿐만 아니라 주위 사람들도 어이없다는 표정을 짓고 있었다. 스킬 따위는 사용하지 않아도 시뷸라의 말이 진심이라는 것을 알아차렸기 때문이었다.

증오해야 할 적국 레이도스 왕국. 그 소속이면서도 자국민을 배신하면서까지 아이를 구한 데다 순수함마저 느껴지는 의연한 태도를 보이고 있다.

상황이 혼란스러워 어떻게 대처해야 할지 모른다는 점도 이유겠지만, 공격하려던 사람들이 손을 멈추고 있었다.

"시뷸라! 네놈! 제정신이냐! 조국을 배신할 셈이냐!"

"시끄러워, 썩은 해골! 네놈들 방식은 우리 나라의 자긍심을 더럽힐 뿐이다!"

"조금만 더 하면 성공인데……! 바깥의 사정은 아무것도 모르면서 그런 하찮은 이유로……! 알 아지프! 짜깁기 투성이를 다 꺼내! 이렇게 된 이상 총력전이다! 그 틈에 도망친다!"

"좋았어어! 크하하하하! 나와라! 짜깁기 투성이들아!"

큰 낫의 날붙이가 검은색 빛을 발하는가 싶더니, 주변에 무수한 마법진이 그려졌다. 그 안에서 여러 인간의 시체를 짜깁기한 것 같은 기괴한 모습의 언데드가 소환되었다.

피부색도 패치워크처럼 다 다르고, 한쪽 귀만 엘프처럼 긴 개체나 팔 길이가 다른 개체도 있었다.

그 수는 30마리 이상.

"저거! 저번에 봤어!"

『맞아! 수정 감옥에서 싸웠던 알 아지프가 만들어냈던 짜깁기 투성인지 뭔지 하는 사령들이야!』

짜깁기된 자들의 수는 이번이 더 많았다. 하지만 이쪽이 훨씬 약해 보인다. 물론 잔챙이라고 할 만한 수준은 아니었지만, 전에 싸웠던 짜깁기 녀석의 흉악함과 비교하면 상당히 뒤처졌다. 모양도 인간형이고.

문제는 녀석들이 나타난 장소였다. 무대 위뿐만 아니라 관객석에서도 소환되었다.

게다가 동시에 애시드맨의 몸속에서 솟아나듯이 무수한 고스트들이 나타났다. 쏟아져나온 고스트들은 50마리는 족히 넘어 보였다.

고스트들도 관객들을 노리고 달려간다.

"꺄아아아악!"

"으악! 사, 살려줘!"

"아파, 아파, 아파!"

회장은 한순간에 대혼란에 빠지고 말았다. 제멋대로 도망치는 많은 사람들 때문에 대피를 유도하기도 쉽지 않았다. 애초에 회장을 경비하고 있던 병사들도 혼란에 빠진 상태라 이러지도 저러지도 못한 채 우왕좌왕하고 있었다.

그 와중에도 용기 있게 짜깁기 녀석과 맞서는 병사도 있었지만, 순식간에 반격당했다. 모험가들이 가세했지만 결과는 마찬가지였다.

이전의 녀석보다 약하다고는 하지만 그래도 일반 모험가나 병사에게는 부담이 커 보였다. 심지어 도망치는 사람들이 방해가 되고 있어 제대로 싸우지도 못하고 있었다.

'스승! 도와주자!'

『그래.』

우리는 공중에서 관객석으로 뛰어들어, 지금 막 관객을 향해 휘둘러진 짜깁기의 긴 손톱을 막아냈다.

"다, 당신은……."

"도망가."

"네!"

프란에게 도움을 받은 아저씨는 고개를 숙이고 재빠르게 도망쳤다.

"우오오오오오!"

"느려!"

분노의 포효를 내지르며 덤벼드는 짜깁기였지만 프란에게는 이길 수 없었다.

머리 위에서 휘둘러진 주먹을 종이 한 장 차이로 피한 뒤 스쳐 지나가며 그 목을 베어냈다. 하지만 짜깁기는 그 정도로는 쓰러지지 않았다. 목을 잃은 상태에서도 여전히 움직이며 다시 한번 공격에 나선다.

뭐, 우리는 이미 예상하고 있었지만 말야! 예전에 싸웠던 짜깁기가 비정상적으로 끈질겼거든. 이 녀석들도 그와 비슷한 재생력을 갖고 있다고 해도 이상하지 않았다.

"야아아앗!"

"오오오──."

짜깁기 녀석이 공격을 하기도 전에 프란의 참격이 그 몸을 둘로 갈라버렸다. 그와 동시에 속성검의 불꽃이 그 몸을 불태웠다. 역시나 짜깁기도 이 정도의 대미지를 입으면 끝이었다.

그 몸은 재가 되어 무너져 내렸고 더는 재생하는 일은 없었다.

『좋아! 다음이다!』

"응!"

우리는 관객석에서 날뛰는 짜깁기와 고스트를 목표로 다시 달렸다. 원거리 공격으로 처치할 수 있다면 좋겠지만, 사람이 너무 많아서 그것은 불가능하다. 유탄으로 인해 확실하게 인명 피해가 날 것이다.

우리와 마찬가지로 데미트리스가 관객석에 있는 적을 공격하는 모습이 보였다.

『뭐야, 저 공격은!』

'굉장하다.'

『아아, 저건 굉장하네.』

데미트리스는 부동이라고 불리고 있다고 하는데, 그 전투 모습은 확실히 부동이라는 별명에 걸맞았다.

데미트리스가 무대 위에서 주먹을 휘두를 때마다 관객석에 있는 짜깁기의 흉부에 구멍이 뚫리며 그 몸이 무너져 내렸다. 저만한 위력의 공격을 관객에게는 맞히지 않고 정확하게 명중시키는 것도 경이로웠고, 마력의 움직임을 거의 감지할 수 없는 그 은밀성도 굉장했다. 손쉽게 짜깁기와 고스트를 쓰러뜨리고 있지만, 그 방식은 온갖 고등 기술들의 향연이나 다름없었다.

시뷸라 일행도 그 자리에서 움직이지 않고 근처에 있는 고스트들을 공격하고 있었다.

모험가들도 일단은 시뷸라 일행이 아니라 언데드들을 우선해서 처치하자고 판단한 것 같았다.

정작 애시드맨은 단 한 명의 격투가와 싸우고 있었다.

"에이잇! 비켜라!"

"못 비킨다. 동생의 원수를 갚아주마!"

동생인 마이클이 살해당한 것에 분노한, 체르트였다.

데미트리스류 사람들이 함께 나서려는 기색은 없었다. 복수를 원하는 체르트에게 애시드맨을 맡긴 듯했다. 힐트 일행은 그를 보조하듯 주위의 유령이나 짜깁기를 공격하고 있었다. 데미트리스도 마찬가지다.

그 상황을 다 파악한 것 같지는 않았지만, 모험가들 중에서도 애시드맨에게 직접적으로 공격을 가하는 사람은 없었다. 그 강함을 이해하고 강자인 데미트리스류 사람들에게 맡기려는 모습이었다.

그 결과 체르트 대 애시드맨의 싸움이 무대 위에서 펼쳐졌다.

"데미트리스류 · 쇄파아아!"

"갑자기 움직임이 빨라졌어……? 칫!"

급가속한 뒤 날리는 회전 팔꿈치 공격을 애시드맨이 가까스로 피한다. 지금 움직임은 비스코트전 때보다 더 날카로운 것 같은데?

"지금 공격을 막다니! 그렇다면 이건 어떠냐아!"

"윽! 떨어져라! 이 하찮은 놈이!"

연속으로 날아온 2단 발차기도 알 아지프의 칼자루로 받아냈다. 하지만 애시드맨은 상당히 불쾌해하는 기색이었다.

체르트는 확실히 움직임이 빨라져 있었다. 심지어 데미트리스류의 무술을 사용하고 있다. 아무래도 봉인을 푼 것 같았다. 비스코트전 때의 움직임이 한계라고 생각했다면 꽤 놀랄 만한 공격이겠지.

그리고 움직임이 빨라진 것만이 다가 아니었다. 체르트는 발바닥에서 마력을 방출해 공중 도약을 재현해냈다. 절대로 꺾일 수 없는 곳에서 허공을 발로 차 몸을 꺾어 예상치 못한 공격을 가했다.

애시드맨은 그 공격을 모두 피하지 못했고, 몇 발 정도 크게 공격을 받았다. 지금은 장벽으로 위험한 공격은 피하고 있지만 공격이 계속 이어진다면 장벽을 유지하는 것도 어려워질 것이다.

"으라아아아아아앗!"

"그악! 젠자아앙! 그아아아아!"

체르트는 애시드맨이 들고 있는 큰 낫 안쪽으로 파고들어 근거리에서 공격을 계속 퍼부었다. 이마가 닿을 정도의 거리를 유지하면서도 애시드맨의 주위를 계속 움직이는 재주를 부리고 있었다.
그 때문에 애시드맨의 공격은 제대로 맞지 않았다.
하지만 애시드맨은── 아니, 알 아지프는 계속 당하고만 있지는 않았다.
"으가아아아!"
갑자기 공격을 받은 타이밍도 아닌데 애시드맨이 고통에 몸부림치기 시작했다. 자세히 보니 알 아지프의 침식 부분이 점점 퍼져나가고 있었다.
검붉은 알 아지프의 날붙이와 똑같은 색의 촉수가 갈라져 나오며 애시드맨의 육체를 삼켜나갔다.
"알 아지프으으으으! 이 배신자가아아아아!"
"무슨 말인지 모르겠군! 너 같은 잔챙이에게 맡겼다간 순식간에 죽는다고! 그러니까 그 몸을 내게 넘겨라!"
"그가가가가가아아아아!"
"히하하하하하하! 약한 몸이긴 하지만 썩어도 좌석을 가진 놈답군! 나쁘지 않아!"
더는 애시드맨의 목소리가 들리지 않게 되고, 귀에 거슬리는 알 아지프의 날카로운 목소리만이 울려 퍼졌다. 아무래도 애시드맨의 몸을 완전히 장악한 것 같았다.
확실히 움직임에 변화가 감지되었다. 그전까지는 팔로만 큰 낫을 움직이며 애시드맨에게 휘둘리는 느낌이었는데, 지금은 큰 낫을 다루는 데 최적화된 움직임을 보이고 있었다.
"햐하하하하하! 죽어라앗!"
"큭!"

몸의 주도권을 완전히 빼앗은 알 아지프가 큰 낫을 완벽하게 조종하며 움직였다. 여전히 가깝게 밀착해 있는 체르트의 공격에 맞춰 손잡이를 휘둘러, 주먹과 손잡이가 부딪히는 충격을 이용해 거리를 벌린다.

그 솜씨는 매우 현란했다.

"다시 시작이다아아!"

"큭! 갑자기 움직임이……!"

지금의 알 아지프는 움직임이 빨라진 것뿐만이 아니었다. 알 아지프에게 몸의 주도권을 빼앗긴 애시드맨은 공격의 리듬이 완전히 바뀌어 있었다.

큰 낫을 휘두르는 힘을 이용해 회전하고, 때로는 짐승처럼 몸을 낮춰 기민한 움직임을 보였다. 갑작스럽게 움직임을 예측할 수 없게 되자 체르트는 수세에 몰리고 있었다.

애초에 상대는 강력한 장벽과 재생 능력으로 다소의 공격은 무시할 수 있지만, 체르트는 큰 낫에 한 번이라도 맞으면 확실한 치명상이었다.

하지만 데미트리스류의 봉인을 해제한 체르트도 가만히 당하고만 있지는 않았다.

마력을 두른 팔을 사용해 큰 낫을 받아내면서 가끔씩 카운터를 날린다. 알 아지프의 큰 낫은 마력의 날을 두르고 있어 섣불리 건드리면 측면이라고 해도 대미지를 입을 것이다. 그것을 완벽하게 받아내고 있는 셈이니 체르트의 기술 수준은 상상 이상이었다.

"힘밖에 모르는 얼굴을 하고 있으면서 상당한 기교파였잖아!"

"우오오오오오!"

비스코트와는 가벼운 대화를 주고받던 체르트였지만, 알 아지프를 상대로는 대화조차 나누려 하지 않았다. 오히려 동생의 원수가 보이는 장난스러운 태도에 더욱 분노한 모습이었다.

이를 악물고 앞으로 더욱 나아간다.

지금까지는 대미지를 입지 않도록 카운터 위주로 움직이고 있었지만, 알 아지프를 쓰러뜨리기 위해서는 어느 정도의 리스크를 감수해야 한다고 판단한 모양이다. 좀 더 말하자면, 동생의 원수를 갚기 위해서는 약간의 피해는 감수하겠다는 각오를 끝낸 것 같았다.

큰 낫의 날이 체르트의 왼팔을 스치며 그 팔뚝에서 피가 뿜어져 나왔다. 그 대신 체르트는 상대의 품 안으로 파고든 상태였다. 동시에 주먹을 날렸다.

쿠웅, 하는 둔탁한 충격음.

하지만 알 아지프에게 변화는 없었다. 체르트의 공격은 알 아지프에 의해 완전히 막히고 말았다. 마력을 감싼 필살의 일격이었음에도 체르트의 주먹은 알 아지프의 왼손에 의해 정면으로 잡혀버렸다.

"좋은 일격이지만…… 너무 약해!"

"끄악!"

알 아지프가 왼손에 힘을 주자 체르트의 오른쪽 주먹이 마치 토마토처럼 와그작 으스러지고 말았다. 체르트는 신음을 내지르며 어떻게든 도망치려 했지만, 알 아지프의 손은 뿌리칠 수 없었다.

알 아지프는 거기서 끝내지 않고 더 힘을 줘서 체르트의 으깨진 주먹을 더욱 괴롭히고 있었다.

극심한 고통일 것이다.

하지만 체르트는 그 아픔을 참아내며 반격을 시도했다. 팔을 잡아당겨서 알 아지프를 끌어당기고 주먹을 날리려 한 것이다.

"으랴아아아아아!"

방대한 기를 두른 일격을 본 알 아지프가 뒤로 날아가며 피하려 했다. 하지만 거기에 새로운 사람이 난입했다. 체르트의 맞은편, 알 아지프를 사이에 끼우는 형태로 등 뒤에서 달려든 것이다.

"죽어라! 이 빌어먹을 놈!"

그것은 흰 늑대 머리를 한 수인 남성이었다. 손에 든 얼음검을 휘두르며 알 아지프의 후퇴를 저지한다.

'오렐!'

『맞아. 진화한 모습은 처음 봤지만, 틀림없어.』

그건 그렇고 그 기운은 맹렬했다. 평소에도 조금 거친 분위기를 갖고 있기는 하지만, 지금처럼 살기를 내뿜는 모습은 처음이었다.

"잘도 내 손녀를 인질로 삼다니! 뼈저리게 후회하게 해 주마!"

그렇군, 케이틀리를 인질로 잡았다는 사실에 저렇게나 분노한 건가!

갑자기 나타난 오렐에 의해 움직임을 봉쇄당한 알 아지프에게 체르트의 일격이 멋지게 들어갔다.

"푸헉!"

얼굴을 제대로 맞고 몇 미터 정도 뒤로 물러나는 알 아지프.

이번에는 노 대미지는 아니었고 마력이 조금 감소했다. 직격하면 장벽 너머라고 해도 대미지는 있을 것이다.

거기서부터 체르트&오렐 대 알 아지프의 싸움이 시작되었다.

백랑으로 진화한 오렐은 온몸에 빙설 속성 마력을 휘감고 있었다. 그 주먹을 휘두르자 얼음 알갱이들이 눈보라가 되어 알 아지프에게 몰려들었다. 백견의 진화 상태인 백랑은 빙설 계열 마력을 조종할 수 있는 듯했다.

하지만 알 아지프의 큰 낫이 모든 것을 쓸어버렸다.

원거리 공격만으로는 결판이 나지 않겠다고 생각한 두 사람은 자연스럽게 알 아지프를 사이에 끼운 형태로 공격하기 시작했다. 조금 전에 한 방을 먹였던 진형이다. 이것이 가장 효과적이라고 판단한 것 같았다.

게다가 두 사람의 연계 공격은 꽤나 호흡이 잘 맞았다. 아니, 오렐이 호흡을 잘 맞춰주고 있는 거겠지. 오래 살아온 오렐인 만큼 데미트리스류 인간과 짝을 이룬 경험도 있을 것이고 즉석에서 연계해 본 경험도 많을 테니까.

체르트에게 능숙하게 맞춰주며 끊김 없이 공격을 이어가고 있었다.

그럼에도 알 아지프를 꺾을 수는 없었다.

"으랴으랴으랴으랴! 약해, 약해! 약하다고오오오!"

"이것도 피하다니!"

"아이시클 랜스! 칫! 맞지 않는군!"

"햐하하하하!"

알 아지프는 마치 모든 방향이 보이는 것처럼 모든 공격을 막고 있었다. 완전한 사각지대에서 날아오는 공격조차 반응했다.

그것도 어쩔 수 없다. 왜냐하면 알 아지프는 나와 똑같이 스킬로 전방향을 보고 있을 테니까. 애초에 사각지대 자체가 없는 것이다. 하지만 오렐과 체르트는 눈치채지 못하고 있었다. 알 아지프가 큰 낫의 형상을 한 특수한 언데드라는 것은 알고 있는 것 같지만, 애시드맨이 그 큰 낫의 꼭두각시 상태라는 사실은 깨닫지 못한 것이다.

그리고 마침내 균형이 크게 무너졌다.

"으랴아아! 죽어라아!"

"윽!"

좀처럼 공격이 먹히지 않는 것에 초조해진 것인지, 체르트가 조급하게 공격에 나섰다. 알 아지프가 일부러 보여준 틈을 노려 공격을 감행한 것이다. 당연하게도 그 공격은 회피당했고, 카운터로 날아온 참격이 체르트의 왼팔을 베었다.

알 아지프는 머리를 베려 했지만 체르트가 가까스로 피한 덕분이었다. 마력 방출로 강제로 몸을 움직이는 기술은 힐트의 가루라나 코르베르트의 예비 동작 없는 공격과도 비슷했다. 데미트리스류의 특기 공격인 거겠지.

하지만 알 아지프의 공격은 끝나지 않았다.

"놓치지 않는다!"

"끄아아아!"

체르트의 왼팔은 잘려나가지 않았다. 놀랍게도 큰 낫이 왼팔을 파고든 상태에서 칼날에서 촉수가 돋아나 그 왼팔을 더 세게 물어버린 것이다.

"이대로 말라 비틀어져라!"

"큭…… 피가……."

알 아지프의 칼날이 맥박치듯 꿈틀거릴 때마다 큰 낫이 붉은빛을 더해갔다. 아무래도 피를 빨아먹는 것 같았다.

"이 괴물아! 이거 놔라!"

"크하하하하! 소용없다!"

체르트가 도망치려 했지만 큰 낫에서는 벗어날 수 없었다. 오렐이 도와주려는 듯이 빙설 마술을 날렸지만 알 아지프는 그것을 손쉽게 피해 버렸다. 큰 낫의 자루가 둥글게 휘어지는 탓에 움직임에도 방해받지 않았다. 체르트를 파고든 칼날이 떨어지는 일도 없었다.

그 사이에도 체르트의 팔에서는 점점 생기가 사라져갔다. 피를 빨리면서 말라가고 있는 것 같았다. 상당히 위험한 상태였다.

그것을 보고 오렐은 결단을 내린 얼굴을 했다. 고뇌 섞인 표정으로 얼음 검을 치켜들더니 체르트에게 달려간다.

"베어내겠다!"

"부탁, 합니다……!"

체르트도 각오한 얼굴로 고개를 끄덕였다.

그리고 오렐의 얼음 검이 체르트의 왼팔을 통째로 잘라냈다. 흉터가 즉시 얼음에 감싸이며 지혈이 진행된다. 본래는 재생을 방해하는 능력 같았다.

"칫! 놓쳤나!"

알 아지프의 혀를 차는 소리와 함께 날붙이에 남겨져 있던 왼팔이 순식간에 말라버렸다. 그대로 모래처럼 무너져 내려 소멸한다. 역시 녀석의 흡혈 능력은 꽤 위험해 보였다.

체르트가 팔을 잃은 지금 두 사람은 상당히 불리한 상황에 내

몰려 있었다. 하지만 그들은 물러서지 않았다. 주위에 도움을 요청하지도 않았고, 오히려 전의가 더 타오르는 것처럼 보였다.

그 정도로 화가 났다는 뜻이겠지.

하지만 알 아지프의 공세는 점점 거세지고 있었다. 언데드 특유의 관절과 근육을 무시한 비정상적인 움직임과 큰 낫의 원심력을 이용한 강렬한 회전이 합쳐지며 두 사람을 압도해 나갔다.

“이봐, 형씨. 내가 무슨 일이 있어도 녀석의 움직임을 멈춰보지. 그때 숨통을 끊어줄 수 있겠나?”

“제가 가진 모든 걸 다 써서 녀석을 쓰러뜨려 보겠습니다.”

“그래. 부탁하지.”

“네.”

깊은 상처가 여러 개 생겨나면서 체르트도 오렐도 움직임이 느려지기 시작했다. 명백하게 궁지에 몰린 상황임에도 두 사람은 아직 포기하지 않았다.

알 아지프의 맹공을 피하면서 뭔가 대화를 나누고 있다.

“햐하하하하하! 뭔가 의논한 것 같은데, 소용없다아아아!”

“흥! 이제부터가 시작이다!”

기세가 오른 알 아지프가 공격을 감행하자 오렐이 걸음을 멈추고 맞받아쳤다.

날카로운 늑대의 눈에 강한 각오가 깃들어 있는 것이 보였다.

“영웅 위제트의 이름을 이어받은 내가, 무참하게 지고 있을 수만은 없지! 빙날!”

오렐이 소리친 직후, 그의 온몸이 미세한 반짝임으로 뒤덮였다. 다이아몬드 더스트 같은 작은 얼음 조각들이 오렐의 주위를 맴돌았다. 언뜻 보면 공격이나 방어와는 아무 관련이 없어 보였다. 하지만 그 아름다운 외관과는 반대로, 오렐에게서는 매우 공격적인 마력이 뿜어져 나오고 있었다.

아마 흑묘족 진화종이 사용하는 신뢰처럼 종족 고유 스킬이겠지. 그렇다면 상당히 강할 것이다.

"네 피도 마셔주마아아아아!"

"거절한다아아!"

오렐이 포효하자 다이아몬드 더스트가 창백한 반짝임을 발산했다. 그리고 허공에서 무수한 얼음 칼날이 솟아오르더니 초고속으로 발사된다. 얼핏 보면 빙설 마술을 날린 것처럼 보이지만 발사된 얼음 칼날은 마술과는 전혀 다른 위력을 지니고 있었다.

알 아지프가 큰 낫으로 베어낸 순간 폭발하며 그 칼날을 얼려버렸다.

"치잇! 방해돼!"

움직임이 둔해진 알 아지프를 향해 또 한 번 여러 개의 얼음 칼날이 박혔다. 아니, 장벽에 막혀 알 아지프에게는 도달하지 못했나? 하지만 여러 개의 얼음 칼날이 차례로 폭발하며 알 아지프의 주위를 얼음으로 가득 메웠다.

오렐의 마력이 상당히 줄어들었다. 불과 수십 초 만에 마력이 바닥나기 일보 직전이었다. 반대로 말하면 그만큼 저 얼음 칼날이 강력하다는 뜻이었다.

알 아지프가 구속에서 벗어나지 못하고 있었다.

"지금이다! 가라!"

"예!"

애초에 대미지보다는 행동을 방해하는 것이 목적인 듯했다.

"가루라아아아!"

완전히 지친 표정으로 소리치는 오렐과 교대하듯 체르트가 파고들었다. 공기가 터지는 듯한 폭발음과 함께 체르트의 몸이 더욱 가속했다. 대량의 마력을 순식간에 방출하여 자신의 몸을 밀어낸 것이다.

"오오오오오! 데미트리스류 무기 · 야차아!"

"기이이이이이이이이!"

공격 자체는 돌진하며 날린 오른쪽 스트레이트 뿐이었지만, 속도도 위력도 강력했다. 야차라는 것은 힐트도 사용했던 기술인데, 육체의 마력을 한 곳에 집중시켜 공격의 위력을 끌어올리는 기술인 듯했다.

오렐이 완벽한 타이밍에 얼음을 없애버리면서 체르트의 주먹이 알 아지프의 몸통을 제대로 꿰뚫었다.

알 아지프의 장벽과 외피를 꿰뚫는, 혼신의 일격이었다. 언데드의 동력원인 마력이 상당히 줄어들어 있었다.

하지만, 그것만으로는 안 됐다. 알 아지프도 일부러 맞아준 것처럼 보였다.

"감히 날 공격했겠다아……."

"이래도 쓰러뜨릴 수 없는 건가……!"

"이 소모는, 네놈의 목숨으로 갚아줘야겠다아!"

주먹이 상대에게 꽂힌 상태에서는 곧바로 도망칠 수 없다. 알 아지프의 노림수도 거기에 있었던 모양이다.

오렐은 힘을 너무 소모해서 움직일 수 없다. 이러다간 체르트가 당하겠어!

『프란!』

'응!'

고스트나 짜깁기를 쓰러뜨리는 와중에도 무대에서 눈을 떼지 않고 있던 프란은 상황을 모두 파악하고 있었다. 언제든지 끼어들 수 있도록 준비해 둔 마술을 날리려던 순간—— 움직임을 멈춘다.

"멍청한 제자야. 상대의 본질을 꿰뚫어 보는 눈을 길러야겠구나."

우리보다도 먼저, 데미트리스가 행동에 나섰다. 그 노인도 제자가 위험해지면 도움을 줄 수 있도록 미리 준비하고 있었던 모양이었다.

순식간에 무대에 난입하더니 체르트의 목덜미를 잡아 단숨에 탈출했다. 그와 동시에 휘둘러졌던 알 아지프의 팔이 산산조각 났다.

나도 완벽하게 다 파악한 것은 아니지만, 팔꿈치를 아래에서 들어올리는 듯한 움직임으로 알 아지프의 팔을 요격하고, 그 충격을 이용해 체르트와 함께 등 뒤로 뛰어오른 것 같았다. 알 아지프의 팔이 부서졌을 정도의 충격이었음에도 데미트리스에게는 아무런 대미지도 없어 보였다.

지금의 순간적인 공방만으로도 데미트리스가 가진 실력을 이해할 수 있었다. 속도, 강도, 정확성, 모든 것이 갖춰지지 않으면 이런 결과는 나올 수 없었다.

"스, 스승님……."

"녀석의 본체는 저 애시드맨인지 뭔지 하는 언데드가 아니다.

낫 쪽이지. 지금은 그 녀석의 기운밖에 느껴지지 않는군."

"큰 낫……? 듣고 보니……. 그럼 정말로 저 낫이 인텔리전스 웨폰이라는 겁니까?"

"아니, 언데드겠지. 애시드맨과 똑같이, 의사를 가진 언데드다. 그런 것도 간파하지 못하다니."

"죄송합니다……."

"흥. 거기서 보고 있어라. 바보 같은 제자 녀석."

데미트리스는 거친 말투와는 달리 체르트를 부드럽게 무대 밖으로 내려주었다.

그리고 날카로운 눈빛을 알 아지프에게 향했다.

곧게 뻗은 등줄기를 통해 매일 거듭된 훈련의 단편이 엿보였다. 그럼에도 체격은 깡마른 노인이다. 헐렁한 무도복 너머로 엿보이는 고목 같은 손과 발, 하얀 솔잎을 묶은 것 같은 머리카락과 수염. 그 모습만 봐서는 도저히 강하다는 생각은 들지 않았다.

그러나 이 자리에 있는 누구도 그의 모습을 보지 않을 수 없었다. 압도적인 존재감으로 인해 그 노인에게서 시선을 뗄 수 없었다. 나와 프란도 전투 중임에도 나도 모르게 고개를 돌렸을 정도다.

일부 모험가들은 그로 인해 당할 뻔한 이도 있었다. 전투 중이라는 것을 알고 있는데, 자신도 모르게 데미트리스에게 시선이 향한 것이다. 뭐, 마음은 알겠지만.

깡마른 노인에게서는 그 정도로 대단한 힘이 뿜어져 나오고 있었다. 마력, 기, 존재감, 여러 가지 힘을 응축시킨 것 같은 흡인력 같은 것이 데미트리스에게는 있었다.

알 아지프도 예외는 아니었다.

아니, 대치하고 있기 때문에 데미트리스의 힘을 더 직접적으로 느낄 수 있을 것이다.

등을 보이며 빈틈을 계속 드러내는 데미트리스를 보고서도 아무런 공격을 시도하지 않고 버티고 있었다. 공격을 시도하려다가 실패한 것도 아니다. 애초에 공격할 의사조차 느껴지지 않았다.

"괴물 같은……. 이길 수 없다는 건 알고 있었지만, 도망치는 것조차……."

"호오? 우리 바보 제자보단 보는 눈이 있는 것 같군."

"크……."

아무래도 조금 전의 공방만으로도 의욕이 완전히 꺾인 모양이다. 그 목소리에서는 두려움마저 느껴졌다.

미친 것처럼 보였던 언데드를 단 한순간에 겁에 질리게 만들다니……. 랭크 S는 허투루 단 것이 아니라는 거겠지.

"바보 제자의 치료도 해야 하니 빠르게 끝내주마."

"우, 우습게 보지 마라! 해 볼――."

"끝이다."

어?

나만 그런 것이 아니다. 회장에 있는 모든 사람들이 멍한 표정을 짓고 있었다.

깨닫고 보니 데미트리스가 알 아지프의 등 뒤로 이동해 있었고, 큰 낫에 주먹만 한 구멍이 뚫려 있었던 것이다. 한 일은 단순하다. 체르트의 마지막 공격과 똑같다. 똑바로 달려간 뒤 오른손 스트레이트.

다만 그 모든 것이 극에 달했을 뿐이다.

사람의 눈으로는 포착할 수 없는 속도에, 전신의 기를 자유자재로 조종하는 기술에, 알 아지프의 수비를 종이처럼 꿰뚫는 힘.

그 결과, 단순한 주먹질이 그 누구도 피할 수 없는 필살의 일격이 되고 말았다.

"마…… 말도 안……."

"언데드 치고는 그럭저럭 강했지만, 내 앞에 설 정도는 아니군."

아쉬운 투로 중얼거리는 데미트리스. 전투광 노인은 어쩌면 강한 상대에 굶주려 있을지도 모른다. 데미트리스만큼 강해진다면 만족스러운 모의전을 하는 것조차 어려울 테니까.

"우리를, 실패작이라 조롱한 놈들에게, 보여주고 싶었는――."

"흥. 시시한 유언이로군."

쓰러져서 먼지로 변해 버린 알 아지프를 내려다보며 데미트리스가 어깨를 으쓱했다. 피곤한 기색은 고사하고 가벼운 땀조차 흘리지 않았다. 이 노인에게는 정말로 가벼운 전투였던 모양이다.

체르트도 오렐도 결코 약하지 않다. 오히려 강자에 속한다고 할 수 있었다. 그런 두 사람을 상대로 승리했던 알 아지프가, 엄청난 잔챙이처럼 죽어버렸다.

그야말로 진정한 강자였다.

그 후에는, 위협적인 속도로 적들이 쓰러져 나갔다.

나도 프란도 데미트리스도 더는 체르트를 신경 쓸 필요가 사라졌기 때문이다. 게다가 관객들 피난도 어느 정도 끝난 덕분에 싸우기에도 훨씬 수월했다.

알 아지프가 쓰러진 지 채 5분도 지나지 않아 사령들은 행사장에서 모두 처리되었다. 오렐과 체르트도 치유 마술사의 도움을 받아 목숨의 위기는 면한 듯했다.

남은 것은 모험가들과 함께 고스트와 짜깁기를 공격하고 있던 시뷸라 일행뿐이었다.

"너희들, 일단 투항해 주면 안 될까? 우리쪽으로서도 그게 편할 것 같은데?"

그렇게 말을 걸어온 이는 어느새 무대의 옆에 나타난 엘자였다. 그 뒤에는 모험가들이 따라붙어 있었다.

"아무리 강하다고 해도 겨우 세 명이서 여기를 돌파할 수 있을 거라고 생각하는 건 아니지? 참고로 당신들이 준비해 둔 마차도 우리가 잡아뒀어."

"어젯밤부터 감시가 강해진 것 같더라니, 전부 들켰나."

"그런 거지. 당신들에 대한 대처로 정신이 없어서 다른 레이도스 사람이 끼어든 건 알아차리지 못했지만 말야."

인력이 부족한 데다 시뷸라 일행 같은 강자에게 대응하기 위해 일손을 더 할애해야 했을 것이다. 그래서 흑해병단의 암약까지는 눈치채지 못한 듯하다.

"게다가 당신들은 마을 밖으로 향하지 않고 투기장으로 왔잖아."

"이쪽에도 여러 사정이 있어서 말야."

"뭘 노리는 건지는 모르겠지만, 협력자 쪽도 지금쯤 우리 길드 마스터가 신병을 확보해 뒀을 거야. 쓸데없는 싸움은 그만두고 항복해."

시뷸라 일행이 마을 밖으로 나가는 순간을 노려 디아스를 포함한 모험가들이 다 같이 붙잡을 예정이었던 모양이다.

디아스가 3위 결정전을 사퇴한 것도 이 때문이었겠지. 펠무스의 모습이 보이지 않는 것을 보면 그 녀석도 밖에 있을지 모른다.
하지만 시뷸라 일행이 이쪽으로 와버리는 바람에 계획이 틀어진 것이다.
"그건 안 되겠는데."
"어머? 싸우려고? 혼란 속에서 도망치지 않았다는 건 이쪽에 올 의사가 있어서 그런 거 아니었어?"
"흥. 매듭을 짓기 위해 온 것뿐이야. 하지만 우리도 순순히 잡힐 수는 없거든. 그냥 가게 해 달라고 부탁해도 소용없겠지?"
"당연하지."
"그렇다면 할 수밖에 없겠군!"
시뷸라가 그렇게 말하며 검을 뽑아들고 주위에 살기를 흩뿌렸다. 그것만으로도 약한 모험가는 움직이지도 못한 채 숨을 헐떡이며 그 자리에 못박혔다.
역시 시뷸라는 강하다. 솔직히 알 아지프 같은 것보다 훨씬 더 성가시다.
다만 힐트에게는 살기가 가고 있지 않았다.
"이봐. 언제까지 어린애를 거기 두고 있을 거야? 빨리 안전한 곳으로 피신시켜!"
여전히 힐트에게 안겨 있는 케이틀리와 니르페를 신경 쓰고 있는 것 같았다.
"다, 당신에게는 듣고 싶지 않아!"
독기가 빠진 표정을 지은 힐트가 케이틀리 일행을 데리고 내려갔다. 뭐, 그녀가 같이 붙어 있어준다면 안심이지.
"고, 고마워요!"

케이틀리의 외침에 가볍게 손을 흔들어 화답하는 시뷸라. 상황이 영 이상하다.

적국의 스파이임에도 아이는 도와주고 모험가도 도와줬으니 완전히 미워할 수도 없었다.

모험가들도 나와 같은 마음인 거겠지. 뭐라 말할 수 없는 표정을 짓고 있었다.

이 와중에 선두에 나선 것은 엘자였다.

“시뷸라는 내가 잡아둔다. 우선 부하 두 명을 잡아!”

“하하앗! 와라!”

엘자가 달려들면서 메이스를 휘둘렀다. 그것을 보고 다른 모험가들도 움직이기 시작했다.

다만 데미트리스나 라듈, 코르베르트는 아직 움직이지 않고 있었다. 우선은 시뷸라 일행의 움직임을 지켜볼 생각인 것 같았다.

뭐, 모험가는 무리를 지어서 싸우는 데 익숙하지 않은 자가 많으니까, 난전이 되면 쉽게 손을 대기 어렵기도 하겠지.

“스승, 뭔가 와.”

『뭐지? 확실히 엄청난 속도로…….』

시작된 난전에 의식을 집중하고 있는데, 프란이 투기장 밖을 바라보며 중얼거렸다. 프란의 말대로 무서운 속도로 무언가가 다가오고 있었다.

거리를 무시하고 일직선으로 곧장 다가오고 있다는 건, 공중에서 날고 있기라도 한 건가? 십여초 후. 그 초고속 비행 물체의 정체가 밝혀졌다.

“이거, 좀 늦었습니다. 시뷸라 공.”

"기다렸어. 나이트하르트."

투기장 지붕 위에 서서 이쪽을 내려다보며 시뷸라와 대화하는 남자. 겨드랑이에는 온몸에 상처를 달고 의식을 잃은 디아스를 안고 있었다.

그 정체는 힐트전에서조차 보여주지 않았던 수준의 압도적인 위압감을 내뿜고 있는, 사마귀남 나이트하르트였다.

"길드 마스터! 어쩜 좋아! 완전 걸레짝이 됐네!"

시뷸라 옆에 내려선 나이트하르트에게 안겨 있는 디아스를 보고 엘자가 비명을 질렀다.

엘자의 말대로 온몸에 상처를 입은 디아스는 걸레짝이라는 말을 들어도 어쩔 수 없을 정도로 크게 다친 상태였다.

"나이트하르트 님. 당신이 한 짓이양?"

"네, 평범한 추격자라면 몰라도 디아스 님은 너무 강해서요. 비장의 패를 쓰지 않았다면 제가 졌을 겁니다. 하지만 응급처치는 했으니 죽지는 않을 겁니다."

정말 나이트하르트가 디아스를 저런 상태로 몰아붙였다고? 나이트하르트에게는 딱히 눈에 띄는 대미지는 없어 보이는데…….

그보다 나이트하르트는 시뷸라와 손을 잡고 있었던 건가? 하지만 엘리안테 일행의 동료였다면 레이도스 왕국에 원한을 갖고 있을 텐데…….

"당신도 레이도스 왕국의 인간이라는 뜻?"

"아닌데요?"

"어머? 그럼 용병으로 고용된 거야?"

"고용된 것은 맞지만 용병으로 고용된 건 아닙니다. 이미 단은 그만뒀으니까요."

엘자의 물음에 나이트하르트는 고개를 저었다.

"흠. 당신이 왜 그들을 도와주는지 모르겠는데. 돈?"

"어떤 사정이 있어서, 레이도스 왕국에 가고 싶기 때문입니다."

다른 모험가와 관객들은 마른 침을 삼키며 그 광경을 지켜보았다. 유명인사인 엘자와 나이트하르트의 대화에 끼어들 배짱은 없을 것이다.

게다가 지금의 상태는 디아스를 인질로 잡고 있는 것이나 다름없었다. 경솔한 짓을 했다가는 디아스가 위험해질지도 모른다.

모험가도 귀족도 그런 책임을 지고 싶지는 않을 테니까.

"그것도 단지 가는 것뿐만이 아니라, 저쪽에서 어느 정도 자유롭게 돌아다니고 싶거든요. 뭐, 말하자면 시뷸라 님은 통행증과 비슷한 느낌이랄까요?"

"레이도스 왕국에 가서 뭘 하려고? 설마 관광이 목적은 아닐 거고."

"혹시 당신에게는 동료가 있습니까? 함께 동고동락하며 지낸, 둘도 없는, 가족같이 소중한 동료 말입니다."

엘자의 물음에 나이트하르트가 그런 질문으로 되받아쳤다. 엘자는 약간 당황하면서도 나이트하르트의 물음에 답했다. 나이트하르트의 진지함이 전해졌기 때문이겠지.

"있어. 모험가로서는 솔로로 활동하고 있지만, 날 잘 따라주는 모험가들은 모두 가족처럼 아끼고 있으니까."

"저도 예전에는 그런 동료들이 있었습니다. 아니, 지금도 있지만 그보다 더 많이 있었죠. 그러나 제가 이끄는 용병단은 레이도스 왕국과의 싸움에서 크게 패하면서 와해되고 말았습니다."

나이트하르트의 목소리에 슬픔이 깃들었다.

"당시 철수하는 크란젤 왕국군의 후위로서, 추격해 오는 적검 기사단—— 즉, 시뷸라 공 일행과 싸우며 많은 동료들이 전장에서 쓰러졌고, 살아남은 저희도 겨우겨우 크란젤 왕국까지 도망쳤습니다. 얻은 것은 미미한 돈과 명예. 잃은 것은 가족들……."

진심으로 슬퍼하고 있는 나이트하르트. 그에게는 이미 끝난 과거가 아니라, 바로 얼마 전의 악몽일 것이다.

"그렇다면 어째서 시뷸라에게 도움을 주는 거야! 원수잖아! 아니면 당신들을 후위로 사용한 크란젤 왕국을 원망하는 거야?"

그게 제일 가능성은 높아 보였다. 나라를 지키기 위해 싸운 시뷸라보다 그들을 버리는 말로 쓴 크란젤 왕국을 향한 분노가 더 앞섰다면?

모두가 그렇게 생각한 것 같았지만, 나이트하르트는 다시 한번 고개를 저었다.

"원망 같은 것은 없습니다. 그것도 계약의 일환이었고, 누군가는 후미를 맡아야 했으니까요. 그때는 그것이 최선의 판단이었겠죠. 분노가 남았다고 하면, 그것은 동료를 지켜내지 못한 자기 자신에게 있을 뿐, 크란젤 왕국에는 별다른 감정이 없습니다."

"그럼 더더욱 모르겠어. 왜 이제 와서 레이도스 왕국에 가고 싶은 건데? 설마 동료의 성묘를 위해?"

"그것도 있겠네요. 그 전장은 레이도스 왕국의 영토 내였으니까요. 하지만 그뿐만은 아닙니다. 그때 죽었다고 생각했던 동료들이 아직도 레이도스 왕국에서 살고 있다는 것을 알게 되었습니다."

"!"

"보호받고 있는 이들도 있지만 노예로 전락한 이들도 있다고 합니다. 저는 그들을 구해내고 싶습니다. 그렇기 때문에 전 반드시 레이도스 왕국에 가야만 합니다."

나이트하르트라면 레이도스 왕국 안에 침입할 수 있을 것이다. 하지만 동료를 찾아 구출한 다음 국외로 탈출까지 한다고 하면 단신으로는 불가능에 가까웠다.

반드시 협력자가 필요했다. 나이트하르트가 시뷸라를 통행증이라고 한 것도 그 이유 때문이겠지.

"그러니 시뷸라 공을 여기서 붙잡히게 할 수는 없습니다."

"즉, 우리와 싸우겠다는 거네?"

"괜찮습니까? 이쪽에는 인질이 있습니다만?"

"어머낭? 아이는 풀어줬으면서 길드 마스터는 인질로 쓰려고?"

엘자의 물음에 대답한 것은 나이트하르트가 아닌 시뷸라였다.

"전사라면 사양하지 않아. 내 마음에 들지 않았던 건 싸울 힘도 없는 어린아이를 이용했다는 점이니까."

"거기서는 그럼 경로 정신을 발휘해 주면 안 될까? 봐, 이미 노인이고, 최근에는 노망까지 나기 시작했거든? 평소에도 늘 장난만 쳐대서 내용물도 어린아이나 다름없고 말이지?"

엘자가 그렇게 말한 직후였다.

"누가 노망이 났다고?"

어째서인지 엘자의 뒤에서 디아스의 목소리가 울려 퍼졌다.

"꺄악! 정말! 이럴 때까지 놀라게 하지 마! 정말 어린애라니까!"

"음?"

나이트하르트의 사마귀 얼굴에서도 놀란 감정이 전해졌다.

"이건…… 당했군요!"

"하하! 전투력에서는 뒤질지도 모르지만, 속고 속이는 게임에서 계속 지고만 있을 수는 없지!"

엘자의 등 뒤에서 불쑥 나타난 디아스가 그렇게 말한 순간, 나이트하르트의 겨드랑이에 안겨 있던 디아스가 공중에서 녹듯이 소멸했다. 어느새 환상과 바꿔치기한 모양이다.

그 나이트하르트에게도 들키지 않고 탈출하다니……. 역시 무서운 남자다. 다만 그의 온몸은 상처투성이로, 나이트하르트에게 졌다는 말은 틀림없는 사실 같았다.

"정보를 빼내기 위해 일부러 진 거야?"

"아니? 진심으로 싸웠다가 져버렸어. 벌레한테는 환영이 잘 먹히지도 않고, 생각도 읽기 어려워서 정말 힘들더라고. 근데 그게 다가 아니야. 나이트하르트. 자네, 무투 대회 때는 일부러 힘을 빼고 있었지?"

아무래도 디아스는 진심으로 싸웠다가 패배한 모양이었다. 그렇다면 나이트하르트의 전투력은 엄청나다는 뜻 아닌가?

디아스의 말에 가장 크게 반응한 것은 나이트하르트가 아니었다. 힐트가 분하다는 표정으로 나이트하르트를 노려보았다.

"승부를 양보했겠다! 나이트하르트! 계속 위화감이 들었어! 역시 진심을 낸 게 아니었구나!"

"아뇨, 아뇨. 힘을 빼다니 당치도 않습니다. 비장의 수단은 저로서도 그렇게 쉽게 쓸 수 있는 것이 아니니까요. 그때에도 낼 수 있는 한계까지는 다 쏟아부었습니다만?"

"그게 바로 진심을 낸 게 아니라고 하는 거야!"

힐트는 나이트하르트에게 가까스로 승리했다. 하지만 나이트하르트가 진심이 아니었다면? 그녀의 자존심에 상처가 난 모양이다. 분노한 표정으로 노려보고 있다.

"좋아……. 그렇다면 이번에야말로 진심을 보여줘. 어차피 날 쓰러뜨리지 못한다면 여기서 도망칠 수 없을 테니까."

"하아……. 가능하면 온건하게 탈출하고 싶었습니다만……. 디아스 공을 놓쳐버린 저의 실책이군요."

나이트하르트와 힐트의 전투 기운이 고조되었다. 당장이라도 서로 싸움을 시작할 기세였다. 시뷸라와 엘자도 마찬가지다.

'스승. 어떡하지?'

『섣불리 끼어들었다간 힐트에게 원망받을 것 같은데.』

노린다고 하면 시뷸라 일행일까? 하지만 사투가 시작되기도 전에 또다시 그 싸움에 찬물이 끼얹어졌다.

"진정해라. 바보 손녀야."

"하, 할아버님."

데미트리스가 한달음에 무대 중앙으로 내려온 것이다. 그 존재만으로 무대에 소용돌이치던 열기가 감쪽같이 사라졌다.

"내가 상대하지."

"하하하하! 랭크 S가 직접 행차하다니! 영광이네!"

이런 상황에서도 시뷸라가 기쁨에 찬 얼굴로 소리쳤다. 역시 전투광이다.

"당신은 빠져 있어!"

"알겠습니다."

시뷸라는 나이트하르트를 물러서게 한 뒤 자신이 앞으로 나선다. 그런 그녀를 향해 데미트리스가 빠르게 움직였다.

"흠."

"읏!"

떨어진 곳에서 재빠르게 주먹을 내민 것이다. 그러자 시뷸라의 턱이 퍽 하고 위로 튕겨 올라갔다.

"빨라! 역시 대단하군!"

"지금도 웃고 있는 건가?"

'스승, 보였어?'

『간신히. 하지만 빨라.』

주먹을 내미는 움직임에 예비 동작도 없었고, 엄청난 속도였다. 함께 날린 기탄도 집중하지 않았다면 놓칠 뻔했다.

가볍게 날린 것처럼 보였지만 상당한 위력이 담겨 있었다. 시뷸라라서 웃고 있는 거지, 다른 녀석이었다면 머리가 터졌을 것이다.

"자, 자, 자!"

"읏! 억! 컥!"

"쉬잇!"

"푸헉!"

데미트리스의 연속 기탄 공격이 시뷸라의 온몸을 가격했다. 시뷸라도 피하려고 하는 것 같지만 데미트리스가 그것을 허락하지 않았다. 움직임을 예측하고 정확하게 급소만을 맞히고 있었다.

때리는 대로 맞고 있는 시뷸라였지만, 힐트나 코르베르트가 그것을 보며 경악했다.

“하, 할아버님의 공격을 저렇게나 맞고도…….”

“상처 하나, 입지 않다니……?”

전투력이 낮은 자들이 본다면 데미트리스가 약한 공격으로 견제하는 것처럼 보일지도 모른다. 그러나 그 한 방 한 방에는 무시무시한 위력이 담겨 있었다.

어쩌면 힐트나 코르베르트는 그 몸으로 직접 맞아본 경험이 있지 않을까.

“역시 대단하군! 랭크 S! 쉽게 날리고 있지만 엄청나게 무거워!”

“단단하군. 이 정도로 맞고도 이렇게까지 멀쩡한 자는 처음이다.”

“튼튼함만은 자신 있거든! 으랴압!”

“흠. 공격도 나쁘지 않군.”

“칫. 염동도 한 방인가.”

시뷸라가 날린 염동은 내가 캐터펄트를 날릴 때만큼의 위력이 있었다. 그런 강력한 위력을 가진 일격을 데미트리스는 가볍게 손을 휘두른 것만으로 소멸시켜 버렸다.

몸에 두른 기의 양이 상상을 초월했다. 현재로서는 진심을 다하지 않아 기술의 정교함이나 민첩함이 시뷸라와 그렇게 큰 차이가 있어 보이지는 않았다. 하지만 담긴 기의 양이 막대한 탓에 위력이 차원이 달랐다.

“으랴으랴으랴아앗!”

“흠!”

시뷸라가 연속으로 검을 휘둘렀지만 그 모든 공격을 여유롭게 회피하고는 카운터로 주먹이 날아왔다.

“끄윽! 이것도 안 맞는 건가!”

"크크크. 정말로 튼튼하군!"

엄청난 일격을 맞고도 시뷸라의 눈은 섬뜩하게 반짝였고, 반쯤 웃는 표정으로 입맛을 다시고 있었다. 그 모습을 본 데미트리스는 어딘가 기뻐 보였다.

"타아아앗!"

"흠."

시뷸라가 완급을 조절해 참격을 날렸다. 이전까지 보여주지 않았던 최고 속도의 날카로운 일격이었다. 하지만 그것도 데미트리스는 몸을 약간만 움직여서 유연하게 회피했다.

"칫! 맞혔다고 생각했는데! 쉽게 피하다니!"

"좋은 참격이군. 하지만 그걸로는 맞지 않는다! 자, 이건 어떨까?"

"커헉!"

처음으로 데미트리스가 힘을 조금 실은 움직임을 보였다. 힘있게 발을 내딛자 쿠웅, 소리와 함께 무대가 움푹 패였다. 동시에 오른쪽 주먹을 비틀듯이 찔러넣는다.

막대한 힘이 실린 주먹이 시뷸라의 명치에 박혔다. 하지만 시뷸라는 쓰러지지 않았다. 쓰러지긴커녕 몇 미터 뒤로 후퇴하고는 배를 문지르며 조금 괴로운 얼굴을 지어 보였을 뿐이다.

프란이 맞았다면 확실하게 대미지를 입었을 공격이다. 역시 시뷸라. 방어력만으로 따지자면 최고 클래스라 칭할 만했다.

시뷸라를 보는 데미트리스의 얼굴에는 확연하게 전사로서의 기쁨이 드러나 있었다.

"지금 것도 별로 효과가 없었나. 크크크."

"아니, 상당히 먹혔는데?"
"그렇게는 안 보이는데."
"이거 정말, 진심으로 하지 않으면 안 되겠네."
그렇게 중얼거린 시뷸라가 천천히 왼손을 들어 눈앞에 내밀었다.
그것만으로도 무대 위에 있던 모험가들이 몸을 굳혔다.
무슨 일이 벌어진다. 그것을 알아차렸기 때문이다.
왼손에서 붉은 마력이 솟아올랐다. 피처럼 새빨간 마력이었다.
동시에 시뷸라의 기운이 급격하게 변화했다. 지금까지도 굶주린 마수 같은 흉악한 기운이 감돌고 있었다.
하지만, 지금은 그 이상이었다.
급격하게 늘어난 위압감. 주위 모험가들이 뒷걸음질 치는 바람에 포위하던 원이 한층 더 커졌다. 프란과 싸웠을 때는 보여주지 않았던, 비장의 카드를 쓸 생각인 건가? 지금의 시뷸라는 마치 분노한 용을 앞에 둔 것 같은 압도적인 존재감을 내뿜고 있었다. 그야말로 데미트리스와 막상막하일지도 모른다.
그런 상황에서도 데미트리스는 여전히 태연자약한 태도였다. 잔잔함마저 느껴지는 목소리로 시뷸라에게 말을 건다.
"……이봐, 자네. 한 가지 묻고 싶군."
"뭐지?"
"레이도스 왕국은 크란젤 왕국 같은 주변국에 음모와 전쟁을 일으켜 엄청나게 폐를 끼치고 있다고 하는데, 그에 대해서는 어떻게 생각하지?"
"어엉? 갑작스럽네."
"됐으니까 대답해."

"뭐, 나로서는 미안하게 생각하고 있는데? 미안해."

시뷸라가 그렇게 말한 순간, 많은 사람들에게서 놀라움 섞인 목소리가 새어나왔다. 레이도스 왕국의 인간에게서, 이렇게 선뜻 사과의 말을 들을 거라고는 생각하지 못했기 때문이리라.

"변명처럼 들릴지도 모르지만, 우리도 이 나라에 오기 전까지는 이렇게까지 심각할 줄은 몰랐어."

시뷸라가 레이도스 왕국의 속사정에 대해 가볍게 이야기를 시작했다.

그 이야기를 요약하자면, 레이도스 왕국은 얼마 전 국왕이 승하하는 바람에 중앙의 힘이 약해지며 동서남북에 있는 공작이 제멋대로 구는 상황이라고 한다.

특히 남부와 동부의 공작들은 영토에 대한 야심이 강해 지금도 타국에 대한 침략을 계획하고 있다고. 여러 가지 음모들은 그 발판으로 삼기 위함인 것 같았다.

자국의 속사정을 적국에서 말해 버리다니, 장교로서는 실격이다. 보통이라면 있을 수 없는 일이다. 교섭에 관한 경험이 부족한 탓에 그 부분을 제대로 이해하지 못하고 있는 거겠지. 애초에 쇄국 상태나 다름없는 나라의 인간이다. 외교 같은 경험은 전혀 없을 것이다. 혹은 그것을 알면서도 레이도스 전체가 나쁜 것은 아니라는 사실을 어필하고 싶은 것일까? 아니면 달리 무슨 목적이 있는 걸까?

어찌 되었든, 전투 전문 부대의 인간인 시뷸라는 정치적인 일에 그다지 관심이 없어 보였다. 다만 자국의 행태에 분노를 갖고 있다는 것만은 분명했다. 그 사과에는 진심이 담겨 있었다.

"중앙에서는 국내 정세가 안정될 때까지는 큰 움직임은 삼가라는 지시를 내렸다. 그런데 설마 그 명령이 이렇게까지 무시당하고 있을 줄은 몰랐어."

중앙은 조직적으로도 약체화되어 공작들의 움직임조차 감지하지 못하고 있는 상황인 것 같네. 어쩌면 중앙에서 보낸 감사 인력이 매수를 당하거나 이미 처리됐을지도 모른다.

"흠……. 하나 더 묻고 싶군. 자네는 레이도스 왕국 내에서 나름대로 자유롭게 움직일 수 있는 입장인가?"

"당신, 질문이 참 많네."

"어떤가?"

"뭐, 그렇지. 여섯 개 있는 적기사단은 국내에서 자유롭게 행동할 권한이 있으니까. 그리고 우리에게 명령을 내릴 수 있는 것도 왕이나 재상뿐이다. 그만큼의 자유재량권이 주어져 있지."

아니, 잠깐. 그건 굉장한 거 아닌가? 저 정도의 무력을 가진 녀석들이 국내에서 자유롭게 움직여도 되는 권한을 가지고 있다고? 자칫하면 반란의 온상이 될 수도 있을 것 같은데…….

모험가들이 국내에서 사라졌을 때 급하게 만들어진, 마수 토벌을 전문으로 하는 특수한 기사단이 바로 그들이었다. 그리고 지금도 그 시대의 잔재로 인해 자유행동이 허용되고 있다는 것이다. 모험가 대신 마수를 사냥하는 역할이 그만큼 중요하다는 뜻일지도 모른다.

데미트리스는 가볍게 고개를 끄덕이며 시퓰라의 대답을 들었다. 그러더니, 그 입에서 놀라운 말이 튀어나왔다.

"그렇군……. 그럼, 날 레이도스 왕국으로 데려가 줄 수 있겠나?"

"뭐어어어?"

"할아버님! 무슨 말씀을……!"

뒤로 물러나 있던 힐트가 저도 모르게 비명을 질렀다. 하지만 데미트리스는 아랑곳하지 않았다. 뒤를 돌아보지도 않았다.

"갑자기 노망이라도 났어, 영감?"

"노망난 거 아니다. 계속 의문을 갖고 있었다. 크란젤도 베리오스도, 다른 나라들도 레이도스를 사악하고 냉혹한 최악의 나라라고 떠들어대고 있지. 그런데, 그게 정말 사실인가?"

데미트리스는 이전부터 레이도스 왕국에 흥미를 가지고 있었던 모양이다. 수수께끼에 싸인 북쪽의 대국.

데미트리스가 활동하는 지역에서는 만악의 근원인 것처럼 회자되고 안 좋은 인상만 만연하다.

하지만 정말 악한 존재들만 사는, 멸망해야 할 사악한 나라라는 것이 이 세상에 존재할까? 아니, 그렇지 않다. 국가 간의 이해가 대립하면서 악하게 여겨질 수는 있지만, 국민을 포함한 모든 것이 다 사악하다는 것은 있을 수 없다.

"크란젤 왕국만 해도, 살 가치조차 없는 쓰레기는 넘쳐날 정도로 있지. 왕후귀족 중에서도 말야. 레이도스 왕국에도 그 가면 쓴 남자 같은 자도 분명 있겠지. 하지만 그것뿐이라고는 생각할 수 없어. 그런데 레이도스 왕국은 모험가를 사절하는 나라니까. 아무런 정보를 얻을 수 없었다."

애초에 출입이 거의 없는 나라다. 아무리 조사해 봤다 한들 정확한 정보는 얻을 수 없었겠지.

데미트리스가 진심으로 살펴봤다면 이야기는 달라졌을지도 모르지만, 지금까지는 다소 흥미가 있는 정도였던 모양이다.
그랬던 것이 레이도스 왕국에 소속된 자들을 보고 단번에 치솟은 것이다.
"그렇다고 갑자기 데려가 달라니, 좀 수상한데?"
"무슨 일이든 본인의 눈으로 직접 보지 않으면 진정으로 이해할 수 없는 법이다. 남의 이야기를 들어도 반드시 화자의 주관이 들어갈 테니까."
"뭐, 그렇긴 하지……."
"게다가 요즘은 모의전을 할 상대가 없거든. 대부분의 상대는 한방에 쓰러져 버리고 부활하는 데에도 시간이 걸려. 하지만 자네라면 다르겠지?"
그렇게 말하며 씨익 웃는다. 저 즐거워 보이는 표정을 보니 오히려 이게 더 큰 본심이 아닐까 하는 생각도 드네.
"큭큭큭. 나보고 샌드백이 되라는 건가? 뭐, 나로서도 바라는 바이긴 하지만. 내가 약한 분야인 타격 훈련에 딱이거든."
"그렇다면 결정이군."
"그래, 협력하자."
그 후 데미트리스가 시뷸라에게 등을 돌린 채 모험가들을 돌아보았다.
"뭐, 그렇게 되었다, 모두들. 미안하지만 이대로 넘어가 줄 수 있겠나?"
입으로는 미안하다느니 하는 그럴싸한 말을 하고는 있지만, 겸손한 분위기는 조금도 없다. 오히려 그 날카로운 눈으로 노려보는 모습은 협박으로밖에 보이지 않았다.

『이봐, 이봐……. 상황이 이상하게 돌아가고 있는데…… 어떻게 할까?』

'데미트리스와 시뷸라와 나이트하르트를 동시에 막는 건 불가능해.'

『그렇겠지.』

뭘 어떻게 한다 해도 멈출 수 없는 상대였다. 어차피 싸워봤자 피해만 커질 거라면 아무것도 하지 않고 얌전히 보내주는 게 제일 나을 것 같다.

심지어 데미트리스는 손녀가 표적이 됐으니 잠자코 넘어갈 사내가 아니었다. 오히려 레이도스에 내보내서 날뛰게 하는 편이 크란젤에게도 도움이 되지 않을까 싶은데…….

"디아스. 자네는 어쩔 거지?"

"하아……. 당신이 레이도스에서 얌전히 있을 것 같지는 않습니다. 오히려 거기에 휘말릴 레이도스가 불쌍하게 느껴질 정도로요. 게다가 모험가들에게 무의미한 죽음을 강요할 수도 없지 않겠습니까?"

"죽이지는 않아."

"반 죽여서 전력을 격감시키는 것도 사양입니다."

디아스도 같은 판단인 모양이다. 이 중에서 데미트리스의 무서움을 가장 잘 아는 것은 사실상 디아스일지도 모른다.

적으로 돌리는 우는 범할 수는 없다는 뜻이겠지. 디아스의 말을 들은 다른 모험가들도 안도한 표정을 짓고 있었다. 그들도 랭크 S를 상대로 싸우라는 말을 듣지 않아 안심한 얼굴이었다.

하지만 그렇게 생각하지 않는 사람도 있었다.

"마, 말도 안 돼! 그런 짓은 인정할 수 없다!"

조금 전 데미트리스에게 맞고 날아간 귀족이다. 격앙된 얼굴을 하고 무대로 뛰어든다.

애초에 적대 국가의 스파이에게 손을 빌려주는 행위는 법률적으로도 범죄에 해당한다. 어떻게 보면 옳은 행동이라고도 할 수 있었다.

"이봐! 데미트리스! 네놈이 이대로 그자들 편을 들겠다면 네놈의 손녀나 제자가 어떻게 되겠느냐! 후회하게 될 거다!"

귀족이 힐트나 니르페를 곁눈질하며 소리쳤다. 데미트리스가 손녀들을 아낀다는 사실이 드러났기 때문에 나온 행동이었다. 이는 어떻게 보면 최강의 엄포라 할 수 있었다.

그러자 데미트리스가 히죽 웃으며 쏘아붙였다.

"그렇군. 크란젤 왕국은 나를 적으로 돌리겠다는 건가? 이 데미트리스를?"

"……윽!"

데미트리스의 살기를 뒤집어쓴 귀족이 창백한 얼굴로 후퇴했다. 그제서야 눈앞의 노인이 가진 무서움을 떠올린 모양이다.

이곳에 있는 자는 이 세상에서 가장 적으로 돌려서는 안 되는 인물. 그중 한 명이었다. 국가의 의사를 단신으로 뒤집어엎는 것이 가능한, 괴물이다. 적대해 버린다면 한 명의 문제만으로는 끝나지 않는다.

"아……아……."

귀족이 털썩 무릎을 꿇고 숨을 헐떡인다.

"네 얼굴도 이름도 외웠다만?"

"히익……!"

귀족은 창백한 얼굴로 덜덜 떠는 것 말고는 더는 아무것도 하지 못했다.

거기서 귀족에 대한 흥미를 잃은 것일까. 데미트리스는 아무 일도 없었다는 듯이 시뷸라에게 돌아섰다. 국가를 짊어진 상대를 위협하고 머리를 숙이게 하는 무력. 안하무인이 극에 달한 느낌이 들긴 하지만…….

"데미트리스, 멋있다."

『잠깐, 프란! 저런 건 따라 하면 안 돼!』

자신의 실력 하나만으로 국가조차 상대할 수 있는 초월자를 앞에 두고, 동경을 느낀 모양이었다.

창백한 얼굴로 떠는 귀족을 힐끔 본 데미트리스가 가볍게 오른팔을 움직였다.

"흥."

"꺄악!"

아무것도 없는 공간을 움켜잡는 동작을 하더니 뒤로 휙 당긴다. 그러자 힐트가 안고 있던 니르페의 몸이 허공으로 뜨더니 그대로 스르륵 데미트리스의 품 안에 쏙 들어가는 것이 아닌가.

"니르페는 나와 함께 가도록 하지. 알겠느냐?"

"네, 네."

데미트리스와 함께 간다는 것은 레이도스 왕국으로 간다는 뜻인데? 그것을 니르페는 선뜻 받아들였다.

싫어하는 기색이 아니다. 오히려 두고 가지 않아서 안심하는 기색마저 느껴졌다. 니르페, 사실은 의외로 할아버지바라기인지도 모르겠다.

“어이 이봐, 영감…….”

“안심해라. 애초에 내 품 이상으로 안전한 곳은 이 세상에 존재하지 않으니. 안 그러냐, 니르페?”

“응!”

니르페와는 달리 웃고 있을 수 없는 또 다른 손녀도 있었다.

“할아버님! 제정신이세요?!”

“은근슬쩍 심한 말을 하는구나. 하지만 진심이다만? 레이도스로 건너갈 기회는 그렇게 흔치 않으니 말야.”

“하지만……! 제자들은 어쩌시고요!”

“난 유파 당주 자리를 내려놓겠다! 네가 뒤를 이어 새 당주가 되거라.”

데미트리스가 품에서 무언가를 꺼내 힐트에게 던졌다. 금속판인가?

“뒤는 네 마음대로 해라. 전에도 말했지만, 유파를 접든 어떻게 하든 전부 네 손에 달렸다. 난 이제 일절 간섭하지 않으마.”

“그, 그건…….”

힐트의 눈이 아주 잠시 코르베르트에게 향했다. 곧 시선은 데미트리스에게 돌아갔지만, 더는 힐트는 아무 말도 하지 않았다. 딱 하나, 한숨을 내쉬며 어깨를 축 늘어뜨릴 뿐이었다.

“……하아. 어쩔 수 없네요.”

“얼굴이 아주 활짝 피었는데?”

“그, 그렇게 웃은 적 없어요!”

“그리고 나라가 뭐라고 말해 온다면, 그 대응도 네 마음대로

해라. 맞춰갈 것인지, 저항할 것인지. 네가 하기 나름이다."

자신으로 인해 여러모로 귀찮은 생기기 직전인데도 마치 남의 일 같은 말투다. 만나기 전에 들었던 평판이 틀린 것이 아니었음을 알 수 있었다.

그런 데미트리스에게 힐트 일행을 걱정하는 듯한 발언을 꺼낸 것은 시뷸라였다.

"아니, 이봐, 영감. 그래도 되는 거야? 지위를 버린 것도 그렇지만, 만약 당신 제자들이 인질로 잡히기라도 하면……."

"상관없다."

"아니, 아니, 상관해야지?"

"니르페와 달리 녀석들은 이미 한 명의 전사다. 자신의 일은 스스로 어떻게든 하겠지. 못한다면 그뿐이다."

스파르타네! 아니, 뭐 이쪽 세계에서는 당연하다고 하면 당연한 사고방식이지만. 프란도 이런 생각을 가진 타입이고.

내가 보기에는 고위 모험가는 괴짜뿐이라는 설을 그대로 체현한 것 같은, 그야말로 안하무인에 어디로 튈지 예측할 수 없는 골치 아픈 노인네일 뿐이지만, 프란은 계속 동경하는 눈빛으로 바라보고 있다.

순수한 강인함만으로 모든 것을 짓누르고 자기주장을 관철하는 그 모습은, 어떻게 보면 프란의 이상 그 자체이기도 했다.

"그럼, 이만 가볼까? 시뷸라. 위에서 가는 편이 빠를 것 같은데, 자네들은 할 수 있나?"

"문제없어."

데미트리스가 허공을 박차고 뛰어올랐다. 기를 방출하여 공중 도약에 가까운 동작을 실현한 것 같았다. 이어서 시뷸라와 그의 부하 두 명이 천천히 떠올랐다. 이쪽은 시뷸라의 염동이었다.

"그럼 나는 가보마. 뭐, 레이도스 왕국에 가담한다는 건 아냐. 그저 그 나라를 좀 구경하고 오겠다는 거지. 걱정하지 마라."

그거, 전혀 안심할 수 없는 대사다. 뭐, 시뷸라, 데미트리스, 나이트하르트가 적으로 돌아섰음에도 이 자리에서 아무 피해가 나지 않았다는 것만으로도 행운이겠지. 여기서 섣불리 제지했다가 싸움이라도 벌어지면 최악이라는 사실을 모두가 알고 있을 테니까.

그런 생각을 하고 있는데, 프란이 앞으로 나서서 데미트리스를 향해 소리쳤다.

잠깐! 프란 씨?

"데미트리스! 나 우승했어!"

"음, 아가씨인가……."

"내기 약속! 어떻게 할 거야?"

프란은 데미트리스와 내기를 했었다.

프란의 성적이 힐트보다 좋으면 데미트리스가 베리오스 왕국의 의뢰를 받겠다는 내기였다.

그리고 프란은 힐트 본인에게 승리하며 내기에 이겼다.

하지만 데미트리스가 레이도스 왕국으로 건너간다면 베리오스 왕국의 의뢰를 받는 것은 불가능해진다.

"아—……."

데미트리스 녀석, 레이도스 왕국에 간다는 생각으로 머리가 꽉 차서 내기를 완전히 잊은 모양이네. 눈의 초점이 흔들리고 있다.

"힐트여! 이것이 당주로서 내리는 마지막 명령이다! 유파를 총

동원하여 프란을 도와주도록 해라! 사람도 빌려주고!"
손녀에게 통째로 내던졌다!
하지만 힐트는 진지한 얼굴로 고개를 저었다.
"아뇨. 거절하겠습니다. 이 당주 인장을 가진 시점에서 이미 당주는 저. 일을 선택할 권리는 저에게 있으니까요."
데미트리스가 힐트에게 건네준 금속판은 당주의 증거였던 것일까. 이미 힐트가 현 당주가 된 모양이었다.
"끙……."
데미트리스를 향한 힐트의 복수인 거겠지. 아무렇지도 않게 데미트리스의 명령을 거절했다.
"……프란. 이걸 받아라."
잠시 생각에 잠겼던 데미트리스는 이번에는 프란을 향해 무언가를 던졌다. 작은 아이템 주머니다. 안을 들여다보니 금과 포션이 들어 있었다.
"일단 민폐 보상금으로 그걸 주마! 안에 든 돈은 마음대로 써도 좋다."
"돈 문제가 아냐!"
"이번 일은 빚으로 달아둬! 조만간 이 빚은 확실하게 갚으마! 반드시 갚겠다! 미안하군! 정말로 미안해!"
"데미트리스!"
프란이 소리쳤지만 데미트리스는 그대로 하늘을 가로질러 올라가 버렸다.
"빚은 반드시 돌려받을 거야!"
하늘 위에서 희미하게 '미안~' 하는 목소리가 돌아온 것 같았다.

"프란, 다음에는 지지 않을 거다."

"……다음에도 내가 이겨."

마지막으로 시뷸라가 프란에게 말을 걸었고, 그들은 떠났다. 귀족의 명령을 받은 병사들이 산발적으로 화살을 쏘았지만 그뿐이었다. 결국 큰 싸움은 벌어지지 않았다.

"데미트리스…… 으으!"

『진정해, 너무 그렇게 화내지 마. 게다가 민폐 보상금이라고 했나?』

아이템 주머니와 대량의 금화. 솔직히 오히려 이득을 본 기분이다. 게다가 빚은 갚겠다고 말했다. 이번에는 아쉬웠지만, 나중에라도 빚을 받으면 된다.

다만 데미트리스가 빚을 갚을 마음이 있는지 없는지가 문제겠지만…….

"프란, 할아버지를 대신해서 내가 사과할게."

"힐트 때문이 아니야."

"그래도……. 내기는 분명 네가 이겼는데, 약속이 틀어져서 진 내가 당주가 되어 버렸어. 이대로는 안 돼. 할아버지한테는 제대로 말해서 빚을 갚게 할게."

지금까지 프란을 향하고 있던 험악한 표정이 아니다. 그녀의 말대로 데미트리스의 행동에 미안함을 느끼고 있는 것 같았다.

"만약 우리의 힘이 필요하다고 한다면 힘을 보태줄게. 데미트리스류의 현 당주나 고제들이 네 설득을 받고 베리오스 왕국에 고용된다. 그런 건 어떨까?"

"괜찮아? 아까는 데미트리스한테 싫다고 했잖아."

"그건, 그 사고뭉치 영감탱이를 향한 단순한 응징이었어."

오, 오오, 딱 잘라 말했다.

"그래서, 어때?"

'스승?'

『지금의 최선은 그거겠지. 애초에 베리오스 왕국에서 무조건 고용하라는 말을 들은 것도 아니니까.』

데미트리스에게 편지를 전해달라, 가능하다면 의뢰까지 받아줬으면 좋겠다. 그런 말을 들었을 뿐이다. 데미트리스 본인이 없더라도 그 제자들을 고용할 수 있다면 나쁘지 않은 이야기였다.

"응. 부탁해."

음, 데미트리스를 고용하는 것과 비교했을 때 어디까지 좋은 평가를 받을 수 있을지는 모르겠지만, 랭크 A인 힐트도 있다. 대체 전력으로는 나쁘지 않겠지.

"뭐, 앞으로 여러모로 귀찮은 일이 생길 것 같긴 하지만……."

"그건 어쩔 수 없지."

"디아스."

지친 표정으로 이야기에 끼어든 이는 여전히 너덜너덜한 상태의 디아스였다. 나이트하르트에게 당한 상처는 아물었지만 정신적 피로가 심해 보였다. 너덜거리는 장비 상태까지 맞물려서 뭔가 엄청나게 안쓰러워 보인다.

"이번 일은 길드도 무관하지 않을 테니까. 힐트 군뿐만 아니라 나도 나라에 호출될 것 같아. 이 정도의 목격자가 있으면 그냥 넘어갈 수도 없으니 말야."

관객석에서는 다시 웅성거림이 돌아오고 있었다. 눈앞에서 본 큰 사건에 대해 너나 할 것 없이 이야기를 나누고 있는 것이다. 모두가 흥분한 모습이다.

"괜찮아?"

프란이 걱정스러운 얼굴로 고개를 기울였다.

잘 생각해 보니 의뢰를 받는 것 자체가 어려운 일인 거 아닌가? 당주인 데미트리스가 공공연하게 레이도스 왕국 스파이의 탈출을 도와주었고, 본인도 그 레이도스에 따라가 버렸으니까.

남겨진 힐트 일행은 곤란한 상황에 처할 것이다. 강도 높은 조사가 있을 것 같은데? 그야말로 장기간 구속되거나 경우에 따라 잡혀갈 수도 있지 않을까?

하지만 힐트 일행의 판단으로는 그럴 가능성은 낮다고 한다.

"몇 개월 넘게 구속되는 일은 없을 거라 생각해. 베리오스의 의뢰에는 맞출 수 있지 않을까?"

"나도 그렇게 생각해. 나라도 우리한테는 그 정도로 강하게 나오지는 않을 거야."

"왜?"

"만약 우리가 저항이라도 한다면 피해가 엄청날 테니까. 이쪽이 조금 양보해서 서로 타협하는 편이 가장 현실적인 해결책이 되겠지. 하아…… 당분간은 크란젤을 위해 일하게 될 것 같네. 오랜만에 일이 커졌어……."

"오랜만?"

처음이 아닌 건가?

"할아버님을 봤잖아. 가끔은 비슷한 일이 생기기도 해. 이번에는 일이 좀 많이 커졌지만."

범죄 조직과 유착되어 있던 기사단을 전멸시켰더니 거기에 왕족의 방계가 섞여 있었다거나, 강하다고 소문난 기사와 대련을 하기 위해 왕성에 숨어들었다가 한바탕 난리가 벌어지거나, 동네 처녀를 겁탈하려던 영주의 적남을 죽여서 현상금이 걸리거나 등등, 정기적으로 문제를 일으킨다고 한다. 그런 경우는 제자들이 싼값에 힘든 의뢰를 받거나 하는 식으로 타협이 이뤄지는 경우가 많다고.

그런 일이 자꾸 생기면 제자들이 도망치지 않을까 생각했는데, 역시 다들 그 강함을 동경하고 있는 모양이었다. 오히려 그러한 과격한 행동으로 인해 도움을 받은 사람들도 많기 때문에 제자들도 쓴웃음을 짓는 정도로 끝난다는 것이다. 심지어는 수행의 일환이라고 생각하는 사람도 있다고 한다.

"없애버리는 것보다는 세계적으로 유명한 무술가 집단에게 빚을 달아두고 이용할 수 있다면 그 편이 더 이득이라는 이야기지."

꽤나 걱정이 되긴 하지만, 디아스가 괜찮다고 하면 괜찮은 거겠지.

"뭐, 인력도 부족하니까……. 코, 코르베르트한테도 도움을 받을 거야!"

"흐음."

프란! 거기서는 흐음, 이 아니라 더 자세히 얘기를 물어봐야지! 뭐, 프란은 연애 이야기 같은 것에는 전혀 관심이 없으니 어쩔 수 없지만!

다만 힐트도 조금은 적극적으로 나서기로 생각한 모양이다. 저 무뚝뚝하고 눈치 없는 코르베르트가 알아차린다면 좋겠네.

쓴웃음을 지으며 얼굴을 붉힌 힐트를 바라본 디아스가 힘없이 고개를 저었다.

"응. 뭐 여러 가지로 힘내. 하지만 우선은 폐회식을 끝내야겠지. 귀빈들한테 고개를 숙이는 건 내 일인가~. 영주님은 아직 주무시고 계시니까 말야."

이제 보니 애시드맨의 발에 차인 귀족은 영주님이었던 모양이다. 나조차 얼굴을 잊어버릴 정도라니, 무서울 정도로 희박한 존재감이다!

디아스의 지시를 받은 모험가들이 분주하게 움직이기 시작했다. 엉망진창인 폐회식이 되고 말았네.

"엘리안테, 괜찮을까?"

『음……. 글쎄. 현재 있는 단원들은 그렇다 치더라도, 전 단원이라는 이유만으로 추궁당하지는 않을 거라 생각하지만…….』

'그게 아니야.'

『그럼 무슨 얘기야?』

'엘리안테. 분명 엄청 화낼 거야. 왕도의 길드, 무너지지 않을까?'

『……아-.』

엘리안테의 성격이 떠올랐다. 능력 있는 여성 같은 겉모습과는 달리 조금 아쉬운 내용물을 담고 있었다. 옛 동료인 나이트하르트가 배신했다는 이야기를 들으면 분명 화를 내며 난동을 부릴지도 모른다.

『……왕도의 모험가들이 무사하기를 빌어두자. 지금 우리가 할 수 있는 건 그 정도니까.』

'응.'

그 후, 여러 우여곡절 끝에 완전히 엉망이 되어버린 폐회식은 어찌어찌 마무리될 수 있었다.

모험가 길드의 주도로 빠르게 끝내버린 느낌이다.

쫓겨나듯 투기장에서 나간 관객이나 내빈들에게서 불평의 소리가 나오지 않을까 했는데, 의외로 반응은 나쁘지 않았다.

그보다는 대사건의 목격자가 되었다는 흥분감이 더 큰 거겠지. 오히려 굉장한 걸 봤다, 라는 반응이 더 컸다. 뭐, 사망자도 나왔으니 진정되면 또 다른 소동이 벌어질지도 모르겠지만.

나와 프란도 이미 투기장을 뒤로하고 모험가 길드로 이동한 상태였다.

"그래, 여러 가지 일이 너무 많아서 좀 늦은 감이 있지만, 우승 축하해."

"고마워."

"이거 참, 깔끔한 최연소 우승이로군."

디아스가 그렇게 말하면서 작은 훈장을 꺼냈다. 그 옆으로는, 안에서 잘그락거리는 소리가 나는 가죽 주머니를 내려둔다. 우승자를 상징하는 금색의 울무토 훈장과 상금이었다.

『작년에 받은 3위 훈장보다 더 화려하네.』

"응. 이쪽이 더 번쩍번쩍."

역시 1위용답게 조각도 복잡하고 금 도금도 되어 있었다.

"그게, 사실은 폐회식에서 수여하고 싶었는데, 귀족들의 동요가 너무 심해서 말야. 특히나 대신들은 머리를 싸매고 우왕좌왕 난리도 아니었어."

"랭크 S가 적국으로 가버려서?"

"전력 문제뿐만이 아니야. 데미트리스는 저런 모습이긴 해도 민중들에게 인기가 엄청나. 각지에서 날뛰는 고위 마수를 장장 50년 넘게 계속 사냥하고 있었으니까."

"그렇구나."

"일반인에게는 상냥하다는 점도 이유 중 하나지. 자유인이기 때문에 오히려 자신의 양심에 솔직해. 귀족을 상대로 약자를 보호하려는 경우도 많고."

데미트리스의 안하무인 태도로 인해 피해를 입는 것은 주로 귀족이나 모험가가 많기 때문에, 민중들에게는 좋은 부분만 보이는 모양이었다.

"그런 존재가 적국에 갔다고 하면 민중들에게 불만이 터져 나올지도 몰라. 길드로서도 초고난도의 의뢰를 자청해서 받아주는 사람이라 정말 큰 도움을 받고 있었는데……."

『그야 제 발로 사지에 들어가려는 모험가는 그렇게 많지 않을 테니까.』

"하지만 말야, 나한테 어떻게 좀 해 보라고 해도 말이지. 무리 아닌가?"

"응. 무리."

『무리네.』

그 노인의 행동을 말릴 수 있는 사람은 없을 테니까.

"그렇지. 뭐, 이 이야기는 이 정도로만 하고, 너는 이후에 어떻게 할 거지? 힐트 군과 골디시아로 건너간다느니 뭐니 이야기하고 있던데."

"응……."

"음? 뭔가 고민이 있는 것 같네."

"응. 혹시 이 나라와 레이도스 왕국은 전쟁이 날까?"

"혹시 참전하려고?"

디아스가 탐색하는 듯한 눈빛으로 프란을 바라보았다. 나도 사실 그 부분은 좀 궁금했다. 솔직히 전쟁 같은 것에는 참가하지 않았으면 좋겠다.

우리가 지켜보는 앞에서, 어딘가 곤란한 표정을 지은 프란이 천천히 입을 열었다.

"……모르겠어. 레이도스 왕국은 싫어. 하지만 전쟁을 하는 건 아닌 것 같아. 공격하지 않더라도 지킬 수 있어. 알레사처럼."

"전쟁 같은 건 너 같은 어린아이가 참가할 만한 게 아니야. 뭐, 알레사의 방위라면 그렇게까지 상황이 심각해질 거라 생각하진 않지만……. 게다가 당분간 전쟁은 없을 거다."

"그래?"

이번에는 나라로서도 얼굴에 먹칠을 한 상황이다. 레이도스에 보복을 하는 건 국가로서는 당연한 행동일 것 같은데…….

"모험가 간의 싸움이 아니니까. 하려고 해도 당장 할 수 있는 게 아냐. 한다면 레이도스 이외의 나라와도 보조를 맞춰야 하고. 뭐, 외교와 준비만 해도 몇 개월은 걸리겠지. 아무것도 안 하고 끝나는 일은 절대로 없겠지만."

"그래……. 그럼 됐어. 나는 골디시아로 갈 거야. 위날렌의 대리."

"그게 좋겠어. 무투 대회에서 우승하면 성가신 권유도 늘어날 테니까. 그런 점에서 골디시아로 넘어가면 조금은 나아지겠지. 그리고 마침 잘됐군."

"?"

"네 랭크업에 대해 할 얘기가 있어."

"랭크업! A 될 수 있어?"

"아니, 역시 지금 당장은 무리야."

그건 그렇겠지. 랭크 A가 되기 위해서는 전투력 이외에도 다양한 경험이 필요할 테니까.

예전에도 말했지만 귀족과의 협상이나 전투 지휘 경험. 모험가로서의 지식과 실적. 후진 지도 등 여러 요소가 고려된다.

오히려 전투력 이외의 부분이 더 중요하게 여겨질 정도로.

그 점에서 프란은 전투력 말고는 거의 다 부족한 상황이었다. 아무리 랭크 A에게 승리했다고 해도 그것만으로 길드 마스터들의 승인을 얻을 수 있을 것 같지는 않았다.

"네 경우라면 전투력은 아무 불만이 없어. 다만 실적이 부족해. 뭐, 이건 전에도 똑같은 이야기를 했던 것 같은데."

"응."

"그래서, 모험가 길드 기준으로 평가가 높은 의뢰가 몇 가지 있어. 위협도 A 이상의 마물 토벌이나 희귀 영약 재료 모으기 같은 거 말야. 그런 고평가 의뢰 중에는 골디시아에서의 활동도 포함되어 있지."

세계적으로 기여도가 높은 의뢰는 모험가 길드의 평판을 높이는 일로도 이어진다. 그러한 의뢰는 평가가 높고, 골디시아에서의 전투도 그 안에 속한다는 것 같다.

"잠깐 다녀오는 정도로는 안 되겠지만, 어느 정도 공을 세우면 길드로서도 좋게 평가하지 않을 수 없어. 그것만으로 랭크 A에 올라갈 수는 없겠지만, 목표로 삼아서 손해 볼 일은 없을 거다."
"알았어. 열심히 할게."
마수가 활보하는 마의 대륙이라는 사실만으로도 충분히 프란의 흥미를 끄는 곳이었는데, 이로써 더더욱 의욕 스위치가 올라갔을 것이다. 이렇게 되면 이제 무슨 일이 있어도 골디시아 대륙으로 가려고 하겠지.
"힘내. 그 일에 관해 조금 상담이 있는데, 괜찮을까?"
"상담?"
"그래, 내 짐작이지만 넌 골디시아 대륙에 도착하면 꽤 자유롭게 행동할 수 있을 거야. 베리오스의 모험가 대우 방식은 옛날부터 거의 비슷하니까."
『아아, 그건 위날렌에게도 들었어. 도착 후에는 어지간한 자유 행동이 허용된다고.』
위날렌이라는 뒷배가 있다면 다른 나라도 프란에게 무리한 요구는 할 수 없을 거라는 이야기였다.
"가능하다면 골디시아 대륙의 길드에서 의뢰를 받아줬으면 해. 항마 토벌과는 별개로."
"골디시아에도 모험가 길드가 있어?"
"물론이지. 모험가가 있는 곳에는 모험가 길드도 있는 법이니까."
대량의 모험가가 통제력을 잃고 제각각 싸우는 것보다는 길드에서 제대로 통솔하는 쪽이 효율도 더 좋겠지. 당연히 모험가 길드 출장소도 있을 거다.
"디아스는 왜 골디시아에서 의뢰를 받기를 원하는 거야?"
"솔직히 말하면, 이건 울무토 모험가 길드의 점수 벌이 같은 거야."

"?"

"이번의 큰 실수로 인해 내 거취뿐만 아니라 길드의 평판 자체에 크게 흠집이 났거든. 그건 알고 있지?"

"응."

레이도스 왕국의 공작원들에게 이리저리 휘둘리며 대규모의 소동을 일으켰다. 어떻게 봐도 이것은 울무토 길드의 실책이었다.

"이런 상황에서 울무토의 무투 대회 우승자인 프란 군이 골디시아에서 활약해 준다면, 조금 정도는 주위의 반응이 나아질지도 몰라. 여기서는 우리들을 위해 좀 이용당해 줄 수 없을까?"

『사, 상당히 대놓고 말하네, 디아스.』

"너희들한테는 둘러대지 않고 솔직하게 말하는 편이 좋을 것 같아서."

뭐, 우리 사이니까 할 수 있는 발언이겠지.

골디시아 대륙에 가서, 모험가 길드가 있으면 거기서 의뢰를 받게 될 것이고, 그때 울무토 모험가 길드의 이름을 언급하는 정도라면 문제는 없겠지만…….

『프란, 어쩔래?』

"응. 보수 여하에 따라서는 이용당해 줄 수 있어."

"아하하, 제법 모험가다워졌네! 그럼 프란 군에게는 이 소개장을 주마."

"누구?"

『이자리오?』

수신인은 모험가 이자리오였다. 골디시아의 길드 마스터인가?

"어? 몰라?"

디아스가 놀란 걸 보니 유명인인가 보다. 그렇게 생각했는데, 설명을 들어보니 유명인이라고 할 수준이 아니었다.

"랭크 S 모험가 이자리오. 신검 이그니스를 소지한 세계 최강의 인간 중 한 명이야. 화염의 검이나 홍련의 검이라고도 불리지."

"신검!"

『랭크 S라니!』

이건 모험가인데도 모르고 있는 우리 잘못이다.

"데미트리스가 랭크 S 모험가 중 제일의 문제아라고 한다면, 이사리오는 제일의 우등생이라는 느낌일까? 랭크 S 모험가 중 유일한 상식인에 든다고 할 수 있을 거다. 뭐, 개성의 강함은 비슷하지만 말야."

그야 랭크 S가 될 정도의 모험가다. 그래놓고 개성이 없다고 한다면 오히려 더 놀랐겠지.

"아는 사이야?"

"아주 오랜 옛날 그가 울무토에서 활동하던 시절이 있었어. 내 소개장을 들고 가면 무시당하지는 않을 거야."

역시 오랜 세월 모험가 길드의 마스터를 해 와서 그런지 인맥의 넓이가 굉장하구나.

"훈련을 해 달라고 해도 좋고, 이야기를 물어봐도 좋아. 골디시아의 주인이라고 불리는 그와 친분을 쌓아두는 것만으로도 그 대륙에서 활동하기 더 쉬워질 거다. 그리고 이것도 같이 가져가도록 해."

"이건? 술?"

『잠깐, 진짜로? 뭐야, 이거!』

술은 술인데, 감정해 보니 300년짜리라고 표시되어 있었다. 역시 판타지 세계. 이런 엄청난 술이 존재하고 있을 줄이야!

"내가 특별히 아끼는, 엘프주다."

어떤 장소에 한때 존재했던 엘프의 나라에서는 그들만이 키울 수 있는 성수라는 나무 열매를 사용해 특별한 술을 소량 만들었다고 한다. 이것은 거기서 나온 오래된 술로, 화산 활동으로 멸망한 아주 오래된 옛 도시 유적에서 우연히 발견된 것이라고 한다.

"기적적으로 양조장이 무사했어. 온도 조절 마법진도 계속 작동하고 있었던 덕분에 그 안에 든 술도 무사했지. 돈을 아무리 내도 얻을 수 있는 게 아냐. 시장에 내놓으면 100만 골드는 거뜬히 넘길 거다."

엄청나게 비싸잖아! 하지만 지구에서도 그와 비슷한 이야기는 있었던 것 같다. 인양한 침몰선에 실려 있던 낡은 와인이 몇백만 엔에 거래됐다나 뭐라나.

"술……. 맛있어?"

『프란에겐 아직 일러!』

"후후후. 그렇지. 프란 군에게는 아직 이르려나?"

맛있는 것을 좋아하는 프란은 술에도 관심을 보였다. 성인이 될 때까지는 마시지 말라고 제대로 얘기해 둬야겠다. 자칫하면 엄청난 술꾼 소녀가 탄생할지도 모른다.

"뭐, 이건 골디시아의 길드 마스터한테 전해 주도록 해. 그는 드워프니까."

『그렇군. 어설픈 소개장 같은 것보다 훨씬 더 효과가 있을 것 같네.』

"어때? 보수로 충분할까?"

장난스럽게 미소 짓는 디아스를 향해 프란이 눈을 반짝이며 고개를 끄덕인다.

"충분해. 스승도 이걸로 괜찮아?"

『그래. 드워프가 탐내는 오래된 술에, 랭크 S 모험가와의 인맥은 얻고 싶다고 해서 얻을 수 있는 게 아니니까.』

"고맙군. 부탁 좀 할게."

자아, 다음은 예정대로 골디시아 대륙인가.

에필로그

『자, 울시. 이번에는 정말 열심히 했으니까. 보상으로 초절정 매운 카레다.』

“웡웡웡!”

울무토의 모험가 길드를 나온 우리들은 숙소로 돌아왔다.

『잠깐, 잠깐! 기다려, 기다려! 아직 바닥에 두지도 않았어! 다 흘리면 바닥이 더러워지잖아!』

“웡웡!”

『배가 고프다고? 중간에 간식도 줬잖아?』

“웡!”

『알았어, 알았어! 자!』

잘 생각해 보니 제대로 된 식사는 반나절 만이었다. 결승전 때의 격투로 인해 칼로리가 부족한 것일지도 모른다.

“스승.”

『그래, 알았어. 그러니까 그런 눈으로 보지 마.』

울시가 먹고 있는 카레 냄새에 더 허기가 진 것일까. 프란이 꼬르륵 소리가 나는 배를 쓰다듬으며 애처로운 눈빛으로 나를 보고 있었다.

식사를 재촉하는 얼굴만 아니었다면 분명 인기가 많았을 것이다. 아니, 평소에도 프란은 완전 귀엽지만?

『우승 축하해! 초특대 카레다!』

“오오~.”

『토핑도 마음대로 추가해도 괜찮고 리필도 자유다! 오늘은 먹고 싶은 만큼 얼마든지 먹어도 돼!』
“괜찮아?”
『우승 축하니까! 원한다면 단맛, 중간 매운맛, 매운맛에 소고기, 돼지고기, 닭고기, 생선, 양고기, 새우 등등── 어쨌든 전 종류를 조금씩 다 넣어서 먹어도 괜찮아!』
평소라면 매너 없는 행동이라 금지하고 있던 식사법도 오늘 하루만큼은 해금이다!
“진짜?”
『진짜. 오늘만큼은 프란이 하고 싶은 대로, 좋아하는 방식으로, 원하는 만큼 먹어도 괜찮아!』
“오오오…….”
감동한 표정을 지은 프란이 부르르 몸을 떨었다. 이 정도로 감동한 프란은 오랜만에 본다.
“천국은 여기에 있었다.”
과장하긴!
하지만 프란은 진심인 것 같았다. 진지한 얼굴로 곧바로 카레를 먹기 시작한다.
“……내년에도 우승할래. 카레 천국을 다시 맛보기 위해서.”
『히, 힘내.』
“응. 그러기 위해서라도, 강해질 거야. 우물우물.”
그렇게 결연한 얼굴로 말해도…….
전투 중만큼이나 기합이 들어간 눈빛이었다.
“우선은 골디시아 대륙에서우물우물, 수행할 거야우물우물. 카레를 위해서라면우물우물, 어떤 가혹한 시련도 견딜 수 있어우물우물.”

『그, 그래.』

“응.”

뭐, 뭐어 의욕이 생기는 건 좋은 일이니까. 이유야 어떻든.

“우물우물!”

“우걱우걱!”

『잠까아안! 프란! 튀김가루가 다 떨어지고 있잖아! 울시! 카레가 다 튀고 있어!』

염동으로 음식 찌꺼기를 받아내며 정화 마술로 즉시 융단과 가구를 깨끗이 청소했다. 그도 그럴 게, 이곳은 울무토의 최상급 숙소 스위트룸이었기 때문이다.

이는 프란에게 접촉하려는 상인이나 귀족, 기타 여러 사람들을 차단하기 위한 조치였다.

디아스가 말을 전해서 숙소비를 길드에서 마련해 준 것이다.

우리도 그럭저럭 좋은 숙소에 묵고 있었는데, 귀족까지도 거절하려면 이 정도 숙소가 아니면 안 된다고 한다.

프란과 울시는 푹신한 침대나 융단에 만족했지만, 나는 마음이 편치 않았다. 보이는 가구나 온갖 것들이 너무 호화로워서 프란과 울시가 날뛸 때마다 존재하지 않는 위가 쓰라렸다.

『응? 누가 오고 있네. 이 마력은…….』

“루미나!”

프란이 입에 든 쌀알을 튀기며 소리친 직후였다.

똑똑.

방문을 노크하는 소리가 들렸다. 내가 염동으로 문을 열자 거기에는 작은 인형이 서 있었다. 사람의 형상—— 그것도 흑묘족의 특징을 한 길이 20센티미터 정도의 인형이었다.

어린 여자아이가 소꿉놀이에 사용할 법한 귀여운 모습이었다. 우리는 그 인형을 본 기억이 있었다. 게다가 인형이 뿜어내는 마력도 익숙했다.

던전 마스터인 흑묘족 루미나가 외출할 때 빙의하는 인형이다. 예전에 이 인형의 모습으로 오렐 일행과 회의를 하는 모습을 본 적이 있었다.

『내일이라도 만나러 갈까 했는데, 일부러 와준 건가?』

"응."

뚜벅뚜벅 걸어 방 안으로 들어온 인형이 스스로 문을 닫고 점프해 테이블에 올라갔다.

"무투 대회는 이 인형의 눈을 통해 전부 다 지켜봤다. 강해졌구나. 같은 흑묘족으로서 자랑스럽다."

"나 혼자만의 힘이 아니야. 스승이랑 울시가 있어서 이길 수 있었어."

『아니, 아니, 프란의 노력 덕분이야. 우리가 아무리 힘을 보탰어도 프란의 마음이 꺾이면 거기서 끝이니까. 끝까지 투지를 잃지 않은 프란이 제일 대단했어.』

"웡!"

"고마워."

"후후후. 여전히 사이가 좋군. 스승, 프란을 잘 부탁해. 우승자가 되면 주위가 시끄러워질 테니까."

들어보니 프란이 올지도 모른다는 희박한 가능성만으로 던전

안에서 기다리고 있는 녀석들도 있다고 한다. 그 정도로 우승자와의 인맥은 매력적이라는 거겠지. 모험가를 고용한 상인까지 있다고 하니 더 놀라웠다.

그런 상황을 보고 루미나가 먼저 만나러 와 준 것 같았다.

"음, 우물우물, 또 온다."

『오렐과 케이틀리군.』

귀찮으니까 문부터 열어버리자. 그러자 긴장한 표정으로 방문을 노크하려던 케이틀리가 놀란 표정으로 굳어 있었다.

"어?"

미안, 케이틀리.

"들어와도 돼."

"실례하지, 프란."

"시, 실례합니다."

오렐의 손에 이끌려 케이틀리가 들어왔다. 프란이 이 마을을 떠나기 전에 케이틀리와 만나게 해 주려고 생각한 것일까.

케이틀리는 잠시 머뭇거리는가 싶더니, 이내 결심한 표정을 짓고 프란 앞에 서서 고개를 푹 숙였다.

"감사합니다. 들었어요. 절 돕기 위해 찾으러 다녀주셨다고요. 언니는 결승에서 입은 상처도 아물지 않으셨는데……."

"감사는 필요 없어. 결국 도와준 사람은 시블라."

"하지만 절 위해 뛰어다녀주셨다는 사실에는 변함이 없으니까요. 그러니까, 감사합니다."

"응……. 케이틀리는 모험가가 될 거야?"

쑥스러웠는지 프란이 노골적으로 화제를 바꿨다. 케이틀리와 함께 있을 때의 프란은 드문 반응이 많아서 신선하다.

"네, 네. 그럴 생각이에요."

"힘내. 케이틀리라면 분명 좋은 모험가가 될 거야."

"네. 열심히 하겠습니다!"

그 말에 긴장이 풀린 것인지 케이틀리가 웃으며 프란과 이야기를 나누기 시작했다. 그 프란이 카레를 스스로 권했을 정도이니 케이틀리가 상당히 마음에 들었다는 뜻이겠지.

아아, 그런 케이틀리뿐만 아니라 오렐에게도 카레를 먹게 해 준다. 노인의 외로워하는 표정은 보는 것만으로도 심장이 조여드니까!

"언니. 다음은 골디시아로 가시는 건가요?"

"응. 그럴 생각이야."

"조심하세요. 굉장히 위험한 장소라고 들었어요."

"고마워. 하지만 괜찮아."

자신만만한 얼굴로 단언하는 프란을, 눈이 부신 듯한 표정으로 바라보는 케이틀리.

"언젠가……."

"?"

"언젠가 언니와 함께 싸울 수 있을 정도로 강해질게요, 그러니까……."

"응. 기다릴게. 케이틀리가 제대로 된 모험가가 된다면, 같이 모험하자."

"네."

프란의 말을 음미하듯 고개를 끄덕이는 케이틀리의 눈동자에

는 강렬한 각오가 깃들어 있었다.

프란이 카레를 위해서라면 무한하게 힘을 끌어낼 수 있듯이, 케이틀리에게도 힘을 낼 수 있는 이유가 주어진 것일지도 모른다.

오렐에게 훈련을 받는다면 진화까지는 도달할 수 있겠지. 정말로 언젠가 프란과 나란히 할 정도로 강해질 수도 있겠다.

프란도 같은 생각을 한 것일까. 카레를 먹던 손을 멈추고 케이틀리의 머리를 쓰다듬어 주었다.

"케이틀리라면…… 분명 괜찮아."

"네!"

잘 분쇄하는 것이 아니라
'잘 쪼개서 먹는 놀이' 라는 것을 이해시키는 동안
3개 정도의 수박이 터져 버렸다고!
미안합니다 수박이었던 것 씨 ×3
웡!
어? 울시도 하고 싶어?
넌 코가 좋으니까 의미가 없잖아.
아—!
오오오오오오…
어… 뭔가 멋져지지 않았어?! 너…
두근…
치사해.
잘 쪼개서 직원 일동이 맛있게 먹었습니다.
뽀각…
맛있어♡
아삭 아삭 아삭
하지만 이 으득으득은 맛없어.
웡웡♡
아삭 아삭
아니, 씨는 뱉는 거야!
END
봐—야…

특별기고
프란과 수박 깨기
원안/타나카 유
만화/마루야마 토모오
웃차
빠각…

잘 갈라졌네.

수박 같은 과일을 파는 것을 발견해서 프란에게 일본의 여름 이벤트인 눈 가리고 수박 깨기를 알려주었다.
프란이라면 눈을 가리고도 여유롭지 않냐고?
그게 사실…

오오오오
하아아앗! 검성기…!
오오
잠깐, 잠깐, 잠까아안!

전생했더니 검이었습니다 17

2025년 1월 15일 1판 1쇄 발행

저 자 타나카유
일 러 스 트 Llo
옮 긴 이 이소정
발 행 인 유재옥
담 당 편 집 박치우
이 사 조병권
출판본부장 박광운
편 집 1 팀 박광운
편 집 2 팀 정영길 박치우 조찬희
편 집 3 팀 오준영 권진영 이소의 정지원
디자인랩팀 김보라 이민서
디지털사업팀 김경태 김지연 윤희진
콘텐츠기획팀 박상섭 강선화
라이츠사업팀 김정미 이윤서
영업마케팅팀 최원석 이다은 윤아림
물 류 팀 허석용 백철기
경영지원팀 최정연
인쇄제작처 ㈜코리아피엔피
발 행 처 ㈜소미미디어
등 록 제2015-000008호
주 소 서울시 마포구 토정로222, 502호 (신수동, 한국출판콘텐츠센터)
판매 및 마케팅 (070) 8822-2301

ISBN 979-11-384-8535-7 04830
ISBN 979-11-5710-608-0 (세트)